ナディエジュダ・A・ヨッフェ回顧録

振り返る——私の人生、私の運命、私の時代

ナディエジュダ・アドルフォーヴナ・ヨッフェ【著】
ハル・ニケイドロフ【訳】

柘植書房新社

ブレスト=リトフスク休戦交渉でのロシア代表団、1918年。前列左からカーメネフ、ヨッフェ、ビシェンコ、後列右からカラチャン、トロツキー

ジェノア会議、1922年。右からヨッフェ、チチューリン、クラシン

ナディエジュダ・ヨッフェの夫パヴェル・コサコフスキー、1925年。彼は1938年5月8日、コリマで銃殺された。

左　1950年代の著者ナディエジュダ・ヨッフェ

Время назад: Моя жизнь, моя судьба, моя эпоха

1992

Back in Time,

My Life, My Fate, My Epoch

June 1, 1994

published by Labor Publications, Inc., Oak Park, Michigan

訳者の言葉、本書との出会い

二〇一四年の夏ごろのことであろうか、私は、古い岩波文庫本の『アンナ・カレーニナ』を読み終えました。主人公アンナの生き様よりも、地方貴族リョーヴィンを描いたロシア農村の風景が私の脳裏に強く焼きつき、トルストイ作品をもう一つと思い、「幼年時代」を手に入れました。やはりロシアの地方貴族の生活と田園描写で始まっています。数ページ読んだでしょうか、ちょうどその時、注文していた本が配達されました。前々から一度読んでみたかった、レフ・トロツキー『わが生涯』英語ヴァージョン：**My Life, An Attempt at an Autobiography /Dover Publication, Inc. Mineola, New York** です。

彼の生涯が、一九〇五年に始まるロシア革命史の全プロセスを体現するが故に、レフ・ダビドヴィッチ・トロツキーは数多くのジャーナリストの著作対象となっています。でも、そうした第三者の著作は彼の足跡を追うことはできても、卓越した文章家として評価された彼自身の文面のエッセンスをうかがうことはできません。もちろん、私が読み得るのはオリジナルのロシア語からの英語翻訳です。しかしながら、一九三〇年の出版以降、今日に至るまで世界的規模で読まれ続けた自叙伝のひとつであること、そしてその年月の風雪に耐えた重みを考慮するならば、その英語バージョンは彼の文学性をわれわれに生き生きと提供してくれることでしょう。そう思い読み始めました。

My Life『**わが生涯**』は挑戦的な文章で以下のように始まっています。

Childhood is looked upon as the happiest time of life. Is that always true?

No, only a few have a happy childhood. The idealization of childhood originated in the old literature of the privileged. A secure, affluent, and unclouded childhood, spent in a home of inherited wealth and culture, a childhood of affection and play, brings back to one memories of a sunny meadow at the beginning of the road of life.

ここを訳してみます。

少年時代は人生で一番幸せな時代とみなされている。それはいつも本当だろうか？　いや、そうではない。幸せな少年時代を過ごすのは、ほんのわずかな人である。少年時代の理想化は、特権を持つ人たちの古い文学に起因している。固く守られ、豊かで、雲一つない少年時代、相続した富と文化の家庭で過ごし、愛情と遊びに満ちた少年時代、それは人生という道程の始まりにあたって、陽光にあふれた牧草地の思い出を運んでくれる……

この数行を読みながら、トルストイ「幼年時代」が描く地方貴族のエステート（広大な地所）に思いを馳せていた私を、レフ・ダヴィドヴィッチは見ていたのだろうか？　そんな錯覚に陥るほどのインパクトを私は受けました。通常の自伝ではないと。

Is that always true?　No, only a few have a happy childhood.　命題をぶつけ、それを即座に否定し、その証左を挙げる、これは作家のとる文体ではなく思想家のそれです。私は「陽光にあふれた牧草地の思い出」の空想からはなれ、少し意識の芽生え始めた自分の幼年時代、少年時代を回顧し、そこで味わった自己と環境との矛盾の芽生えを思い起こさずにはいられませんでした。それほどまでにレフ・ダヴィドヴィッチの書き出しの数行は、強烈な問いかけをもって私に迫りました。トルストイの「幼年時代」の一冊は、もはや私にとっては退屈な読書の対象となり、『**わが生涯**』の描く旧ロシア帝国の南部、ユダヤ人入植地、ヤノーフカ村のステップの世界に私は引き込まれていきました。粘土煉瓦造りの家の居間のサモワールの湯気まで感じられました。

『**わが生涯**』は一九二九年二月、彼のコンスタンチノープルへの追放で終わっています。その読後に私は一つの疑問をいだきました。「**左翼反対派は何処に行ったか？**」

一〇月革命の指導者たちは、レーニンほか数人の病死を除いてほぼ全員が粛清されたといっても過言ではないでしょう（ボルシェヴィキ初期中央委員会メンバーで生き残ったのはヨシフ・スターリンのみです）。事実、左翼反対派は物理的に消滅させられました。では、そうしたオールド・ボリシェビキの次の世代はどうであったのか？　内戦を生き、一九二〇年代に青年期を迎えた「革命の子供たち」は歴史の遺産を受け継ごうとしたのか？　ツァー専制の下、革命家でありかつ陰謀家であったオールド・ボリシェビキの伝統とＤＮＡは彼らの子供たちに伝わることなく消えたのか？　これは歴史の一つの疑問でした。

私はトロツキーの生涯の友人にして、彼の党からの除名に抗議して死を選択した、アドルフ・ヨッフェの足跡を辿る過程で、彼の娘、ナディエジュダ・ヨッフェの存在を知ることになりました。彼女は若きトロツキストであり、それ故に苛酷な労働キャンプに送られました。奇跡的にそこを生き抜き、さらにもう一度の流刑に耐え、フルシチョフの雪解けの後、名誉回復されました。彼女が書いた回顧録が本書、『**ナディエジュダ・A・ヨッフェ回顧録**』です。

繰り返しますが彼女は、**ロシアで生き延びることができたトロツキスト、左翼反対派**であったのです。私はこの稀有で貴重な回顧録を自分のために読むばかりでなく、もっと広めたいと思い、私の文学サークルの友人たちにその訳を贈ることを決意しました。

ナディエジュダ・アドルフォーヴナ・ヨッフェ（1906 - 1999）、彼女はブレジネフ時代の一九七一―一九七二年、モスクワにてこの本の執筆を完成させています。晩年にはアメリカ合衆国に家族とともに移住し、父ヨッフェの記録、手紙の編集に死の直前までたずさわり、一九九九年ニューヨーク・ブルックリンにて九十二歳で亡くなりました。追放されたが故にレフ・ダヴィドヴィッチが描けることのなかった、その後のロシア史（一九三〇―四〇―五〇年）を彼女は「革命の子供たち」の目で、真摯にウイットあふれる文章で語ってくれています。

本書には数多くのボリシェヴィキ革命家、詩人、劇作家、作家が登場します。若き日のナディエジュダは詩と演劇に惹かれていたのです。残念ながら、こうした数多くの人物は必ずしも私たちには知られた名前ではないので、読者へのガイドラインとして、その人物の生年と没年、場合によっては簡単なコメントを、（注：ｘｘｘ）の形で挿入しています。一九一七年（二月、一〇月革命）、一九三六年（大粛清のはじまり）の二つのエポックと照合すれば、その人物の生きた時代（逆にまたいつ銃殺されたか）をおよそ窺い知ることができるでしょう。

例えば、スヴェルドロフ（注　1885－1919）の如く。

また、地名に関しても――これは実に広大な国ですので――およその位置を入れています。

例えば、スヴェルドロフスク（注　シベリア西部の州、ボリシェヴィキ指導者スヴェルドルフ：1885－1919の名にちなむ）、の如く。

もう少し説明が必要な場合は、以下の例のように、随時、訳者ノート（annotation）を加えています。

訳者ノート　楽観的悲劇、**An Optimistic Tragedy**, フセヴォラッド・ヴィシュネフスキー（1900－1951、劇作家）原作による。一九三三年上演。

訳者ノート　ジノヴィエフ（1883－1936）、カーメネフ（1883－1936）、ブハーリン（1888－1938）、全員銃殺。

回顧録には、いくつかの詩、あるいは模擬した詩（パロディー）、古典の引用があり、政治的ドキュメントに限りなく文学的な香りを与えています。これに対しても、文の進行を阻害しない範囲で、随時訳者ノートを加えています。読者にニュアンスがうまく伝わる翻訳であることを願っています。

ハル・ニケイドロフ
二〇一五年五月、グアム島・ジーゴ村にて

ナディエジュダ・A・ヨッフェ回顧録◆目次

序文：ナディエジュダ・ヨッフェ

私はこの回顧録――どちらかといえば私の生涯史というべきでしょう――をブレジネフ政権下の停滞期に書き始めました。印刷されたそれを見る希望はほとんど持っていなかったのです。でも書き続けました。

私はこれを私の子供たち、孫たち、ひ孫たちに残しておきたかった。そしてこの回顧録を他の人に読んでもらう希望もありましたが、それは当時存在していた地下出版（サミズダート、samizdat）という形でしか、その可能性はありませんでした。

私はこれを書くことを私の義務と考えていました。

義務、それは刑務所の房で、そしてコリマ（注　極東ロシア）労働キャンプの二段ベッドの上でともに過ごした人たちへの義務であり、貨客車両に閉じ込められたまま旅をともにした人たちへの義務であり、キャンプへの道をともに行進した人たちへの義務です。行進について一言言うならば、それは吠えたてる犬と、囚人護送団の決まり文句「右に進め、左に進め、警告なしに発砲するぞ」に伴われていました。

私の義務はまた、生き延びることのできなかった人たちへの義務でもあります。彼らは広い範囲の様々な人々でした。党員の人たち（多くは一〇月革命以前からの党員）、非党員のソヴィエト市民たち――労働者、技師、医師、集団農場労働者、俳優、学生――でした。

幾人かの人たちは種々の政治グループに属していたが故の受刑でしたが、そうした人たちは少数派でした。そこにいた多数派は、夫であるが故の、兄弟であるが故の、友人であるが故の、受刑でした。あるいはまた、会話やジョークを理由として、毒ある本の読書を理由として、毒ある劇の賛美を理由として、の受刑でもありました。言葉をかえましょう、なんらの理由もない受刑でした。

私のことを語ります。私は少数派でした。私はそこに、「ある理由を持って」送られていたのです。もし、仲間が多かったなら、もし、もっと多くの機会があったなら、情勢は変わったものになっていたでしょう。でも私たちの側と彼らの側は公平にはできていませんでした。スターリンの側にはすべての官僚と警察の機構がありました、他方、私たちの側には……

私たちは若く、未経験であったし、私たちの年輩の同志たち――彼らはレーニンとともに働いてきた――はスターリンの性格に対して発せられた彼の警報を十分早期に留意しなかったのでした。彼らは、この支配者が「スパイスを効かせた料理をつくる」ことの意味を過小評価していたのです。彼ら年輩の同志たちはまた、良識ある人間として、教育を受けたマルクス主義者として、党内論争の方法論でもって、闘いました。換言すれば、議会的・民主主義的手法で闘ったのです。

しかしながら、彼らが闘った相手はもっとも基本的な人間の感情――品性、年老いた人への配慮、子供への憐み――を欠いた男でした。同時に、彼は病理的な猜疑心、復讐心、狡猾性に満たされていました。

加えて、ある期間、スターリンは党内の高い権威を相応に享受する人たちからの支持を受けていました。その初期において、ジノヴィエフとカーメネフと組み、彼らの助力でもってトロツキーに打撃を加えました。ある期間、ブハーリンはスターリンの「信奉者」となり、それを利用してスターリンはジノヴィエフとカーメネフに打撃を加えることとなったのです。その後すぐに打ちすえられたのはブハーリンでした。

しかしながら、スターリンの性格と手管に仔細にこだわるのは私の仕事ではありません。それについては既に多くが書かれ、今後もまた書かれるでしょう。

私はただ、私の人生にまつわる話を語りたかったのでした。でも私の人生は私の国の歴史と密接な関連を持つこととなり、ある程度まで、歴史一般の一片であったことの証明となりました。

訳者ノート　ジノヴィエフ（1883 - 1936）、カーメネフ（1883 - 1936）、ブハーリン（1888 - 1938）、全員銃殺。トロツキー（1879 - 1940）、メキシコにて暗殺。

Part 1

若きコムソモール

Part 1-1　父とメジライオンツィのメンバーたち

私の生涯を語るためには、まず最初に父のことについて話すべきでしょう。彼は私の成長過程で、父として、人物として、大きな役割を果たしました。

アドリフ・アブラーモヴィッチ・ヨッフェはシンフェロポル（注　クリミア地方の都市）の裕福な商人の次男として生まれました。彼の父、即ち私の祖父は、若者の時代、擦り切れた長靴をはき、借りた上着をはおり、シンフェロポルにやってきました。二〇年の間に、祖父はクリミア地方の郵便と交通の事業主となり、モスクワに家を所有し、世襲名誉市民の称号を許され、ウイッテ首相の「お気に入りのユダヤ人」と見なされるようになりました。アルシュタ（注　Alushta, クリミア地方）にあるクリミア地方歴史博物館を訪ねてみましょう。革命家ヨッフェ（彼の偽名は、クリミア人を意味するクルムスキーでした）についてはただの一言もありません。でも商人ヨッフェ（祖父）に捧げられた専門の展示場があります。そこでは、乗用馬車、荷馬車、大型の飾りつき馬車の写真、さらに今日、古いサイレント映画で目にする最初の自動車の写真を見ることができます。

祖父の数多い子供たちからは、唯一私の父のみが革命家の道をたどりました。私は一度、そんな環境と家庭に生まれ、ギムナジウム高学年で非合法文書を読み、一九歳でロシア社会民主労働党の党員になるってことは、いったいどんないきさつがあったのか、と父に聞いたことがありました。父はしばらく考え、それから笑いながらこう答えました、「たぶん、若いころ、とても太っちょだったからだと思うよ」と。彼は、体重を恥じるあまり、走り回ることもなく、戸外のゲームに参加することもなく、またダンスにいくこともなかったのでした。彼は座って本を読む人でした。こうして彼は広範囲の読書にいそしんだのでした。

ギムナジウムを終えた後、彼は妻をともない、さらなる教育のためにドイツに行きました。そこで医学校に進学したのです。非常に若くして結婚しましたが、そのことに祖父は異議をはさむことはありませんでした。祖父はこの息子から通常の結婚を予期することは無理だったでしょう―客室メイドとの、あるいは娼婦との結婚さえ予期したかもしれません。でも実際に、父が結婚したのは、知識人家庭出身の美しい、尊敬される娘でした。彼女が持参金を持ってこなかったのは事実です、でも祖父は、財産を持たない義理の娘を持つことの喜びに浸りました。

一九〇六年のことです、父は、ベルリンに謀議のためのアパートを維持する、という党の任務を実行しました。ロシアの一九〇五年革命の敗北の後には、その参加者の多くが亡命を余儀なくされました。彼らの中には初めて外国に来た人もいました。彼らは、そこの言語に通じておらず、資力も持っていませんでした。彼らは誰かに会い、保護を受け、何処かへ送られなければなりませんでした。アドリフ・アブラーモヴィッチはこのことに大きな時間と、また父から送られたお金の多くを、割きました。

祖父は正式な教育を受けたことはありませんが、彼は自分の子供たちがしっかりと教育を受けた人になってくれることをいつも夢見ていました。祖父は息子が「ドクター」になるべく勉強していることを非常に喜んでおりましたが、同時に息子の革命家活動には大きな悲しみを感じていました。「息子よ」と祖父は言うのでした。「どうしてお前に革命が必要なんだ？　医学を修めてくれ、そうすればお前に診療所を買ってやろう。望むなら、モスクワのトゥベルスカヤ通りでも、ペテルブルグのネフスキー大通りでも構わない。どうしてお前に革命が必要なんだ？」

この革命活動により、ドイツ政府は「好ましからざる外国人」として父の追放を決定しました。これは

祖父アブラハム・ヤコヴレヴィチ・ヨッフェ、1900年

若き日のヨッフェ

一九〇六年五月でしたが、父は離れることができませんでした。彼の妻の出産が差し迫っていたのです。彼はベルリンに留まり、そこで非合法に暮らさざるを得ませんでした。

彼は、あご髭を剃り落し、暗い眼鏡をかけた後で、新生児の私を初めて見たのでした。

その時、アウグスト・ベーベル（注　1840 - 1913、ドイツ社会民主党）の記事が新聞に載り、彼はロシア人亡命者に対するドイツ政府の苛酷な取り扱いを非難しました。その例として父を取り上げました、父は妻の出産のその夜に国外追放命令書を受けていたのでした。

ロシアに帰国すると、父はただちに「戦艦ポチョムキンの反乱」の参加者の一人、フェルトマンをセヴァストポル軍事刑務所から脱出させるべく、組織活動に従事しました。彼をセヴァストポルからヤルタへ連れ出し、そこから外国に出航する汽船に乗船させることは急務でした。これは簡単な仕事ではありませんでした。ヤルタは皇帝一家の夏季別荘地であり、その海岸にそって無垢の白手袋をはめた警官隊が配備されていたからです。おそらく脱走者というものは、真夜中か、早朝に、気づかれることなく連れ出されると考えられるでしょう。アドリフ・アブラーモヴィッチは逆の手でもって、堂々と真昼に何十人の面前でこれを遂行したのでした。彼は彼の父が所有する大きな乗用馬車を持ち出し（誰もこれを拒絶できません、彼は絶対的な主人の息子だったのですから）、仕立てのいい服を着たフェルトマンを座席に座らせ、その横に私のママを添わせたのでした。美しい馬車で、着飾った美しい婦人を伴い、脱走者は海岸通りを端から端まで走り抜け、まんまと汽船に乗船したのでした。

父はドイツで教育を続けることはできなくなり、一九〇八年、ウイーンに定住することとなりました。そこで医学校を卒業し、医師の学位を受けました。彼は常に医学に、とりわけ精神分析学に、興味を持ち続け、アルフレッド・アドラー博士（注 1870 - 1937）の生徒、その学派の一人となりました。しかしながら、彼にとって人生の真の意義は、常に革命活動の中にありました。

ウイーンにおいて、社会民主主義新聞「プラウダ」の設立に直接的な役割を担いました。ウイーン・プラウダ紙の主要な発行者は、以下の四人のグループでした。パルヴス、M・I・スコベレフ、L・D・トロツキー、そしてA・A・ヨッフェ。

訳者ノート　ナディエジュダの記述どおり、ロシア語で真実を意味する「プラウダ」紙の設立は一九〇八年である。当時トロツキーはメンシェヴィキ、ボルシェヴィキの分派には属さず両派の統合を主張する組織論的立場にあったものの、その永続革命論の主張により、両派からの理論的な隔たりをもっていた。孤立の時期でもあった。この「プラウダ」は非合法紙であり、ガリツィア（ウクライナ西部）とポーランドとの国境経由、あるいは黒海経由でウクライナ、ロシアに密輸された。『わが生涯』によれば、隔月発行で三年半続いている。したがって一九一一年、ないしは一九一二年まで続いたことになる。ロバート・サービス著『トロツキー』Part One: 1879 - 1913（『トロツキー』山形浩生・守岡桜訳、白水社、二〇一三年）によれば、「プラウダ」は一九一〇年一月、ボルシェヴィキ・メンシェヴィキ合同中央委員会総会で党からの財政援助を受けることに成功しているとある。一方、もう一つの「プラウダ」紙はボルシェヴィキ派により、一九一二年に合法紙として首都ペトログラードで発行されているが、明らかにレーニンのトロツキーに対する計算ずくの挑戦でもあったろう。またレーニンのある種の冷笑的（sardonic）な政治的ポーズをも物語っている。また、それほどまでにウイーン「プラウダ」紙がロシア国内で成功裏に配布されていることでもあったろう。

才能あるジャーナリストのパルヴス（実名はヘルファンド）は、何事にもその時していることに熱中してしまう人でした。父は、彼はチェスを指している時でも、自分の全人生はこのゲームの結果にかかっている、とばかり指すんだ、とよく言っていました。新聞は資金を必要としていました、そしてパルヴスはビジネスに関わりを持つようになっていき、徐々にその活動が彼の傾注の中心になっていきました。彼は富を蓄え、革命運動から離れました。

先を急いで話を続けます。父が一九一八年にソヴィエト大使としてベルリンに駐在した時、パルヴスは面会を求めました。しかし大使は彼と会おうとはしませんでした。その当時、パルヴスは裕福で、非常に成功した商人でしたが、非難の余地のない評判を持った人物というにはほど遠い存在でした。ソヴィエト・ロシアの大使はその遭遇を拒否したのです。

マトヴェイ・イヴァノヴィッチ・スコーベレフ（注　1885 - 1938）——後にケレンスキー内閣の労働大臣——は、一〇月革命の後、亡命しパリに住みました。一九二〇年、当時フランス大使であったL・B・クラシンの忠告にもとづき、彼はロシアに帰国しました。控えめな地位で平穏に働き続けましたが、一九三七年逮捕され、銃殺されました。

レフ・トロツキーとヨッフェは、しかしながら、友人であり続け、父の死に至るまで思想の共有者でした。

ロシアに帰国し、地下活動を続けた父は一九一二年オデッサにて、オデッサ党組織全部とともに逮捕されました。格別な証拠のないまま、独房での監禁の後、四年間の行政管理的流刑となり、トボルスク州（注　西シベリアの州、ウラル山脈東側）に送られました。彼はその地方のデミアノフスク村で刑期を送りました。その村の農民イリヤ・ドローニンによって書かれた本からの引用を紹介したいと思います。デミアノフスクに居住する革命家たちの影響を受け、ドローニンは革命家になりました。彼の本は一九六四年、スヴェルドロフスク（注　シベリア西部の州、ボリシェヴィキ指導者スヴェルドルフ　1885 - 1919 の名にちなむ）にて出版されました。

こう書かれています。「もっとも裕福で、もちろんもっとも援助を与えてくれた流刑者は医師のA・A・ヨッフェでした。彼はロシア社会民主労働党に属した、として地下活動から発見され、トボルスク州の北部へ流刑されました。アドリフ・アブラーモヴィッチは楽しく快活な人柄でしたが、デミアノフスクの高官たちとは少なからず問題を起こしました。彼らは、彼が学校教師のもとに引っ越した後、生徒たちに悪影響を及ぼしていると非難し、彼を逮捕しました」

一九一三年、流刑中に、父は事実、逮捕されています。でもそれは「生徒たちに悪影響を及ぼしている」からではなかったのです。その時、黒海船員組織に関する大きな裁判がオデッサで進行中でした。調査の過程で、父がこの組織に参加していることが明らかになりました。彼は流刑中であったため、逮捕されオデッサに連れ戻され、そこで裁判にかけられました。その結果市民権剥奪となり、永久の流刑となりました、今度はシベリア中部です。

クラスナヤルスク地方（注　シベリア中部、北は北極海に面す広大な地域）のアバーン村に流刑された間に父は人生最初にして最後の医療行為を実践することになりました。彼はアパートを、正確には小屋を、そこの息子が病気となった家庭から借りていました。彼らはその子供に清潔なシャツを着せ、「イコンの下」に寝付かせました。「神の御意志はいかに？」ということです。「神の御意志」は彼が回復することを意味し、そうでなければ「神が連れ去る」ことを意味していたのです。父が医療行為を施した時は、こんな様でした。父は一番近いカンスクの町から必要な薬を入手すべく処方箋を書き、その子供の治療を始めました。

このことが知れ渡ると、地方当局は父を強制的任務として雲母鉱山に医師として送りました。

二月革命により、父はその地から解放されました。一九一七年四月に、父はもうペトログラードに入っており、その夏、（父が所属する）メジライオンツィ（注　地区連合派、Inter-District）グループ全体とともに、父はボルシェヴィキ党に入党しました。そして彼は一〇月革命に積極的に参加したのです。

これは驚くべき出来事でした。

オデッサの刑務所での束の間の面会を除けば、私は父に実質五年間会っていませんでした。ペトログラードにおいても、彼は私に気を使ってくれることはできませんでした。でも、たとえわずかな時間でも父と共に過ごす

著者と母、1916年

ことは、私にはとても意義深いことでした。テリオキー（注　現在のカマローヴァ、ペトログラード郊外、フィンランド湾沿い）のダーチャ（注　夏季の家）でのこんないきさつを覚えています。私は何処からか走ってきたのでしょう、とても息切れがしてたので、飲み物がすごく欲しかったのです。そこでメイドに水を持ってくるように頼みました。父はメイドを行かせずに、私に柔らかい口調でこう言いました。

「ナジューシャ、いいですか、自分で水を取ってきなさい。もっと言うと、自分でできることは自分でするように、あなたにそうなってもらいたいのですよ」

単なる一言に見えるかもしれませんが、でもそれは、私にとって人生の基本原則の一つとなりました。自分でできることは他人に委ねるのではなく、自分ですべきであること。

一九一七年の夏、ダーチャに滞在している時、ママと私はしばしばペトログラードを訪ねました。そこでは、すべてが興味を惹くものでした。群衆は通りを行進していました、旗を掲げる人、そうでない人。あらゆる街角では、自然発生的に討論が発生し、誰かがいつも演説をするのでした。夜には、ママと私は映画に行きました。それらは、何と素晴らしい映画だったのでしょう！　何かの理由でしょうか、どんな映画もその当時のポピュラーなロマンスのタイトルを掲げていました、「黙って、悲しみよ、黙って」とか、「愛しき愛の物語」、等々でした。

訳者ノート　Be Silent, Sorrow, Be Silent そして A tale of Dear Love,　どちらもピョートル・チャルディニン監督（1873 - 1934）によるサイレント映画。

そして、なんという素晴らしい俳優たちだったのでしょう！　ヴェラ・ハロードゥナヤ、マキシモフ、ルーニッチ、マジューヒン、そして、ルイセンコ。彼らはそろってハンサムで、その演じる愛はとても美しかったのです。魅惑的なヴェラ・ハロードゥナヤは建物の五階の窓から身を投げ、その下で横たわるのですが、まるで美容院から帰ったばかりのように清潔で平穏に見えるのでした。彼女はとにかく美しい女優でした。

六月のデモは臨時政府により鎮圧されましたが、その後、レーニンとジノヴィエフはフィンランド湾沿いに地下潜行しました。トロツキーはクレスティー刑務所に拘束され、彼の妻ナターリア・イヴァノーヴナ（注 1882 - 1962）は二人の子供を連れて私たちの所に身を寄せました。私は、私たちがダーチャの近くを散歩し、クロンシュタットの水兵たちに遭遇した時のことをよく覚えています。彼らが、私たち幼い子供にどうして話しかけてきたのかはわかりませんが、彼らが誰の息子たちであるかを理解した時のことはよく覚えております。彼らは少年たちの肩をたたき、こう言いました。「悲しむことはないよ、子供たち、君たちのパパを銃剣と音楽ですぐ自由にしてあげるから！」私たちはその言葉にとても印象づけられました、銃剣と音楽で。

1920年代の著者の父ヨッフェ

一九一七年八月の第六回党大会で、メジライオンツィから三人が中央委員に加わりました、トロツキーとウリツキー（注 1873 - 1918、暗殺される）は正規委員となり、ヨッフェは委員候補に。一〇月革命を成し遂げたこの中央委員会メンバー二四人のうち、一一人は銃で死に、一二人目は刑務所で死に、トロツキーはスターリンにより暗殺され、ヨッフェは自殺しました。

父は明け方に帰宅することもありました。疲労はしていましたが、充実していました。彼はこう言いました、「さあ祝おう、われわれは権力を奪取したんだ」私たちはスモーリヌイ女学院（注　貴族子女のための学校、ここにボルシェヴィキの革命本部が設置された）に向かいました。私はトロツキーに会いましたが、彼は疲労の極みで、かろうじて立っている状態でした。私は父が笑みを浮かべ、彼に話しかけた様を覚えています。「おめでとう、レフ・ダヴィドヴィッチ！」彼は、父が最近の出来事に言及したのだと明らかに思ったのでしょう、「あなたにも、おめでとうと言わせてくれ」と返しました。父は微笑みを絶やさず、言いました。「いいえ、私は個人的なことでおめでとうと、言ったんだよ、レフ・ダヴィドヴィッチ、あなたの誕生日のことだよ」

トロツキーは驚いた様子で父を見つめ、手のひらで額をたたき言いました、「完全に忘れていた、付け加えよう、誕生日を祝うのも悪いことじゃあないね、って」それから、私はレーニンを初めて見て、彼がソヴィエト会議で演説するのを聞きました。

父は軍事革命委員会のメンバーとなり、家で過ごす時間はほとんどありませんでした。一方、日々の生活はさらに困難になりました。こうした困難に不慣れなママは、父の望みに反して、私を連れ、バクー（注　アゼルバイジャン首都）にいる彼女の母のもとに去りました。彼女はひと月余りを過ごすつもりでしたが、ムサッヴァティスト（注　アゼルバイジャンの地域政党ムサッヴァト党）の蜂起がバクーでおき、アゼルバイジャンとロシアは切り離されてしまい、私たちは、ボルシェヴィキが権力を確立する一九一八年の春までそこに滞在することになりました。バクーで影響力を持つ人物はステパン・シャウミヤン（注　1878 − 1918）で、バクー人民委員二六人の一人で、その後英国人により銃殺されています。彼から、父はペトログラードでもなく、モスクワでもなく、ベルリンにいることを知りました。シャウミヤンは、父が私たちを呼び寄せようとしていることも告げてくれました。私たちはモスクワに旅立ち、そこからベルリンに向かいました。

Part 1 - 2　ベルリンのソヴィエト大使館

そして私たちは大使館に到着しました。そうした場所を私はこれまで見たことがありませんでした。寝室には正方形のベッドがありましたが、その幅はとても広く、一〇人の人がその上で寝そべることができたでしょう。会議場は、端から端まで自転車に乗っていけたでしょう、そして宴会場はさらに広かったのでした。

大使館の職員はすべてロシア人でしたが、すべての使用人はドイツ人で、彼らは前の主人公たちが残していった人たちです。本館の監督者はマルタ夫人でした。彼女は特別な「スピーチ」でもって私を迎えてくれ、その要旨は「家庭の中では、子供が太陽です」でした。彼女は私に、前の大使には「閣下」と呼んでいたが、今度の大使、父のことです、はそういった呼び方を禁止したので「大使殿」と呼んでいます、と告げました。父にとって人生の厳しい時でした。非常に困難で、責任をともなう仕事が彼の肩にのしかかり、その成否にソヴィエト政府の運命が、ある程度までかかっていたのです。その時彼は三五歳、教育では医師、職業では革命家でした。彼に外交の経験はありません（ブレスト＝リトフスク交渉を除外すれば）でした、そしてもっとも熟練したヨーロッパ外交官と交渉しなくてはならなかったのです。

さらに、実務の切り盛りの中で彼は外交儀礼のしきたりを習わねばならなかったのです。このことで時には、奇妙な出来事も生まれました。一度、ドイツ外務省のレセプションに向かう時、父は運転手に、もっと場に合った服装をするよう告げました。彼はストライプの入った絹のパジャマ姿で現れました。

ベルリンにはロシア人学校がなかったので、私には家庭教師がつけられました。でも、その先生が好きになれず、勉強の方は芳しくありませんでした。幸い、大使館には素晴らしい図書館がありました。誰も私の読書を管理することはなく、私は次から次へと本を読破しました。ドストエフスキーを読み、明るいカバーのポピュラーな恋愛小説も読みました。大使館の中にあって私は唯一の子供でしたので、皆、私にはとても親切でしたが、その中でもとりわけ、私はレオニード・ボリソヴィッチ・クラシン（注　1870－1926、エンジニア、ボリシェヴィキ）を敬愛しました。彼は何と驚くべき人物であったでしょうか――知的で、機知に富み、そして誠実でした。彼は一九〇五年革命――そこで党の財務責任者、戦闘部隊長として主要な役割を担った――の敗北の後、ロシアを離れました。後年、彼は電子会社、シーメンス－シュケルト社のエンジニアとして働いております。明らかに才能にあふれたエンジニアであったのでしょう、この会社の執行取締役のポストを占めています。

一九一七年革命の直後、彼はロシアに帰り、積極的に革命の渦の中に入り込みました。彼はレーニンによりベルリンに送られましたが、レーニンは西欧ビジネス界における彼の個人的権威に希望をかけていたのです。当初、彼は不適当な場所に来たと、多少感じていました。私は、彼と父の会話を覚えています。彼が何かに満足しない時、「どうして**あなた方は**こんなやり方をするのだろう？」と言うのでしたが、父は笑みを持って彼の言葉を訂正するのでした。「どうして**われわれは**、ですよ、レオニード・ボリソヴィッチ、どうして**われわれは**……」すると彼は、「よろしいでしょう、どうして**われわれは**こんなやり方をするのでしょう？」と訂正しました。彼は共通の仕事のみならず温かい友情によってもまた、父と結ばれていたのです。一度、彼が休暇に出かける時、レオニード・ボリソヴィッチは私を連れて行ってくれました。彼の家族――妻と私とおよそ同年輩の三人の娘――はその当時、スウェーデンのボスタッドという保養地に住んでいました。彼の休暇の全日程を私は彼らとともに過ごしました。後になって彼は笑いながら、私のことを「私の可哀そうな娘たちの道徳的破壊者」と呼ぶのでした。私は彼の娘たちに、神を信じることのないように、そして母親に服従することのないように、と教示したのでした。でも、その当時、それが私の人生の信条であったのです。

一二年間の経験は私に母に服従しないことを教えてくれていましたが、私はまた、神が私の期待を裏切った時、彼を信じることも止めていたのです。父がオデッサの刑務所に入り、その後流刑となった時、私はシンフェロポルで親戚と一緒に暮らしていました。私はデザート菓子、キッセルの表面を形づくっている皮の部分が大好きでした。そして一度、食糧貯蔵室に入った時、そこにあった全部のキッセルから皮を食べてしまいました。「主よ、もう一つの皮をキッセルに与えたまえ」と、祈りました。でも神はそれを与えてくれず、私は大いに困る羽目におちいりました。それをもって、私は神への信仰を止めました。

大使館の日々はドイツ大使ミルバッハがモスクワで殺害された後、非常に張りつめました。父は直接回線により彼の殺害を知らされました。この暗殺は社会革命党（注　SR）左派党員で、非常委員会（チェーカー）メンバーの者によるものと、彼は告げられました。その当時、左派SRは政権に入っていました。父は知らない人物と一人で接客をしないこと、また単独での外出をしないこと、の警告を受けました。これらの警告には適切な理由がありました。それというのも、匿名の手紙が大使館宛てに届けられ始めていました。「お前たちはわれわれの仲間を殺した、それ故われわれはお前たちを殺す」と。父はこれらの脅迫を一顧だにすることはなかったのですが、この事件は総体として彼のドイツとの関係を複雑なものにしました。

当時の外務人民委員チチェーリン（注　1872 - 1936、トロツキーの後任）とのビジネスライクな接触の欠如のため、父の仕事は、その時だけではなく全体として複雑なものとなっていきました。その理由を今にして思えば、なによりも二人の性格の違い、二人の仕事のスタイルの違い、に起因していると思われます。父は非常に組織だった、おそらく学識的精緻を好む傾向を持った人でした。彼は時間に遅れたことはありません。彼が六時に予定された会議に到着した時、時計が六時を打っていた、と好んで言ったものでした。一方、チチェーリンは多くの時間を夜の仕事に向けました。そしてこのために彼のスタッフ全員も同様に夜に働かざるを得ませんでした。数時間後には送られたであろう情報を知ろうとして、彼は朝五時に直通回線で電話してくるのでした。このことは父を苛立たせました。さらに言えば、二人は、原則的諸問題に関して異なった意見を持っていました。

父はとても独立した見解の持ち主で、正しいと信じる方向に突き進むのでした。「外務人民委員会（Narkomindel）

はベルリンに移った」という話も人の口に上りました。

レーニンの手紙のコレクションの中に、この時期に書かれたヨッフェ宛ての一通の手紙があります。レーニンはチチェーリンとの接触を確立しようとしていないと、父を非難しております。チチェーリンについて好意的に話し、こう書いています。

「彼（チチェーリン）の弱点は上司風の欠如であるが、これは悪いことではない。多くの人が逆の弱点をもっている」

同じ時、レーニンは「機密事項」とマークされた電報をレオニード・ボリソヴィッチ・クラシンに送っています。チチェーリンとの対立において、明らかにクラシンはレーニンに、父への支持を求めていました。

以下はレーニンの電報です。

「私はヨッフェの仕事を十分に評価しており、その事を無条件で是認します。しかし、以下のことを主張します。

／ヨッフェには大使として振舞ってもらいたい。つまり大使の上に外務人民委員が立っていること、

／他人への叱責と軽視をすることなしに、地位関係を見届けること、

／重要なことはすべて外務人民委員に相談すること、

これらの要望が満たされるなら、大使ヨッフェの支持は可能であり、その意思をもっています。大使ヨッフェにこのことを印象づけるには、私はあなたの機転を必要としています。返信を待っております。レーニン」

一九一八年一〇月、カール・リープクネヒト（注　1871 - 1919）が大使館を訪れました。彼は刑務所を出て、直接私たちの所にきたのでしょう、彼の到着は大使館正面玄関で多数の友情に満ちたデモで迎えられていました。

歓迎の宴が大使館で開かれ、私はフランツ・メーリング（注　1846 - 1919）の隣の席につきました。彼はこの宴会で最も年輩で、最も年少だったのが私でした。（メーリングはドイツ社会民主党の古参の一人で、スパルタクス

団の一員でした。当時七〇歳を超えていたに違いありません）この正式な歓迎会の後、リープクネヒトは家族を伴って、度々私たちのもとを訪れました。彼の妻はロシア人で、ソフィア・ボリソーヴナという名で、そして彼らには三人の子供がいました。会話の中には、彼の温かい人柄と誠実さが溢れていました。しかし、彼には、それから数週間の余命しか残されていなかったのです。

新しい興味深い人たちが大使館に立ち寄りました――クリスチャン・ゲオルギヴィッチ・ラコフスキー（注 1873 - 1941）と、ニコライ・イヴァノヴィッチ・ブハーリン（注 1888 - 1938）です。

ラコフスキーはブルガリアに生まれ、ルーマニアで育ち、フランスで教育を受け、そしてロシアの革命家となった人でした。彼はルーマニア語、ブルガリア語、それにいくつかのヨーロッパ言語を万遍なく流暢に話しました。どの言語が彼の本来のそれなのか、私たちには見当が付きませんでした。一度彼に、どの言語が本来のそれですか、と尋ねたことを覚えています。ラコフスキーは少し思案してから、こう言いました。「その時話している言葉が、たぶん私の本来の言語なのでしょう」

だれもがブハーリンを一目で好きになり、親しみを込めて彼を、「ブハーチック」と呼びました。レーニンは彼のことを、「党のお気に入り」と呼びましたが、その理由もうなずけることです。

彼は一二歳の私の想像をかきたてました。その時、彼は彼の誕生祝いの言葉を受けながら、長い宴会用のテーブルに登り、真ん中まで走り、そこで逆立ちをしたのです。後年、私は、ブハーリン、ラコフスキーの二人に会う機会がありました。

一九一九年、私はコムソモール（ロシア共産主義青年同盟、ＲＫＳＭ）に参加しました。その時一三歳で、同盟の規定では一四歳から入会が認められていました。しかし当時は、そこに参加を希望するものは少なく、規定はこの場合厳格に守られてはいませんでした。

たぶん、私はニコライ・イヴァノヴィッチの推薦状を頼んではいないと思いますが、彼がいた時、私たちはコムソモールについて話をしており、彼は持ち前の親切心でもって私の推薦を申し出てくれました。
後年、ラコフスキーは私の人生で大きな役割を演じることになるのですが、それは別の主題であり、この回顧録で後ほど取り上げようと思います。

カプラン（注　1890 - 1918、社会革命党員）のレーニン襲撃は私たちを大いに憤慨させましたが、その事件のすぐ後、新しい人物が大使館に現れました。彼は背が高く、痩身で、とがったあご髭を持ち、ダマンスキーという通り名でした。父が彼と話しているのを聞いて、自分がどんなに驚いたか、私はよく覚えています。父は「どうしてこんなことが起きたんだ？　君はそれを見逃したのか？」と、その人物に問いかけていました。何故ダマンスキーという人物が、命を落とすやも知れなかったレーニン襲撃事件に責任があるとは、私には皆目見当がつきませんでした。その人物はジェルジンスキー（注　1877 - 1926、チェーカー初代長官）でした。彼は特別任務をおびて別名でベルリンに来ていました。私たちの所では長くいませんでしたが、彼が大使館総領事メンジンスキーと長時間話していたことは記憶しています。

ヴャチェスラフ・ルドルフォヴィッチ・メンジンスキー（注　1874 — 1934）は、モスクワに帰ると、チェーカーで働き始めました。最初は幹部会メンバーとして、一九二三年からはジェルジンスキーの副官として、さらにジェルジンスキーの死後は一九三四年の彼自身の死までゲーペーウー（注　チェーカー改組後ＯＧＰＵとなる）の長官をつとめました。一九二八―一九二九年の古参党員と若いコムソモールのメンバーの流刑と政治的隔離収容所（そこへ反対派は送り込まれた）への投獄は「人間の手以外で練り上げられた（注　プーシキンの詩の引用）」彼の遺物でした。私の記憶では、彼は口数が少なく、すこし影があり、並はずれて丁寧な人物でした。私に対してもフォーマルな呼びかけをしましたが、それは子供に対してはめったに使われるものではありません。

訳者ノート　英語 you に相当するロシア語の二人称代名詞単・複はそれぞれ Ты（トゥイ）と Вы（ヴゥイ）で、前者は親密な間柄に、後者は一般的、フォーマルな関係に使われる。フランス語の君とあなた、Tu と Vous の用法と同じ。

この頃から私は政治に興味を持ち始めました。ドイツ語とロシア語の新聞を読み、思いつく質問はすべて父に向けました。一つ言っておかなければなりません。父は、「これは君が理解するには難しい」とか、「大きくなったら分かるよ」とか、過度な知的興味を持つ子供や若い人を追いやる時に使われる類の言葉を一度も使ったことはありませんでした。そうではなく、父はいつも私のすべての質問に答えてくれ、私もまた、父の答えをすべて理解しているように思えました。

私はすべて——政治と人生の双方——を理解していたと思います。

しかしながらその時、私にとって最も重要なことは何か、を理解していたとは思いません。ウンター・デン・リンデン通りのその家で私の子供の時代に終わりが来たことは理解していませんでした。

その時はまた、パパとママと一緒に過ごした最後の時でもありました。私はキプリングの猫のように、独り立ちを始めようとしていたのでした。

訳者ノート　ジョセフ・キプリング、英国の児童文学者、1865 - 1936、ここでは、The cat that walked by himself を引用している。

Part 1-3　革命ロシア初代駐日大使の父と訪日

一九一八年一一月、ドイツ革命を前にして、ソビエト大使館のスタッフはドイツから追放されることとなりました。ドイツでの武装蜂起の為、私たちの乗った列車はボリソフ（注　鉄道ルートからして、おそらく現ベラルーシのミンスク州であろう）で遅れることになりました。父は直接回線でベルリンとモスクワと話しましたが、私たちがドイツに帰ることはありませんでした。

この頃、私の両親は永久に別れることになりました。ママと私はモスクワに住み、父は二番目の妻となる人とともにペトログラードに住み、そこで働くことになりました。一九一九年の夏、彼ら二人に息子ヴラジミールが生まれました。

私はこの弟について後ほど書きます。

ママと私はソヴィエト第一会館（現ホテル・ナショナル）に住むことになりました。私たちの部屋は典型的なホテル部屋で標準的な家具があり、二つのベッドのある小部屋に、浴室――水は流れておりません――が付いていました。下にはとても大きい共同のキッチンがありましたが、だれも使っていませんでした。とにかく、料理するものが何もなかったのです。皆にダイニング・ルームでの食事のクーポンが与えられていました。

一九一八―一九一九年の冬はモスクワではとても過酷だったのです。食糧は欠乏していました。私たちは平均のモスクワ市民より、少しだけ恵まれていました。砂糖の粒をいくつか散らした黒パンは稀なデリカシーで、むしろパン菓子でした。私はママが一切れの肉を何とか手に入れ、下の共同キッチンで料理したことを覚えております。階段を上る時、彼女は足を踏み外し、フライパンを落としてしまいました。彼女が長い時間部屋から出て行ったままなので、私は探しに出ました。彼女は階段に腰かけ、そのフライパンをつかんだまま泣いていました。

ママは決して泣き虫ではなかったのですが。

でも、こうしたことは私にとって大して関心あることではありませんでした。私の生活一般は家庭の外にありました。私は学校で勉強、いや、正確に言いましょう、勉強をすることなく学校に来ていました。というのも、私たちは授業に特に拘束されることはなく、多くの時間を政治活動に費やしました。私が入学した学校は革命前のポポヴァ&キルッピッチニコフ私立ギムナジウムで、モスクワでは最も自由で進歩的な学校の一つとして知られていました。そこでは革命前であっても男女の共同クラスがありました。教師の多くは社会民主主義者で、私たちの数学教師はロシア社会民主労働党（メンシェヴィキ派）のモスクワ委員会のメンバーでした。進歩的でもなく、自由でもなかった他のギムナジウムでは教師たちは自分の科目を出来うる限り静かに教え続けていましたが、これに比して、私たちの教師は、私たちと同様に、政治に携わることになり、私たちと衝突することになりました。教育人民委員会、ロシア共産党といった指導機関は当然ながら、私たちの側に立ちました。

一九一九年の初期、私は学生共産主義連盟と呼ばれる組織に加入しました。この年の夏、この組織はロシア共産主義青年同盟（コムソモール）と合併することにより解消されました。この期間はまた、私のコムソモール・メンバーとしての始まりと特記されるでしょう。私は学校セクションで活動しましたが、そこは第二学年のコムソモール細胞を組織する部門でした。その当時、中等教育は七年制でした。年少の三グループ（クラスではなくグループです）は第一学年、残りの四グループは第二学年と呼ばれていました。私たちは学校（つい最近までギムナジウムでした）を訪れ、全体集会を持ち、そこの生徒たち（それまでのギムナジウム生徒）にコムソモールへの参加を呼びかけました。

私たちのコムソモール学校セクションでは、私はただ一人の女生徒であり、文字通り命がけで働きました。もし年若い者がそれまでは男子生徒のみであったギムナジウムにアジテーターとして行ったならば、彼らは彼を袋詰めにして、つまりコートで彼を包み、殴打するのです。ギムナジウムの伝統にしたがい、少女を殴打することは許されていませんでした。それ故、私はしばしばこれらの集会をブーイングと口笛の中で去ることになりましたが、殴打されたことはありません。

父はペトログラードで働きながら、しばしばモスクワにやってきました。一度父は私を劇場に連れていってくれました。父は厳に古典好き、と言わなければならないでしょう。散文ではトルストイ、詩ではプーシキン好みでした。当時とても人気のあったイゴール・セヴェリアニン（注　1887 - 1941、詩人）に対する父の態度は皮肉めいたものでした。流刑の地で、彼はこの詩人の出来のいいパロディーを書き、それに「アドルフォ・シビリアニン」と署名していました。またマヤコフスキー（注　1893 - 1930、詩人）も好きではありませんでした。モスクワの劇場の中では、父の好みはマリー劇場でした。いまそのことを思い出していますが、父と私は、その時マリー劇場での「狼たちと羊たち」を見に行ったのでした。

訳者ノート（注　「狼たちと羊たち」、原作は劇作家アレクサンドル・オストロフスキー、1823 - 1886）

私たちは人民委員会議と呼ばれるボックス席に入りましたが、そこはステージに面していました。ボックス席は非常に広く、おそらく三〇人は、着席できたでしょう。私たちが入った時は人であふれていました。そこにいるほとんどの人たちは若い世代でしたが、後部の列に父と同じくらいの背の高さで、黒い口髭の男が座っていました。父は彼とあいさつを交わし、握手をしました。劇場管理主任が私たちを前列に案内してくれました。父は着席し周りを見渡して、とてもイライラした声で言いました。「一体何が起きているんだ、ここは政府席と呼ばれているのに。タイピストとか、そんな若い娘たちを座らせているが、中央委員会（ＣＣ）のメンバーには適当な席をあてがっていないよ」黒い口髭のこのＣＣメンバーはスターリンでした。

私のこの時期のコムソモール活動は、どちらかというと悲しいうちに終わりました。一九一九年の秋には、「前線への週」が宣言され、コムソモールのメンバーは赤軍病院で働くよう動員されました。ボランティアでそう望むものだけが発疹チフスの病院に送られました。もちろん私はその中の一人でした。私たちは病院用務員を補助することとされていましたが、一般に言って必要なことはすべてやりました。患者のために手紙を書き、病院活動を組織化し、ベッド用便器を配布しました。

そうした病院がモスクワにあるのは想像しにくいでしょう。患者は廊下で、あるいは一つの簡易寝台に二人、時には単に床の上に横たわっていました。シラミは肉眼ですら見つけられました。でも私の有益な活動は重度のチフスの発病とともに終わりました。二週間の昏睡状態が続き、医師たちは私が死から逃れられたのは、私の年齢のせいであったと言いました。子供がチフスで死ぬのは稀だったのです。そのまま続いた二週間のせん妄状態の中で私は、モスクワが白軍に占拠され、街はベル・ジャー（注　科学実験用の釣鐘形ガラス容器）ですっぽりと覆われてしまった、と思ったらしいのです。白軍はレーニンを殺し、その場所に二個の人形を立て、それにボール紙でもって禿のスポットをつけたのです、そんな妄想でした。少し回復した頃、私の知り合いの一人――ヴォロフスキー（注　1871 - 1923、ソヴィエト外交官）であったと思います――がレーニンに、ヨッフェの一三歳の娘はチフスに罹り、せん妄状態の中でそうした妄想を追っていたと告げたらしいのです。レーニンは大いに笑い、私に会った時、「そのような鮮明に表現された政治的せん妄に陥ったお嬢さん、容態は如何かな？」と聞いたのでした。

歩行ができるようになると、ママと私はキスロヴォースク（注　北コーカサス地方）の鉱泉に送られました。そこでは保養地・療養地の運営がすでに始まっていました。

鉱泉地域は最近になり、やっと白軍から解放されたばかりで、キスロヴォースク近郊では様々な敗残兵の一隊が依然として徘徊していました。

その地方のコムソモール委員会は二四時間のパトロールを組織していました。到着の翌日私はその委員会に出かけ、全ロシア共産主義青年同盟のメンバーであり、パトロール当番の用意ができている旨を告げました。しかし、私の見てくれはひどいものでした――青白く、痩せて、髪はバサバサに刈り込まれていたのでした。私はパトロール当番に受けつけてもらえませんでした。

おそらく、こうした話は大きな興味を引くものではないでしょう、でも私はその当時の雰囲気の中にあった一片の意識を伝えたいのです。

モスクワに来た時、父はソヴィエト公館に住みました。一度そのアパートに行った時のことですが、一人の風変わりな男に会いました――シャリアピン（注　1873－1938、オペラ歌手）です。ペトログラードでは、彼は父によく会っており、モスクワでも同様に父を訪ねてきていました。彼の同伴者は二番目の妻であるマリア・ヴァレンチノーヴナでした。彼女はちょっとがっしりした体型の女性で、彼の最初の結婚でもうけた娘はイリーナで、痩せた黒髪の一八歳でした。

私たちに紹介する時、シャリアピンは「私の娘……イリーナ」と言いましたが、ちょっと間を置き、「フェドローヴナ」と付け加えました。「妻の……」、また間を置き「マーシュカ」と紹介しました。

私は彼のオペラとコンサートのプログラムはほとんど全部聞き知っていました。そして誰もが彼がどうやって歌うかも知っていました。でも彼が何という話し上手なのかは、おそらく誰もが知っていることではないでしょう。私は彼の話の内容を伝えようと何回も試みました。でも、面白い話、として伝えられたことはありません。結局のところ、彼は優れたドラマ俳優であり、魅力的なディレクターであり、稀なる芸術家であり、彫刻家でもあったのです。きっとそのような完全に秀逸な人というのは、一〇〇〇年に一人しか生まれてこないでしょう。ミケランジェロはたぶんそうした人物なんでしょう――彫刻家、芸術家、建築家、そして詩人でした。ほぼ五世紀前に彼は、こう書いています。

眠ることの楽しいことよ、さらなる楽しみは岩であること
でも、できないのだ、この恥ずべき年、この恐れを知らない年になっても
知ろうとしない、感じることのないこと、それはうらやましい運命だ
どうか私に触れないでくれ、私を眠りから起こさないでくれ

五世紀も前です。そしてなんという時宜を得た詩なのでしょう。

キスロヴォースクからモスクワに帰り、私は学校に行きました。この時期、クラスは既に開かれていました、本当です、しかし多くの実験的なプログラムが行われていました。旅団方式とか、ドルトン・プランとか、その他の教育方式です。

歴史は、科目としては教えられていませんでした。古い歴史教育は捨てさられていましたが、新しいものはまだ記述されていなかったのです。その代り、私たちには社会科学が教えられました。

私たちは自分たちの学校ではとても幸運でした。というのも素晴らしい教師たちに巡りあえたからです。地理はポポヴァ&キルッピッチニコフ・ギムナジウムの前理事――ポリクセーナ・ニローヴナ・ポポヴァに教えてもらいました。様々な教育方式にもかかわらず、彼女の授業はとても興味深いものでした。私の宿敵、メンシェヴィキのヴァシーリ・アレクセイヴィッチ・エフレモフは、卓越した数学者でした。ここでもまた多くの実験的教育がありましたが、彼のおかげで数学に精通することができました。文学教師のアナ・エヴジェニエーヴナ・ペトローヴァは特別な温かみを持って私の記憶に残っております。

私は意図的に彼らを名前・父称・姓でもって呼んでいます。私の記憶をこうした人たちに対しての時代の証として、わずかながらも捧げたいのです。この人たちは特別に困難な時代の中で、彼らの義務を正直かつ誠実に果たしたのです。このことがどれほどに必要か、どんなに多くのことを彼らは与えてくれたのか、ずっと後になり

私たちはやっと理解し始めたのでした。

一九二〇年の夏、父はポーランドとの和平交渉をリガ（注　ラトビアの首都）で指揮しており、私をそこに招いてくれました。父の妻（注　二番目の）と子供はペトログラードに帰っており、私は父と二人だけになりました。いつもの如く父は終日多忙で、夕方に短い会話を交わすのがやっとでした。加えて二人とも不眠症に悩まされました。父は睡眠薬を服用しており、その適量を私にくれました。でも二人とも不眠が続きました。そのかわり、私たちは何といい会話を持つことができたことでしょう。

随分と後年のことですが、私はアレクサンドラ・ブルシュタイン（注　1884―1968、ロシア人作家）の（自伝）小説「遠方に続く道」（The Road Leads into the Distance）を偶然に読みました。彼女は幼い頃、父と墓地に立ち、こう尋ねました。「パパ、あなたもまたいつか、ここに眠るの？」彼女の父は答えて、「わが娘よ、そうだよ、君は私に会いにここに来るだろう。そしてこう言うに違いない。『私よ、あなたの娘が来たのよ、私はもう大人になったわ、正直に生き、働き、よき人からの尊敬を受けているわ』ってね」

もし、父が私の未来のために私に徐々に教え込んでくれたことを簡潔に表現するとしたら、私はアレクサンドラ・ブルシュタインのこの言葉をそっくり用います。

ポーランドとの交渉に父が率いていた外交使節団の中には数人の興味ある人たちがいました。父の副官はレオニード・レオニードヴィッチ・オボレンスキー（注　1873 - 1930、ソヴィエト外交官）でした。彼は旧皇族であり、デカブリストを祖先に持ったボルシェヴィキ党員でした。

彼の息子も同様にレオニード・レオニードヴィッチ・オボレンスキー（注　1902 - 1991）という名で、有名な俳優でした。現在も老いてはいますが依然として俳優活動を続けています。彼をスクリーンで見ると、私はいつも父のレオニード・レオニードヴィッチを思い出します。

ラリサ・ミハイローヴナ・ライスナー（注　1895 - 1926、作家）がしばらく滞在しました。彼女は病気になり、リガの病院に送られ、そこで治療を受けました。彼女はとても美しく、また素晴らしく話し上手でした。その話は想像をかきたてるもので、すべてを実名で呼びました。彼女の話がもっとも興味ある部分に来た時、思慮を持つ父は、私に「タバコを取ってきておくれ」と言い、私を席から外すのでした。自分の娘を前にして、そうした話がなされることに父は耐えられなかったのです。彼女はある種の冷笑を持った挑戦的な人のように私には見えました。「私がすべての人民委員と時を過ごした、と言われていることは知っています。でも誓っていいます、すべての、というのは間違っています」

作家としての彼女は、私に一度もアピールしたことはありませんでした。彼女の作風は意識的に華麗すぎでした。そして、実際彼女の作品は時の試練に耐えることはなかったのです。現在彼女を読む人は全くいません。今も残っているものは、勇ましい女性としての準伝説的な像であり、それは「楽観的悲劇」で終える人民委員の原型といったものでした。彼女はたった三〇歳の若さで亡くなりました。

訳者ノート　楽観的悲劇、An Optimistic Tragedy、フセヴォラッド・ヴィシュネフスキー（1900 - 1951、劇作家）原作による。一九三三年上演。

私はリガからモスクワに帰り以前の生活を取り戻しました。友人、学校、そしてコムソモールの生活です。それは何と無邪気に響くことでしょう、学校・コムソモール……とか。しかし、もう終わったことだと考えるならば、どれだけの罪が私の上に重なっているのでしょうか！　私たちの素晴らしい教師たちを政治でもってどれだけ悩ませたことでしょうか！　その頃にはコムソモール復活祭と呼ばれるものまでありました。救世主キリスト教会（もうこの教会は存在していません）の外に私たちは群れをなして集合しました。鐘の鳴る音に合わせ、素敵な音楽に伴われ、人々はキャンドル片手に教会に入っていきます、その中に私たちは立ち、踊り、できうる限り

の大声をあげて、こういう風に歌うのです、

「修道士たち、ラビたち、司祭たちを打倒せよ、われわれは天に上り、そこから神々たちを追い払うのだ」

何年もの後、私は囚人房やキャンプのバラックで信仰者と間近で接触する機会がありました。彼女らは（ロシア語で）リリギョーズニック（注　宗教主義者）と呼ばれていました。もちろん例外はあるものの、彼女らの立ち振る舞いはとてもよかったのです。

私がマガダン（注　極東北部オホーツク海に面する海港都市）で女性囚人団と共に過ごしましたが、そのバラックには、ある宗派のグループ――セブンスデー・アドヴェンチスト派と思いますが――がいました。いかなることがあっても彼女たちは土曜日の労働を拒否しました。彼女たちは勤勉で、何処に送られようが、労働ノルマを達成していました。しかし毎土曜日には点呼の合図とともに立ち上がり、持っている限りの暖かい服で身を包み、拘束房に向かうのでした。彼女たちはどちらかというと打ち解けないところがありましたが、呼びかけに対しては温かみをもって、快く答えました。

もちろん、彼女たちは私たちより物事を単純にとらえていました。彼女たちは身の上に起きたことすべてを神から与えられた審判、と見なしていました。

宗教に対しての私の態度は複雑です。私の人生の非常に困難な時期にあって、揺るぐことなく疑問の余地はない、と思えたことをもう一度考えてみなければならなかった時には、私は大いに苦しみました。

尊敬する多くの人たちが、それぞれ別の道を通り、やがて宗教にたどり着いたのを私は見ました。そしてこう思いました。「ひょっとして私もいつかは……」

私は注意深くゴスペルの全四編を読み始めました。またそれを信じる何人かの思慮深い人たちと話しました。そしてこう理解しました――これは私には向いていない――と。おそらく、信じるという能力は、ある種の天分のもので、私はそれを有してはいませんでした。

「汝盗むなかれ、嘘をつくなかれ、殺人を犯すなかれ、等々」の申し分ない戒律に導かれるには、とりたてて信仰者になる必要のないことで、単によき人間であれば十分である、そう私は思います。

ところで、私はこれまでの語りから、随分離れてしまいました。話を時間を追った私の年代記に戻します。

一九二一年の春、私は中等教育の第五学年を修了しました。既に書いたように、学校は七年制でしたので、あと二年残っていました。

私は学校に退屈するようになり、一五歳の年齢でもって、私自身が成長したと感じました。私はもっと急いで現実の生活を始めるべきと思い、第五学年から直接に第七学年に進級しようと結論づけました。学校においてこの意思を宣言した時、私の長年の政治的敵対者の数学教師は、率直に私に告げました。「君が数学課程をパスできることはよく分かっています。それにもかかわらず私は単位を与えないつもりだ。君のような人は、たとえ一年でも必要以上に早く社会に出ることは慎むべきである」と。私は数学課程の「バレエで言うところの」コリフェ（注リーダーだが、ソリストの下位）ではなく、彼が私に単位を与えないことを知っていました。私はわずかに残された抵抗の道を選びました。他の学校の試験に合格し、第七学年に編入される道を選びました。

一九二二年春、私は一六歳になり、中等教育を修了しました。

ママは、外国居住を強く望み、友人たちがベルリンでの貿易代表団の一員としての仕事を準備してくれました。学校試験の後の休養を兼ねて、私はママに一ヶ月の間同行しました。その当時のベルリンは重度のインフレの最中であり、マルクはめまいを起こすほどの速さで、その価値を失っていました。唯一外国人のみがそこで正常に暮らすことができました。（ドルを持つ者はそこでの暮らしに不便はありませんでした）不幸なドイツ人たちは給料を日給ベースで受け取り、昼食の休みの時間の間に買い出しに出かけるのでした。というのもマルクの価値は日毎に落ちていたからです。その当時のベルリンで目立ったことは、移民――とりわけロシア人――の数でした。ロシア語はいたる所で聞かれました――公共の乗り物で、店舗で、街の通りで、とかです。悲しいジョークがゆきかっていました。クルフュルステンダム（ベルリンの中心通り）では、ドイツ人が故国へのホームシックで首を吊った、そんなジョークです。

一ヶ月後、私はモスクワに帰りました。

父は東京、母はベルリン、そして同居していた祖母は息子に会いにバクーを訪ねていました。私はアパートの中で一人ぼっちでした――私の独立には理想的な条件でした。

この頃でしょう、私は最初の賃金を稼ぎ始めました。私は若い俳優フョードル・ミハイロヴィッチ・ニキーチン(注　1900 - 1988)に紹介されました。彼は凱旋門広場(注　現マヤコフスキー広場)に広いアパートをもっており、数人の熱心な人と共に「おもちゃの輪」（The Toy Ring, потешное кольцо）と呼ぶ子供たちのための演劇スタジオを組織していました。そこにいるほとんどはホームレスの子供たちでした。その当時彼らは群れをなし、街の通りでタバコを売るか、駄菓子を売るか、あるいは単に盗みを働くかでした。フョードル・ニキーチンは通りで彼らを拾い、アパートに連れてきて会話を持ち、それまでの生き方を止めるよう説得しました。幾人かは聞くことなく去っていきましたが、多数はそこに残りました。

彼らは何と能力に溢れた子供たちだったでしょうか！　しかし彼らに食糧を与えなくてはならず、このグループのリーダーたちも、単なる熱意のみではやっていけなくなり、そこで「おもちゃの輪」は、ある労働者クラブの庇護のもとに構成されることになりました。そしてリーダーたちに給与が支払われるようになりましたが、私もその一人でした。それというのも、私はそのクラブの中で、社会科学の学習サークルを指導していたのですから。どれだけの給与を得ていたかは覚えていません、でもそれは市電に乗車する分には十分な額でした。

「おもちゃの輪」はモスクワではよく知られた存在になり、そして、このメンバーたちは、何処でもいいというのではなく、ボリショイ劇場で実演できるほどに上達したのでした。彼らは素晴らしいショーを上演しましたが、教育人民委員部からの派遣者はレパートリーが理想主義的な視点で十分に構成されていないことを見つけました。

この後、「おもちゃの輪」は実質的に分解しました。ニキーチンはペトログラードに去り、多くの映画に出演し、サイレント映画のスターの一人となりました。何故だか分りかねますが、映画に音声が入るようになった時、彼は十分には成功しませんでした。それほど遠い昔ではありません、彼は映画「人生と涙と愛」に出演していました。

訳者ノート　この映画の原題は **и жизнь, и слезы, и любовь** で、youtube で見ることができる。ロシア語ではあるが、重厚な映像が感じられる。

一九二三年の夏、父に会うため私は日本に向かいました。（注　この当時ヨッフェは駐日大使であった）汽船はウラジオストックから日本の港、函館への航路を取りました。それはとても大きな汽船で、映画館、スイミングプール、ダンスホールがありました。乗客ラウンジ——そこはディナー会場になるのですが——は広く、そこにはギリシャ文字のパイの形をした大きなテーブルがありました。Π《パイ》の字の横線部分の中央に座る人は船長で、身のこなしよく、痩身で、エレガントな英国人で、彼の髪は非の打ちどころなく整えられ、その海軍制服も同様にプレスされていました。私たちはウラジオストックを昼間に出航し、夕食時にはそのテーブルの全席が占められました。白いジャケットを着た給仕係たちは、テーブルのいたるところを走り回り、乗客はワインを飲み、この部屋は騒音と陽気に満ちていました。その夜、汽船は激しい横揺れにみまわれ、翌日の朝食時にはテーブルの空席が目立ちました。揺れはさらに激しくなり、昼食時にはたった一〇人が顔を見せただけです。夕食時、船長は自席に平然と座り、私はテーブルの反対側に座りました。夕食が終わると、船長は私に歩み寄り、私の手を握り英語で何かを言いました。私は、もちろんその一言も理解できませんでした。でも私に賛辞を言ったのは確かでしょう。

日本は信じられないくらい魅力に満ちた国でした。私の回想は一九二三年に遡り、それ以降もちろん大きな変化があったことでしょう、でもその当時でさえ、発達したテクノロジーと古代に属するものとの融和に私はとりわけ感激しました。通りでは人力車が最新の自動車と並んで走っているのでした。電気駆動の列車は東京・横浜間を（その当時ロシアでは市郊外の先には電気駆動の列車はなかった）走っていました。でも、その列車の窓から見る風景は稲作の水田で、そこでは足のかかとまで水につかりながら、もっとも原始的な手作業で人々が働いていました。そしてまた熟練職人が造る工芸品の素晴らしさ！　彼らは象牙から人力車を彫刻しますが、その人力車には乗客までいるのです、しかもこの大きさはクルミの実ほどの大きさなのです。

その地で父は、今でいうホビーを見出しました。それはミニチュア庭園でした。最も大きいもので、約一メートル四方、最も小さいもので、およそティーカップの受け皿の大きさなのです。それでも、その庭園には木々が繁っているのです。テーブルスプーンの大きさの池には、指ほどの大きさの柳がしだれ、その横には桜の木が植えてあり、開花の時期にはピンの頭くらいの小さな花を咲かせます。

どちらかというと大きめ――半メートル四方――のミニチュア庭園には道とマッチボックスの大きさの夏の家（注　あずまやであろう）が配置されていました。父はこの庭園をレーニンへのギフトとして買い求めました。父は病に倒れたイリッチに、何か気晴らしになるものを手に入れたいと望んでいました。父はこの庭園にすっかり魅せられ、これならどんな人にもアピールするに違いないと思ったのでした。庭園は実に驚くべきものでしたが、そのすべての美を言葉で伝えるのはとても難しいことです。

レーニンは、しかしながら、もう一つの発作に襲われ、そのミニチュア庭園をいじる状態にはなりませんでした。そこで父はその素晴らしい庭園をギフトとして私にくれました。私はそれをモスクワまで持ち帰り、植物園に寄付しました、私は手入れの方法を知らなかったからです。しばらくして私は、どうなったか、と尋ねてみました。それは枯れて死んでいました。植物園の著名な専門家もその手入れ方法を知らなかったのです。これは、日本人の間で世代から世代、父から子へ、と伝わったひとつの芸術だったのです。

私は、日本人が伝統をどうやって保っているかについて、強い印象を受けました。ヨーロッパ化された日本人知識人は、ヨーロッパ調にあしらえた部屋で客を迎えます。一方彼らが生活している部屋は日本風に整えられています。ヨーロッパ人と会いに出かける時は、ヨーロッパの服装を着こなしますが、家では着物を着て、下駄を履きます。

日本で父は重度の病気に陥りました。ツェツェバエに刺されたのが原因だという人もいました。父は常時治療を必要としたために、モスクワから医師が派遣されました。父は自らの医学研修を実践することがほとんどできなかったのですが、可能な限り医学文献を参照し、頑固なまでに自分を医師とみなしていました。モスクワから送られた最初の医師は、父により即座に拒絶されました。この人はある高官の甥で、「叔母の尻尾」にすがりついて、外国への旅を企んだだけのことでした。父は彼を即刻送り返しました。

このエピソードの後、ドクター・エティンゲル（注　1887 - 1951）が到着しました。彼は高度に熟練した医師であり、また人格ある人でもありました。何故そうだったか今も分かりませんが、彼はわずかの滞在でモスクワへ呼び戻されました。でもモスクワでは、彼はクレムリン付きの医師として、また良き友人として父をよく訪ねてきました。

後年、有名な「医師たちの陰謀」事件に巻き込まれ、刑務所で果てました。

訳者ノート　doctors' plot 1952 - 1953、モスクワの高名な医師たち（多くはユダヤ人医師）によるソヴィエト高官の殺害陰謀事件というもの。一九五三年三月スターリンの死とともに、この事件はねつ造として訴追中止となった。

ドクター・エティンゲルが離れた後、父は中央委員会から、正規の医師として日本人を招くことを許可されました。この医師は、当時の東京市長で影響力を持ち、日本―ソヴィエト外交関係の主要な支持者であった後藤子爵の義理の息子でした。彼はソルボンヌで医学教育を受け、パリで実践し、三ヶ国のヨーロッパ言語に精通し、博識ある医師との評判を愉しむ人でした。しかし、父が彼に信頼を寄せたのは、彼が後藤子爵の一族であるという事実からです。後藤子爵は、既に述べたように、緊密な日本―ソヴィエト外交関係の支持者でした。

ロシア人・日本人合同医師団の努力にもかかわらず、父の容態は急速に悪化していきました。父は外交任務を完遂することなく、モスクワに帰らねばなりませんでした。モスクワで父は療養所に入り、私は人生の新しいステージ、高等教育を始めることになりました。

訳者ノート　後藤子爵とは当時東京市長であった後藤新平（1857 - 1929）のこと。ヨッフェ・後藤会談は一九二三年二月から六月にかけてなされている。背景に革命ロシアの内戦（1917 - 1922）の終了、同じく日本帝国のシベリア出兵（1918 - 1922）の終了があり、両国とも交戦関係に決着をつける必要があった。ヨッフェ・後藤会談は正規の政府間交渉ではなく、私的な会談、準備会談の要素が強かったといえるであろう。本書の中でナディエジュダは両者の信頼関係を述べており、会談の性格をうなづけるものにしている。一九二五年には日ソ国交が樹立されている。いわば明治人としての後藤新平と並はずれた胆力を持つ革命家ヨッフェの間に醸成された個人的信頼関係は興味のある出来事である。偶然ながら両者とも医師である。

Part 1 - 4　一九二四年、一八歳、レーニンの死

私はプレハーノフ人民経済大学の経済学部に入学しました。何故か、この大学は今日では商業の専門大学として見なされています。その当時は商業とは何の関係もありませんでした（但し、経済学部では多くの分野の一つとして商業がありました）。

大学には三つの学部、経済・工学・電気があり、そこでは技術者を教育しました。技術エコノミスト・技術工学者・電気技術者です。私の修了証書は「技術者 - エコノミスト（engineer-economist）」となっています。

当時、この大学では興味深い学生群が見られました。顕著なことは彼らの年齢でした。平均すれば、三〇歳前後でしょう。多くは内戦の参加者であり、何人かは成人してから読み方を習っており、また大多数は労働者教育課程からの出身でした。

友人のディーファ、それに私自身は学校からストレートに上がってきた少数派でした。また「前学生」もいました。彼らは革命の嵐の時代に学業を修了できず、今新たに復学した人たちでした。

私は市電の乗車に機敏でなかった時の出来事を覚えています。三番線の市電は大学の正門前に停車するのですが、私は後ろから、誰かに背後を小突かれた気がしました。その声は「前に進んで、同僚」と、聞こえました。彼は私のコムソモールのバッジを見て、言い直しました。「失礼、タヴァーリッシュ（注　同志）」と。「学生（注　ロシア語でストゥディエントト）」という言葉さえ不人気で、私たちは「ヴゾーヴィッチ（注　大学を意味するロシア語ヴズからの派生語。大学っ子）」という言い方をしました。でもこの「ヴゾーヴィッチ」は何とよく勉強したことでしょうか。それぞれの人は、高価なカットグラスの花瓶を与えられた人に似ています。彼らは誇りを持って喜々としてそれを運び、でもその手に持った物の価値を十分に認識しながら大切に運ぶのです。「ヴゾーヴィッ

チ」はセミナーに出席するだけではなく、その当時講義への出席は義務的ではなかったのにもかかわらず、あらゆる講義に向かったのでした。彼らは、統計とか会計理論とか、の退屈な科目にすら細心の注意を払いました。これらはディーフアや私が一度も出席しなかった科目でしたが、試験の前になると、詰め込まれた席に座り、他の人より早く試験を受けました。ところで、実際の仕事が後になって示したように、こうした退屈な科目は、熱意を持って習った党の歴史や弁証法的唯物論とは違い、私たちがもっとも必要とする科目だったのです。

これらの学生、いや正確にはヴゾーヴィッチたちは、後年マグニトゴルスク（注　ウラル山脈南部）鉄鋼コンビナートや、ドニエプル（注　ドニエプル川はロシア―ベラルーシ―ウクライナ―黒海に至る総延長二、二九〇ｋｍ）他の水力発電所の責任ある幹部となりました（何人かはこうしたプロジェクトのディレクターとなり、そして他の人は建設現場で働く囚人となりました）。

そこでの最初の一年は、学生で一番気苦労のない時として私の記憶に残っています。クラスは難しくなく、興味あるものでした（興味ないものは選択しませんでした）。私たちの選んだ友人は愉快な人たちでした。彼らは詩を好み、しばしばポクロフカ通りの「若き衛兵」という寮を訪れましたが、そこからは後に有名になった詩人が生まれました、例えばスベトロフ（注　1906 - 1964）、ウトゥキン（注　1903 - 1944）、ジャローフ（注　1904 - 1987）等です。

私たちはポリテクニカル・インスティチュートでの討論会を見逃すことはなく、「火星の生命について」にも、マヤコフスキー（注　1893 - 1930）の詩のリサイタルにも、ルナチャルスキー（注　1875 - 1933、ソ連邦初代教育人民委員）と司祭ヴヴェデンスキー（注　1889 ― 1946、ロシア正教リーダー）の討論にも同様に興味を持っていました。

ところで、ある討論会で次のような興味ある対話が起きました。彼の結語の中でヴヴェデンスキー（とても学識ある人です）は、誰もが神を必要としているし、自分の魂の中で神を探している、と論を発展させました。そしてルナチャルスキーに目をやり、嘲笑を込めて言いました。「わが尊敬する相手方も一時、神を探していた」と（彼は、一九〇八―一〇年のころ、ルナチャルスキーが神を探すことの擁護者であった事実を暗示しました）。

最後を締める意見の中で、ルナチャルスキーは一連の質問に触れ、ヴヴェデンスキーにこれまた嘲笑を込めて、言い返しました。「私の尊敬する相手方は私がかって神を探し求めていたことを思い出させてくれました。そうです、それは事実です。私の生涯記の中にはそうしたエピソードがありました。今ここで思い出すことがあります。Ｖ・Ｉ・レーニンはその時、こう私に言いました、『アナトリー・ヴァシリエヴィッチ、どうしてそんな無意味なことに時間を費やすのか？　時がくれば、あわれな司祭がそのことで君を咎めるよ』って」

訳者ノート　ウイットに富む反論であり、革命初期の討論会のリベラルな開放感が伝わってくる。

いまルナチャルスキーを心に留めていますが、もう一つ彼に関連した出来事を話してみたいと思います。大多数の学生は質素な生活を送っていたので、ある特別な委員会が発足しました。それは学生生活改善委員会、略してＣＵＢＳと呼ばれていました。その委員会はレクチャー、レポート、コンサートを包括するもので、そこからの収益は学生の便宜に与えられました。このＣＵＢＳでは党―コムソモールの部隊は少数で、私がその強化策のために送られました。

ある時、ルナチャルスキー教育人民委員は学生の便宜のためにレクチャーをすることに同意してくれました。彼を乗せるために車が呼ばれ、それにはＣＵＢＳ議長のヴァロージャ・トムスキーと私が乗りました。約束の時間に私たちは彼のアパートの建物に到着し、ルナチャルスキーは私たちを一分たりとも待たせませんでした。彼はすぐに出てきて、車に乗り込みました。車は走りだしましたが、彼は無言で私たちもそうでした。彼はおもむろに眼鏡のずれを整え、咳をして、尋ねました。「え……と、失礼だが、どうも忘れてしまったようだ。今日のレクチャーのテーマは何だったかね？」ヴァロージャと私は驚いてお互いの目を合わせ、声をそろえて、こう答えました。「アナトリー・ヴァシリエヴィッチ、それはトーマス・キャンパネラ（注　1568‐1639、イタリアの哲学者）と彼の著作『太陽の都』についてです」ルナチャルスキーは「え……、とても有難う」と答えました。

一〇分もかからないうちに私たちは講演会場に着きました。一時間半の間、彼はまさにこのトーマス・キャンパネラについて話しましたが、形式としても、内容としても、素晴らしいレクチャーでした。彼は長い時間をかけて十分に準備したのだろう、との印象を与えました。

しかしながら、私たちは重要な問題について学習するのみではなく、楽しい時間をも過ごしたのでした。私たちが好んでリラックスする場所は、アルバート通りのバーで、単に「アルバート通り4」と呼ばれていました。そこは学生の予算で十分まかなえました。一杯のマグカップで、夜遅くまで居座ることもできました。そうしたとしても、誰も私たちに文句を言いません。逆に、そこのドアーマンは誇りを持ってこう宣言するのです。「この店は重要な常連客を持っています。学生たち、それに娼婦たちです」

私たちは劇場の大ファンでもありました。階上の安席に座っていたかもしれないし、立見席であったかもしれませんが、すべての上演された演劇は見たと思います。そして、モスクワの劇場の何と素晴らしいことか！　このことは今私が書いている時代――一九二三年の短い期間に限っていることではありません。その時代で大人気を博した作品をあげてみましょう。例えば、「王女トゥランドット」は一九二二年にヴァハタンゴフ劇場で、「ツルビン家の日々」は一九二六年にモスクワ・アート劇場で、メイエルホールド演出による「森」と「令状」もまたそこで一九二五年に、カメルニイ劇場での「フェドラ（注　ギリシャ神話）」は一九二二年でした。

訳者ノート：「王女トゥランドット」はプッチーニ（1858‐1924）原作のオペラ。
「ツルビン家の日々」は　ミハイル・ブルガコフ（1891‐1940）による戯曲。

メイエルホールド（1874 - 1940）演出家、俳優、「フェドラ」はギリシャ神話で、戯曲、フィルムで多くとりあげられている。

どの劇場も独自のカラー、独自の観客、を持っていました。モスクワ・アート劇場のスタジオさえ――いくつかありましたが――お互いどこか異なっていました。

例えばメイエルホールド劇場（注　一九二三年彼は独自の劇場を立ち上げた）とカメルニイ劇場は演劇の世界では全くの対極をなしています。私は誰もが少しは聞いたことのある劇場のみ、話しています。その他にも劇場は多くありました。即興劇で有名だったセムペランテ劇場を、今誰が覚えているでしょうか？　またゴレイアオフスキー（注　1892 - 1970、ダンサー、振付師）の演じるバレーを誰が覚えているでしょうか？　ニキータ・バリエフ（注　1877 - 1936、ダンス・パフォーマー）演じる、不思議な作品「こうもり、（Die Fledermaus）」がグネズディコフスキー通りの地下室で上演されたことを誰が覚えているでしょうか？

年長の人はいつも、自分の若かりし頃はすべてよかった、と思いがちだといわれています。私の若い頃の劇場が今よりもずっと良かったかどうかは私には分かりません。多分、そうではなかったと思います。でも今日では、見どころのある、才能に恵まれた俳優たちは、ある劇場から別の劇場へ苦もなく移ります。一九二〇年代にあっては、俳優がカメルニイ劇場からメイエルホールド劇場に、あるいはメイエルホールド劇場からモスクワ・アート劇場に移ることができたとはとても想像できませんでした。ところで、このことは何かを意味しているのではないでしょうか？

でも、自ら楽しむこと、劇場にいくこと、偉大な文学作品を読むこと、これらは私たちの人生の主要なことではありませんでした。最も重要なことは社会の最前線で働くことであり、そのための学習でした。必要なことをいつも学習していたとは言えません、でも私たちは情熱を持って、真摯に取り組んでいました。多くの時間、私たちはボルシャーヤ・ドミトローフカ通り（現在のプーシキン通り）にある党モスクワ委員会の読書室で勉強しました。そこではどんな教科書も見つけることができ、そこで休息するのではなく、興味ある本を読み続けるのでした。入館は党員証またはコムソモール同盟員証を持つ者にしか許されていません。もし私が、その当時の感情、精神、雰囲気を伝えることができるならば、「同志的感覚」が高い意識で共有されていた、ということです。その感覚というのは、あなたが同志に囲まれ、その一人ひとりに頼ることができ、また逆にあなたが彼を理解していると同じように、同志の一人ひとりもあなたを理解している、そういった確信的なものなのです。個々人がどんな個性を持っているか、彼の成就の度合いはどれほどか、彼の好みはどうか、そうしたことは、さして重要ではありません。重要なことは、最も基本的なこと――最大にして最高のゴール――なのです。自らが欲することは何もありませんでした。私たちはたった一つのことを望んでいました。世界革命と全人類の幸福、でした。そしてこれを成すために、自分の生命を捧げることが必要なら、私たちは何らためらうことなくそうしたでしょう。

一九二四年一月、レーニンが亡くなりました。この時ソヴィエト大会はボリショイ劇場で開かれていました。彼の死は既に多くの人に知られていましたが、この大会の演壇より正式発表がなされました。

私はこの会議にたまたま参加しており、［彼の妻］ナディエジュダ・コンスタンチノーヴァ・クループスカヤのスピーチを聞きました。涙を見せることはありませんでしたが、悲しみに包まれたある種の強さでもって宣言しました。

「同志たち、ヴラジミール・イリッチが亡くなりました。われわれが大好きで、そしてわれわれ自身であった人が亡くなりました……」

私はそんなに多くの男たちが泣くのを見たことはありませんでした。私自身も涙が止まりませんでした。見知らぬ中年の男、明らかに労働者でしたが、その腕を私の肩に回して、自分の涙をふき払いながら、「泣いちゃあだめだよ、私の娘、でも泣かずにはいられないんだ」と言いました。

それから私たちは長い列に並び、レーニンが安置されたユニオン・ハウスの中に入りました。まるでモスクワ全市が終わることのない悲しみに包まれたようでした。凍てつく寒さの中、通りにはかがり火が燃え続けました。このことは後になっても何回も描かれています。私たちは後になり、物事を批判的に考えることを学びました（この科学の代償は深いものでした）が、レーニンの亡くなったそれらの日々を忘れることはできません。

一九二四年の夏、私は一八歳になりました。試験にパスし、第二学年に進級し、休養にクリミアに行きました。そこで私は、私の夫となり、三人の娘の父となる人に出会いました。私たちはおよそ一五年共に生活しました。もっと長く生活を共にすることができなかったのは、私たちでは制御できない理由によるものです。でもこのことは、これから先に書くつもりです。

Part 1 - 5　エセーニン、マヤコフスキーのこと

大学の二年目は一年目と同じように始まりました。でも、少し違うところもありました。そこには学ぶ喜びがあり、学生集団の一員である誇りもありました。私たちは土に根を張り、友達をつくり、大学に長く住んでいる感じさえ持ち始めました。大学は、ある程度まで、我が家となってきました。

私の知人の一人は若い作曲家のアナトリー・ネヴィアロフスキーで、彼はセルゲイ・エセーニン（注　1895 - 1925）の詩に曲をつくりました。私はアナトリーを通じてエセーニンに会いました。誰のアパートだったかは覚えていませんが、エセーニンの他に二人の青年がいました。彼らが誰であったか分からずじまいでしたが、エセーニンもたぶん分からなかったと思います。それから、私たち全員は「ペガサスの厩」と呼ばれる、トゥヴェルスカヤ通りにあるカフェーに向かいました。そこの混んだ客たちはほとんどが文学サークルに属する人たちか、その賛同者たちでした。皆、エセーニンをよく知っており、あちこちから、「セリョージャ、セリョージャ」と声がかかり、彼に詩の発表を請うのです。

彼は私たちのテーブルの端に座り、シャツの襟をタイでぐっと締め、驚くべきほどに誠実さを保ち、声を上げ朗読を始めました。「無謀な栄光に満ちた我が若かりし日々よ、お前に毒を盛ったのは私だ、苦い毒を……」彼は詩を朗読しているのではなく、自分を責めたてているように見えました。

同じ時期に私は思いがけなくマヤコフスキーにも会いました。時期について気になることがあります。私の回顧録には読者に対していくつかの留保がある、とここで言わせてください。私が書くすべては真実です、英国の法廷での宣誓を引用するならば、「真実を、すべての真実を、ただ真実のみを、神よ私を救いたまえ」ということになります。しかしこれらの出来事は遠い昔のことなので、エセーニンに会ったこと、マヤコフスキーに紹介

されたこと、これらは一九二五年の初頭だと思いますが、ひょっとしてそれはその年の終わりごろ、あるいは一九二六年の初頭であったかもしれません。このことが実際的な重要性を持っているとは思いません。読者はこのことで私を許してくれると思います。

二通りの方法でマヤコフスキーと出会いました。私は時折ヴォドピャニイ通りにある遠い親戚を訪ねることがありました。ブリーク夫妻はこの親戚からアパートを借りていました。そこで私はマヤコフスキーに会いました。

訳者ノート　ブリーク夫妻とは、女優のリーリャ・ブリーク、劇作家オーシブ・ブリーク。この夫妻とマヤコフスキーは私生活を共にしていた。

もう一つの出会いはこうです。私の親友ディーファには姉がおり、マルヴィーナという名です。彼女たち二人は同じ父を持つ異母姉妹になります。ディーファの母がマルヴィーナの継母になります。マルヴィーナは家族とは別に住んでいましたが、マヤコフスキーとはよく会っていました。彼女を通して私は彼に会ったのです。その当時私は詩人としてのマヤコフスキーがとても好きでした。

でも彼が国家指導者の批評にしたがって、「現代最高の詩人」となった時、もう彼を好きになることを止めました。その指導者はよく知られたように、権威主義者でかつ詩の愛好家でした（注　スターリンを暗示）。もちろんマヤコフスキー本人がその責を問われる筋のないことは理解していましたが、もはや私は彼を好きにはなれませんでした。そして彼は記念碑的存在にされていきました(彼の名を冠した広場に立っているそれと同様なことです)。

彼は非難を許されない賛美の対象、そして闘士となっていったのでした。ほんとのところ、彼は全くそうした類の人ではありません。

何よりも、「非難を許されない」人にはほど遠かったのです。彼はカードの賭けが好き、飲むのが好き、女性が好き……そんな人でした。実際、「肉で出来上がった完全な人間」と自己描写しています。彼のこれみよがしな気高いスタイルと外面に出る粗野さにもかかわらず、彼は怒りやすく、傷つきやすい男だと、私には見えました。彼を不幸な終末に導いたものは、まぎれもなくこれらの資質であったと、私は思っています。

私は一度、とても面白い一家に紹介されました。その一家はママ・リリー（本当の名前は思い出せません）と呼ばれる人が家長でした。彼女の部屋がよく整頓されていたのを覚えています。複数のクッションを備えた二、三のカウチといくつかの小さなテーブルがありました。彼女の馴染の訪問客が新たな客を連れて来た時には、その客は部屋に入るのを許される前に、まずキッチンに通され、一対の質問を受けるのです。私はこう質問されました。カント哲学の絶対命令法とは何か？　モスクワの劇場ではどこが一番好きか？

私は大学の哲学サークルで学習していたので、多少カントについては知識がありました。でも、すぐにそんな知識を持っている必要がないことを理解しました。大事なことは、知性ある、機知に富んだ、答えを返すことでした。このサークルでは、博識であることはシャープな機知と対処能力ほどには賞賛されませんでした。

ところで私が受けた二番目の質問に対しての答えですが、私はメイエルホールド劇場――私の好みからは遠いのですが――と答えました。この上品なサークルではカメルニイ劇場が皆の好みでした。

ママ・リリーの夫は、確かネスペロフ（ひょっとしてポスペロフ）という名で、ソ連邦国営出版（注　ゴシズダット　Gosizdat）で働いていました。彼はかなりのレベルの詩やパロディーを書いていました。トロツキーに捧げられた一連の詩は評価されていました。もっと正確に言えば、それらはトロツキーに捧げられた、というのではなく、様々な詩人――エセーニン、マヤコフスキー、イゴール・セヴェリアニン（注　1887 - 1941）、ヴェラ・インベル（注　1890 - 1972）――ならばトロツキーについて書いたであろう、という詩のイミテーションなのです。私はその当時、暗唱していました。でも今それらを思い出そうとすると、なんとなくマヤコフスキーであったり、はたまたセヴェリアニンのようでもあります。忘れる前に書き留めておけばよかった。でもそうしていたら、きっとよくなかったかもしれません、というのも、それらはその時代の特有の匂いもたらすものですから。

マヤコフスキー風に擬した詩はこうです。

ブンゼンバーナーは千ボルトのオスラムの代わりとなりえるのか
フルンゼとは誰だ、トロツキーの後任だなんて
フルンゼには気の毒さ、でも何故そんなことが今なのだ
フルンゼのことは知っているさ
ヴランゲルの息の根を止めたことも
コルチャックを震え上がらせたことも
今は、最後にして最低の時なのか
白軍は墓地に眠っている
ペレコープがその場所さ
望みを託して人はトロツキーでなかったのか
私―クラスナショフに甘やかされたリリーの側で
君―軍需品を割り当てした英雄の側さ
ところがどちらもひどい目に合っている
最上の尊敬をレフ・ダヴィドヴィッチに

訳者ノート この模擬詩の時代背景としてトロツキーの軍事人民委員辞任（公式には一九二五年一月）があり、その後任は南部（ウクライナ）戦線で赤軍の指揮をとったフルンゼで、白軍の指揮者がヴランゲル。詩文の中のペレコープはクリミア半島にある地名。模擬詩はフルンゼをブンゼンバーナー（韻として似せていると思うが）に、トロツキーを千ボルトのオスラムに対比させている。オスラム社はドイツ・ミュンヘンのランプメーカー。「クラスナショコフに甘やかされたリリー」の解釈について、アレキサンドル・クラスナショコフ（1880－1937）は一九二〇年代にソ連邦の産業銀行（プロムバンク）の長であった。リリーは前に述べた女優のリーリャ・ブリークを暗示。彼女とマヤコフスキーには密接な関係が一時存在した。「私―クラスナショフに甘やかされたリリーの側で」は、マヤコフスキーを暗示しているとも取れる。「君―軍需品を割り当てした英雄の側さ」は、内戦を戦い抜いた兵士の暗示であろうか？「私」「君」を合わせて、「誰も」との意味と取れる。総体としてこの模擬詩はトロツキーへの尊敬が発露されており、同時に官僚主義台頭の危惧と抗議を暗示する詩となっていると訳者には思える。次のイゴール・セヴェリアニンの模擬詩はよりストレートにその感情を表現している。

そしてセヴェリアニン風に擬した詩です。

レフ・ダビドヴィッチ、それはどんなに苦痛なことでしょうか
レフ・ダビドヴィッチ、私は悲しいのです、レフ・ダビドヴィッチ、そうでしょう
あなたは役目を果たしました
レフ・ダビドヴィッチ、象徴です、そして非凡な人です
レフ・ダビドヴィッチ、人々にとってのスローガン、そして合言葉です
どれだけの栄光を、どれだけ強い軍を（もたらしたのでしょう、訳者補語）
どれだけの少女が、どれだけの前線が（期待をかけたでしょう、訳者補語）
どれだけのキャノン砲の咆哮を、どれだけの装甲車の輝きを（聴き、見たのでしょう、訳者補語）

あなたを責める人はいない
あなたが邪悪な貴族の姿にされるなんて（反トロツキーキャンペーン　訳者補語）
気高さと邪悪を（誰がそうか、私は知っています　訳者補語）
レーニンは飾られ安置されています、私はあなたが彼の後継者と思っていました
王冠なき王の肖像はいたるところにあります
でもクレムリンから妬みと悪意の声が漏れてきます
あなたがカフカーズのチロリアンへ去らざるをえないと聞きました
そこではダイヤモンドの輝く波が
オステンドに似たスフミの海岸を洗うでしょう
白い大理石のホテルはボナパルトのセント‐ヘレナでしょうか
レフ・ダビドヴィッチ、悲しまないで
もう一杯シェリー酒を注ぎましょう
私はリムジンに乗りあなたのもとへ走ります
そして友情のカクテルを分かち合いましょう

訳者ノート　「カフカーズのチロリアン」とはカフカーズ地方の辺境の暗示、「スフミ」とは黒海に面したグルジア首都、「オステンド」とは北海に面するベルギーの都市。
「わが生涯」によれば、レーニンの死の前、トロツキーの健康は極度に悪く、夫妻は暖かいグルジアのスフミでの保養の旅に向かった。その途中トビリシにて夫妻はレーニンの死を告げるスターリンからの電報を受け取った。トロツキーの質問に、クレムリンはレーニンの葬儀は土曜と告げ、間に合わないので旅を続けるよう、忠告した。事実は、

葬儀は日曜日で、トロツキー夫妻にとって出席できる時間があった。

最後にヴェラ・インベル風の四行詩を紹介します。

いま彼は壁から去りました（クレムリンの壁　訳者補語）
偉大な思想をかかえ
でもスフミは歴史にその名を刻むでしょう
セント‐ヘレナの孤島がそうであるように

訳者ノート　トロツキーは中等教育のため、オデッサにある母の甥夫妻のアパートに寄宿し、一八八八年から七年をそこで過ごした。『わが生涯』によれば、やがて夫妻に女児が生まれているが、それがヴェラ・インベルである。二人はおそらく五年間ほど一緒に過ごしたことになる。彼女の有名な作品はナチ・ドイツ軍レニングラード包囲戦の時に書かれた「レニングラード日記」である。

一九二五年の春が訪れ、それとともに学生にとって忙しい時期――試験の時期――も来ました。いくつかの純粋に個人的な理由で、この一年間私は勉強に傾注してはいませんでした。それ故、試験の時期には厳しくその準備に当たりました。試験は何とかパスしました（その当時は、各種の審査過程を通るのではなく、単に試験のみでした）が、私の体調はとても悪くなりました。疲れを感じやすく（今までになかったことです）、夕方には発熱し、二週間の間に三度の喀血をともなう咳き込みに襲われました。医師は結核が顕著になったと診断しました。それでも三年生には進級しましたが、とうとうそこで二年間に渡る休学を余儀なくされました。

Part 1 - 6　レフ・ダヴィドヴィッチ・トロツキーの実像

一九二六年の春、私はヴェセンハ（人民経済最高会議）の計画経済統制局（ＥＰＤ）で働き始めました。それは私の将来の専門に密接に関連した仕事でした。しばらくして私はＥＰＤ内のコムソモール組織の書記に選出されました。その後すぐに、コムソモールは私を党員に推薦しました。私はヴェセンハ内のすべての組織――党事務局、ＥＰＤ内の党総会、全ヴェセンハでの党総会――を成功裏に通過しました。残っているものは地方委員会の確認だけでしたが、それは通常、形式的なものでした。しかしその時、党・コムソモールの総会が開かれ、そこで「同志トロツキーの反党的立場」が論議され、それに関した決議がなされました。

私はその決議に反対の投票をしました。そしてそれが、まだ始まってもいない私の党員「キャリア」の終焉となりました。

もしここでレフ・ダヴィドヴィッチ・トロツキーについて書かなければ、私の仕事は未達成で、この回想録は不完全なものだと考えます。

ここ数十年の間でトロツキーほど中傷を受けた政治家は一人もいません。

革命前の彼の活動は無視されるか、歪曲されるか、のどちらかであり、一〇月革命とそれに続く内戦における彼の果たした役割もまた同様に、無視または歪曲されました。

フランスの歴史家ピエール・ブルーエ（注　1926 - 2005）は一〇〇〇ページを超える本（注『トロツキー』全三巻、杉村昌昭他訳、柘植書房新社）を書き、フランスで出版しました。その中でレフ・ダヴィドヴィッチの生涯と活動についての莫大な量の事実資料を収集しています。これより少しコンパクトな本ですが、やはりフランスの歴史家ジャン‐ジャック・マリー（注　1937‐）も書いています。アイザック・ドイッチャー（注　1907‐1967）の「追放された預言者」は実に興味深い本です。これらの本がロシア語に翻訳され、ここで出版されたら、どんなにいいことなんでしょう。

訳者ノート　ドイッチャーのトロツキー伝記三巻は一九九一年モスクワにて出版された。

最近のロシアでは、トロツキーが本来そうであるべき評価を受けた記事が、いくつか現れ始めました。でも確かなことは、そうした記事は極めて稀です。今日においても、彼に関しての一九三〇年代の固定観念は依然として忍び込んできています。

一つの例を挙げましょう。彼は「大公なみの贅沢」を好む気質があると中傷されました。私は何度も彼のアパートを訪ねていますのでこう宣誓することができます――彼らは実に慎ましやかな生活をしていた、と。トロツキーの性格は、そうした策略が中傷する「贅沢」な生活――アパートメント、家具、美味好み、等々――への完全な無関心なのです。彼らの子供たちもまたそうした精神でもって育てられました。

彼の長男、レフ・セドフ（彼は母の姓を受け継いでいます）は大学に入り、家を出て学生寮に住みました。彼は、父親の名声が、その当時にあってはもたらしたかもしれない利点を愉しむことを拒否し、また友人・同級生から彼を分け隔てるどんな特別扱いをも望むことはなかったのです。家庭にあっても彼の両親はこの決定に同意していました。

他の例を挙げましょう、トロツキーは、理論家として、同時に戦時共産主義の申し子、として描かれると同様に「長靴を履いた男」として描かれています、これは長靴ではなく、「擦り切れた靴」を履いていた市民派レーニンに対置するかのようでした。

事実をいうなら、トロツキーは完全に市民派の人であり、長靴が彼を「古参兵」になさしめた、ということではありません――たとえ彼がそうなることを望んでいたとしても。

彼のソヴィエト政権での最初の地位は外務人民委員でした。

私はよく覚えていますが、彼が軍事人民委員ならびに革命軍事委員会議長に任命されたことを聞き、当時ドイツにいた父はとても驚きました。

彼は優秀な論客であり、国際労働運動の権威であり、文学評論家でもありましたが、どんな表現を選ぼうとも、決して軍事の人ではありませんでした。

しかしながら、その時点での国家の状況が彼をして軍人になることを要請し、彼は事実そうなりました。

マキシム・ゴーリキー（注　1868 - 1936、作家）はレーニンの追憶の中で、こう述べています。「テーブルをこぶしで叩きながら、彼［レーニン］は声高に言った。『一年でほぼ模範的な軍を組織化し、軍事専門家としての尊敬を勝ち得た男がいるなら、私に見せてくれ。そう、われわれにはそんな男がいるのだ』……」

トロツキーが戦時共産主義の理論家だといわれることに関しては、次のことが言えます――レーニンのNEP（新経済政策）への転換を最初に支持したのはトロツキー以外に誰もいなかった、と。また、彼の最後となった仕事が権利譲渡委員会の長であったことは偶然ではなかったのです。この仕事はもちろん、彼のスケールに合ったものではありませんが、でもこの任命は偶然ではなかったと、もう一度繰り返します。彼は、協同組合事業、譲渡事業、自由企業、等々の擁護者であり、どれをとっても彼を戦時共産主義の型枠にはめ込むことはできないのです。

訳者ノート　権利譲渡委員会、Chief Concessions Committee とは、ロシア内の鉱物資源採掘権・土地使用権・森林伐採権・等を期限付きで外国資本に譲渡（concession）することにより、外国資本（独・米・英・他）をロシアに呼び込む、またはジョイント・ベンチャーとすることを目的とした産業育成機構である。

ある時期、トロツキーとレーニンとの間の不一致が膨大な量で書かれました。もちろん、不一致はありました。そのような並はずれた、傑出した二人の人物がいつも、すべてにおいて、同じ考えを持つはずはありません。しかし、私は次のような出来事――些細なことでしょうが――を覚えています。それは、L・D（注　トロツキー）が私たちの家を訪ねてきた時のことです、何のためであったかは覚えていませんが、彼はレーニンと交わした会話、それは一九一八年か一九一九年でしょう、を父に語りました。それはこうでした。レーニンが冗談気味に、「レフ・ダヴィドヴィッチ、君はどう思う？　もし彼らが私たち二人を殺したとしたら、スヴェルドロフ（注　1885－1919）とブハーリンでやっていけるだろうか？」

一九一九年の七月レーニンは、ソヴィエト人民委員会議議長としての白紙の命令保証書を、次のようなメッセージをそえてトロツキーに送りました。「同志諸君、私は同志トロツキーの命令が厳格なものと承知したうえで、同志トロツキーによる命令の根拠が完全に正しく、便宜にかなっており、そして必要なものと確信しております。それ故、彼の命令に全面的な保証を与えます。　V・ウリアノフ・レーニン」

これは絶対的な信頼性を表わすものではないでしょうか？　レフ・ダヴィドヴィッチもまたレーニンについて語る時は、いつも尊敬と純粋に人間的な温かみを込めていました。

彼がスターリンについて語ったかどうか、今思い出そうと努めています。何回か語ったと思いますが、それは付随的であり、ある嫌悪感を伴っていました。

多くの人が私に尋ねました。「それは何故？　間違うことなくスターリンよりも知性と才能と知識に勝るトロツキーが、しかもレーニン存命中にはるかにポピュラーであったにもかかわらず、最後の結末で（もし、この言い方が適切なら）、敗北を見ることになったのは、何故？」

私は自身の主観的意見――いや意見というより感覚でしょう――を述べます。それは、まさしく彼のこの嫌悪感が勝つことを妨げたと言えます。トロツキーは単に自分をスターリンのレベルまで落として、スターリンの手管を使うことができなかったのです。

そしてスターリンにとっては、あらゆる手管が許されていました。

では、レフ・ダヴィドヴィッチ・トロツキーの実像は一体どうなんでしょう？

一九〇五年と一九一七年のペトログラード・ソヴィエト議長であり、一〇月革命の最も活動的な実行者・組織者の一人であり、レーニンの時代、全国で第二の重要性と大衆性を持ち、スターリンが権力を握った後、スパイ、破壊工作者、ゲシュタポのエージェントと名指しされた人――トロツキーの真の姿とは。

自叙伝『わが生涯』で彼自身書き記したように、彼はヘルソン地方ヤノーフカ村（注　ロシア南部、現ウクライナ）に生まれました。彼の父は小規模な自作農民でしたが、その農地を徐々に増やしていきました。ヘルソンと、隣接するエカテリノスラヴ地方には当時およそ四〇ヶ所のユダヤ人農業入植コロニーがあり、その人口はおよそ二五、〇〇〇人でした。

「私の少年時代は飢えと寒さのそれではなかった。私の誕生の頃には家族は既に十分な収入を得ていた。しかし、それは貧困から抜け出そうとし、途中で止めようとする意図など持たない人の仮借ない収入であった。すべての筋肉は張りつめ、すべての考えは仕事と蓄えに注がれていた。そうした家庭の日常は、しかしながら、子供にとっては慎みのある場所を提供してくれた。窮乏を知ることはなかったが、生活のゆとり――心地よさ――を知ることもなかった。私の少年時代は下層中産階級の輝きのない灰色のそれであり、広大な自然に囲まれた辺鄙な村の片隅で過ごし、習慣、見解、興味は委縮された狭いものであった」と、トロツキーは書いています。

この村で、Ｌ・Ｄは九歳まで過ごしました。村の生活と農民の労働を、よく言われるように、母乳とともに、知り得たのでした。九歳の時、家族は彼を、勉学の為にオデッサに送り出しました。八年に渡る中等教育を終え、それから一年後に彼は逮捕されました。こうして彼の革命家の人生がはじまったのでした。彼の人生の内実というものは——内戦時の数年を除外すれば——党と執筆活動でした。一九二三年、ソ連邦国営出版（注　ゴシズダット）は一三巻の彼の著作を出版しました。この出版は一九二七年、トロツキーに対するキャンペーンが熾烈になり中止されました。

私のトロツキーについての個人的な思い出は、私の人生の最初の思い出と重なり合っています。一九〇八年の初頭、新聞「プラウダ」がウイーンで出版されました。出版者はパルヴス、スコベレフ、トロツキー、ヨッフェで、彼らは頻繁に会合し、家族同士もまた密接な関係でした。トロツキーの長男リョーヴァは私と同じ年で、私の幼いころの友でした。

こんなエピソードを覚えています。その時、二人は三歳か四歳だったでしょう。リョーヴァと私はテーブルに座り、カーシャ（注　粥）を食べていました。私はさっさと食べ終わりましたが、リョーヴァはノロノロしていて、ふざけてスプーンを投げ出しました。レフ・ダヴィドヴィッチが部屋に入ってきて、「どうしたのかね、子供たち」と尋ねました、私は直ちに、私は食べ終えたのにリョーヴァは食べないでふざけまわってますと報告しました（私は何と嫌味な人間だったでしょうか）。彼は息子に「どうしてカーシャを食べないの?」と静かに問いかけました。リョーヴァはスプーンを掴み、父を見上げました。その顔つきは、猪に睨まれた兎のようで、急いでカーシャをかきこみはじめましたが、せき込んで喉を詰まらせました。ところで、Ｌ・Ｄが子供を罰するとか、声を荒げるとか、そういった事例は一度も見たことはありません。

もう一つのエピソードがあります。私は腰かけて、父が書いてくれた家と船の絵を見ていました。その絵の出来栄えを次の事実から想像してみてください。その時Ｌ・Ｄが部屋に入ってきて、「ナジャーシャ、なんて上手に絵が描けるようになったの」と言いました。私は、それはパパが描いたのだ、と口をとがらせました。「あっ、そうなの、あなたのパパが描いたの、とてもいい出来栄えだね。私もそのくらい上手に描きたいものだ」私はパパを心から愛しており、Ｌ・Ｄですら、パパほどにはうまく描けないと知り、とても幸せな気持ちになったことが思い出されます。

一九一二年に父はロシアに帰り、まもなく逮捕されました。二月革命でシベリアへの流刑から自由になったのです。

一九一七年五月、ペトログラードで父とトロツキーは再会しました。父はシベリアから、トロツキーは外国亡命から、それぞれ帰ってきたのです。彼ら二人は再び同じ「弾薬帯」を装着し、メジライオンツィ・グループのメンバーとなりました。このグループは一九一七年の夏、ボルシェヴィキ党に合流しました。

一九一八年の秋、ソヴィエト大使館がドイツから追放された後、私はモスクワに住み、リョーヴァと同じ学校で学び、コムソモールも同じ細胞に属し、L・Dのアパートをしばしば訪ねました。レフ・ダヴィドヴィッチはめったに在宅してはいませんでした――ほとんどの時間を前線で過ごしていたのです。にもかかわらず、同志や客と一緒にいる彼に会うことがありました。

私はここで、傲慢で独善的だ、として広まった彼のパーソナリティーの固定観念を壊してみたいと思います。これは真実ではありません。彼は傲慢でもなければ、独善的でもありません。彼は深層心理に深い人であり、多くの人とは異なり、ただちに自分の心を開くことのない人なのです。彼はまた人への要求が強い人で、これはどの人にも受付けられる、というものではありません。彼の要求は自分と、自分に近しい人にも向けられていました。

彼の息子リョーヴァの死（注　一九三八年、パリにて不審死）の後に書かれた惜別の記で、息子との関係をこう書いています。「息子との関係は滑らかで、穏やかなものではなかった。実務問題の解決の中で身に着けた細部へのこだわり、曖昧性を排した態度を、私は彼にも向けて示した。この特性は大きい規模の仕事にとっては有効で不可欠なものだが、個人的な関係においては不十分である。それ故に私は特別に近い人にはたびたび大きな苦痛を与えることになった」

全生涯を通じて、おそらく彼には、親密な友人は二人しかいなかったでしょう――ラコフスキーとヨッフェです。

しかし、彼は真実の友でした。

父の死後、父の医学治療を確保するためにどれだけ彼が尽くしてくれたかを、私たちは知ることになりました。治療の要請に関して、彼は当時の保健人民委員であったニコライ・セマシュコ（注　1874 - 1949）に書き、またさまざまなリーダーたちにも要請しました。これは一九二七年のことであり、そのような「リーダーたち」に要請をすることは、彼にとって必ずしも時宜を得た、また心地よいことではなかったと、私は考えます。

少数の友人と献身的なアシスタント（彼らはL・Dの党追放と流刑の中でも忠実でありつづけました）に加えて、彼には献身的な家族がいました。

革命の前は外国で亡命生活を送ったために、最初の結婚でもうけた娘たち（注　二人）には長年会っていませんでした。しかし帰国するやただちに接触をはかり、娘たちはしばしば彼の家を訪ねました。

私は一九三六年コリマのキャンプ時代、二人の娘の母アレクサンドラ・ルヴォーヴナ・ソコロフスカヤ（注　1872 - 1938）と一緒でした。長女のジナイダは一九三二年、追放中の父（注　コンスタンチノープル）に会いに出かけ、その間にロシアの市民権は剥奪されました。このことと、明らかに他の要因とも重なり、ジーナは自殺しました。

アレクサンドラ・ルヴォーヴナは、ジーナの死の後、レフ・ダヴィドヴィッチから送られた手紙を暗唱しており、私に朗読してくれました。私はその最初の部分を覚えています。「親愛なる友よ、何故運命が私たちにそれほどまでも辛くあたるのか、理解できません」この場合、「親愛なる友よ」は手紙の定型的な書き出しではありません。彼女は終生、彼の文字通りの「親愛なる友よ」であり続けました。

彼はまた、二人の息子にも愛情を持って接しました。長男レフは愛する妻と子供を残し、追放の身になった父についていきました。Ｌ・Ｄにとって彼は単に息子であるばかりか、人生と闘いを共にした友であり、忠実なアシスタントであったのです。

彼の妻、ナターリア・イヴァノーヴナは妻として、一人の女性として、一人の人間として、献身的な愛情のモデルでした。彼との関係において、彼女は終生変わることはありませんでした。極めて限られた収入で生きる亡命者の妻として、牢獄に暮らす囚人の妻として、国で二番目に有名な男の妻として、追放を余儀なくされた政治家の妻として、そして最後にはすべてのソヴィエト新聞と国外の親ソヴィエト新聞により中傷を浴びせられた追放された亡命者の妻として。

彼もまた同じく思いやりをこめた愛情で応えました。アメリカで出版されたL・Dの日記で、四〇年の生活を共にした後も、彼女を、彼女の確固たる意志を、彼女の音楽への愛着を、彼女の広い興味を、賛美して止みません。彼の次男セルゲイ（注　1908 - 1937）の逮捕を聞いた時、彼は日記に綴りました。「可哀そうな息子、そしてとてつもなく可哀そうなナターシャ……」

ナターリア・イヴァノーヴナに関して、トロツキーの妻としてではなく、彼女自身についての言うべきいくつかの言葉があります。

今日、遺跡や古代モニュメントの保護と保全の必要性が数多く言われ、書かれています。しかしながら、一九二〇年代に教育人民委員会に一つの特別部門があったことは誰も覚えていません。それは、古代モニュメント保護部と呼ばれていました。その長はナターリア・イヴァノーヴナ・セドヴァだったのです。これらのモニュメントの保護に彼女は多くの努力を向けました。それというのも、その当時には熱狂主義者と呼ばれる人たちがいて、彼らは「革命的スピリッツ」を示すために、古いものは何でも破壊しようとしました。彼女に感謝しましょう、赤の広場の入り口近くに建っていた、イヴェルスカヤ聖母礼拝堂は保護されました。その礼拝堂は交通の障害になるという理由で、後に移設されました。その当時にあって、ナターリア・イヴァノーヴナは数多くの教会や、古代モニュメントを護りましたが、後年それらは取り壊されました。

彼女は一九六二年に亡くなりましたが、L・Dの孫にあたる、ジーナの息子のセヴァを育て上げました。またセヴァと彼の妻の子供たちの養育にも助力しました。セヴァの長女はナターシャと呼ばれています。

ナターリア・イヴァノーヴナはトロツキーの記録・文書を保護し、それらをハーバード大学に寄贈しました。

彼女は、彼女を知る人すべてから愛情をもって思い出されるのです。

さてここで、私は父の葬儀におけるトロツキーの役割について説明したいと思います。

これから述べることは、部外者や目撃者が書き記したものです。

……群衆は葬儀の場で中央委員会を代表したリューチン（注　1890－1937）のスピーチに対して怒りの声を返し、彼のスピーチは中断された。

（数年後、このリューチンは重要な政治的文書を作成発行し、スターリン体制とスターリンその人を非難しました。当然のことながら、彼は銃殺刑となりました）

……目撃者は続けます。まるで夢から覚めたように、隣に立っているサポローノフ（注　1887―1937）に「一体何で叫んでいるのか？」と、尋ねました。そうしたトロツキーを見れば、彼はこれまでのスピーチを聞いていなかったと結論したであろう。自分の考えに沈み、墓を見つめ、左頬の筋肉は小刻みに震えていた。次はトロツキーのスピーチだと告げられた時、誰もが沈黙した。トロツキーが最後の演説者であった。そしてこれが、ソ連邦における彼の最後のスピーチとなった。彼の口から「官僚」という言葉が出てきたが、それは長期に渡る敵対者の名前の如く響いた。彼は、ヨッフェの死ではなく、ヨッフェの生き様をたどっていこうと人々に呼びかけた……（私はこの回想録で後ほど彼のスピーチの全文を示すつもりです）。

そうです、彼は真実の友でした、人に求めることも高く、自分も忠誠を尽くす人だったのです。そして子供たちも彼を愛していました。

タチアナ・イヴァノーヴナ・スミルガは、トロツキーが彼女の父（注　スミルガ）を訪ねてきた時のことを思い出しています。L・Dは、真剣な会話の後、子供たちと遊び、リラックスしていました。スミルガ（注　1892‐1938）の逮捕は、トロツキーの面前でなされました。その時、彼の幼い方の娘、五歳のナターシャは、見知らぬ輩が彼女の父を連れ去ったという事実に、子供らしくも絶望に襲われ、誰でもない、トロツキーその人に走り寄りました。彼女は激しく泣き、その小さな手でトロツキーの脚にしがみついたのでした。

党は、一九二七年一一月に父を埋葬し、翌一九二八年一月にはトロツキーをアルマ・アタに追放しました。

彼が流刑地に送られる日、それを聞きつけた私たちは彼のアパートに集まりました（この時点、彼はクレムリンを出て、グラノフスキー通りのアパートに移っていました）。しかし、そこで彼を見つけることはできませんでした、何処かに連れ去られていたのです。彼の自宅には娘のニーナ（注　次女）と義理の娘のアニア（長男リョーヴァの妻）、生後一年の幼児のレフ（トロッキーの孫）がいました。彼らはトロツキーを追って流刑地には行きませんでした。それに私たちと同様に、幾人かの同志たちもいました。GPUはアパートを罠としたのです。誰でも入れるが、誰も出さないようにし、私たちは朝までそこに留まらざるを得ませんでした。朝になり、やっと私たちは外に出ることができました。ニーナはこれらの出来事を次のように説明しています。

彼ら（GPU）が、アルマ・アタに送る旨をトロツキーに告げた時、彼はこの決定は有効なものではなく、行くことを拒絶する、と答えました。トロツキーを連行しにきたグループの中の年長の者は、あきらかに狼狽して、「同志トロツキー、理解ください。これは私の一存ではないのです。私は単に命令に従っております、私は兵士なのです」と、言いました。L・Dは「私もまた兵士だ、しかし革命の兵士であり、良心の兵士だ、君は？」と言い返しました。

トロツキーは行くことを拒否し、そこから一歩も動こうとしなかった。彼らは腕で彼を担ぎ上げ、階段を降り、車に押し込みました。ナターリア・イヴァノーヴナとリョーヴァはトロツキーに同行しました。

「アルマ・アタには行かない」次男のセリョージャもその車に乗り込みました。セリョージャは帰ってきてから、その車は駅ではなく、ほとんど人気のないどこかの引き込み線に入ったと話してくれました。彼らは車からトロツキーを担ぎ出し、客車に運び込みました。リョーヴァは、背後から、「諸君見てくれ、労働者の諸君見てくれ、彼らはトロツキーを運んでいるんだ！」と叫びました。

彼はアルマ・アタで一年を過ごしました。そして、一九二九年にはトルコに追放されました。彼の最後となった亡命生活はほぼ一二年に渡ることとなったのです。トルコ、フランス、ノルウェー、そして最後の地がメキシコでした。

そこに欠席していましたが、彼がもっとも主要な被告であったモスクワ裁判（注　一九三六、三七、三八年）の期間、彼は以下の声明文を出しました。

「私は公開の、そして公正な調査委員会（注　米国ジョン・デューイ調査委員会）の前に、記録文書と事実と証言を持って……そして末端に至るまでの真実を公開するために、出席する用意ができています。私はここで宣言します。**もしこの委員会が、スターリンが私になすりつけた罪の一端においてでも、有罪と認定するならば、私はGPUの死刑執行人の手に自らを委ねることを、前もって誓います**、と。私はこのことを全世界の前において宣言します。そして、報道機関に、この地球の片隅まで、私の言葉を伝えることを要求します。しかしながら、もしこの委員会が――聞こえますか、私の言うことが聞こえますか――モスクワ裁判とは意識的で、かつ計画的なでっち上げであると確認するならば、私は私の告発人に対して、自らをもって銃殺隊の前に進み出よ、とは要求しません。そうではなく、何世代もの人類の記憶に、恒久的な恥辱として残ることが彼らにふさわしいのです。クレムリンの告発者たちよ、私の声が聞こえますか？　私は彼らの面前に私の挑戦を投げつけます、そして彼らの反論を待っています」

スターリンは彼の挑戦を受けたでしょうか？　結局のところ、腐敗した仕掛けの組み立ては、指の一突きで壊れるものです。そしてモスクワ裁判はこの上に成り立ったものでした。

モスクワ裁判に関して、私はトロツキーの言葉の引用をもう一つ紹介したいと思います。

「彼（スターリン）は『もう一つの裁判――正真正銘のそれ』の到来を予告した。そこでは労働者がスターリンとその共犯者を裁くべく、審判の席に座るであろう。歴史に残るカインの罪の中の最も悪性な罪を弁護する言葉は、人間の言語の中に見出すことはできない。彼が自身のために建てたモニュメントは取り壊されるか、博物館に運ばれ、全体主義の恐怖の部屋に展示されるであろう。勝利した労働者階級はすべての裁判――公的、私的を問わず――を再審理し、スターリニストの非道と悪行の不幸な犠牲者に捧げるモニュメントを、解放されたソ連邦の広場に建てるだろう」

なんという非凡な予見であろうか！

高い地位と権力への欲望を求める、彼の「経歴主義」についてもう一つの神話があります。

今日誰もが知り得ている事実に、レーニンがトロツキーに対して（人民委員会）副議長を要請したことがあります。これは彼に、その名声に加えて「国家第二の人」という公的なステータスを与えたでしょう。レーニン存命中には誰も第一の人になることはできません。

トロツキーはこれを拒否しました。

これから述べることは、彼にとって存在すらしなかった「経歴」の悲劇について彼が書いたものです。「私の追放以来、私の身に起きた『悲劇』に関した新聞記事を一度ならずとも読む機会がありました。個人の悲劇など私には知る由もありません。私が知っているのは、革命の二つの章なのです。私の野心と政権ポストの間に、また精神の平衡と現状との間に、関連性を見つけようとする俗物的な企てには、ただ驚くばかりです。私は、そうした関連性を知る由もなく、また考えたことさえありません。刑務所の中で、この手に本を、ペンを持った時、私は深い充実感を味わうことがありました。そして革命の大集会においても、私はそれと同じ充実感を味わったのです」

そうした彼の言葉にもかかわらず、別の意味において、トロツキーはロシア革命の最も顕著な悲劇の人と言えるかもしれません。

四人の子供を先立たせたことは彼の運命でした。彼らの一人として「自然な死」を迎えることがなかったのです。二番目の娘ニーナ――トロツキーは彼女を私の「共同思想家」と呼んでいました――は稀有な病気、広汎性の結核感染で亡くなりました。二ヶ月の闘病の後で。その時彼女はわずか二六歳でした。一番目の娘ジーナは自殺で去りました。リョーヴァはパリで殺害され、セルゲイはモスクワで銃殺されました。

彼のすべての友人と思想を共にする人たちが反対派の隊列から消えていった、この事実を見ることもまた、彼の運命だったのです。彼らが粉々にされ、破壊され、そして絶滅されていく様を見る、それがトロツキーの身に起きたのでした。

彼は死の最後の時まで、スターリンとスターリニズムと闘い続けました。そして同じく、その最後の時まで世界革命の不可避性を信じ続けました。

これまで述べたことは、彼の生涯について言われたことです。これから私は彼の死について私が知るに至った経緯を述べます。

それは一九四〇年のことで、その時私はマガダン収容所の周辺区域で働いていましたが、新聞を読む機会はありました、もちろん定期的ではなく、折に触れてのことです。私が手にした一枚の新聞は私にとって爆弾の炸裂でした。その最終面にメキシコ発の小さな記事があり、L・D・トロツキーが自宅で殺害されたとの報でした。殺害者は彼のかつての共同の思想家で幻滅に陥った者と推測される、と書かれていました。

私にとってこうしたコメントはもちろん的外れで、実際の殺害者、正確に言えば、殺害の組織者が誰か、私はよく分かっていました。

何年も後のことですが、この暗殺をあつかった一九六〇年のイタリアの雑誌を目にしました。著者は女性ジャーナリストで、刑務所内で暗殺者を二回インタビューしています。私がその翻訳を読んだのはもちろんのことです。ジャーナリスト特有のセンセーションと女性的な感傷を除けば、認められる事実は次の通りです。暗殺者ラモン・メルカデルは一九一四年バルセローナに生まれ、一度としてトロツキーあるいはトロツキズムとの関わりを持ったことはありません。彼の母はキューバ生まれです。著者の言葉を借りるならば、彼女は「共産主義の熱狂者」で、フランスおよび他の国々で共産主義の第五列（注　通敵活動の意味）として働くために、一九二九年に夫を捨てています。彼の息子は同様のイデオロギーで養育されました。若年の頃、彼はスペインからモスクワへ秘密警察組織（明らかにＮＫＶＤ）のレオニード・アイティンゲンにより移送されました。ラモン・メルカデルは欧州の三ケ国語に精通しており、ソヴィエトの諜報技術の習得を始めました。

記事の著者はメキシコでスペイン共産党の元メンバー、フリアン・ゴルキンを探し出しています。彼はトロツキーがロシアから追放された後に離党しています。一九五〇年に出版された、メキシコ警察長官サンチェス・サラザールによる「メキシコの殺人」というタイトルの中でゴルキンの供述が引用されており、そこでは「メルカデルは暗殺者となることを強制された」、また「彼は、母がこの暗殺実行のためにロシアで人質として逮捕されていることを知っていた」とあります。

また後年では、メルカデルが逃亡に成功した場合に備えて、彼の母は、その暗殺時、トロツキーの家から遠くない場所に止めた車の中で待機していた、と言われています。

すべてこれらのことは整合性に欠けています。

著者が刑務所でメルカデルにインタビューした時、彼は、トロツキー殺害の意図はなかった、と言っていました。しかし彼がトロツキーに近づいた時、口論が発生し、ボディーガードの一人と争いになった。「われわれ二人は息を切らし、取っ組み合いとなり、私はポケットからアイス・ピックを取りだした」

もちろん、これらのことは全くナンセンスなことです。取っ組み合いの結果として、誰一人傷を負った者はいません。しかし、トロツキー――その争いに加わっていません――は、殺害されるに至ったのでした。たった一つの事実は、彼、メルカデルは与えられた任務を忠実に実行したことです。彼は暗殺を実行したが、誰の指示によるものか、については沈黙を守りました。

そしてそれ故、彼は後年勲章を与えられました。

著者の言葉を借りましょう、メルカデルは刑務所内で特権を持っていたということです。彼は「自由体制」を持ち、刑務所内にある多くの売店に出かけ、自由に使える相当な金を持っていたのです。

しかしながら、この人物については何かの興味の対象ではありません。彼は単に殺害の技術的な実行者だったということです。

真の殺害者はメキシコから遠く離れた場所にいたのでした。

ここで紹介するのはトロツキーの孫、エステバン・プラトーナヴィッチ・ヴォルコフ（愛称シーヴァ）の回想です。彼の母はトロツキーの長女、ジナイーダ（ジーナ）で、彼女は自殺しています。その時レフ・セドフ（長男リョーヴァ）はパリに住んでいましたが、エステバンを迎えにベルリンに来ました。リョーヴァの死後、レフ・ダヴィドヴィッチとナターリア・セドヴァはこの幼い男の子をメキシコに連れもどし、そこで育てました。彼（シーヴァ）はそれ以来、今日までメキシコに住んでいます。

訳者ノート　シーヴァ・ヴォルコフはメキシコシティー西南部・コヨアカンにてトロツキー博物館（Museo Casa de Leon Trotsky）の館長として健在である。その博物館はトロツキーが殺害された家で、その庭にはトロツキーの墓碑がある。彼には四人の娘（トロツキーのひ孫）があり、そのひとりノラ・ヴォルコフは著名な脳生理学者で米国・国立薬物乱用研究所（National Institute of Drug Abuse）に勤務している。

トロツキーの生命に対する最初の襲撃は有名なメキシコのアーチスト、シケイロスによって組織されました。一九二四年以来、彼はメキシコ共産党（スターリニスト）の党員でした。言うまでもなく、彼はモスクワからの指令で動いていました。

シーヴァは彼らの住む家が一度、明け方五時に襲撃されたことを覚えています。シーヴァは恐怖で部屋の隅に隠れました。トロツキー夫妻の寝室には二〇〇発以上の銃弾が浴びせられ、その後襲撃者一味は逃亡しました。トロツキー殺害の企ては不成功に終わりました。この事件の後、シーヴァの記憶によれば、レフ・ダヴィドヴィッチは、夕方にいつも「さあ、もう一日生きたぞ」と言うのでした。

トロツキーはスターリンが決して殺害をあきらめないことを理解していました。

メルカデルはトロツキーの周辺の人を調査し、秘書の一人の妹につけ入りました。こうしてトロツキーの家に入り込む道をつけ、出版したい著作の校正を頼んだのです。トロツキーは同意しました。殺害がなされた時間、シーヴァは学校にいました。彼は十四歳で、彼の言葉によれば、その日のことは、まるで昨日の出来事として彼の記憶に住み続けているということです。

後年ナターリア・イヴァノーヴナはこう述懐しています。

「その日はとても暑い日でしたが、メルカデルはレインコートを着て私たちのところにやってきました。そのコートは完全に上までボタンが掛けられていました。私は、どうしてそんな恰好なの、暑くはないの？　と尋ねました。メキシコではいつ天気が変わるか、分からないのです……といった風の返事をして、原稿を見てくれるようにと、L・Dに向かいました。L・Dはデスクに座り、その原稿を前にしました。

「メルカデルは立ち上がり、彼の背後に回り、レインコートからアイスピックを取りだし、頭部に打撃を加えました。トロツキーは大声を出し、叫び声をあげて床にたおれました。大量の鮮血が飛び散りました。

「シーヴァが学校から帰ってきて、部屋に駆け込みました。メルカデルは既に取り押さえられ、部屋の外に運ばれていました。Ｌ・Ｄは床の上にそのままでした。彼の頭に冷たいものがきつくあてがわれました。でも彼はまだ意識があり、シーヴァを見やり、『この子をここから連れ出してくれ、子供にはふさわしくない場所だ』と言いました」

数分後に彼は病院に運ばれました。しばらくの間意識があり、医師、ナースと冗談を交わそうと試みました。トロツキーは絶えずナターリア・イヴァノーヴナを元気づけ、納得させ、落ち着かせようとしました。そして意識を失い、翌日死亡しました。彼は自らの死を、それまでそう生きてきたように、勇気と断固たる決意の中で迎えたのでした。

Part 1 - 7　父ヨッフェの自殺と遺書

一九二七年の秋、父の健康は急激に悪化していきました。明らかに日本での感染が再発したのです。これは、心臓病と体中の至るところの病気に加えてのことでした。

党中央委員会（CC）は最も権威と経験を持つクレムリン医師団による診断を命じました。その結果、アドリフ・アブラーモヴィッチ・ヨッフェはロシアでの治療の可能性を持っておらず、外国に送られるべき、との結果に到達しました。その時点の党内状況は厳しいもので、A・A（注　ヨッフェのこと）の反対派としての見解は広く知られていました。CCが彼を外国に送るのを望まなかった主要な理由は、明らかにこのことでした。

この不愉快な過程のすべては、彼が自殺の寸前に書き記した最後の手紙に概要が述べられています。しかし、私の話を続けましょう、後年、外務人民委員会（NKID、あるいはナルコミンデル）の同志から聞き得たエピソードについて述べたいと思います。

父の死のしばらく後、モスクワの日本大使はNKIDに、次のような声明を伝達しました。「われわれの知り得た情報によりますと、亡きヨッフェ氏の御家族は多大な物質的必要性に迫られているとのことです。ヨッフェ氏は日本―ソ連邦の密接な外交関係に大きな貢献をされました。われわれは氏の御家族に対して、もし望まれるのであれば、日本への訪問をもてなしたく、あるいは他の物質的援助が必要なら、それの提供を申し出たいのであります」NKIDはこう返答しました。「御心配にはあたりません。亡きヨッフェ氏の御家族にとってその必要性はありません。彼らは国家により大事にされております」

もし、父の妻が中央アジアに追放され、私がシベリアで幼い子と共に暮らしている、ということを考えていただけるならば、彼らの言うところの「国家により大事にされている」という文句をよく理解できることでしょう。

ところで、父の健康は確実に悪化していきました。彼の病気は拷問を受けているかのような肉体的苦痛を伴ったものでした。父は、体の全神経が強烈な歯痛に襲われているのに似ている、と言っていました。彼は勇気ある人でした。回復の可能性、もう一度その足で立つことの可能性、再び仕事に向かう可能性、を信じて病気と闘い続けました。しかしながら、彼にはその見込みがなくなりました。彼は、政治家として、また医師として、このことを理解しました。

一九二七年一一月一六日、アドリフ・アブラーモヴィッチは自殺しました。

彼はトロツキーに宛てた一通の手紙を残しました。誰がその死を当局に通報したのか私には分かりません。私が家に駆けこんだ時には、上り階段に通じるドアは開いており、多くの人が玄関の間に集まっていました。父が死んだ部屋のドア口には警官が一人立っており、何人であれ、その侵入を拒否していました。

どうやってその警官をやり過ごして部屋に入ったのか定かには覚えていません。私は拳で彼を殴り、パパがそこにいるんだ、彼に会うのが何故許されないのか、と叫んだと思います。私は中に入ることを許されました。父はいつも休息を取るソファーの上に横たわっていました。

手紙は残されていませんでした。その後、トロツキーが彼自身に宛てた手紙を渡すよう要求し、彼らはその手紙の写真複写を差し出しましたが、それはトロツキーにではなく、ラフコフスキーの手に渡したのです。こうして、父によって書かれたオリジナルの手紙は誰も見ていません。

ここで引用するのは、この出来事についてトロツキーが書き記したものです。（注　『わが生涯』より）

「一一月一六日、ヨッフェは自殺した。彼の死は拡大する闘争に打ち込まれたくさびであった。ヨッフェは重い病におかされていた。ソヴィエト大使として赴任した日本から帰国させられた時には、危険な病状になっていた。彼が送られた外国（注　日本）との間には多大な障害が待ち受けていた。いくつかの外交的利益を生んだとはいえ、彼の滞在はあまりにも短く、十分な（彼の職務の）代償とはなり得なかった。ヨッフェはその後、権利譲渡委員会において私の副官となり、過大な仕事が彼の肩に落ちることとなった。党内の重大局面は、彼をより一層巻き込むことになっていった。彼が最も心を痛めたのは、裏切り行為であった。彼は何度か、その深い闘争の中に身を投じようとしたが、健康への悪影響を考慮し、私は彼を引きとどめた……」

「ヨッフェに対して、外国での治療の道は閉ざされ、彼の肉体は日一日と悪化していった。秋に向かい、彼は職務の停止を余儀なくされ完全に床に臥せることとなった。彼の友人たちは再度、彼の外国治療の問題を提議したが、中央委員会は、今度は全く無下に拒絶したのであった。スターリニストたちは反対派を、「連携を妨害すべく」様々な方向へ送り込もうとしていた。中央委員会からの、そして党からの私の除名は、誰よりもヨッフェを驚かすにことになった。彼の個人的、政治的憤りに、肉体的無力の辛い理解が加わることになった。ヨッフェは、革命の未来が危機に陥ろうとしている、と確信していた。しかし、もはや彼に闘う力はなく、闘いのない人生は、彼にとって何の意味もなかった。そして彼は、最後の結論を下した」

さらにトロツキーは書いています。

「聞いたことのない声が、電話を通して私に告げた。アドリフ・アブラーモヴィッチが銃で自殺した、彼のベッドサイド・テーブルにあなた宛ての封筒の包みが置かれている……。われわれはヨッフェの家にかけつけた。ドアベルとノックに対して、ドアの向こうから、われわれの名前を言うよう、要求があり、やや遅れてドアが開いた。何か奇妙なことが、部屋の中で起きている気配があった。部屋に入るなり、私はアドリフ・アブラーモヴィッチの穏やかで、無限の優しい顔が血に染まった枕にのっていることを確認した。GPU執行部員の『B』はヨッフェのデスクの傍に立っていた。ベッドサイド・テーブルから封筒の包みは消えていた。私は直ちにそれを私に返すよう、要求した。『B』は口をもぐもぐさせ、あなた宛ての手紙はなかった、と告げた。彼の態度と口振りから、疑いもなく、彼がウソをついている、と感じた。数分後、市内のあらゆる場所から、友人がアパートに押しかけた。外務人民委員会の代表と党機関の代表は、反対派の群衆の中で敗北を悟った。夜には数千の人々がこの家を訪れた。手紙が盗まれたというニュースは市中に広まった。外国ジャーナリストはこの記事を発信し、彼らが手紙を隠し続けることは不可能になった。とうとう、その写真複写がラコフスキーに渡された。ヨッフェによって書かれた私宛ての手紙が、何故ラコフスキーに渡されたのか、またオリジナルでなく複写なのか、私には説明しようにも不可能なことであった。

ヨッフェの手紙は死の三〇分前に書かれたものであったが、最後のひと時まで彼の人柄を映し出していた。彼に対する私の態度がどんなものか、彼はよく知っていた。彼は私と深いモラルに基づく信頼で結ばれており、手紙の公開に際し、私が不必要と思う部分、不適切と思う部分を削除する権限を私に与えてくれていた。

全世界からその手紙を隠し通すことに失敗したのであったが、このあざ笑うかのような敵は、その目的のためには書かれてもいない行を偽善的に加工しようとしたのであった。」

「ヨッフェは彼の全生涯を捧げた革命運動への奉仕に、彼の死をもまた加えようと試みたのであった。三〇分後に額に向け銃の引き金を引いた、まさしくその手で、彼は最後の証言と、友人としての助言を書いたのであった」

トロツキーの引用は多少長くなりました、でもこれは、結局のところ、たった一つの「この目で見たこと」の記述であり、友人としての回顧でもあったのです。

アドリフ・アブラーモヴィッチの手紙に関して言えば、それは、その時も、その後も、党中央委員会に宛てたものではないという事実を考慮しなくてならないのです。それは友への手紙でした。レフ・ダヴィドヴィッチが正しく書いているように、またアドリフ・アブラーモヴィッチがそう明記したように、手紙の中には、極めて個人的で、公開出版を意図していない部分があります。それにもかかわらず、この手紙は政治的ドキュメントであり、公開出版されるべきです、私はそう考えます。手紙の全文は以下の通りです。

ヨッフェの遺書

親愛なるレフ・ダヴィドヴィッチ

私の人生を通じて、私は政治的・公的な人物は、あたかも俳優が舞台から退くがごとく、人生から退くことをなし得るに違いないという見解を常に擁護してきました、そして、それは遅すぎるよりも、早期になす方が良い、ということも擁護してきました。

私がまだ未経験な青年だったころ、ポール・ラファルグと彼の妻ローラ・マルクスの自殺に対して社会主義政党の間で抗議の声があがりました。その時、私は彼ら夫妻の立場は、原則的で正しい性質のものである、と強く擁護しました。私が思い起こすことは、こうした自殺に対して怒りを表したアウグスト・ベーベルに激しく抗議したことです。私はこう抗議しました。もしポール・ラファルグが死を選んだ年齢――ここで言うのは、生きてきた年齢ではなく、政治家としての可能性を持った年齢です――に対してわれわれが議論出来るならば、では政治家がそれまで貢献してきた政治運動に対して、もはや何らの利益も持ってくることができなくなった、と悟ったその瞬間に自分の生命に別れを告げる、という基本原則を議論から排除できるでしょうか、いや議論してしかるべきだ、と。

人間の生きる意味とはただ一つ、無限への貢献である――それがわれわれにとってヒューマニティということです――という見通しのもとに、またその限りにおいて成り立っている、という哲学を私は三〇年以上の年月をかけて取り入れてきました。もし人類の存在が有限であるならば、その終末は、完全な無限を使い尽くしたと知るはるか先の時間に起きるでしょう。私が信じる進歩への確信にかけるならば、たとえこの惑星が消滅を迎えたとしても、人類はもっと若い惑星へ旅立つ方法を見つけ、その存在をさらに伸ばすであろうと心に描くことができます。このことは、われわれの時代においてヒューマニティのためになされたことのすべては、はるかな世紀の先においても輝きを失わないことを意味しております。

ここに、このことのみに、私はいつも人生の根源的な意義を見出しております。そして今、二七年の間、党の兵士として過ごしてきた人生を振り返りながら、私は良心ある人生をかけて、自分の哲学に忠実であった、意義ある道を歩んできた、人類のよき利益のために働き続けてきた、と言う権利を有していると断言できるのです。刑務所あるいは流刑地での数年の間、闘争への直接的参加と人類への貢献から切り離されたことがあったとしても、その年月は目的と意義を持った人生の年数から切り離されるものではありません。何故なら、それらの年月は自己の教育と訓練にあてられ、後年の仕事の進歩に寄与したものとなり、それ故ヒューマニティに貢献した年月の一部と考慮されるべきでしょう。それらの年月さえもが意義ある人生であったのです。この意味において、私はたとえ一日であろうと無為な日々を過ごしたことはなかった、とあえて断言できます。しかしながら、明らかに私の人生が意義を失いかけている瞬間が到来しました。それ故に、それに終止符を打ち、その人生から離れる必要性が私に差し迫りました。

ここ数年、現在の党指導部は彼らが擁護するところの「原則的指針」に基づき、反対派に対して職を与えることを拒みました。私について言えば､党とソヴィエトのどちらにおいても､私が能力を十分に引き出せ得るスケールの仕事を与えようとはしませんでした。昨年において、あなたが知るように、党政治局は党とソヴィエトの仕事から、反対派であることを名目として、私を取り除きました。

一方、多くは病気のために、また一部は私以上にあなたが良く知っている理由のために、今年一年を通して、実務においても、反対派の闘争においても、私はほとんど役割を担うことができませんでした。大規模な内部闘争を抱え、そして、もとより望むことのないままに、私は完全に病弱な状態になった時にそれでも立ち向かえる可能性を持った仕事の領域に入りました。私は研究と学術的、著述的な仕事に傾注することとなりました。

当初は困難でありましたが、私は徐々にこの仕事を自分のものとしていき、ある種の希望を見出しつつありました。つまり、この活動をもって私の人生は、必要とする内的な有効性――それについては先述しましたが――を保持でき得る、という希望であったのです。私の見解では、ただこのことのみが私の存在を正当化できるのです。

しかし、私の健康はさらに悪化していきました。九月二〇日、私には思いつかない理由をもって、党中央委員会（ＣＣ）は私に教授と専門医による診断を受けるよう要求しました。

その診断は、両方の肺での結核の進行、心筋炎、慢性的胆嚢炎症、虫垂炎を伴う慢性的大腸炎、そして慢性的多発神経炎を告げました。診断にあたった教授たちは次のごとく絶対的な断言を下したのです。

――病状は私の想像以上に重いこと

――モスクワ国立大学及び東洋研究所での講義の完遂を望むべきでないこと

――逆にこうした講義計画を破棄することが、道理にかなっていること

――治療のないまま、一日、一時間たりともモスクワに滞在しないこと

――ただちに外国の適切なサナトリウムにいくこと

――その出発に一両日以上はかかるであろうから、それまでの間ある種の薬の処方箋と治療をクレムリン総合診療所でうけること……これらの断言でした。

私は、外国での治療による回復の可能性、大学での講義を中断することなくロシア国内での治療の可能性、この二つを質問しました。これに対して、ロシアのサナトリウムでは治療の手法がないこと、過去二―三ヶ月において回復の兆候を見せていないこと、それ故に外国での治療に望みを託すべきであり、その期間は六ヶ月、おそらくそれ以上の滞在となるであろう、こう彼らは断固として主張してきました。その場にはＣＣの上級医師、同

志オブロソフ、そしてもう一人の党員でクレムリン病院の上級医師A・I・コーネルが同席していました。こうした条件が満たされるならば、私は完全に回復できないまでも、仕事が出来る得る期間をさらに伸ばすことができる、と彼らは信じていました。

この一件以来二ヶ月が経過する中、CC付属のメディカル委員会（私の診断をした当該者です）からは、私の外国行き、また国内治療に関して、一切の連絡がありませんでした。逆のことが続いて起きました。クレムリン薬局はそれまで私が書く処方箋に対して常に薬を提供してくれたのですが、最近それが禁止されました。さらにそれまで受けてきた無料の医療補助の権利が取り上げられ、私は自費でもって市中薬局より薬を入手せざるを得なくなりました（党支配層はこの時期、反対派の同志たちに「みぞおちにパンチをくらわす」といった攻撃を決定したと思われます）。

仕事ができるに十分な健康状態にあった時には、こうしたことにはほとんど注意を払うことはありませんでした。しかしながら、病気が悪化の道をたどり始めて以来、私の妻はCC付属のメディカル委員会に、また個人的に［保健人民委員］N・A・セマシュコ（彼は常に「オールド・ボルシェヴィキを保護せよ！」のスローガンを実行するよう、大衆に訴えていた）に私の外国行きの請願をしました。

この問題は、しかしながら常に後回しされ、妻が何とか手にしたものは、先述した私の診断書のコピーでした。そこには私の慢性的病名が列挙され、外国のサナトリウム、例えば、フリードランデル教授のところに一年間滞在するようにとの、医師たちの主張が述べられていました。

ところで九日前、私はとうとうベッドに臥せるようになりました。それというのも私の慢性的な病気が悪化し、「いつもの如く」鋭い痛みに襲われたからです。さらに恐ろしいことに、昔からの多発性神経炎が再び顕著になり、まったく耐え難い強烈な痛みに耐えるしかなくなりました。もはや歩行能力は尽きてしまいました。

事実を言えば、この九日間は治療を受けていませんし、外国行きの話もまったくありませんでした。党CCのドクターの誰一人として私を診てくれることはありませんでした。

ダヴィデンコ教授とドクター・レヴィン――彼らはずっと私を診てくれていたのですが――は軽度な薬を処方してくれました（それは何の助けになるものではありません）、でもそうすることで、彼らは、外国にただちに行く以外、何の手立てもないことを再確認するのでした。ドクター・レヴィンは一度私の妻に、この問題が長引いている原因はメディカル委員会では、妻が私に同行すれば非常に高額な費用になると考えているからだと、告げたことがありました。何ということでしょう、反対派に属さない同志たちが病気になった時には、彼らは、そしてしばしば彼らの妻たちも、また医師・教授たちの同行を伴って、外国に送られるということは誰もが知っていることです。私自身そうした例を数多く知っています。さらに指摘するならば、私が急性の多発性神経炎に初めて襲われた時には、私の家族――妻と子供――は、ケインバッハ教授の同行を伴い外国に送られたのでした。その当時、党内には、いま目にする新しく確立された慣習等はなかったのでした。

［ドクター・レヴィンに対して］妻は、私の症状が彼女にとってどんなに苦痛であろうとも、彼女あるいは誰かが外国まで私に同行するとは主張しないと応えました。それならば結論はもっと早くでるであろう、と彼は妻に請け負いました。

私の病状は悪化を続けました。その苦痛はもう耐えがたく、少なくとも何らかの鎮痛を医師から得たい旨を要求しました。ドクター・レヴィンは今日ここに私を診に来ました。そして何の手立てもないこと、外国への出発が唯一の救済であることを、もう一度告げました。夕方に、ＣＣ医師ドクター・ポチョムキンは妻に、ＣＣメディカル委員会は私の外国行きを覆し、ロシアでの治療を決定したと伝えました。その理由は、教授・専門医の主張は長期の外国治療であり、短期の旅行は無意味だと考えているからだと、告げました。ＣＣは、しかしながら、一、〇〇〇ドルを（それは最大二、〇〇〇ルーブルということです）私の治療に寄与することに同意し、それ以上の治療費負担の意思はないことをも断言しました。あなたが御存じの如く、過去において私は、一、〇〇〇ルーブルに留まらない額を党に寄与しました。革命が私個人の資産を持ち去って以来、少なくとも私が党に負っている以上の費用を党に寄与してきており、私には最早、自分の費用で治療を受ける道はありません。

英国と米国の出版社からは、繰り返し、私の回顧録の抄録（ブレスト＝リトフスク講和交渉を含むというたった一つの条件で、他は私の自由選択ということで）の出版に対して二〇、〇〇〇ドルのオファーがありました。党政治局は、私がジャーナリストとして、そして外交官として豊富な経験を有していること、そして私が、わが党と国家に傷を与えるかもしれない何かを決して出版しないこと、これらを明確に認識しており、さらに私が外交人民委員会（ＮＫＩＤ）と権利譲渡委員会と、大使として赴任した当該国のロシア語広報の検閲官であった事実も認識しております。数年前、私は党政治局に対して、すべての出版謝礼金は党に入金させるという条件をつけて、回顧録の出版許可を求めました。それというのも、治療のための費用を受け取ることが困難になっていたからです。この私の求めに対して、ただちに党政治局からの命令を受け取りました。それは、「外交官あるいは党同志を問わず、外交に従事した者の回顧録、あるいはその抄録の、外国での出版はＮＫＩＤとＣＣ政治局での原稿の事前審査がない限り、厳に禁止されるものである」という命令でした。

そうした二重の検閲につきものの遅れと緩慢があっては、外国出版社との接触は不可能であると考え、一九二四年時点のそうしたプロポーザルを断りました。外国でのさらなる経験を経た今日、私は二〇、〇〇〇ドルのロイヤリティー保証をもった新しいプロポーザルを受けました。しかしながら、如何に党と革命の歴史が改ざんされつつあるのかを知る立場にあり、かつ、その改ざんに私が決して加わることはあり得ない以上、政治局の描写（外国出版社は回顧録の個人的な特性、換言すれば、政治局員の個性の緻密な描写を固執していた）が固く禁じられていることには何らの疑いもありません。さらに私が確信することは、党指導部と反対派双方の活動の正確な描写は不可能であること、誰が革命の真の指導者で、誰が現在の指導的立場に昇進したのか、を論じることもまた不可能である、ということです。こうして、党政治局の命令に真っ向から反しない限り、外国での出版は実現性を持たないものになりました。それ故にまた、ＣＣから受け取る金銭——私の二七年間の革命活動を考慮して、私の生命と健康を二、〇〇〇ルーブル以下と判断しているのです——なくしては、治療の可能性を見通すこともまた不可能になったのです。私の今の状況においては、もちろん、働く機会は取り上げられています。しかし、耐えきれない痛みの中、たとえ私が講義を続ける力を見出したとしても、こうした状況下では、十分なる治療、ストレッチャーでの移動、図書館・古文書局から必要な本と記録を取り出すための補助、等々を必要とすることでしょう。

過去、この同じ病気で苦しんだ時、大使館の専属スタッフ全員の助力を得ることができましたが、現在では、私の「序列」故に、専属の秘書さえも与えられていません。私の病気の最近の状況下で見られるが如く、私の症状への無視（述べた如く九日間というもの、私には何らの介護も与えらず、ダヴィデンコ教授が処方した電気温熱パッドさえも手に入れることができません）を考慮に入れるならば、ストレッチャーで運ばれるという、小さな助力さえ期待できません。仮に治療が与えられ、必要な期間外国に送られたとしても、その治療見通しには、全くの悲観的要素が残ります。前回この多発性神経炎に襲われた時、二年間私は動けることなく、ベッドに臥さざるを得ませんでした。その時には、併発する病気はありませんでした。どうやら、私のすべての病気はこの病気より派生しているのでしょう、今私は六症例もの異なった病気を背負っております。こうして、たとえ私が必要なだけの時間を治療にあてることができたとしても、この治療の後にどれだけの期間の人生が、私に残されているか、それを期待することはとても困難なことです。医師たちが見込みある治療を見いだせない今（ロシアでの治療——彼らの意見では——に望みなく、外国での治療——二ヶ月程度では——には意味がなく）となって、私の人生は何らかの意義をも失いつつあります。また、たとえ先述した私の哲学を続けないとしても、想像を超えた痛みを伴い、かつ如何なる仕事の可能性もなく、ただ臥したまま動くことのない人生であるならば、それを「生きている」ことと呼べるでしょうか。

これが、私がこの人生に終止符を打つ時がきた、という理由なのです。私は、自殺に対する党の否定的見解を、一般論として理解しています。しかし、もし私の状況を知り得る人がいたなら、その人は私のこの行為を非難しないものと考えています。

さらにもう一つダヴィデンコ教授が断言するには、私の急性的な病気——多発性神経炎——の再発の原因は最近の政治的混乱によるものである、ということです。もし私が健康であるならば、私は必要なる力とエネルギーを得て、党内に造りだされた状況に果敢に挑んでいけるでしょう。

しかし、こうした中、あなたの党隊列からの追放が秘密裡に練りあげられ時、私は、党内状況がもう我慢のならないものになった、と考えるに至りました——もちろん、遅かれ早かれ、党内の逆転が起こり、恥ずべき状況をつくりだした者たちを一掃することが起きることに、私は何らの疑問をいだいておりませんが。

この意味において、私の死は、心ならずも、それ以外の選択を失った状況におかれた闘士の抗議です。

私に大小の出来事の比較検討が許されるなら、［その大きなこととして］あなたとジノヴィエフの党からの追放は極めて重大な歴史的出来事と言えます。なぜならば、このことはわれわれの革命にテルミドール反動期が不可避的に始まったと言えます。そして［その小さなことは］二七年間、責任ある党と革命のポストに従事した私を、頭に弾丸を撃ち込む以外になすことのない立場に追いこんだことです。これらが明示していることは、異なった方向から党内において、一つの、同じ体制が、出来上がりつつあることなのです。こうした出来事は——大小を一つとしてとらえれば——おそらく党を覚醒させ、テルミドール反動に陥る道に停止をかけることの衝動を生み出すことも可能でしょう。

もしそうなり得ると信じられるならば、私は幸せです、なぜなら私の死が無駄でなかったことになるからですから。しかし、党が覚醒する時がやがて来ると信じておりますが、その時期がただちにくるか、ということには確信を持つことができません。

そうではあっても、私の死はそのまま生き続けることよりも、より有益であることに疑いを持っていません。

親愛なるレフ・ダヴィドヴィッチ、あなたと私は一〇年の年月、共同の仕事と個人的友情（そう言わせて下さい）で結ばれてきました。そのことをもって、いま別れの時に臨み、あなたが間違ってると、私が感じることを告げさせて戴きたいのです。

私は、あなたが進んできた道の正しさに疑義を持ったことは一度たりとてありません。そして「永続革命」の時代より、二〇年以上も私があなたと共に歩んできたことを、あなたはよく御存知です。しかし私があなたについて常に感じたことが一つあります。それは、レーニンの持つ、自説を曲げることへの、そこから退却することへの拒絶、このことをあなたは欠いていました。レーニンは正しいと信じるならば、将来の多数派系形成と将来的に方向性の正しい認識が得られるとの遠望を持ち、孤立を保つ覚悟を用意してきました、このこともあなたは欠いていました。政治的には、一九〇五年以降、あなたは常に正しかったのです。レーニンが、一九〇五年において正しかったのはあなたであり、彼ではなかったとして、いかにあなたを評価していたかを、私はあなたに何回も、私自身の耳で聞いたこととして、あなたに話しました。

人が死に臨んで偽りの言葉を告げることはありません。このことをもう一度あなたに対して繰り返します。あなたがあまりにも高く評価する同意あるいは、折衷の為に、あなたは度々、あなたの正しさを棄てることがありました。これは誤りです。繰り返します、あなたは政治的にずっと正しかったのです。そして今、あなたはこれまでになく正しい道を進んでいます。いつの日か党はこのことを理解するでしょう、そして歴史は正しい評価を明白に下すでしょう。今、そしてこれからも、あなたを見捨てる人が出たとしても、また望むほどには人があなたのもとに来なくとも、決して恐れることなかれ。あなたの道は正しいのです、しかし、あなたの正しい道の勝利を約束するものは、退却への最大限の拒絶の中に、毅然とした直進の道の中に、折衷の断固たる排除の中に、存在しているのです。そしてこのことが、イリッチの勝利の裏にあった秘訣だったのです。私はこのことを過去、何度かあなたに告げたかった。そして、いま惜別の言葉として告げることを決意しました。

個人的性格の言葉を二つ書き添えます。

私は今、目の前の現実に適合するに困難な妻、若い息子、そして病気の娘、を残したまま去ろうとしています。彼らにとってあなたの救いが今は無理なことは十分に分かっています。またこの点に関して、現在の党指導部からの何かを期待することは全く論外です。しかしながら、それほど遠くない時期、あなたが党でのしかるべき地位に復帰することを疑いなく信じております。その時が来たならば、どうか妻と子供たちのことを忘れないでいただきたいのです。

これまでに発揮されてきた以上のエネルギーと豪胆さがあなたに与えられんことを、そしてまた、すみやかな勝利があなたに与えられんことを、心から願っております。あなたを強く抱擁します。お別れの言葉を添えて。

あなたのA・ヨッフェ

モスクワ、一九二七年一一月一六日

ｐＳ、　この手紙は一五―一六日の夜に書かれました、そして本日一六日、妻マリア・ミハイローヴナは、たとえそれが一、二ヶ月であろうとも、私の外国での治療を主張しに、メディカル委員会に出かけました。しかしながら、彼らの言葉は、教授・専門医の意見を引用したもので、短期の外国行きは全く無意味である、との繰り返しでした。彼女はまた、党中央委員会メディカル委員会は私のすみやかなクレムリン病院への移送命令を下したことも告げられました。こうして、たとえ短期であろうとも、私の外国行は拒絶されました。事実を述べるならば、ロシアでの治療は何の意味もなく、期待できる結果をもたらすことはできません。先述のごとく、このことは私に関わったすべての医師により確認されております。

親愛なるレフ・ダヴィドヴィッチ、あなたにお会いできないのはとても残念なことです。それは私が、私の下した結論の正当性に疑問を持っていることではありません。また、あなたなら私に他の選択肢を納得させるだろう、との期待を持っている、ということでもありません。そうではなく、私は一切の疑問を持つことなく、もっとも合理的かつもっとも冷静な結論を下したと信じております。しかしながら、私には一つの杞憂があります。それはこうした手紙と言うものが、主観的になりがちだということです。もしも、激しい主観主義に陥ったならば、その手紙は客観性にもとづく判断基準を失うかもしれません。たとえ偽りに響く語句が一つでもあるならば、手紙が生む全体の印象を壊してしまうかもしれません。ところで、私の足跡が何かの有効性を持つ場合、ただそうした場合においてのみ、私は、あなたがこの手紙を使うであろうと、当然ながら予期しております。それ故、私はあなたに、私の手紙を編集する、最大にして完全な自由を与えます。またそれにとどまらず、あなたにとって余分と思える箇所があれば、すべてそれを削除し、また逆にあなたが付加すべきと感じたところがあれば、何であろうと加えて下さい。

私の親愛なる友よ、別れの時がきたようです。強固であれ！　あなたにはさらなる力とエネルギーが必要です。そして……私を悪く思わないでください。

……ヨッフェの遺書　終わり……

Part 1 - 8　父の葬儀とトロツキー最後のスピーチ、私の逮捕

父の葬儀は平日の通常の勤務時間帯に行われることとなりました。数千の人が棺の進行に続きましたが市内の交通はいつもと変わらずに流れていました。おそらく、そうした方が通りに沿って歩くのが困難になるであろうと、計算されていたからでしょう。その時期私を包んでいた霧の中から、私はある小さな出来事をいま突然思い出しています。

一人の若者が通りを通過する市電から降りようとしている風景が浮かんできます（その当時、市電のドアは自動的に閉まらず、乗客の人はたいていステップに乗ったまま、ドアを掴み外側にはみ出していました）。彼は文字通り、そこに掴まっている人の頭上を泳ぎ出て、腕を振り、そして「同志ヨッフェ、最後の敬意をあなたにおくります」と叫びました。私の後を歩いていた誰かが、「何て狂った奴だ、市電から落ちてしまうぞ」とつぶやきました。すると別の誰かが、「モスクワの半分はそんな狂った奴で満ちているんだ」と応じました。

葬儀の列がノヴァデヴィッチ共同墓地に到着した時、誰かが飛び出し、親族と親しい友人のみが墓地の敷地内に立ち入ることを許されている、と告げました。人々の群れに怒りが湧きおこり、トロツキーの「そうであるなら、この通りの上で葬儀一切を行うことを組織するぞ」という大きな声が響きました。やがて墓地のゲートが開き、墓標の周りで葬儀が始まりました。

その時点で、アドリフ・アブラーモヴィッチは党から排除されていませんでしたので、党中央委員会（ＣＣ）による公式な埋葬となりました。ＣＣを代表して出席していたのはリューチンでした。彼はＣＣメンバーで、かつモスクワ党委員会書記でした。後年、（強制的農業集団化）の現状を知り、反スターリンの大胆な原則的政綱を出版したあのリューチンです。もちろん彼は銃殺されました。但しこのことは私が既に述べております。

最後の発言者はトロツキーでした。そしてこれがソヴィエト連邦における、彼の最後の公衆の前でのスピーチとなりました。私はこのスピーチの全文をここに提供したいと思います。

トロツキー最後のスピーチ

同志諸君、アドリフ・アブラーモヴィッチは人生最後の一〇年を、歴史上最初の労働者国家の外交代理人として過ごしました。彼はこう言われてきました、新聞においてもそう言われてきました、「傑出した外交官であった」と。このことは真実です。彼が傑出した外交官であったこと、それは彼が、党により、そしてプロレタリア政権により、与えられたポストの労働者であったことです。また彼が偉大な外交官であったことの理由は、彼が革命家であったことです。

アドリフ・アブラーモヴィッチはブルジョア環境の出身でした。もっと正確に言えば、裕福なブルジョア環境の出身でした。しかしながら、私たちが知る如く、そうした環境から出てきた人の例は数多くあります。彼らは肉と血を持って、そうした環境から自身を完全に切り離し、将来においてプチブルジョア的思考に惑わされる危険を拒絶したのでした。彼は革命家となり、その最後の瞬間まで革命家でした。彼の高い知的文化性が良く語られます、それは正しいことです。彼は外交官として、才智と原則性と敵意を併せ持つ敵の輪の中に身を投じることを余儀なくされました。彼はこの世界のこと、そこでの作法と習慣を知っていました。しかし、あたかも仕事の遂行上着衣した正装が彼をして突撃させるかの如く、彼は巧みにかつ微細にこの作法を振舞ったのです。アドリフ・アブラーモヴィッチの魂の中には、いかなる正装・礼服もありませんでした。こう言われております――それは正しいことですが――いかなる問題に対しても、言い古された手法による対処など、彼にとっては相いれられないものでした。彼はそうした問題に対して、革命家の手法で対処したのでした。

彼は責任あるポストを占めましたが、一度たりとてその職の役人であったことはありません。いかなる問題に対しても、地下より出て国家の権力に登り出た労働者階級の視点から対処しました。

さらに、いかなる問題に対しても、国際プロレタリアートと国際革命の視点からも対処しました。そしてそこに彼の強さがあり、その強さでもって彼の肉体的な病弱を克服する闘いを挑みました。彼は精神力の強さと方向性を、今日われわれが見るごとく、弾丸が彼の右こめかみに傷跡を残すその最後の瞬間まで保持しました。

同志諸君、彼は命を絶ちました。分かる通り、自らの手によってそうしたのです。しかし、誰一人このことでA・Aを責めることはないでしょう、何故なら、もはや死以外に革命に捧げるものは何も残っていない、と告白したその時に命を絶ったからです。彼は、それまでの生き方と同じように、断固たる決意と勇気を持って命を絶ったのです。

困難に時にあっても、彼は怯えることを知りませんでした。一九一七年ペトログラードにおいて軍事革命委員会メンバー、その後議長の職にあっても彼は変わることのないヨッフェでした。ユデニッチが放った砲弾が炸裂するペトログラード郊外においても変わることのないヨッフェでした。ブレスト＝リトフスク外交交渉のテーブルにおいても、その後の数多くの欧州・アジアの首都においても変わることのないヨッフェであり続けました。いかなる困難も彼を怯えさせることはなかったのです。彼をして命を自ら絶つに至らしめたものは、困難な闘いに挑むことが不可能となったことです。

同志諸君、これから私の述べることを許していただきたい――そう考えることがA・Aの最後まで貫いた思想と遺書に最も合致していると私は考えますが――それは、こうした自ら死を選択することは、ある伝染性を有しているということです。

誰一人とて、この古参闘士の死を模倣することなく、彼の生きざまを模倣しようではありませんか！

われわれ、彼の親密な友人たちは、ともに何十年を闘ってきたことのみならず、手をつなぎ合って生きてきました。本日われわれは、この男の、この友人の、並はずれた残像を追いつつ心からの涙が止まりません。彼は柔らかくも、明るさのある輝きでもって心を和ませてくれました。彼は亡命者たちの中心であり、流刑者たちの中心であり、囚われた者たちの中心であり続けました。

彼が裕福な家庭の出身であったことは先述しましたが、若かりし頃の彼は自由裁量できる資産を彼の個人的な物資とすることなく、革命のための物資としました。彼は寛大さをもって、そう頼まれることを待つことなく、まるで兄弟・友の如く、同志たちを援助しました。

われわれがここに運んできた目の前の棺のなかには、土の中にて眠ろうとする、この並はずれた偉大な男がいます。その横には、われわれ――これからも生き続け、闘争を続けるわれわれ――が立っています。彼に別れを告げましょう、彼がそうして生き、闘ってきた同じスピリットを込めて。

彼はマルクス・レーニンの旗の下で生きてきました。そして彼が死んだのもこの旗の下です。アドリフ・アブラーモヴィッチ、あなたに誓います、あなたの旗を最後まで掲げて進むことを！

……トロツキー最後のスピーチの終わり……

父の死、そしてトロツキーの追放の後、私たちは「反対派」の活動を格別な力で発展させました。このことは特に言っておかねばならないことですが、スターリンのさらなる強大化する体制に対して、最も非妥協的な反対派は若い世代の人々、とりわけ学生たちでした。拡大する官僚主義との闘いの中で、われわれは反対派の要求する、意見の自由な発言に最も強い共感を持ちました。

一九二七年の秋、私は大学三年生の学習課程を再び始めました。私の反スターリニスト活動はこの時に始まりました。党の内部グループの中で、活動的に闘ったのはただトロツキストたちだけであった、と言わなければなりません。私たちはツァー専制下で革命家たちがとった地下活動の手法を大まかに踏襲しました。私たちは工場と学校の中でシンパサイザーのグループを組織し、リーフレットを発行し、彼らの間に配布していきました。

四年生となり大学最後の年を迎えましたが、この年私はモスクワ・コムソモール・センターという組織のメンバーになりました。この組織は市内全区域からの反対派代議員を含んでいました。最強の反対派グループは私たちプレハーノフ大学にありました。当然のこととして、私たちは若い労働者とのコンタクトを確立し、彼らの代議員たちと知り合いになりました。彼らの本名は使われることはありませんでした。あるミーティングで私は、グループ5と呼ばれるグループのリーダー格の一人ローマンと知り合いになりました。その後しばらくして、私は再びローマンというその男に会いました。彼は運動をコーディネイトするために、モスクワ・コムソモール・センターが発足し、皆の意見として私が私の区域を代表してそこに参加すべきである、と話しました。

その後すぐに、私はこのセンターの会議に出席しました。何人の出席者であったかは記憶にとどめていません。一〇―一五名、いやそれ以上だったでしょう。ともあれ、モスクワ全区域の代表者の集まりとなりました。われわれは情報――われわれの中の誰が何人の人と、どんな形でつながっているか――を交換し合いました。私の記憶の限りでは、議事録はとられておりませんでした。それにもかかわらず、その数年後の私の尋問の一つの中で、調査官はモスクワ・センター集会の詳細な議事内容を私に読み上げました。何といっても参加者はセンターのメンバーのみで、部外者は入っていなかったにもかかわらず。

二回目の集会の時、リーフレットの出版と、それの工場・大学での配布が決定されました。私たちには謄写版印刷、あるいはヘクトグラフ（注　ゼラチン平板）印刷の機会がありましたが、どちらで印刷したのかは覚えておりません。

一人の若者と私がこの最初のリーフレットのテキストを書くよう委任されました。その次の集会で私たち二人のそれぞれのテキストが提示され、討議の後、その二つから一つのリーフレットがまとめられることとなりました。私たちはスターリンの個人的特質と党での役割について書くよう依頼されました。その時彼は「時代を超えた超人的天才」の地位を確保してはいませんでしたが、間違いなく力をつけていました。

家に帰り、机に向かい、人生初めてとなるリーフレットを書き上げようとしました。どう書き上げたらいいのでしょうか？　私の背後では一〇月革命一〇周年を記念するデモの弾圧、父の葬儀、トロツキー追放の追憶が流れていました。

私は一つのことを覚えています。それは、政治的扇動リーフレットにおいてはこの男に対しての個人的な感情、それはもうほとんど肉体的な嫌悪感ですが、は表現すべきでない、ということです。でも、完全な客観性を保持することは私にはとても困難でした。

私はレーニンの（注　第一二回ロシア共産党大会へ宛てた）「大会への手紙」を借りることとしました。これは彼の「遺書」と呼ばれるものです。知られているように、この手紙はレーニンの死後出版されていません。しかし、私たちはそのコピーを家で持っていました。私は適切な言葉をひねり出せませんでした――そしてレーニンの言葉以上の表現は誰もできなかったでしょう。

彼の言葉はこうでした。

「同志スターリンは書記長に就任以来、その手中に巨大な権力を集中してきました。私は彼がその権力を十分なる注意を払いつつ行使したとは思いません」

レーニンはさらに踏み込んで続けています。「スターリンはあまりにも粗野すぎ、この欠点はわれわれコミュニスト同志の間においては同意でき得るとしても、書記長職の遂行者として同意できるものではありません。それ故、私は同志諸君に次の提案をおこないます。スターリンをその地位から解任させること、そして他の人を任命すること――その人はすべての点においてスターリンより優れた資質を持っていること、言うならば、より忍耐力を持ち、より忠実で、より礼儀正しく、同志に対しての気配りがあること、気まぐれでないこと、等々です」

レーニンの言葉を引用し、私は初めてのリーフレットを書き上げました。

次の集会において、これは変更点なく承認されました。これに続くリーフレットは、労働者・農民の審査のもとで共同作業をなせ、とのレーニンの指示が如何に実行されているかに関するものでしたが、やはりレーニンの末期の仕事からの引用を大きく取り上げました。

もちろん、他の問題についてのリーフレットもありました。例えば、党内民主主義の問題、それに党機関の官僚化の危険性の問題などでした。ここに紹介するのはこうした問題に対するリーフレットの抜粋です。

「官僚主義には［革命の］堕落の危険性が含まれているのか？　その危険性を否定することは現実に目をつぶることであろう。その発展を許すならば、官僚主義は大衆との接点を失い、諸問題の喚起は党中核の人材による支配と選択と排除の問題にすり替えられ、こうして党の視野を狭め、われわれの革命の持つ感受性を弱めていくに違いありません」

こう書かれています。それは一九二八年のことです。

永続革命理論に関して言えば、トロツキーの基本命題に賛成する人も、そうでない人もいるでしょう。しかし、その真髄は世界革命の不可避性へのとどまることのない忠誠にある――このことは何人たりとも否定できるものではありません。

孤立した一国における共産主義社会建設の不可能性に異議を唱える人は皆無でした。レーニンにこのことを語らせましょう。

「世界的規模での歴史の尺度でもって諸事を検証するならば、もしわれわれの革命が孤立したままで、そして他国での革命運動がないのであれば、われわれの革命の最終的勝利は望み得ないのであり、これに疑問を差し挟む余地はまったく存在しないのである」

永続革命の反対論者もまたレーニンを引用してこう主張しました。「社会主義の勝利はその初期において、いくつかの国、あるいは一つの隔離された国において可能である。その国で勝利したプロレタリアートは資本家を収奪し、社会主義的生産を組織した後、残った資本主義世界に立ち向かい、他国の抑圧された階級を引きつけ、資本家に対する蜂起を実行していくのである」

その後の歴史の伸展は永続革命の中心的命題が正しかったことを示しております。つまり、孤立した一国において社会主義社会を建設することの不可能性が証明されたのでした。

それは、たとえ幾つかの国々においてすら建設することは不可能なのです。たとえ、社会主義があるモデルに沿って人工的に導入されたとしても、とりわけ武力を用いて導入されたとしても、その建設は不可能なことなのです。このことが、一九五六年のハンガリア、一九六八年のチェコスロヴァキアに起こったことなのです。

しかしながら、重要なことは、社会主義――最良の人間性の持つ輝く夢――が、我が国ロシアでの『社会主義と呼ぶもの』により、その信用を失ってしまったことです。我が国のそれが他国の抑圧された人々を惹きつけることはありませんでした。世界革命は起こらなかったのでした。

私たちは自らの新聞出版を、たとえ小さくとも夢見ました。でもその機会が訪れることはありませんでした。

一九二〇年代が終わる頃には、その後一九三〇年代に盛りを迎えることとなったものの萌芽を既に見ることになりました。それは、堕落した党の独裁であり、それ故に国家機関の独裁であり、最終的には一人の男の独裁となったものです。それは国家スケールであるならば書記長であり、そこから下層方向をみれば、地方委員会書記となり、その下の地域委員会書記となり、さらに下に広がる独裁体制でした。

党とコムソモールからの反対派の大量除名がありましたが、私も、また父の妻も、この期間にあってはそれから免れていました。彼女は党から、私はコムソモールから除名されていませんでした。このことは父へのレスペクトに起因していると考えられるかもしれません。これは、ＧＰＵのその時の長官であったメンジンスキーの役割があったのではないかと思います。彼は一九一八年にベルリンの大使館で父と働き、父を尊敬していました。疑うことなく頭の切れる男であり、彼がつとめたポストにもかかわらず、人間性のなにがしかは彼の人格に残っていたのでしょう。

私の大学では特に反対派が強力でした。それ故、除名から免れた人間は私一人となりました。私はコムソモール及びコムソモール・党の非公開ミーティングに出席する権利を有していました。私は出席するだけでなく、時には発言もしました。

それはとても恐ろしいことでした！　巨大な講堂は敵意を見せる顔で埋め尽くされ、出席者の苦りきったあざけりが返ってきました。でも救われる気持ちになることもありました。私たち同志の中の一人の妻——彼女はコムソモールのメンバーです——が私たちの大学に転校してきました。彼女は私たちと同じ見解を有していましたが、そのことは誰も知り得ていなかったので除名されてはいませんでした。彼女は最前列に座り、そして私のスピーチの順番が来た時、私はいつもこの女性——ゾイカ——を見つめていました。そうです、少なくとも一人の好意的な顔がそこにあったのです。

リーフレット、そして個人のアパートでのミーティングは続きました。でも繰り返しますが、その力は劣勢でした。

革命前段階の記事の一つでレーニンはこう書いています。「われわれは小さな集団でもって歩くことさえ困難な険しい道を進んでいる。お互いの手と手を固くつなぎ合って……」それがまさしく私たちだったのです。私たちは固く結ばれたグループとなり絶壁の淵に沿いながら進んでいました。淵は深いだけでなく、進み続ける者にとっては致命的となるものでした。

一九二八年の終わりには、指導部は人々を集団でもって追放し始めました。それは党中央委員会メンバーに始まり、私のレベルのコムソモール・メンバーに至りました。彼らの多くはシベリア、あるいは中央アジア、カザフスタンに送られました。

この追放の波はジノヴィエフとカーメネフによる改悛宣言と一致していました。

一九二九年五月、ラデック（注 1885 - 1939）、プレオブラジェンスキー（注 1886 - 1937）、スミルガ（注 1892 - 1938）は改悛の手紙を書きました。宣言書——それはむしろ控えめな形式でしたが——がピャタコフ（注 1890 - 1937）のような経験に富んだトロツキスト幹部により書かれました。プラウダの全紙面はそうした宣言書に賛意の署名をした人々の名前で埋め尽くされました。こうした形で「改悛」を発表した人たちは次々と追放の地から帰り、復党が許されました。こんな小唄が流布しました。「家族とティーポットが恋しいなら、GPU長官にさっさと手紙を書いちまえ」と。

一九二九年の春、私は逮捕されました。

私はその時、妊娠七ケ月目に入っていました。まだ開放的な雰囲気が残っている時代でしたので、私は刑務所に拘束されませんでした。しかし、逃亡しないことの口述書に署名を求められ、尋問の召喚を受けました。私は、ルトゥコフスキーの尋問を受けました。彼は特殊事件の捜査官で、その後ヤゴーダ（注 1891 — 1938、メンジンスキーの後任でGPU長官）と共に銃殺されました。この時期は大学卒業間近でしたが、この尋問のかたわら、次々とテストを受けました（この時代にはあらたまった卒業試験というものはありませんでした）。もし、一連のテストをパスしなければ決して大学を卒業できないだろうと理解していました。妊娠と尋問にかかわらず、私は卒業することができました。

尋問はそれほど苛酷というものではありませんでした。私は反対派に属していることは完全に認めましたが、地下活動については否定を貫きました。そうしないことには誰かの名前を言わざるを得ませんし、それは私が望むことではありませんでした。大学を卒業すると同時に、ルトゥコフスキーから解放されました。彼は明らかにこの意味のない会話に嫌気がさしたのでしょう、レニングラードに帰っていきました。

八月二〇日、私は娘を出産し、一〇月二〇日（この間は法的に産後休暇が許された期間です）には、クラスナヤルスク（注 シベリア中部）に三年間の追放刑が実行されました。当時よく言われていたことは、「到着が出発を調整する」ということでした。このことは改悛の宣言書に署名し、流刑地から帰る人が多ければ、その分だけより厳しく署名を拒む人を追放する、と言う意味です。しかしながら、こうしたことは一九三七年（注　大粛清）を果実の熟れに例えるならば、ほんの花の咲き始めであったのです。

私は流刑地に向かいましたが、それは囚人たちと共にではなく、通常の鉄道客車での夫、子供、乳母と一緒の旅でした。私の夫、パヴェルは十日間の休みを取り、自費で私たちに同行してくれました。私たちは、彼が反対派であることを公表しない（このことは多くの同志にも当てはまることでした）と決めていました。このため、彼はまだ党に留まることができていました。

Part 1 - 9 遠隔地への追放、クラスナヤルスクからハバロフスクへ

私が送られたクラスナヤルスクには七、八人の反対派のコロニーがありました。その中には二人のモスクワ出身者がいました。一人はサムイル・ヤコヴレヴィッチ・クロールで、私とは顔見知りでした。彼は食品労働者組合の中央委員会議長のポストにあった人で、とても親切で善良な人でした。皆は彼が好きで、親しみを込めて、「クロリック」と呼んでいました。もう一人はラド・イエヌキーゼで、全ロシア中央執行委員会（ＶＴｓＩＫ）の常任書記アヴェル・サフローナヴィッチ・イエヌキーゼ（注 1877 - 1937）の甥でした。アヴェル・イエヌキーゼには自分の子供がいなくて、ラドは彼の甥であるのみならず養子のような存在でした。

「時代を超えた超人的天才」ことスターリンが、まだ「天才」となる以前の中央委員会メンバーであったころ、彼はイエヌキーゼと同じアパートに住んでいました。彼らは、君―俺の間柄と見なされていました。しかし、アヴェル・サフローナヴィッチは一九三七年に銃殺されました。まさに「ケイン、汝の兄弟アベルは何処に？」の如くでした。

訳者ノート　旧約聖書・創世記 Cain and Abel の Abel と Avel（アヴェル・イエヌキーゼ）にかけた風刺。

流刑地では、私たちは通常の仕事を、たいていは専門に応じて、こなしました。働きたくない人（実際にいました）には、労働が強制されることはありませんでした。一〇日間ごとに内部人民委員部（ＮＫＶＤ）に出頭し報告をしなくてはなりませんでした。クラスナヤルスクの支部長、確かツルヤコフ（おそろしくハンサムで、おそろしく愚かな男）という名前でしたが、よくこう言いました。「今日あなたは流刑の身です、でも明日には宣言書

を書くでしょう、そうすると当局は、あなたを私のなにがしかの上司として、私のもとに送ってくるのですよ」と。

ある日報告に出頭した時、全く別のカテゴリーで流刑になったひとりと知り合うことになりました。彼は「革命前の」国務評議員であったか、あるいは枢密顧問官であったかもしれませんが、ドゥンバッゼという人でした。彼はヤルタ総督であった有名なドゥンバッゼの兄弟でした。私はヤルタのドゥンバッゼに関しては何の知識も持ち合わせていなかったのですが、この兄弟の人は教養に富んでいて、興味を持って話し相手となり得る人でした。

随分と年齢は離れていましたが、彼は私との会話を楽しみにしていました。「きっといい家庭の出のお嬢さんだと、すぐわかりますよ」と言ったので、「そうですよ、ユダヤ人家庭の出身です」と答えました。彼は少しだけ不快そうに見えましたが、「御存知でしょうが、グルジアは反ユダヤ主義であったことはないのです」と返しました。彼はまた、宮廷生活を語ってくれました。ニコライ二世と彼の皇后をどれだけ個人的に知っていたとか、ラスプーチンによく会っていたとか、の話でした。

その閉鎖された社会の中で、いわゆる「シチューで煮込まれたような」生活を幼少より過ごしてきましたが、彼はある種の変革の必要性を理解していました。革命後に彼が背負った困難は富あるいは社会的地位の喪失ではなくて、理解能力を失ってしまったことだ、と私に語りました。

彼はこう言いました。「いいですか、私には何事も理解できるという自負がありました。ニーチェ、フランス百科全書派について理解できたし、シェークスピアやベートーベンとて理解できましたよ。でも今起きていることが全く理解できなくなったのですよ。革命はこの農民の国で起きました。もしそのことが私とか、私の同類にとって悪いことであるならば、いいですか、信じておくれ、それは農民にとっていいことである、と理解できます。でもどうしてなんだろう、凶作と飢饉の時だって、農民は今苦しんでいるほどの苦しみを受けることがなかったのです。何故そうなのか、誰がそうさせているのか、私には全く理解できないのです」

集団化は既に進行していました。彼の疑問に何と答えていいのか？　答える術を持っていませんでした。

私はこの追放の地で特別に困難な時を過ごしました。それは二重の困難でした。

まず第一に、仕事がとても難しかったことでした。初めて専門の仕事に従事しましたが、大学で習ったことは実際の仕事には全く不十分だと、すぐに理解しました。そこで習ったことは一般的で、方法論的であり、文献を参照とした解決能力でした。しかし、こうした教育はクラスナヤルスク青果組合でのエコノミストとしての仕事にはあまりにも不十分だったので、私は地方当局者の好意にすがらざるを得ませんでした。また同時に、高等教育を受けたということで、大きな責任を背負うことになりました。私について言えば、すべてに精通しており、何でもできる、そのように見做されました。ところが私が知っていることは何もなく、できることも何もなかったのでした。また頼るべき人もいませんでした。私の直接の上司は高等学校の教育すら受けていなかったのですが、あからさまに私を軽蔑しました。彼のやり方に沿うならば、それも無理ないことでした。クラスナヤルスク地域の青果経済の現状に無知なまま、彼に対する文化とか、博学の優位さなど、何ほどのものでしょうか？　私はまるで泳ぎを知らぬまま深い水の中に投げ込まれた人のようでした――もがけよ、そうすれば泳げるやもしれない――これ以外の方法はありませんでした。そうです、私はもがき続けました。でも容易なことではありませんでした。私がたった二三歳で、比較的自分の意見をはっきり持っていたことを考慮していただけるならば、お分かりになると思います。

家庭における困難はさらに大きいものでした。私の愛する親族は大変心配しました、なにしろ私は、生後二ヶ月の新生児と共に遠隔の地に送られ、かつ、その子をどう面倒見るか、全く知らなかったのですから。そこで彼らは、経験に富み、資格をもったモスクワの乳母を私につけてくれました。彼女は、自分の仕事は子供の世話をすること、と理解しており、コップ一つ自ら洗うことはなかったのです。家庭の中で、料理について語ることは全くありませんでした。私はカフェテリアで食べていました。そして彼女への支払いの補足として、毎日昼食代を彼女に渡していました。私が仕事から帰ると、彼女はカフェテリアに行くのでした。夜、彼女が子供と共に起きることは一度もありませんでしたが、私の娘（間違いなく、子宮の中でのままならなかった生活への復讐でしょう）は、常時泣き騒ぎ、私は夜が明けるまで寝つくことがなかったのでした。彼女が二―三ヶ月の頃、医師のアドバイスで不眠症に効くという特別な入浴をさせました。それというのも、この月齢の子供は一日のほとんどを寝て過ごすのが通常だったからでした。

いい眠りの後に仕事に行くことは全くありませんでした。このことは私の業務の最前線にいい影響を与えることはなかったのでした。

こうした困難は一九三〇年の一月に終わりを告げました。夫パヴェルがやってきたのです（如何に彼がこの算段をやりくりしたかは後述します）。彼は状況を把握するや、ただちに、その乳母に列車のチケットを買い与え、彼女をモスクワに帰しました。そして乳母役の若い娘を探してきました。彼女は私のアパートの管理人の娘でした。それで私は安堵のため息をつきました。新しい乳母となったその娘は、高い資格を持っていませんでしたが、とても親切な娘でした。加えて、彼女は、六人の健康な子供を容易に育て上げた母親の手を借りることができたのです。

話しておくべきことがあります。世話をすべき幼児を抱えていたために、誰も私にアパートを提供しようとはしませんでした。でも二人の年老いたユダヤ人から一部屋を借りることになりました。彼らはクラスナヤルスクに四〇年住んでいましたが、ずっとユダヤ人の伝統を保持していました。彼らが私たちにそうしてくれたのは、単に私がユダヤ人であったからです。彼らは、私がユダヤ主義を棄てたと思っていましたが、それは全く当たっていました。

その家族全員は私の娘、チュースカ（ナターシャをその当時そう呼んでいました）を好きになってくれました。家長格の老人はしばしばため息をつき、私にこう言うのでした。「見てごらんこの子を、あなたが何であろうと、この子はほんとにユダヤ人の幼児そのものだよ、なんて可愛くて、にこやかなんだろう！」と。

私にとって、クラスナヤルスク叙事詩は一九三〇年に終わりました。

その時、モスクワとレニングラードの党組織は「党員動員令」をかけていました。それはコミュニストたちを地方で活動させるために送り出すことを意味していました。彼らはそこで何らかの指導的な地位に任命されるのですが、全く辺鄙な僻地（トゥムタラカンのような）ではなく、たいていは、地方行政区域の中核都市への任命でした。

訳者ノート　トゥムタラカンはアゾフ海 - 黒海を結ぶ海峡にあった古代ギリシャ植民地の遺跡。

それにもかかわらず、多数の人は何かしら抜け道を見つけ、行くことを避けようとしました。よく語られる民話はこうした風潮を小唄でうまく表現しています。

「家族と一緒に住みたいものさ、誰が好んで辺境の、見知らぬ人に、なりたいなんて……」

パヴェルは、彼が所属する党組織に出向き、シベリア行きを依頼しました。ちょうどその時は、候補地リストの関係でシベリア行きはなかったのでした。しかし党は彼を引きとめ、中央アジアもしくは極東の選択を提示しました。彼は極東を選び（すくなくとも私の場所と方向は一緒でした）、そして赴任地に到着した後、何らかの算段を計ることに賭けました。そして、極東への途中クラスナヤルスクに一週間滞在してくれ、乳母等々の件を整理した後、旅立ちました。彼はハバロフスクに向かい、そこの地方員会（obkom）に処遇を委ねました。obkom は地域財務理事会での仕事を彼に提供しました。

内戦時代のほぼ全期間、彼は食糧徴発分遣隊のコミサール（注　政治士官）を務めましたが、もちろん、戦闘にも加わっております。彼はバグリツキー（注　1895 - 1934、ロシアの詩人）の作品に登場する（内戦時代の）ヒーローの一人、ヨシフ・コーガンの原型には容易になれたでしょう。こう言えば、多くの人はバグリツキーの小戯曲「アファナシーについての思想」のエンディングを思い浮かべることでしょう。「どうかパポーフ・ログで死なせてくれ、ヨシフ・コーガンと同じ栄光ある死を与えてくれ」と、あります。

訳者ノート　「アファナシーについての思想」の英原文はThoughts about Opanasとなっているが、Opanasのロシア語相当は**Афанасий**（アファナシー）となる。古代ギリシア語源の人名Athansius（アサナシウス）よりの由来で不死身の男の意味になる。

パヴェルはそうした「栄光ある死」にも、あるいはそれほど「栄光」とはいえない死にも何回も直面しました。しかし生き続け、動員解除の後、故郷のペトログラードに帰りました。引き続き彼が得た仕事は、「内戦時代の任務」そのままといったらいいのでしょうか、財務当局とのつながりのあるものでした。

ハバロフスクに着き面会を得た時、最初に彼がしたことは次のような状況を党地方員会（obkom）にアピールすることでした。彼の妻と幼児はクラスナヤルスクにおり、反対派に属していたために流刑となっている、と。彼は妻（私です）を移転させ、ハバロフスクで共に暮らせる手段を画策し、obkomの承認を取りつけようとしたのでした。

なんと牧歌的な時代だったのでしょう！

パヴェルの大胆な申し入れに対して、彼らは彼を刑務所に送ることをせず、また党からの除名さえもおこないませんでした。彼らは、私に関してのいくつかの質問をしましたが、それらは興味をそそる話としてであり、私が二三歳であると知った時には「アイアイ、それはコムソモールの年齢じゃあないか、彼女をここに連れてくるように、われわれが再教育してやろう」と言いました。

パヴェルは、それは私の性格には合わず、私の再教育を保証できるものではない、と答えました。これに対して彼らは、「とにかくそうしない訳にはいかない」と結論づけました。こうしてクラスナヤルスクからハバロフスクへの私の転地請願は、極東 obkom により承認されることとなりました。一九三〇年三月私と娘はすでにハバロフスクに到着していました。

クラスナヤルスクからハバロフスクへは鉄道の客車での旅でした。実のところ、私には一人の軍曹のエスコートがありました。でも彼はとても手助けをしてくれる男であると分かりました。停車時には彼はヨーグルト、ロールパンを買ってくれるのでした。この客車のコンパートメントで一緒になったのは、既婚のカップルでしたが、彼らは私が軍将校の妻で、この軍曹が世話役として付けられていると思ったのです。彼らはこの旅行中、私をちらっと横目で見続けていたのですが、その素振りは生後七ヶ月のチュースカにしか興味がないように振舞っていました。折りにふれ、カップルの妻のほうは、独り言をつぶやくのでした。「将校に世話役が付くようになったのね、昔そうであったように」と。このことは私を怒らせましたが、もし私が彼らであったなら、私もきっとそう言ったでしょう。

私たち一行がハバロフスクに近づいた時です、軍曹がコンパートメントを離れた機会を利用して、私の実際の状況を彼らに告げました。驚きと熱のこもった表情で私を見たのですが、その様を私は忘れることはできないでしょう。彼らは、かわるがわる私に握手を求め、妻の方は（明らかに情緒深い人だったのでしょう）こう付け加えました。「どうか私たちを許してください」と。

パヴェルと私たちはハバロフスクの駅で会いました。彼はできる限りの歓待でもって私たちを迎えたかったので、地域幹部会の友人に車（その当時ハバロフスクでは車は珍しいものでした）を依頼しました。その友人は、喜んでそうしてあげよう、と言いましたが、彼の裁量下にあった車はＧＰＵに供出されてしまいました。ＧＰＵは秘密裡に誰かを護送しなくてはならず、所属の車は全部他の用途で使われていたのです。やがて分かったことは、秘密裡に護送されるのは私だったのです。

私に付いてきた軍曹が私をハバロフスクのＧＰＵ本部に連れていきました。この後続いた数年の流刑期間中、ここに来たのはこれが最初で最後でした。私はレポートするためにここに出頭すべきかどうか質問しましたが、私以外に流刑者はいないのでその必要はないとの返答を得ました。「もしあなたが必要なら、われわれの方で探し出す」、これが別れ際の言葉となりました。

パヴェルは地域財務理事会の予算部を指揮していました。その地域の予算はかなりの程度まで、産業と経済一般の成長を決定づけます。そして極東地域はその中に二つのフランスと一つのルクセンブルグを抱合する広さであることを考えると、彼の仕事量は相当な大きさを持っていました。私は地域経済人民評議会内におかれた「科学的調査」班のリーダーとして働き始めました。この班は私と、１／２の統計家（１／２というのは、一人の統計家は二班で共有されていたからです）で成り立っていました。過去一年と半年の間、クラスナヤルスクで「もがき回ってきた」ので、少しの自信を持つことができました。職場の雰囲気はまったく異なっていました。もっと楽しかったのです。ほどなくして私はもっと大胆になり、地方紙に記事を書き始めました。それはこの地域の歴史的、民族誌学的、経済学的諸問題を取り扱ったものでした。私の記事は出版され、それへの謝礼金まで払われました。私たちはやりくりして、いい乳母を見つけました。私の周りには良き友人の輪ができ、私の流刑者というステータスさえも、いくらかの権威を私に与えてくれました。

でもそれにもかかわらず、私は夫の「キャリア」をどうやらダメにしてしまいました。ここでの生活のおよそ一年の後、地域財務管理局（kraifu）の第一副理事のポストが空き、パヴェルはその第一候補となりました。しかしながら、この地位は人民委員会のノーメンクラトゥーラ（注　国家・党・諸組織の指導層）の地位であり、地域委員会(kraikom)にて承認されなければなりません。非公式のソースから後で知り得たことですが、kraikomでは「頭をかかえた」のでした。

「おい待てよ、一年前には妻を呼び寄せるという彼の請願を支持したではないか、それから一年経っても、彼の流刑者の妻は罪を悔い改めようとはしてないんだ。そして今、われわれは夫の昇進を支持しようとしている。それはダメだ、トラブルを抱え込むことはない」……こんないきさつだったのです。

kraifu のトップはシャリモフでした。彼は内戦の前線時代からパヴェルをよく知っており、副官としてパヴェルを望んでいました。そこで、彼は介入しようとしましたが、その効果はありませんでした。結局その副官ポストには既に昇進して管理職ポストにあった一人の労働者が kraikom の推薦により就任しました。パヴェルは、一般として管理機構で働くことは望んでいないと言い、他の地域に送られるよう依頼しました。シャリモフはパヴェルの存在が、「そこにいるよ」とばかりに上層部を悩ませない方が、しばらくの間はいいのかもしれない、と言って賛成しました。

そして私たちはスパッスク（注　極東部沿海州の内陸部）に向けて旅立ちました。ここは歌に出てくる町です。「スパッスクでは夜闘い、ヴォロチャイフクでは昼間闘う」の歌です。もう夜戦が終わってから長い時が経っており、昼間はとても退屈でした。私は国営銀行の支店で働き始めました。それほど望んで始めた訳ではなかったのですが、他の選択肢はありませんでした。でも不思議なことです、私はその後国営銀行で長い年月働き、そこから年金を受け取ることになったのですから。

幸い、スパッスク叙事詩は長く続きませんでした。パヴェルは狭い地区レベルで働くには、不適当な人であることが明らかになり、ウラジオストックに配置換えされました。地域制度に関して言えば、ウラジオストックは「自由都市ノヴゴロド（注　ロシア北西部、ノヴゴロド公国時代の商業・工業都市）」のような都市だと言っておくべきでしょう。管理機構的には極東地域の一部なのですが、そこでは独自の計画指標があり、その数値実績は直接モスクワに報告されていました。全体として、あまり例のない都市でした。

ハバロフスクは地域の首都と見なされていましたが、ウラジオストックに比べればもっと地方的な色彩でした。それはウラジオストックが典型的な港湾都市であるためでしょう。ドックに係留された外洋航路の汽船、水兵、外国人の群れ、それに色彩豊かなバザールがあり、そこでは欲しいものは何でも信じられない値段で手に入りました――黒キャビアから折りたたみの紙製チャイニーズ人形までも。

ウラジオストックでのパヴェルの地位（市財務部の長、市執行委員会副議長、市委員会メンバー）のせいでしょう、私たちは「偉大なソヴィエト」のエリートに属していたのです。とにかく私は、このエリートの日常生活に衝撃を受けました。私は一九一九―二〇年のモスクワの飢餓時代を覚えていました。ママと私がどうやって過ごしたかもよく覚えていました。またヴォロフスキー（注 1871 - 1923、ソヴィエト外交官）の家を度々訪れていたし（ママと彼の妻は友人でした）、またトロツキーの家でもよく時を過ごしました。国家のトップの地位を占めた人たちの食糧事情というものは、平均的モスクワ住民より、ほんのわずかに良かっただけでした。

パヴェルも一九二〇年、オデッサで物資補給隊の副コミサールであった頃のことを思い出しました。彼の妻（注 前妻）は出産したばかりでしたが、キュウリばかり――タダ同然で売られていました――を食べなくてはなりませんでした。赤ちゃんは空腹のために下痢で苦しみました。

物資補給人民委員のツィルーパ（注 1870 - 1928）は sovnarkom（ソ連邦人民委員会議）が会議中、空腹のために失神したことは広く知られております。

でもこれはもう別の時代の出来事だったのでした。

市委員会メンバーのための、ここウラジオストックのカフェテリアではランチはビュッフェ式で、どんな前菜も食べ放題でした。デザート用にはおいしそうなケーキ、パイ、泡立てたクリームまでありました。もちろん、市委員会メンバーだけの特別に閉鎖的な物品販売もありました。そこでは非常に安い値段で、最良の輸入品を買うことができるのです。これらの物品は禁制品として没収されたものでした。

これが私たちの広大な母国の隅々にいたるまで、上層部の人たちにとっての生活でした。それらは、おそらく、禁制品などはなく、ある方法で、あるところで造られていたのでしょう。

この「疫病の時代の饗宴」の中にあっても、ウラジオストック市委員会第一書記のヴラジミール・ヴェルニーという人は、高い自己規律と慎ましさの人でした。ヴェルニーの妻が車を必要とした時、彼女はこのことを夫に隠し、どこかの同志に依頼するのでした。ヴェルニーは市委員会の車が個人的な目的で使用されることを許しませんでした。彼らには一人の娘、イネッサがいました。その時、七、八歳だったでしょう。彼女は病弱で栄養補給を必要としていました。彼は断固として、娘は法に従って得られる物だけを食べるべきであると言い切りました。

パヴェルと彼は、すぐにお互いの共通点を見つけ、仕事のみならず暖かい交友関係を築きました。

私はウラジオストックでは短い期間国営銀行で働きましたが、その後出産休暇を取りました。一九三二年六月、二番目の娘キーラが誕生しました。パヴェルは通常の休暇を待ち、私たちはモスクワに旅立ちました。

三年の流刑期間は形式的には終わっていましたが、当局が私のモスクワでの労働許可を与えないことは明白でした。私はいつもモスクワが好きでした。そこは私の育った町なのです。でもその頃は、そこにずっと住んでいたい、との望みはなくなっていました。ネクラソフ（注　1821 - 1878、詩人・作家）がこう書いています。「私はその荒れた森の中に入りたい気持ちにはなりません。そこはかつてオークの木々が空高く伸びていた。でも、いまあるのは地面に這いつくばった切株しかない……」と。パヴェルの休暇は終わり、ウラジオストックに向けて出発しました。一方、私はモスクワに二人の子供ともう少しばかり残ることにしました。私たちがウラジオストックを離れている間に、大きな変化が起きていました。

市委員会第一書記ヴェルニーはウラジオストックから、ブラゴヴエシュチェスク（注　同じ極東のアムール川沿いに沿った内陸部）に配置転換されました。これは明らかな政治的なデモンストレーションでした。彼の規律ある性格と日常生活の慎ましさは当地の他の人々の喉元にはっきりと突き刺さっていたのでした。

第一書記の行動は全体の風潮を形成してゆくのですが、他の人たちは「これじゃあ、まるで司祭だ、まるで教区にいるみたいだ」と、言い続けていましたが、これは偶然ではなかったのです。そしてここの「教区」は、そうした第一書記の行動規範を好まなかったのでした。

ヴェルニーはパヴェルに同行を提案し、夫はそれに同意しました。

それ故、私が子供たちとモスクワを離れた時、旅の方角はウラジオストックではなく、ブラゴヴエシュチェスクでした。旅は短くありません、そして私には「三人の旅人」が同行していました。ユーラ、パヴェルの最初の結婚で生まれた一〇歳になる息子、三歳と半年のターラ（注　ナターシャ）、そして八ヶ月になるキーラ、の同行でした。

訳者ノート　参考までに、シベリア鉄道にてモスクワからハバロフスクまでは八、五〇〇ｋｍの距離。

この旅では退屈することは全くありませんでした。でもどんなことにも終わりが来るように、この旅も終わりました。パヴェルは私たち一行をイエロフェイ・パヴロヴィッチという、変わった名前の駅で迎えてくれました（後で分かったことですが、これはハバロフスクの名前の元となった探検家ハバロフのファーストネームとミドルネームでした）。そして、そこからブラゴヴエシュチェスクに支線が出ていました。

ブラゴヴエシュチェスクはとても鄙びた町で、ここととウラジオストックを比較すれば、ウラジオストックはパリです。でもこの町にも独自の特色はありました。町はアムール川の川岸に沿っていますが、対岸は日本の緩衝国家である満州国でした。国境はこの川の真ん中に引かれていました。両側とも堤防の全線に沿って国境監視部隊が配置されていました。このため、多くの事件が生まれましたが、ユーモアに富んだもの、危険につながるもの、その両方がありました。市委員会のメンバーのある男は、委員会の同僚の妻との逢瀬を楽しんでいました。彼らの醜聞は夏に起きました。彼らは堤防に沿い、長い時間散歩を続けていましたが、それは「腰をすえる」ための快適な場所を求めてのことでした。彼らはついに見つけました。でもそこは川にあまりにも近かったので、国境監視兵は彼らを逮捕しました。彼らは駐屯地に連行されましたが、すぐに「何処の誰それ」は判明しました。もちろん彼らはすぐに解放されましたが、どちらの側もその「ご立派な家庭」内にスキャンダルが起きることとなりました。二番目の事件はもっと悲劇的でした。これもまた、市委員会メンバーの一人に起きた事件です。彼の名前は、ミーシャ・ヴォルコフ、とても人懐っこい人でした。ある家の客となり、完全に酔いがまわり、深夜歩いて自宅に向かいました。ブラゴヴエシュチェスクではその頃ほとんど街灯というものがなく、たった一つの例外はバザールのある大広場で、そこだけは深夜も灯りがついていました。それにヴォルコフはそのバザールのちょうど隣に住んでいたのです。彼はあきらかに、暗い通りを長い時間をかけて、よろめきながら歩いたことでしょう。そしてとうとう、明るい灯りのある、くっきりと見通しの効く場所に来ました。彼は灯りを目指していたので、今バザール広場を横切っているものと確信したのです。実はその時、彼が横切っていたのは凍結したアムール川で、彼の見た灯りは満州国のそれでした。どうやって国境警備所を通り抜けたかは説明不可能です。日本兵は彼をまず殴打し、私たちの当局に連絡してきました。当局は金と交換可能な硬貨を払って彼を連れ戻し、刑務所行きを宣告しました。これがこの善良な男、ミーシャ・ヴォルコフの何の意味もない刑務所行きの話です。

一九三三年の終わりに党からのパージが起きました。ブラゴヴエシュチェスクではハバロフスクの地域委員会からの全権委員の手で実行されました。彼は私のクラスナヤルスクからの転地に反対した人たちの一人でした。

パヴェルは「トロツキスト活動家ヨッフェとのコンタクト」という罪で党から除名されました。でもユーモアのセンスは失っていません。彼は、こうしたケースに「コンタクト」という言葉が、文字本来の意味で［夫婦間に］使われたのは初めてだね、と言いました。

彼はただちに、その職から排除されました。というのも、非党員、いわんや党から除名された人物は、そのような地位を占めることはできないのです。市財務部（gorfo）の長の一時的な代理人が彼の交代要員になりました。

しかし、私たちはまだブラゴヴエシュチェスクにとどまり、地域委員会（kraikom）の決定を待ちました。その間、gorfo で働いている全部の労働者がパヴェルに会うために、自宅にやってきました。来るべきではない、とパヴェルが彼らを説得するのはとても無理だったのでした。

モスクワに帰り、パヴェルは中央統制委員会にアピール書を提出しました。彼はユーラをその母（彼の前妻）の元に送るためレニングラードに行き、私たち三人はママのところに住むことになりました。

中央統制委員会は、もちろんのこととして、同じ定式的な理由付けでもって彼の除名を確認しました。レニングラードや極東出身の友人たち、トーリヤとイエーシャもまたこの時期ハバロフスクからモスクワに来ていました。トーリヤは道路交通局（glavdortrans）の計画部の長として働いていました。道路交通局はソ連邦全土の自動車交通を統括する組織です。この道路交通局の長もまた極東からの出身で、地域執行委員会の副議長だった人ですが、パヴェルを知っていました。彼らはパヴェルに非党員スペシャリストとして働くことを提案しました。でも彼がそうするためにはモスクワでの居住許可が必要とされます。その当時、内国パスポート制度は既に確立されており（私たちはブラゴヴエシュチェスクでパスポートを入手していました）、居住許可は厳密に強制されていました。その許可を得るにはたった一つの「ささやかな」条件を必要としていました。つまり、私の誤りを認めた宣言書を書くことです。私はそうした宣言書が一九二九—三〇年にかけて、非常に多数書かれ、署名されたことを既に述べました。後年になってもそれらは書かれ、署名されましたが、その数は（一九二九—三〇年ほど）多数ではありません。

署名にあたって、どんなプレッシャーが私にふりかかったかを思い出すのはとても辛いことでした。それはまず私の家族から始まりました。最初にママから、彼女の兄弟から、そして私の好きな祖母から、でした。それに父の家族が加わりました。父の姉妹と兄弟たちでした。パヴェルの家族もこのプレッシャーに加わりました。彼の姉妹のアーシャとオーリヤはレニングラードから私たちを訪ねて来ました。アーシャの夫も同様に来ました。

私たちの友人たちも同様にこのことに固執しました。トーリヤとイエーシャです。すでに署名し、モスクワに帰っていた反対派の友人たちも、このプレッシャーに加わりました。一言で言えば、すべての人が私の説得を試みました。そしてたった一人の例外はパヴェルでした。皆が主張した論点は、私が尊敬を寄せていたかつての反対派活動家で、古い同志たちの例でした。これに対して私の返事はいつもこうでした。「じゃあ、ラコフスキーはどうなの？」と。ちょうどその時、晴天のへきれきの如くラコフスキーの声明文が新聞に載りました。それは最大の自制された文体で書かれていました。「私は誤りをおかした……党への復帰を願うものです……」およそそんな文でした。しかしそれにもかかわらず、それは声明文に違いなかったのです。ラコフスキーはそれを書いたのでした。それがラコフスキー以外の誰かが書いたのであったならば……と願わずにはいられませんでした。でもそれはラコフスキーでした。ラコフスキー、トロツキーの最大の友人、ラコフスキー、私の父の友人にして、友人を代表して父の葬儀委員長を務めた、そのラコフスキー。

私は熟考に陥りました。多分私は何かを理解していないのかもしれない、それというのも私の政治経験を四〇年の革命家活動に従事したラコフスキーのそれと比較などできるものではありません。彼はブルガリアで、ルーマニアで、フランスで、そしてロシアで、活動し続けてきました。私には彼が原則を欠いている、等とは疑いさえもできませんでした。私には声明を書くことは無理だ、と感じてはいましたが、彼はそれを書いたのでした。このことは、二人のうちどちらかが間違っているのではなかろうか？　どちらだろうか？　客観的根拠に照らしたならば、疑いの余地はありません。でも、それにもかかわらず……

私は彼に電話をしました。彼は直ちに「すぐ来なさい」と答えました。

その時、彼はトゥヴェルスコイ通りに住んでいました。私が訪れた時、彼は娘のリーナとその夫と共にいました。リーナは（実子ではなく）彼の妻の娘でしたが、幼少の頃、養女として迎え、彼から父称と姓を受け継いでいました。家庭では、ルーマニア風にコクチャと呼ばれていました。彼女の夫は有名な詩人のヨシフ・ウトゥキン（注　1903-1944）です。私たちは彼の詩を称賛していました。

「赤毛のモーテレ」等です。私は彼らと知り合いになれたら嬉しかったでしょう。でもその時、彼は私の訪問の目的ではありませんでした。彼らは席を外してくれ、私はクリスチャン・ゲオルギヴィッチと話すため、そこに残りました。彼は私に、明瞭に、真剣に、そして自信を持って語ってくれました。彼の基本的な考えは、いかなる方法でもってしても党に留まらなければならない、ということでした。彼は、間違うことなく党のある層はわれわれ（反対派）と心の底で意見を共有しているが、その同意を声にすることにためらっている、と感じていました。そしてわれわれは、ある種の常識の核となり得ることができ、次の何かを成し遂げることができるはずである――彼はこう語りました。もし孤立するならば、彼らは、われわれをチキンの如く絞め殺すだろう、と言いました。

もちろん、私たちの前に横たわる問題に答えを与えてくれる政治経験は未知の領域のことでしたが。

会話の終わりに、私は彼に最後の質問をぶつけました。「もし父が生きていたら、父はあなたに同意したでしょうか？」と。彼はしばらく考え、こう言いました。「彼は知的で冷静な政治家です。彼は私に同意したと思います」

翌日、私は短い声明文に私の署名をしました。「同志ラコフスキーの声明文に私の署名を加えるよう依頼します」と。

訳者ノート　クリスチャン・ラコフスキー（1873 - 1941）。ヨッフェとならぶトロツキーの生涯の友人。モスクワ南西部オリョールにて銃殺される。

一九三六年八月に書かれ翌年出版された、トロツキー「裏切られた革命」にはラコフスキーのソ連邦分析の記述が紹介されている。その一部を「第五章　ソヴィエトのテルミドール」より引用する。これは一九二八年既に追放されていたラコフスキーが流刑地より友人に書き送った手紙である。

「レーニンの精神の中、そしてわれわれ全員の精神の中にあった思想は、党指導部の課題とは、党と労働者階級を特権による堕落した行為から守り、そして権力を獲得した労働者階級の側に立ち、古い貴族性と中産階級性の遺物との妥協から、またNEPの不道徳な影響から、ブルジョア道徳とその思想の誘惑から、労働者階級を隔てさせ、保護することでした。率直に、確実に、声を大にして言わなければならないことがあります。それは、党機関はこの課題を果たしていないこと、保護者であり教育者であることの二重の役割を果たすには全くの無能を示していること、ということです。党の任務は失敗し、破産しました」

続けて、トロツキーはナディエジュダのこの回顧録で触れられたラコフスキーの屈服について以下のようにも述べている。

「ラコフスキーが、官僚的圧制に押しつぶされ、その結果彼の本来の批判的判断を自己否定したことは事実である。しかし、七〇歳のガリレオもまた、聖なる異端者審問に締めつけられ、コペルニクスの法則を否定することに追い込まれた。でも、このことは地球が太陽の回りを公転し続けることを妨げはしなかった。六〇歳のラコフスキーの撤回を、われわれは信じてはいない、何故なら彼は、一度ならずそうした撤回が意味をなさなくなる過程を分析している」

トロツキーはガリレオに例え（スターリニストの圧制は異端者審問以上に苛酷で卑劣であったかもしれない）、終生ラコフスキーへの友情を保持し続けた。

当局はパヴェルと私にモスクワの居住許可を与え、彼は仕事を始めました。最初に道路交通局（glavdortrans）計画部――そこのディレクターは彼の友人のトーリャ・ゴレンシュタインです――で働き始めました。

しばらくして、私もまた、国営銀行の支店で働き始めました。私たちはスレテンスキー通りにある古いアパートの大きな一部屋で生活をはじめました。その部屋は私の祖母が私たちのために保持していてくれたものでした。もちろん、私たち四人が一部屋で生活するのですから、手狭で混んだものでした。でも他に方法はありませんでした。

私は弟ととても親密になりました。ヴラジミールことヴォーリャは、父が再婚で得た私の弟です。父が亡くなった時、彼は八歳で、彼の母が流刑地に送られた時は一〇歳でした。彼女は流刑地には連れて行かない方がいいと判断し、彼を残して行きました。

一五歳になった時、彼は平均的な少年というのではなかったのでした。彼は完全に政治的無関心であり、コムソモールに参加することはありませんでした。彼は詩がとても好きで、自作もしました。それは彼のその年齢としては稀な詩でした。才能に恵まれていたのだと思います。彼の詩の一行も覚えていない自分を、私は許せません。彼は自作の詩を、その頃多少知られていた詩人ドルマトフスキー（注　1915 - 1994、詩人・作詞家）に見せたことがあります。彼は弟の人生への衝動そのものが詩的だ、と言いました。

その年齢の多くの少年のように、彼は恋におちました。その恋の相手は学校のピオネール団（注　少年・少女団）のリーダーで、彼よりもずっと年上でした。驚くことはありません、一五歳の少年はしばしば年上の女性に恋するものです。しかし、ヴァロージャ（注　ヴラジミールの愛称）の感情は、若者の通常の高まりをはるかに超えていました。全体として、彼は同年代の少年のパターンからはみ出ていたのです。

一九三六年の初頭、モスクワから追放されることになりました。当局は彼を流刑地にいた母親のもとに送ったのです。

彼が追放されたすぐ後、私は逮捕されました。そして、それからの一〇年間をコリマで過ごし、ヴォーリャのその後を知ることはできませんでした。

彼の母、マリア・ミハイローヴナはヴォルクータ（注　シベリア地方北極圏）の労働キャンプに収容されていました。ヴォーリャが何処で、どうやって生きてきたか、私には分かりません。後年私の二回目の流刑の時、マリア・ミハイローヴナを知っている人に出会いました。ヴォーリャについて、その情報の一片でもいいから見つけようとしました。でもその情報は整合性のないものでした。ある情報は、トムスク大学（注　シベリア西部の古い大学）に入り、試験をいい成績でパスしたが、「出自を理由に」卒業に至らなかった、というものでした。また別の情報では、彼は刑務所で死んだ、というものでした。あるいは銃殺、あるいは自殺、とマチマチなものでした。もしそれが一九三八年に起きたものであれば、彼は一九歳だったでしょう。

ムーシャ（マリア・ミハイローヴナ）がモスクワに帰った時、ノヴァデヴィッチ共同墓地にある父の墓碑（そこに父のフルネーム、出生と死亡の年が刻まれています）に、もう一行が加わりました。「ヴァロージャ・ヨッフェを偲び、一九一九年出生」と（没年は不詳だったのです）。

一九三四年一二月一〇日、キーロフ（注　1886 - 1934、政治局員）が殺害されました。

新聞の最初の発表は非常に簡潔なものでした。彼はオフィスのドアの外にある廊下で殺害され、その犯人は党員のニコライエフである、と。

もちろん、自然発生的にあらゆる類の噂が流布しました。ある人は、ニコライエフ側の個人的な行為であると主張しましたが、それはキーロフが彼の妻を盗んだからであるとの理由付けでした。私たちの知り合いの中には、キーロフを個人的に知っている人たちがいました。彼らもまた、（ニコライエフの）復讐行為に同意しました。しかしながら、数日後にもっと長い記事が新聞に載りました。それは、この殺人がジノヴィエフとカーメネフによって組織されたものだ、との主張でした。私たちはもはや何の疑いも持ちませんでした。誰が、どんな目的のために、この事件を必要としたか、私たちには明らかでした。

年月を先走りして、［この事件に関して］いくつかのことを加えたいと思います。一九五六年、収容所を生き延びた私たちは名誉回復の後、モスクワに帰りました。その時私の友人であるボリス・アルカディエヴィッチ・リヴシッツ（後ほど彼についてもう少し多くを話します）はレニングラードにおり、彼の古い友人ピョートル・スモロディンの妻を訪ねていました。一九二〇年代、スモロディンはコムソモール中央委員会書記で、ボリスはその中央委員会直属機関で働いていました。一九三〇年代のキーロフ事件のあった頃、スモロディンはレニングラード地方委員会（obkom）で働いており、キーロフの副官の一人であり、友人でもありました。ピョートルは一九三九年銃殺されましたが、彼の妻は一九五六年に流刑地から帰ってきていました。そしてこれから話すことは彼女がボリスに話したことです。繰り返しますが、当然ながらその話は夫のピョートルが彼女に語ったことなのです。

キーロフは第一七回共産党大会（注　一九三四年一月二六日—二月一〇日）の後、モスクワからレニングラードに帰りました。その会議で彼はほぼ満場一致で党中央委員会に選出されましたが、一方スターリンは委員候補者名簿の最後にリストアップされており、選出に必要な票をやっと集めました。キーロフはスモロディンに「ピョートル、私はこの先長くは生きられないだろう、彼はこのことで絶対に私を許そうとしないだろう」と話しました。そして彼は許さなかったのです。彼はキーロフだけでなく、その会議全体をも許さなかったのでした。

その一七回党大会は一、九五六名の代議員が参加しましたが、一、一〇八名が逮捕され、反革命活動の罪をきせられました。一三九名がCCメンバーとその候補に選ばれましたが、九八名（七〇％）が銃殺されています。彼らの一人は一九一八年からの、また他の人は一九二〇年からの党員であり、残り全員は一〇月革命以前からの党員でした。

訳者ノート：トロツキー『わが生涯』三六章「軍事反対派」にて、スターリンの性格をブハーリンがトロツキーに語っている。「スターリンの第一の特性は怠け者であること、第二は彼より知識があるか、彼より物事の処理がうまい人間に対しての執念深い嫉妬心だ。彼はイリッチに対してさえおとし込めようとした」

一九三五年の初頭には、粛清の波が始まりました。その年が二ケ月と経たないうちに、パヴェルは道路交通局

（glavdortrans）理事に召喚されました。穏やかな形ながら、彼は「個人的な理由」で職を辞す旨の声明文の提出を求められました。「そうした方があなたにも、私たちにもいいのです」と。パヴェルはそんな声明を出す意思はなく、「個人的な理由」で辞職を希望してはいない、と返答しました。「もし彼らが私を首にしたければ、そうさせたらいい」と彼は私に言いました。「どんな形式で彼らがそうするのか見てみたいものだ」とも。つい最近彼は部内で称賛を受け、彼の写真は優秀者掲示板に飾られていたのです。

でも彼は辞表を提出することにしました。トーリャのことを考えたからです。もし彼が自分の意思で去るのであれば、すべては穏便で音をたてないですみ、誰もその理由を知る由もありません。しかし、彼が解雇を告げられ、スキャンダルが起きたならば、その理由は検索され、必ず一つの疑問が起きるでしょう。「誰が彼を推薦したか、誰が雇用に同意したか」と。

一部の人は、パヴェルとトーリャ・ゴレンシュタインが長い間の友人であったことを思い起こすでしょう。こうしたことすべてが、トーリャに不快な境遇を与えることになるでしょう。彼のことを考え、パヴェルは辞表を提出しました。彼はその後すぐに仕事を探し始めたのは言うまでもありません。最初は彼の専門を、次に事務職を。その後はもう、どんな職もいとわず探しました。工場、店、倉庫の夜間警備員と。でも誰も彼を雇おうとはしませんでした。職をいとわず探した先では、「あまりも知的すぎる」との理由で採用されませんでした。

こうした全期間、私は銀行で働き続けました。当局は私には手を出さずにいたのです。全く不可解なことですが、それがＮＫＶＤ（内務人民委員部）のやり方だったのです！

苦しい時期が私たちにふりかかりました。四人が私のか細い給料で生きていかなければならなかったのです。折にふれて、ママはお気に入りのターラを何日間か引き取ってくれましたが、状況が救われることにはなりませんでした。ところで一度だけ、ママはとてもありがたい方法で私たちを助けてくれました。一九三五年の夏です、彼女は私と二人の子供たちにアナッパ（注　黒海沿岸、クリミアの東方）にある「子供のための保養所」の無料滞在を算段してくれました。彼女の夫は公共輸送人民委員部で働いており、この旅行費用も無料でした。

パヴェルを一人にさせるのはとても嫌でした、でも子供たちのためと思い、私は行くことにしました。アナッパで六週間を過ごし、九月にモスクワに帰りました。私たちの友人は、どんな仕事でもそれが手元にあれば、内密にパヴェルに回してくれました。財務会計、文書校正、本の注釈添付、等々を。もう長い間、ベビーシッターなしでしたので、パヴェルと私は家事を分担し合いました。彼が多くの時間を子供たちと過ごしたことは、言うまでもありません。

……しかし、こうした日々に終わりが訪れました。予期することなく、そして恐ろしくも。一九三六年四月一一日、ＮＫＶＤは私を逮捕しました。

訳者ノート　ここでＰａｒｔ１は終わり、ナディエジュダの長い流刑と収容所の困難な日々が始まります。そして最愛の夫パヴェルにも最悪の終末が訪れます。「革命の子」ともいうべき若きコムソモール同盟員にして、左翼反対派のナディエジュダはＰａｒｔ１において、革命の理想と、官僚による体制の堕落を生き生きと語ってくれました。そしてまたエピソードをはさみながら、父ヨッフェ、トロツキーの実像を、愛情をもって描写してくれました。

一方、詩と演劇とカフェーを楽しんだ彼女の開放的な若き学生の日々は、何かしら訳者世代のそうした日々を思い起こさせてくれます。彼女の反スターリン闘争が謄写版刷りのリーフレットで始まった事実は、あのインクの独特の匂いがまだ記憶の片隅にある訳者に、時代を超えて、彼女の存在を身近に感じさせてくれるものでした。この後、Ｐａｒｔ２、Ｐａｒｔ３においても彼女はその苛酷な生きざまを知性とウイットをもって語ってくれるでしょう。

Part 2

極東コリマの強制収容所にて

Part 2-1　夫婦共、コリマの矯正労働キャンプへ、そして夫との別れ

NKVD（内務人民委員部）により逮捕されたその夜、私たちはママのアパートにいて、次女のキローチカ（注キーラ）をどうやって病院に連れて行こうかと相談していました。猩紅熱のため、彼女はすっかり衰弱していたのでした。幸いなことに、長女ターラの方はモスクワ郊外の森林学校に行っていました。当局がこの幼い娘を私たちから引き離した時、この子がどんなに泣き叫んだかを思い出すのは私たちにはとても辛いことです。

一一時を過ぎた時、ドアの呼び鈴が鳴り、NKVDの制服を着た二人の男が入ってきました。彼らは逮捕状とかいったものを提示することなく、「二〇分、せいぜい三〇分ほどの間」ルビヤンカまで同行していただきたい、と丁寧に私に申し入れました。パヴェルは私に同行する旨を告げました。私たちの招かざるゲストはお互いに顔を見合わせ、「いいでしょう、一緒にきてください」と応えました。

私たちは階段を下りました。玄関口に停車していたのは通称「カラス」と呼ばれる黒塗りの護送車ではなく通常の乗用車でした。

訳者ノート　モスクワ市内ルビヤンカ広場にNKVDの本部・直轄刑務所がある。

ルビヤンカに着くと彼らは私をせき立て、パヴェルに別れの言葉を告げる機会も許しませんでした。そこで逮捕状が発行され、私は房に留置されました。私は独房でその夜を過ごしたのです。

独房は平均的なつくりのホテルの部屋のようでした。いいベッド、清潔なリネン、ベッドの脇にはサイドテーブルがありました。後年、私はこう確認しました。刑務所がより清潔で、静寂で、整頓されていればいるほど、

そこはより一層恐ろしいところであることを。

当局はパヴェルを帰宅させ、私たちのアパートを探索しました。この一年後の一九三七年、すべての人が逮捕におびえていた時代には人々はこうした探索に備え、目を付けられるおそれのある物はすべて破壊していました。私は「最初に飲み込まれた」者の一人であり、こうした逮捕を予期してはいませんでした。自宅にはトロツキー選集がありました。それは一九二〇年代に発刊されたもので、そこには彼からママへの献辞が書かれていました。ママが結婚したのはそれほど以前のことではありません。新しいアパートに移り新生活を始めるにあたって、ママはこれらの本を私に残して行きました。

また個人的に私が所有する「扇動的文書」もありました。ダヴィド・ボリソヴィッチ・リャザーノフ（注1870 - 1938、マルクス・エンゲルス研究所所長）の本で、それに書かれた献辞は「オールド・ボリシェヴィキからオールド・コムソモールの娘へ」でした。また私の父の死に関しての多くのドキュメントもありました。一般的に言えば、探索する者にとって実にやりがいのある仕事を提供していたのです。尋問において私は、もちろん、アパートにあるすべてのものは私の所有物であると告げました。

翌朝、私はあの「カラス」に乗せられ、ブティルカ刑務所に護送されました。そこですべての手順を通過しました。指紋採取、写真撮影、ボディー・サーチ、シャワー、です。ガーター、スカートのベルト、靴ひも、ヘアピンは取り上げられました。

私はこうした堕落した不条理な行為にどんなに衝撃を受けたかよく覚えています。ヘアピンでどれほどのことができるのでしょう？　それでもって誰かの頭を突き刺し、靴ひもで自分の首を吊る等という馬鹿げた行為が実際になされるでしょうか？　スカートがずり落ち、ストッキングが抜け、靴を引きずり歩く—そんな不愉快で屈辱的な状態に彼らは人を追い込んでいくのです。

そして私は女性ばかりの「政治犯廊下」にある四つの房の一つに留置されました。それらの房には二〇〇名の人がいて、壁に沿って二段ベッドが据え付けられていました、そして私の長い「旅」は排泄物用バケツ近くの片隅で始まったのです。房の人の数が変わり、場所に余裕ができるにつれて私は窓に少しずつ近くなりました。私の後に入ってきた女性たちは順にそのバケツの近くから彼女たちの「旅」を始めていくのです。房内秩序は厳として、たしかノーナ（その姓は覚えていません）という先任者により保たれていました。誰かの説明によると、ノーナはモスクワで最高級の娼婦で、彼女の「顧客」は政府高官と外国人であったということです。彼女が五八条項により逮捕された理由がこのことです。

訳者ノート　ここでいう五八条項とはソ連邦刑法第五八条項、母国への裏切り行為を指している。五八条項（article 58）は「58-1　反革命活動」から、「58-14　反革命サボタージュ」まで一四の section で構成されている。

この時期ブティルカ刑務所は多数の若い人を拘束していました。彼らは文化・レクリエーション活動の組織者たちで、ほとんど全員がコムソモール同盟員でした。彼らは反革命プロパガンダの罪を着せられていたのです。この房でクラーヴァ・グーシュチナに会いました。この活動家グループのリーダー、アルカディー・トクマンの妻です。アルカディーはこの後銃殺されました。クラーヴァの運命については私は分かりません。

ファシストの収容所を脱出したドイツ人コミュニストに会った時はとても困りました。大きな障害を乗り越えて、彼女は彼女にとっての社会主義の祖国、ソ連邦へ逃げてきました。その社会主義の祖国は彼女を刑務所でもって歓待したのです。彼女は一言もロシア語を話せず、今何が起きているかが理解できませんでした。彼女には、なにか大きな誤解が生じているように思えたのでした。それで彼女は私に会えてとても喜びました、少なくともこれまでのいきさつをドイツ語で私に要約することができたのですから。でも私は彼女に何も説明することができませんでした。

私の逮捕から一〇日後に夫パヴェルが逮捕

私の逮捕から一〇日後にパヴェルが逮捕されました。それまで彼は私に包みを持ってきてくれたり、キローチカが入院しているボトキン病院とこのブティルカ刑務所を半々に掛け持ちしてくれていました。彼は心配で大変消耗しており、逮捕された後、この一〇日間で初めていい睡眠をあのバケツ近くの二段ベッドの上で取ることが出来ました。これで起きる可能性のあることはすべて起きました。

文化・レクリエーション活動グループのエネルギッシュな人たちは全刑務所を通しての通信網を確立し、ただちに私たちのためのコンタクトを組織してくれました。私が夫の逮捕を知ったのはその翌日のことでした。パヴェルは良き父であり、思いやりがあり、愛情豊かな人です。子供たちには彼が付き添ってくれている、そんな思いが私に大きな慰みを与えてくれていました。でも、今、その慰みさえも消えてしまいました。

尋問官ロゴフは私の最初の尋問官であったルトゥコフスキーには全く似ていませんでした。後者はジェルジンスキーに育成されたチェキストであり、プラス・マイナスの結果を量りながら尋問を進めていくタイプです。つまり知識に富み、かつ意地悪く、教育があり、そして残酷でした。一方このロゴフは多くの点でルトゥコフスキーに劣っていながらも、比較して言えば、議論抜きの一方的なプラスを求める尋問でした。でもこの男には人道的要素がありました。その当時、尋問調査は依然として人道性があったのです。

最初の尋問において、私に病気の娘の情報が提供されない限り、私は何も供述はしないと宣言しました。そして私が質問されるたびに、彼はいつも電話を私に手渡し、私は当番の医師と会話ができました。

五月一四日私が三〇歳となった日に、彼は私にパヴェルとの面会をアレンジしました。私たち二人は同時刻の尋問に呼ばれたのです。パヴェルはブティルカ刑務所の中で買った小さなチョコレートを私にプレゼントしてくれました。

尋問の大部分は一九二七—一九二八年の私の反対派活動に向けられ、平然として進行しました。「あなたはこの人、このこと、あの人、あのこと……を知っているか？」「いいえ、その人、そのことは知りません」が私の答えでした。私は、これら一連の質問の中で、その期間私とつながっていた同志たち全員が逮捕されたことを理解しました。

ブティルカ刑務所の女性の「政治犯廊下」には四つの房がありましたが、同一事件の人たちを同じ房に留置することはありませんでした。このため、いささか奇妙で、いささか悲しい出来事も生じました。逮捕された一人のトロツキストの場合、彼の前妻たちも全員逮捕されました。その前妻の数は合わせて五人でした。でも房は四つです。そこで二人の前妻が同じ房で一緒になることになりました。ところで、彼女たち、どちらも前妻でしたが、うまく折り合って房で過ごしました。

人は環境に慣れてゆくものなのです。いびつな刑務所の生活でさえ、日常性が生まれてくるのです。友人も現れてきます。つい昨日まで見知らぬ仲であった人の運命さえ、とても近い人の運命の如く重大なものに感じられるのです。

房にいた党の層からは、アーリヤ・チュマコーヴァが思い出されます。彼女はヴォルクータ（注　ウラル山脈西部）の石炭採掘収容所で果てました。他に、ベルタ・グルヴィッチャ、リザ・オスミンスカヤがいました。ベルタのその後の運命は分かりません。リザとは後年コリマで会いました。彼女のことは後ほど書くつもりです。顕著なことは、房内の圧倒的多数はたんなる「おしゃべり屋さん」、あるいは「冗談話のついで」で、刑法五八条項に抵触する罪を科せられた人たちなのです。

私はとても親切で可愛いシュローチカ・ザハリーナを思い出しています。彼女には一人の男友だちがいました。彼女の言葉によれば、「尊敬でき、教養のある、気配りにあふれた」友であったということです。二人は一緒に劇場や映画に行きました。彼女はその劇、映画について様々な意見を述べましたが、明らかに彼女の意見は公式見解と異なっていました。彼女が逮捕された時、告発された罪の根拠は、「尊敬でき、気配りにあふれた」友と二人きりで交わしたそれらの意見でした。この可哀想なシュローチカをどうして当局が刑務所に放り込んだのか、私には分かりません。おそらく彼女のあの「友」が「計画」を練り上げたものなのでしょう。

また一六歳の少女、アーシャのことも思い出されます。彼女は東清鉄道（Chinese Eastern Railway Line）で働いていました。この鉄道が売却された時、その職員全員がモスクワに帰りました。そして全員が刑務所行きとなったのでした。

訳者ノート　東清鉄道、ロシア帝国が清国より鉄道敷設権を獲得。その一部南満州支線はポーツマス条約により日本へ譲渡。一九三五年三月ソ連邦は東清鉄道を満州国に売却。

アーシャが初めて尋問に呼ばれた時、彼女はすぐに失神しました。そのふりをしたのではありません。何を語るべきか、何を語らざるべきか、彼女には分かっておらず、ただ不安と恐怖から意識をなくしたのでした。

私の房にはＮＫＶＤ直轄刑務所（ルビヤンカ）――私が逮捕され、最初の一夜を過ごしたところです――から移送された人が何人かいました。その人たちが、確かメシェコフスカヤという名の人について語ってくれた話があります。彼女の最初の夫は一九二〇年代にトロツキストであった人ですが、彼女はずいぶん前にその人とは別れていました。彼女の二番目の夫は党中央委員会（ＣＣ）メンバーで、政府高官であり、つい最近までメキシコ大使でした。

メシェコフスカヤはスペイン語を習得し、モスクワに帰ってからコミンテルンのスペイン部で働き始めました。その当時にあって、コミンテルンで働く人たち――とりわけスペインと関わりを持った人たち――が逮捕されるのは極めて少数であったと、言わなくてはなりません（一九三七年には全員まとめて検挙されましたが）。

メシェコフスカヤは連日夜通しで尋問を受け、房に帰るのはしばしば明け方になってからでした。彼女は無実を信じ、解放されることに望みを託していたので、最初の頃は穏やかでした。しかし一ヶ月を過ぎると彼女のムードは急激に変化しました。いまや、彼女は回りの人たちと同様に自分も有罪であると確信するようになりました。彼女は、ありもしない罪を探し出すことができたＮＫＶＤ捜査員の能力を称賛するようにさえなりました。房内で彼女は長時間座り、もの思いに浸り、党に反逆した（彼女の思い込みではそう見えたのでしょう）であろう党員の人を思い起こそうと努めるのでした。

一度彼女が尋問から帰った時など、喜んだ顔つきで、彼女の夫が逮捕されたことを発表しました。「何て幸せなことなんでしょう、これで私たちは一緒になれるわ！」

他の女性たちは恐怖の中で、彼女のこの話に耳を傾けたのでした。私は単に彼女が発狂したのだと思います。おそらく尋問官により、そう追い込まれたのでしょう、そして彼は明らかに彼女の不安定な心理につけこむ術を知っていたのです。彼女の夫という人は、まぎれもなく中央委員会に付属する組織部の理事であったのです。彼女のその後の運命について私は何も知っていません。

私の尋問は特別にきついというものではありませんでした。「アクティブな尋問方式」はまだ採用されていませんでした。私の場合は、結局不幸中の幸いであったと言えるでしょう。それは私の逮捕は初期のもので、一九三七年の「アクティブ」な尋問から逃れることができ、また大戦の前になんとか自由の身になり得たからです。同じ五八条項で私よりも後に逮捕され、同じく五年の刑期を宣告された人たちは刑期が明けても、さらに四年間を刑務所で過ごすことになったのでした。

訳者ノート　active interrogation とは、尋問過程で罠（トラップ）を仕掛け、また第三者の作為的な供述・虚偽の証拠を用い心理を揺さぶる尋問。当然ながら尋問には暴力行為も含まれている。

でもこうしたことを理解したのはずっと後のことでした。その当時にあって、私は逮捕された事実、二人の子供を残してきた事実、このことに思いを馳せていました。子供たちはママの手元で暮らしているのだ、それはそんなに悪いことではないのだ……そう思って私は自分を慰めました。でもなんという小さな慰めであったことでしょう。すべてのことは比較的なものなのでしょうか？　後年私の娘たちが完全に自立した時、彼女たちがママと一緒にいたことを振り返るにつけ、私はとても幸せな気分になりました。

五年間の矯正労働キャンプの決定と夫の請願

私の尋問調査は二ケ月で終わりました。ロゴフは私を最後の召喚に呼び、特別委員会の決定が読み上げられました。五年間の矯正労働キャンプ——場所はシベリア北東部コリマでした。一九三六年にあっては、特別委員会が科せ得る最長刑期は五年だったのです。裁判送りとなった人たち、とりわけ革命法廷に出頭を命じられた人たちは通常一〇年の刑期を受けるのでした。

私たちの何とナイーブなこと！　宣告に意義を見出そうなどと。五年の刑期、一〇年の刑期、そこに違いがあるでしょうか？　宣告に関わることなく何か大きな変化が起き、私たちは自由の身になるに違いない！……でもすべてはもっと単純に、もっと秩序をもったものとなっていきました。基本的には全員、それぞれの刑期通りに解放されていきました。後年、天文学的な二五年の刑期を受けた人たちは、もちろん、その数字が実のものとは信じてはいませんでした。でも、その人たちは一〇年刑期の人たちが出ていく様を見ながら、自分の刑期の真実性を理解することとなったのでした。

宣告が読まれた後、私たちは移送地点に連れて行かれました。そこは以前のブティルカ教会でした。そこで私たち全員が落ち合いました。パヴェルと私、私たちと同様に告発されたディーファ・カガンとその夫のジャーマ・シュヘット、オルガ・ゲオルグネブルゲルとその夫、そして私の大学時代の同志、サーシャ・テプルヤコフたちでした。そこでは、私たち全員がコルマでの五年の刑を受けたことがわかりましたが、例外はパヴェルでした。彼はどこか近くのキャンプでの三年の刑の宣告を受けていました。刑期が告げられた時、彼は妻と一緒にコリマに送られるよう請願を申し入れました。「もし私たちの刑期の違いが障害になるならば、私にさらなる二年を加えていただきたい」と。

もし、彼がそうした請願を出さず、どこかの地方のキャンプで三年の刑期を終了したのであったならば、彼はおそらく生きていたであろう、と私はしばしば思うことがあります。もちろん、たとえ近くのキャンプであろうとも、人は死んでいくでしょう。でも、それにもかかわらず、そこはコリマとは違います。コリマというのは、とりわけ男性にとっては絶滅を意味するキャンプなのでした。少数でしたが女性の流刑者もいました。ただ女性にとっては少しだけ楽なこともありました。男性にとって、五八条項での宣告は文字通りたった一握りの人のみが生存できたことを意味しています。

しかしながら、パヴェルは請願を申し入れました。当局はさらなる二年の刑期を追加することはしませんでしたが、結局彼をコリマに送ることにしました。

母の夫のミーシャの逮捕と銃殺

われわれの出発に際して、惜別の訪問が許されました。パヴェルはレニングラードから駆けつけた妹アーシャの訪問を受け、私はママの訪問を受けました。

母の夫のミーシャがこの一連の事件にどうコメントしたかは分かりません。彼はなにか気に入らない時には、沈黙を通すのですが、この件に関してもおそらくそうしたでしょう。ミーシャことミハエル・オストロフスキーは運輸人民委員会（NKPS）の鉄道客車局の理事でした。どちらかと言えば視野が限られており、控え目で、親切で、そして限りなく仕事に没頭する人（鉄道客車が彼の存在のすべてを意味していました）でしたが、彼は党の一般指針に対しては、その正しさに疑いを持ったことは決してありませんでした。支配的になってきていたスターリン派集団に関してさえ、「明らかに必要なことだ」との見解を持っていました。ミーシャのような人は「反対派の中心にいたこともなく、反対派に属したこともなく、反対派に惹かれたこともない」人間である、と言われていたのでした。

一九三七年、彼は逮捕されました。彼は特別な勇気を発揮し尋問調査の間、何についても署名することを拒否しました。

一九五六年、私たちが「名誉回復後モスクワに」帰った時、NKPS人事部の元理事は私の母の行方を捜してくれました。カガノヴィッチ（注1893 - 1991、運輸人民委員、スターリニスト）の副官であったリヴシッツ（彼は裁判にかけられました）が逮捕された時、当局はNKPSの各局の理事を全員、二波に及び、逮捕しました。最初に一つのグループを逮捕し、次に彼らを置き換えるべく第二のグループを逮捕しました。これら一連の逮捕はカガノヴィッチ自身の直接的参加でなさ

著者の母、ベルタ・オストフスカヤ、1930年代の写真。彼女は、1960年モスクワで死去、享年72歳

れたと言われています。

ＮＫＰＳ人事部の元理事はミーシャ・オストロフスキーの逮捕とほぼ同時に逮捕されました。一九三七年一二月、彼ら二人は尋問時に一対一で直面させられました。彼がミーシャを見た時、その顔を認識できませんでした。腕は折れ、何も見えないミーシャの眼は大きく腫れあがっていました。「お前たち、この男に何てことをしたんだ」と彼は叫びました。彼らは彼に襲いかかりました。彼の意識が戻った時は囚人房の中でした。

一九三七年一二月ミーシャはレフォルトーヴァ刑務所（注　モスクワ市内政治犯専用刑務所）で銃殺されました。今日に至るまで私には理解できないことがあります。それほどまでに多くの死刑執行人を彼らはどこで見つけてきたのか、ということです。それと言うのも、拷問を含めたこうした尋問は「モスクワから、そしてはるか遠い場所」にかけて、至る所で行われていたのです。さらに言えば、こうした［尋問］方式は洗練され（もしそんな言葉を使うとしたら）、また機械化されていたのです――特別な拷問室がつくられていました。

私はヒトラーの尋問とわれわれの尋問の両方を受けた人たちに会ったことがあります。彼らが言うには、両者は経験を交換し合ったに違いないということです。両者の方式は非常に似通っていたのでした。これらの方式は一体どこから派生したのでしょうか？　しかもそうした多くの数でもって。こうした［尋問］方式の幹部たちが非政治犯罪者からリクルートされたとしたら、私は納得することもできます。私が見てきたそうした類の輩は実に動物なのです。彼らは平然と人を殺すことができ、あるいはカードゲームで誰かを失明させ、借金の返済にその眼球を叩きつけることさえすることができるでしょう。

こうした拷問者や死刑執行人たちの中には確かに元犯罪者がいました、でも多数はそうではなく、他のソースから引っ張ってこられた者たちです。いったいどこから？

一九三七年のことです、私の良き友人ハーヴァ・マリアールはある女性と房が一緒になりました。その女性はポーランド共産党の党員でした。彼女はほぼ毎夜尋問に呼ばれ、殴打のためにその顔は完全に青黒く変色していました。彼女はハーヴァと懇意になった時、どうして耐えるだけの強さが得られたかを説明しました。尋問は夕方から明け方まで続いたのですが、その尋問官は明らかに勤務時間というものを持っていました。それ故、二交代制でした、一人はその夜の前半、もう一人は後半、です。

その前半では、彼女は意識を失うまで殴られます。そして後半には別の者が現れます。彼は羊皮のコートを床に広げ、「横になれ」と彼女に告げます。彼女は意識もうろうの中、そこに横たわります。彼は部屋を歩き回り、そこらにある重たいものを床に投げつけ、大声で毒づきます――つまり激しい拷問行為を模擬するのです。一方、彼女はそのコートの上に横たわり続け、いくらかの回復を得るのです。こうして彼女は、それら多くの夜の後半において前半の苦痛から力を取り戻すことができたのです。

私がこの話を持ち出したのは、もし人が死刑執行人になることを望んでいないならば、彼はどんな環境にあってもそれを避けるでしょう、ということの説明のためです。しかしながらこのことは、それを望む者もいた、という意味でもあります。

もう一つの疑問があります。一般に言って、なぜこれらのことが必要なのでしょうか？　なぜ人々は、告発されたその奇異で全くナンセンスな罪状の末尾に自分の署名を加えなければならなかったのでしょうか？　ほとんどの場合、人々は意識もうろうの中で署名をするのでした。時には尋問官自らが、彼らの手を誘導することもありました。もちろん、あたかも被告発者が自ら署名したかのごとくに誘導したのです。実際の目的については、このことは何らの違いもないのです。署名をした人、しなかった人、どちらであっても完全に同じ刑の宣告が待っているのです。さらに加えるならば、常にこうした人たちもいました。「書けと」言われたならば、誰に関してでも、何であろうとも、書く用意のある人たちです。彼らは何らの拷問なしでそうするのです。ある人たちは、そうすることで党員としての、あるいは市民としての義務を果たしていると感じるのでしょう、また別の人たちは自分の利益のためにそうするのです。

では、いったい誰がこうした事の必要性を感じていたのでしょうか?……
コリマに向かう私たちの大きな一団は出発に備えました。請願に対する返事を受けていないことに抗議して、パヴェルはハンガー・ストライキを宣言し、自分もコリマに送られるべきだと要求しました。彼は直ちに全員から切り離され、拘束小屋に投入されました。そこから彼は大声を出し、通り過ぎる人たちに対して、自分はハンガー・ストライキに入っている、このことを妻に伝えてくれ、と頼みました。そしてこのことを誰かが私に告げてくれました。私は出発を拒否し、夫に会うことを要求しました。護送団長は、「どうして会う必要があるのだ、お前たち二人は一緒に行くことになっているぞ」と言いました。その言葉を信じることはできません。彼らの言うことを信じる人がいるでしょうか?
しかしながら、それは事実でした。パヴェルは私たちと同じグループに入れられたのです。私たちは肩と肩を並べ、隊列を組み、生涯で初めて「右に進め、左に進め、警告なしに発砲するぞ」の有名な決まり文句を聞きました。ストルイピン型貨客車の中では私たちは隣組になりました。

訳者ノート　ストルイピン型貨客車(Stolypin Wagon)について。帝政ロシアの宰相ストルイピン(1862 - 1911)の名に由来。彼の時代、シベリア地方開発の目的で農民移住に使用された起源を持つ。客車に農民、貨車部に農具・家畜を収納。スターリニストによる粛清時代、この車両が流刑囚の移送に使われることとなった。客車部に護送兵、貨車部に流刑囚というのが基本的な配置である。

コリマ行きのグループには特別な護送団が配置され、彼らは編成替えされることなく、モスクワからウラジオストックまで同じメンバーでした。また私たちはその途中で、どこかの中継刑務所に入れられるということもありませんでした。

たった一ヶ所、イルクーツクで私たちは浴場に連れて行かれました――それは何と至福な時間だったことでしょうか！　私たちの旅は終始、息の詰まる空気と常時漂う魚のスープの臭いの旅として思い出されます。

私たち三人――ディーファ、オルガ、私――は鉄のバーのドアで仕切られた狭いコンパートメントで一緒になり、私たちの夫は壁の後ろ側のコンパートメントでした。私たちは皆若く、健康であり、宣告された刑の真実性を信じることができませんでした、そして望みさえ持っていたのです。でも私たちにとって禁じられた話題もありました。それは子供の話でした。

とうとう移送の中継点に到着しました。当時にあってはウラジオストックです（後年それはナホトカに移されました）。

中継点の周囲は有刺鉄線で囲まれていましたが、そこの条件はそれほど苛酷なものではありませんでした。バラックからバラックへ移動し、同志たちとの会話もできました。金を払えば、警備兵は市中の物産を私たちに買ってきました。

いい気候に恵まれ、私たちは多くの時間を屋外で過ごし、将来の生活の見通しを話し合いました。私たち三人のカップルにとっての心配は、夫と妻が一緒に暮らせるのかどうか、ということでした。

この先の運命がどんなものになるのか、私たちはまったく無知でした。

長女ナターシャの誕生日にあたる八月二〇日、私たちは乗船を命じられました。「ジュルマ号」は非常に大きな汽船でしたが、私たちはその多くを見ることができませんでした。全航程を私たちは船倉に集められていたからです。私は船酔に襲われることはありませんでしたが、多くの人はひどく苦しみました。船倉で、寝棚で、私たちはずっと一緒でした、ディーファ、オルガ、私、私たちの夫。そして良き同志たち、古参党員のラザール・サドフスキー、キエフ・コムソモール同盟員のソーニャ・エルケス、そして多くの人たちが一緒でした。

ナガエフ湾に入りました、いよいよコリマです。ここでやっと私たちはデッキに出ることが許されました。新鮮な海の空気に接していなかったので、潮風に酔った気分になりました。

私たちは近づいてくる海岸に目を凝らしました。むき出しの絶壁、ぶら下がるような低い空、すべてが荒涼とした風景でした。警備兵は動き始め、私たちを五つのグループに分け、まるで羊の頭数を数えるが如く私たちの人数を数えました。

海岸にはトラックが待ち受けており、再度人数を数えた後、私たち全員を乗せました。女性と男性は分離されることになり、私たち三人はそれぞれの夫に別れをつげました。恐れていたことが現実となりました。いつ、どこで、どうやって、私たちはお互いを目にすることができるのでしょうか……

その当時のマガダン［の住宅］はすべて木造でした。唯一の石造りの建物と言えば郵便局と建設中の学校でした。その学校は一〇年制でした。

キャンプは「女性の労働現場」と呼ばれていました。私はキャンプ内の小部門も何らかの理由で「労働現場」の呼び名がつけられていたことを思い出しています。

訳者ノート　「労働現場」について。このロシア語原文はкомандировка（カマンディローフカ）であるが、assignment, mission　の意味の他に、通常はビジネス旅行の意味である。とすれば、流刑囚にとって暗示的な「流刑の旅」にもとれる表現ではある。ナディエジュダにとっては奇異で苛酷な意味合いをもっていたことであろう。英語原文ではworksiteと訳され、これに対して「労働現場」あるいは「労働サイト」を使おうと訳者は考えているが、流刑囚にとってはそれ以上の「旅」というニュアンスをこの語句カマンディローフカは持っている。

もう一度人数を数えられ、私たちはついにキャンプに入りました。バラックは広く、電燈は薄暗かったのですが、床はきれいにモップでふかれていました。私は、何らかの理由でキャンプ管理当局は床の清潔さを心配していたのだと、後になって確信しました。［清潔さは］私たちの所だけでなくすべてがそうでした。ベッドはポータブルな簡易式でしたが、各人に割り当てられました。ブティルカ刑務所の棚ベッド、そして詰め込まれたストルイピン貨客車の後でしたから、ここはとても広く見えました。

以前からここにいた「古株の人たち」が駆け寄ってきました。彼らは私たちよりも何グループか先に到着していた人たちです。三〇分後には私たちはここでの秘訣といったものを知ることができました。キャンプ内での歩行は自由でした。もし専門知識に応じて働くことができたならば、その人は「自由退出」と呼ばれるステータスを得ることができるのです。このことは、仕事へ、また仕事から、警備員のガードなしで行き来ができるということです。そして民間人の被雇用者のための店とか、カフェテリアに行けることも意味していました。

おそらく私たちの夫、男性たちはもっと奥地にまもなく送られるでしょう。一般に、すべてのことは、秘密政治部の長であるマセヴィッチが到着した時に明らかになりました。私たちの到着時、彼はマガダンにいなくて、キャンプ職員は私たちの件に関しては関わりを持っていませんでした。

マセヴィッチ、レニングラードＮＫＶＤの秘密政治部の元部長

マセヴィッチはレニングラードＮＫＶＤの秘密政治部の元部長で、キーロフ暗殺事件の後、コリマに送られたのです。

当局はレニングラードＮＫＶＤの主要な職員全員をコリマに送りました。それというのも、彼らはあまりにも知りすぎており、誰が真の殺人者であるかを知っていたからです。

コリマでは彼らは上位のポストを占めました。メドヴェーデフは南鉱区管理部の長であり、ラッポポルトはその副官で、ザポロジェッツは北地区管理部の長で、マセヴィッチは秘密政治部の長でした。

しかしながら、彼らにとってここでの任務配置は中間的なものでした。一九三七年、彼ら全員は銃殺されました。マセヴィッチは二週間後に姿を現しましたが、それまでに私たちのグループの仕事の配置は既に決まっていました。ツィリア・コーガンというモスクワのある工場の党書記であった女性をリーダーにした一〇名の人は建設の仕事を希望していました。「何もしないでパンを食べようとは思わない」と、主張したのでした。その希望は認められ、彼女たちはすでにここ数日間レンガ運びをしておりました。ところでここでの日々を通じて一つ言えることがあります。彼女たちは、秘密政治部の長が到着したならば、熱意はしかるべく評価され、結果としていい仕事に配置されると、確信していたことです。しかしながら、皆はマセヴィッチに関して正確に言い当てていました。彼は媚を嫌い、熱意を信じる人間ではなかった、ということです。

彼は到着してこう言いました、「すでに諸君が働いており、希望に応じてその仕事を選択した限りにおいて、私がそれを妨害する理由はない、そのまま働きたまえ」と。

見聞するところ、その当時のコリマの環境にあっては、私たちのカテゴリーに属する流刑囚の運命はマセヴィッチに依拠していたのですが、彼はほぼ伝説的な男とも言えました。ともかくも彼について語られる話は伝説の類でした。

一九三六年私たちがコリマに到着した時、そこの生活諸条件はどちらかというと開放的であったでしょう。全体の傾向はコリマにおけるＮＫＶＤの組織こと、ダルストロイの長ベルジン（注　エドアルド・ベルジン、1894 - 1938）によって形成されていました。このベルジンと諜報対策活動の長であったベルジン（注　ヤン・ベルジン、1889 - 1938）を混同してはいけません。私の知る限り彼ら二人に親戚関係はありません。しかし共通点はいくつかあります。彼ら二人はラトヴィア人であり、古い党員で一〇月革命に参加しております。そして二人とも一九三八年に銃殺されています。

訳者ノート ダルストロイ(Dalstroy)、極北地方建設局と呼ばれる開発組織で、一九三一年NKVDにより組織化。極東北部コリマ地区の金鉱山・道路建設を目的としているが、もちろんその労働は流刑囚の強制労働である。

エドアルド・ベルジン 赤軍ラトヴィアン・ライフル師団長を経て、チェーカ(cheka)でジェルジンスキーの下で働き、一九三一年スターリンによりダルストロイの長に任命された。

ヤン・ベルジン 一九一七年夏のメジライオンツィ(トロツキー・ヨッフェ・ウリツキー等が所属)とボルシェヴィキの合併時に中央委員会メンバーに選出されている古参党員。

そうしたコリマの状況の中、私たちの宣告カテゴリーに属する流刑囚たちが到着したのでした。彼らは専門のスキルに応じた労働と夫婦の同居――私たちのように逮捕前からの夫婦のみならず、流刑中に知り合い同居を望む者を含めて――を要求しました。そして彼らは要求を勝ち取るべくハンガー・ストライキに訴えました。私たちがコリマに到着した頃は、ハンガー・ストライキは多数の間に広まっていました。多くの場合は、食事を拒否した人たちは要求獲得に成功しました。

もちろん、一九三七年がコリマに訪れ、新しい指導部が権力を握った時には、こうした「抵抗の行使」は無意味なものとなりました。でもその当時にあっては、マセヴィッチはこうした諸問題に対応しなければならず、この点に関しての彼の伝説的な話も聞かれました。こんな例があります。コリマへの移送の途中、二人の人が知り合いになり、生活を共にすることを主張しました。彼は採掘現場の一つに行き、彼女もそこに送られるはずでした。でもなにか技術的な手違いがあり、彼女が送られたのは別の採掘現場の別の男の元でした。彼女もその男も抗議の手紙をマセヴィッチに書きました。彼女は、一緒の家庭生活を求めたのは全くこの男ではないと書き、男の方は、誰かが送られてくることを望まず、その必要はないと書きました。

マセヴィッチはこう答えました。「まったくそのとおり、辛抱願いたし」と。しばらく経ち、彼ら二人は合同署名した手紙をマセヴィッチに書きました。その趣旨は、こうして起きたことは二人にとって満足するものになり、二人をこのまま一緒にしていてもらいたいと要請したい、ということでした。

二つ目の例です。ある女性は妊娠七、八ヶ月目の時に逮捕され、マセヴィッチに様々な要求を繰り返しました。彼はいささか閉口したのでしょう、彼女を病院の産科病棟に留置する命令を下しました。彼女は出産にはまだ一ヶ月もあり、病院では全くやることがない等と、怒りの手紙を送りました。彼は答えました。「まったくそのとおり、よき出産を願う」と。その翌日、彼女は完全に正常な分娩に恵まれました。

もちろん、採掘現場の彼と彼女の二人がお互いにアピールしたこと、出産したその女性が出産日の計算をミスしていたこと、これらは純粋に偶然の出来事であったと皆は知っていました。でもこれらはマセヴィッチの伝説的な評判の創作に寄与したのでした。

ところで、私たちの中の熱意ある人たちが建築現場のレンガ運びに精出す一方、私たちにも仕事が割り当てられました。エンジニアやエコノミストには専門に応じて、またジャーナリスト、教師他には様々な事務職が、という具合でした。

私はダルストロイの管理事務の仕事に就きました。労働条件は悪いものではなく、しばらくして私はそこでの権威のようなものを獲得しました。民間人採用のグループはこと仕事の熟練に関しては――少なくとも私の就いた部署では――優れたものではなかったのです。「私の」給料は九〇〇ルーブルで、そのうち五〇〇ルーブルはキャンプに徴収され――食事・宿泊費用――という名目です、そして残りがキャンプの私の口座に入ります。私は子供たちに送金をしてやりたかったのですが、ママは夫のミーシャの逮捕のこともあり、私たちの間には確実な交信ができないおそれがある、と警告してくれていました。

多くの友人たちがこの場所に姿を見せました。ターニャ・ミヤグコーヴァそしてアーニャ・サドフスカヤたちです。アーニャは特別の暖かさで私に接してくれました。まず初めに、彼女の最初の夫でかつよき友人のラザール・サドフスキーからのあいさつを、次に彼女の妹のリューバからのあいさつを私に伝えてくれました。リューバはシャリコポドシプニックの町の出身のコムソモール同盟員で、逮捕前に私と友だちになっていました（後年リューバはあるキャンプで果てました）。

アーニャは原則に立った強い性格の人でした。私は彼女ほどの冷然さに至った人に会ったことがありません。人は彼女を大変好きになるか、いたたまらなくなるか、のどちらかですが、私は前者の方でした。

私は二人のオールド・ボルシェヴィキのことをよく覚えています――ブリューマ・ソロモノーヴナ・ファクトローヴァとソフィア・ミハイローヴナ・アントノーヴァです。

ブリューマ・ソロモノーヴナは少し影を持った口数の少ない人でした。対照的にソフィア・ミハイローヴナは驚くほど気の若い人で人生を愛し、許容力の深い人でした。私たち比較的若い世代は、彼女を「キャンプ・ママ」と呼んでいました。彼女の娘コーカはツァー時代の刑務所で生まれていますが、まだ逮捕を免れていました。コーカは母親の面倒をよくみる人で、後年博士号を取得し、インド問題の専門家になりました。

私は名誉回復がなされた後年にブリューマ・ソロモノーヴナとソフィア・ミハイローヴナの二人にモスクワで――それが最後となったのですが――会っております。それは癌のために亡くなったアーニャ・サドフスカヤの葬儀の場でした。

アレクサンドラ・リヴォーブナ・ブロンシュタイン

私はもう一人の年輩の女性を思い出さざるを得ません。アレクサンドラ・リヴォーブナ・ブロンシュタイン（注1872 - 1938）、トロツキーの最初の妻にして、二人の娘の母である人です。純真性と人間味あふれた気質にもかかわらず、私にとって彼女の姿は古代ギリシャの悲劇の主人公のごとく映りました。四〇年に渡る党員キャリアを経て、またツァー専制下での囚人と流刑の犠牲者となり、最後には「人民の敵」の汚名を着せられ、労働キャンプでその生涯を終えることになったのです。二人の娘を先に逝かせるなんて何と悲しいことなのでしょう。ニーナは二ヶ月の結核との闘病のはてにモスクワで亡くなりました。ニーナの二人の子供、リーヴァとヴォーリナはアレクサンドラの手に残されましたが、今や二人の孫の運命を彼女は知ることができなくなったのです。年上の娘ジーナは父トロツキーに会いに外国（注　コンスタンチノープル）に行きましたが、彼女の娘サシェンカは夫の元に残りました。ジーナはドイツで自殺しましたが、幼い少年シーヴァを残しました（注　メキシコ・コヨアカンにて）。

私がマガダンを離れる時、私たちは別れの言葉を交わし合いました。「もしあなたがどこかで、私が間違いを認めた、等と聞いたとしても絶対に信じないでください。彼らが私に対してどんな仕打ちをなそうとも、このことは決して起き得ないことなのです」と私に告げました。

訳者ノート　一九〇二年の夏、トロツキーはシベリア流刑地より逃亡。その時ジーナは一歳半、ニーナは生後四か月。レーニン「何をなすべきか？」に大きく触発されての逃亡であった。アレクサンドラ・リヴォーブナの刑期はこの逃亡幇助により二倍に延長されている。彼女は一九九〇年に［死後］名誉回復（rehabilitated）がなされている。

オルガ・イヴァノーヴナ・グレブネル（私とは全く別の世界に属した人です）はとても親切な女性でした。過去ヴィクトル・シェクロフスキー（注　1893－1984、文芸理論家）の秘書を務めたので彼女は多くの魅力ある人たちと会う機会を持ちました。彼女はモスクワのボヘミアン的知識人の典型的な代表者といっていいでしょう。オルガ・イヴァノーヴナの運命の暗転は彼女の姓に由来しています。彼女の夫のグレブネルの姪、リリイー・グレブネルはセルゲイ・セドフの最初の妻でした。セルゲイはトロツキーの［ナターリアとの間に生まれた］次男なのです。オルガ・イヴァノーヴナは夫と別居するようになり、夫の姪との接触は一切消えてしまい、セルゲイについても実質何も知らなかったのでした。それにもかかわらず彼女はコリマのキャンプでの五年の刑を受けたのです。彼女は有名なフィルム・ディレクターと関係を持っていました。彼女が逮捕された夜、彼は彼女の家にいました。連行される時、彼女は彼に願いごとをしました。「どうかヴァレンチーナを見捨てないでください（ヴァーリャは一六歳になる彼女の娘です）」と。ここで私たちは彼を公正に評価しましょう――彼は決してヴァレンチーナを見捨てませんでした。彼は彼女と結婚したからです。彼ら二人はキャンプにいるオルガ・イヴァノーヴナに金と荷物を送り、援助しました。ヴァレンチーナは後年、コジンステフ（注　1905 - 1973、映画監督）と結婚し、彼についての回想録を書いています。

私の年代のもっと若い人たちの間では、とても優しかったソーニャ・スミルノーヴァや、ディータ（アルカノーヴァだったと思います）、それにソーニャ・エルケスが思い出されます。

ブティルカ刑務所の同じ房で過ごした人たちの中から、レニングラードの古参党員であるリザ・オスミンスカヤと「コリマで」再会しました。彼女は私の夫、パヴェルをよく知っていました。仕事に向かう途中、私はハンガー・ストライキを実行しているバラックの中で彼女を見つけました。そうした人たちの中にリザ・オスミンスカヤを見つけるとは全く思っていませんでした。ブティルカ刑務所にいた時、彼女はとても正統派でしたので、誰かがその日のスープのまずさとか、看守の粗野さについて意見を述べた時など、これをソ連邦への攻撃ととらえていたのです。でもこうしたハンガー・ストライキの実行などは、キャンプが人々を「再教育」していくことの例なのでしょうか……。

専門の仕事で働き、それほど悪くない居住条件を得ながらも、私は夫の元に送られることを要求し続けました。パヴェルは南地区にある「五ケ年計画」と呼ばれる採掘現場にいました。ディーファとオーリャは既に夫の元に去っていきましたが、マセヴィッチは私を送り出すことを拒否し続けました。でも彼が私に食品の小包をパヴェル宛てに送ることを許可してくれたのは事実です。その小包は通常の郵便ではなく、野外通信網つまりＮＫＶＤ

のチャネルを通して送られたのです。採掘現場では、パヴェルはキャンプの長に呼ばれ、彼が直接その小包を渡し、すべて異常ないか丁寧に質問されたのです。

経験の深いキャンプ仲間のターニャ・ミヤコーヴァは、マセヴィッチは私に関してある命令を受けているのだと確信しました。私を一定の条件に留め置き、観察を続けよ、ということです。でもそうではなかったのです。一九三七年の初頭、マセヴィッチは私を呼び、請願は認められ、もうじき夫の元に送られるであろう、と告げました。

モスクワ裁判の被告たち

一九三六年から三七年にかけての冬はモスクワ裁判の進行を見ながら過ぎていきました。最初に、「トロツキー・ジノヴィエフ主義者ブロック」、次に「別働隊センター」、最後に「右派」の裁判へと進んでいきました。もちろん、同じ条項（第五八条）で逮捕された私の友人たち――多くは党員でした――は裁判の進行に心を痛め、討議しあい、あらゆる種類の推測をしてみました。その時点では、私たちはまだ情報を持っており、新聞も読むことができました。

これらの裁判のすべては、虚偽を容易に真実らしく見せかける「舞台監督」による非道な劇にも似ていました。そこで演じられていることを誰もが真に受けとめていたとは私は思いません。政治から遠い人でさえ「舞台の」推測をすることはできたでしょう。しかし私にとっては、そこで裁かれる人たちは現実の人たちであったのです。

ジノヴィエフを取りあげてみましょう。私は個人的には彼のことは何も知りません。でも私の父は彼をよく知っていました。父が一九一九年ペトログラードで起きたことを話してくれたのを私はよく覚えています。その時ユデニッチ（注　1862 - 1933、白軍司令官）の指揮する白軍はペトログラード郊外に押し寄せており、その当時、ペトログラード・ソヴィエト議長であったジノヴィエフは完全に錯乱状態に陥りました。その手は震え、父に向かって「君の平静さを私に与えてくれ」と言いました。がっしりとした体格ながらも、その声は弱々しい女のようでした。私は彼に称賛を送ったことも、共感を覚えたこともありませんでした。でも彼はレーニンにとっては近い存在でした。「流れに抗して」というタイトルの共著の選集もありますし、［一九一七年には］彼ら二人はフィンランド湾沿いに地下潜行したこともあります。

ジノヴィエフと並んで告発された人はカーメネフでした。私は彼をよく知っています。非常に知的で、経験に裏打ちされた真面目な政治家でした。この二人がモスクワ裁判の最初の主要な登場人物でした。

そして他の人たち、クレスチンスキー（注　1883 - 1938）、クリスチャン・ラコフスキー（注　1873 - 1941）が続きます。ラコフスキーと私は強い絆で結ばれていました。トロツキーの友、そして父の友であり、わずか二年前にトヴェルスコイ通りにある彼の家で、私は彼と何とよい会話を持つことができたでしょうか！　私の父の世代の人々の中では、彼ラコフスキーと後年のクラシンが最も私に近い人でした。

そしてドクター・レヴィンことレフ・グリゴリーヴィッチ・レヴィンはモスクワの古い医師であり、かつ古いロシアのインテリ（彼はユダヤ人でした）でもありました。私は子供の頃から彼を知っており、私の家族にとってのファミリー・ドクターでした。彼のアパートはマモノフスキー通りにあり、小さな博物館に面していました。彼の家の壁は多くの写真が掲げられていました――最も有名な俳優、芸術家、作家、学者たちです――そして彼らは温かみと友情にあふれた献辞を添えていました。

そしてアヴェル・サフローノヴィッチ・イエヌキーゼです。皆は彼をアヴェルと呼んでいました。全ロシア中央執行委員会常任書記で、すべての葬儀委員会の常任議長であった人です――ところで彼の墓は一体何処でしょうか？　子供の頃、私たちはよく劇場の招待切符を彼にねだりました。彼は怒ったふりをして、「そうやっていつも私を困らせるのだよ」と言いましたが、拒否したことは一度もありませんでした。

一九三七年一月には、いわゆる「別働隊センター」として告発された人たちの裁判を見ることになりました。ピャタコフ、ラデック、ソコルニコフたちです。ピヤタコフはトロツキーに政治的に近い人でした。レーニンは彼について肯定的に書いており、若かりし頃の彼に大きな期待をかけていました。しかし裁判においては、彼が外国にいた時、飛行機でどこかに出かけ、そこでトロツキーの長男レフ・セドフと会ったことを詳細に証言しました。彼はその正確な日付まで証言したのです。そんなことは実際に起きたことではありません。

ラデック――私は彼を個人的に知っています。彼は父を訪ねてくることがよくありました。一度遅くなった時、レオンテフスキー通りからテアトル広場まで私の帰宅をエスコートしてくれたことがありました。ラデックは疲れ知らずの「革命の種まき機」でした。デニあるいはムーア（注　二人ともポスター・戯画作家）によって描かれた戯画が思い出されます。ブリーフケースを抱えたラデックが家々、広場ごとを歩き廻っています。その下に書かれた言葉は「ヨーロッパに妖怪が徘徊している、共産主義という妖怪である」と。機知に富んだ男で、その当時のジョークはおよそ彼に帰せられるものです。

訳者ノート　「ヨーロッパに妖怪……」は、マルクス・エンゲルス「共産党宣言」の冒頭のセンテンスである。英語表現では、a specter is haunting Europe, the specter of communism.

スターリンはしばしばラデックのジョークの餌食になりました。伝えられた話があります。一九二八年、流刑地からラデックを呼び戻した後に、スターリンは彼に、名誉回復となるには彼（スターリン）をタネにしたジョークを発するな、と警告しました。スターリンはラデックに忠告しました。「いいか、君はこのことを理解しなくてはならないよ、私は単にロシア共産党の書記長ではない。私は世界社会主義革命のリーダーでもあるのだ」と。「コーバ（注　スターリン）、それはあなたのジョークであって、私のではないよ」とラデックは切り返しました。

この極悪な裁判ショーのディレクターたちは厭うことなく、もっともらしい虚構をつくりあげました。でも疑問があります、一体もっともらしく虚偽を語ることはどうやって生まれてきたのでしょうか？　ドローブニス（注

1890－1937、反対派としてこの裁判により銃殺）を挙げてみましょう。彼はユダヤ人居住区域（pale of settlement）の貧しいユダヤ人家庭の出身で、若いころは靴職人でした。ソ連邦政権下で彼は高い地位につきました。［この裁判で反革命扇動の罪で告発されていますが］いったい彼が資本主義の復活を必要としたのでしょうか？　常識的な観点から見て、一体何の理由で？　もう一度靴職人に戻るためにでしょうか？

訳者ノート　Pale of settlemen　ここでのpaleは柵、囲いの意味。ロシア帝国下で、ユダヤ人集団に対して定住を許された区域。ロシア西部・南部にあってその西側はプロシアからオーストラリア・ハンガリー帝国に接する広大な区域。概略、現ウクライナ・ベラルーシ・リトアニア地域に該当する。トロツキーの家系に関して言えば、祖父の代にここから出て、新ロシアと呼ばれた南部ロシア開拓地（現ウクライナ）に入植している。伝統的職人業から自作農民への転換でもあった。

その後は右派の裁判でした。主要な被告発者はブハーリンとルイコフです。トムスキー（注　1880－1936）は逮捕前に自殺したために裁判には出ていません。どうして彼［トムスキー］は自分の手に持った銃でＮＫＶＤエージェントの二人を射殺し、その後自分を撃たなかったのでしょうか？　［右派の人たちに言えることは］もちろん、彼らは砂の粒のようにもろい人たちでした。彼らは自ら決定することをしませんでした。まるで散歩に出かけるごとく平然と人々を逮捕するようなことはしておりません。彼らは何も罪のない人たちが次々と逮捕されていくことには、少なくとも恐れを抱いていました。

ルイコフ、彼は質素な知識人家庭の出身で、富裕とか、貴族性とかには無縁な人でした。逮捕されるにあたり、職業を問われこう答えました、「ソ連邦人民委員会議議長」と。もし彼が利己主義者で、外国ブルジョアジーのエージェント（これは検察官ヴィシンスキーによって詳細に描かれたことです）であったとしたら、なぜ彼は、基本常識からして、そうである必要があったのでしょう？　どんな政治体制のもとであろうと、世界面積の六分の一を占める政府の長であること以上のものを、いったい彼が期待したでしょうか？

そしてブハーリン、すべての人に愛されたブハーチックです。彼はレーニンの家ではくつろいだ気分になれたのでしょう、レーニンが亡くなった時、妻のナージャ・クループスカヤを訪れ、まるで子供のように泣いたのでした。

新聞を読みながら、私は自分の頭が混乱してしまったと感じざるを得ませんでした。この裁判で起きていることを皆で討議した時、多くの人はこれらすべての自白は拷問によるものだと感じていました。私もまた、拷問、それも恐ろしい拷問のもとでは多数の人は粉々に破壊され、何であろうと自白するのであろうと理解していました。しかし告発された人たちは単に自白したのではありません。「そうです」、「私はそうでした」、「私はそう言いました」等々と続けていきました。まるで恐ろしい自白のリハーサルを続けるように、練り上げられた「犯罪」の道筋を誘導されていきました。

私は、こうした被告の人たちは実際に存在する人たちではない、影の人だ、実際の人たちは既に殺されており、裁判は単なる非道に脚色されたドラマに他ならない、と思うようになりました。

最後に、こうした「公開」裁判に出席を許された人たちは特別に選ばれた一隊であったと言わざるを得ません。もし被告を実際によく知っている人がそこにいたと仮定したら、一言も発しないということがあり得るでしょうか？

当局はいつだって役者を選ぶことさえできるのです。でもその後、「被告人席に立った」人たちは実際の彼ら自身であったと確信しました。とても不幸なことですが、彼らは彼らそのものであったのです。

彼らの恐るべき自白の数々は今日に至るまでミステリーとして残っています。もちろん様々な意見が流布しました。例えば、彼らはスターリンと密約していたとか、自白と引き換えに死を免れるとか、近い家族には罪が及ばないとか、です。

しかしこのことはどうでしょうか？　そうした知識に富んだ人たち、経験ある政治家であった人たちが、一体誰を相手にしているのか理解していなかったと言えるでしょうか？

［コリマの話に戻ります］一九三七年の初め、私は南鉱区管理部の中心地――オロトゥカン（注　マガダン北方三〇〇キロメートル）に出発しました。

訳者ノート　コリマ鉱山は海港であるマガダン北方内陸部にあり、永久凍土、ツンドラがほとんどの地域をカバーしている。鉱物資源としては、金、銀、錫、タングステン、水銀、銅、アンチモン、石炭、鉱物油、泥炭と多岐にわたる。

護衛なしの一人旅

まだ開放的な時代であったのでしょう、当局は私にワックスでシールした大型封筒――そこに私の「記録簿」のスタンプが押されていました――を渡し、護衛なしの一人旅で私を送り出しました。さあ、つかの間ですが、全く稀な自由を味わいながらのバスの一人旅が始まりました。私は矢のようにまっすぐに伸びた申し分のないコリマ・ハイウエイに乗り、四〇〇キロメートルの旅をしました。当時その総距離は六〇〇キロメートルでしたが、後年、倍の長さに延長されています。一体、何人の人がこのハイウエイ沿いに眠っているのでしょうか、どれほどの人骨が建設中に埋められていったのでしょうか……。

「パパ、誰がこの道路を造ったの？」

「ＮＫＶＤだよ、わが娘」

私はオロトゥカンの中の「更紗の町」――そこのキャンプはそんな詩的な呼び方をされていました――に到着

しました。キャンプは男性のみですが、例外的に三人の女性がいました。彼女たちはキャンプ敷地の外にある小さな別棟のバラックに住んでいました。

その中の一人の女性はリーダ・ヴォロンツォーヴァで、レニングラード出身の一八歳でした。彼女は演劇学校で教えていました。レニングラード港のあるクラブで働いており、外国人船員とフォックス・トロットを踊り、それ故に第五八条項反革命活動の罪に抵触し一〇年の刑期を科せられました。

ここでは、彼女はプロパガンダ隊――ローカルの演劇団をそう呼んでいました――で働いていました。彼女は私に会い、とても喜び、私もそのプロパガンダ隊で働くものと決めつけました。でもそこで働くことは鉱区の間を旅行しなくてはならず、それは私が科せられた刑法条項では許されないことでした。

残りの二人の女性はＫＲＴＤ（注　反革命トロツキスト活動）の罪を負わされた人たちでした。マグニトゴルスク（注　ウラル山脈南部、鉄鋼コンビナート地帯）出身のリューシャ・チャロームスカヤと、モスクワ出身のダーニャ・キエフレンカです。私は彼女たちと一〇日間生活し、鉱区に送られる日を待ちました。二人のうち、チャロームスカヤはより知性にあふれていたでしょう。でもキエフレンカはもっと高度な知識を持っていました。彼女は苦労して二つの高等教育プログラムを終えていました。革命前に教育学を履修し、革命後には石油工学を履修していました。チャロームスカヤは熟達した党専従で知性もあり、信頼できる女性でしたが、現実に起きていることの把握には何か欠けているように私には見えました。そのせいでしょうか、彼女は囚人となった人たちとの間よりも、むしろキャンプ当局あるいはＮＫＶＤ職員との間に共通の言葉をより容易に見出している、そんな風に私には見えました。彼女は自身についてはほとんど語ることはありませんでしたが、キエフレンカがチャロームスカヤの逮捕にまつわる面白い話を私にしてくれました。

リューシャはマグニトゴルスクでは第二党書記の地位にありました。第一書記はロミナージェ（注　1897－1935）で、彼は一九三五年自動車の中で銃で自殺しています。私はまだモスクワにいた頃に彼の自殺を聞きましたが、この後、マグニトカ（注　マグニトゴルスク製鉄会社）の主要な職員が全員逮捕されたことは知っていませんでした。リューシャがその中に含まれていました。一九三五年、彼女はマグニトカの技師長ヴォルソフと共に五年の刑を宣告されました。

彼女のその後の運命は不明です。

ダーニャ・キエフレンカとは後年、会う機会がありました。彼女の聞いた話では、チャロームスカヤは一九三七年再びモスクワのブティルカ刑務所にいたということでした。彼女は再度起訴され、一五年の刑が科せられました。

ダーニャに関しては、彼女は経験あるトロツキスト、ヤコフ・キエフレンコ（注　詳細不明）の妻でした。彼女は親切で、素直な人でしたが、少しセンチなところがあり、涙にむせることがありました。キャンプでは私は二回会っています。その最初は、いま私がこのことを書いている時で、オロトゥカンです。二回目は一年後でやはりオロトゥカンですが、その時は全く違った状況下での、ある特別な仕事上のことでした。このことは後ほど話してみたいと思います。

夫が働く「五ヶ年計画」と呼ばれる鉱区にたどり着く

結局およそ二週間をオロトゥカンで過ごし、私はついにパヴェルが働く「五ヶ年計画」と呼ばれる鉱区にたどり着きました。

採掘現場ではおよそ二、〇〇〇人の流刑囚がいました。私はとてつもない印象を与えたようです。到着した最初の日、パヴェルと一緒に私は現場を歩いていましたが、まわりで一体何が起きているのか見当がつきませんでした。それはまるで「眠れる森の美女」の童話のようでした。肩に重い木の束を背負った男の人が立ち止まり、すっかり背をまげて、私を見つめるのでした。矯正労働キャンプのカフェテリアから、コックたちが白い帽子姿のまま零下四〇度の戸外に飛び出し、立ったまま口をポカンと開けて私に見とれるのです。

パヴェルは笑って言いました、「心配することはないよ、全く問題ないから、皆、単に長い間女性を見ていないんだ」と。

この後、もっと冒険的な囚人はキャンプ所長のところに出かけ、こぶしを叩き、叫びました、「あんたたちはあの厄介なトロツキストに娘を差し入れたじゃないか、俺に死ねっていうのかい」

ところで、鉱区には二、三人の女性がいました。鉱区ディレクターの妻、主任測量技師の妻、そしてもう一人の女性でした。彼女たちは村の離れた所にある個別の家に住んでいて、鉱区内に来ることはありませんでした。

およそここで働く人の半分は無法な犯罪常習者でしたが、計画的にマガダンから遠く離れたタイガ（針葉樹林帯）地域に送られてくるのです。他の半分はＫＲＴＤ、党職員、科学者、エコノミスト、学生でした。

ウルカ（注　ロシア語でуркa、犯罪常習者の意味）たちは彼らの知っているいつものやり方で、ここで暮らしていました。カード遊びをやり（時には、賭けで生きた人を殺すこともありました）、飲み（なにか飲み物を見つけた時には）、盗み（盗むものがあれば）をします。当局は犯罪者のみの労働隊を編成することを試みました、しかし後ほど、［作業用の］手押しの一輪車にサインがぶら下がり、それはこう書かれていました。「車よ、車よ、俺を恐れることはないぜ、お前に触れることはないさ、だから心配するな」と。実際のところ、彼らは手押し一輪車には触れませんでした。

彼ら犯罪者たちは［通常は］労働をしませんでしたが、労働する犯罪者がいたことは事実です。彼らは住むにいい場所を与えられ、賃率も高く、地方紙の記事に取り上げられることもありました。

犯罪者たちは「名誉ある盗賊」と「端者」に分かれていました。彼らのルールとして、「名誉ある盗賊の範疇」に入る犯罪者は働かず、それ故に、働く「端者」を軽蔑していました。

労働する人は主として第五八条項に科せられた人たちでした。採掘現場の労働時間は一日一四時間、そこの気温は零下四〇度です。専門に応じた職を、という話題が出ることはありませんでした。それらの仕事は「民間人の」採用で埋まっていました。当局は私に鉱区で働くエンジニア・テクニシアンのカフェテリア（そこは容易な仕事といい食事を意味していました）での仕事をオファーし、上層部の決定を待つことになりました。これに対して「いいえ」と私は断りましたので、彼らの驚きは大きかったでしょう。そして私は流刑囚のカフェテリアに送られることになりました。そこは全く違った世界でした。

不幸な境遇にたたき落とされた同志たち――まだ「使役馬」であるか、「廃馬」なのかに関わらず――にとっては、女性を見ることは単に大きな楽しみであったのだと私には思えました。誰かが配膳口に来て、こう頼みました。「ねえ、あなた、何でもいいから話しかけてくれないか、この二年間女性の声を聞いてないんだ」と。

私は少しだけ食事の分量を多くしたり、ちょっと皿をきれいに洗ったりして（私が来る前は汚い冷水の中に投げ込むだけでした）、一つの満足感を得ました。

私は「衛生の町」と呼ばれる区画の小さな部屋に住みました。その区画はキャンプ中心部から三キロメートルの距離がありました。ここには、医療補助員、歯科医、病院、それに鉱区のスケールではありますがその他の医療施設があり、囚人用の食事場所も備わっていました。

歯科医はソロモン・ミハイロヴィッチ・クルグリーコフでした。彼は革命前からの党員であり、過去にはビジネスマンとして成功していた人です。彼はツァー専制時代にあって、ユダヤ人居住区域 (pale of settlement) 出身者にとって受けられる最高の教育――歯科医課程――を修了していました。ここでの環境にあっては、彼は一般労働から解放されていました。医療補助員は「正直者の」微罪者で、汚職により刑務所に入れられた男でした。一九一四年の大戦中、彼は軍務についた救護兵でした。彼が患者を受け付ける時のやり方はおよそ次のようです。「苗字は？」……「イヴァノフ」……「大きく息を吸って」……「名前と父称は？」……「イヴァン・イヴァノヴィッチ」……「せき込んでみて、生まれ年は？」……「一九〇四年……「もう一度息を吸って、条項は？」……「KRTD」……「息を止めて……」、と言った具合です。

もし彼の条項がKRTD（反革命トロッキスト活動）ならば、それは彼の仕事はTFT（重度肉体労働）を意味しています。そして流刑者がそれから解放されるのは「死の五分前」なのです。

パヴェルはバラックに住んでいましたが、毎晩私に会いに来ました。時には一夜を過ごしましたが、地方当局は見過ごしていました。

私が鉱区に着いた後しばらくして、イヴジェニー・オストロフスキーとムーシャ・ナタンソンの二人が連れてこられました。彼らはやはり同じ条項の流刑囚で「マリンツィー」と呼ばれた人たちでした。（マリンツィーとは西シベリア南部マリンスキー・キャンプから回送されたグループを指します）

コリマに到着と同時に彼らは幾つかの条件を宣言しました。専門職に応じた労働、夫婦の共同生活、等です。彼らはハンガー・ストライキにはいりました。それはコリマでのハンガー・ストライキでは最も長い八〇日間に渡るものとなりました。当局は食物の摂取を強制しました。数日後、ムーシャは衰弱し、抵抗できなくなりましたが、イヴジェニーは健康な男で、当局は最後の日まで、彼を縛りつけたままで食物を強制しなくてはならなかったのです。彼ら二人はストライキに勝ちました。少なくとも彼らの要求が実行されることが約束されました。ハンガー・ストライキは中止され、彼らは直ちに様々な鉱区に連れて行かれました。イヴジェニーとムーシャはここにやってきました。私たちは彼らと仲良く暮らしました。とりわけパヴェルにとって、彼らはレニングラードの出身だったのです。

四月の終わりのある夜のことです。その時パヴェルはいませんでした。私たちが長い眠りに入っていた時、ドアでノックが繰り返されました。入ってきたのはNKVD職員と護衛兵でした。彼らは部屋を捜索しましたが、もちろん、何も出てきませんでした。NKVD職員はイヴジェニーとムーシャの二人に対して、所有物をまとめて、ここを立ち去るよう告げました。刑務所の儀式的ともいえる決まり文句があります。「所有物をまとめて」

この文句は人の運命の変化を意味しています。いいことが起きるのは稀なことです。そして彼ら二人は外に連れ去られていきました。そのＮＫＶＤ職員は去り際に慰めるような声でいいました。「しばらくお待ちください、すぐに戻ってきますから」と。私はドアに鍵をかけ一人になりましたが、全く粉々に打ちのめされた気持ちでした。何とか気持ちを持ち直そうとしましたが、その力は消えていました。部屋の真ん中に座り込み、イヴジェニーとムーシャの二人が何処へ連れられて行くのであろうかと思いを馳せました。多分私は床に座ったまま、うつろな状態であったのでしょう、ドアを激しく叩く音で目を覚ましました。最初に頭に浮かんだことは、あのＮＫＶＤ職員が約束通り戻って来たことでした。でもそれはパヴェルでした。誰かが、三人が「衛生の町」から連れ去られた、と彼に告げてくれたのでした。少なくとも二人、いや多分三人だと。点呼が始まる前に、彼は鉱区から走り出し、ここ「衛生の町」に駆けつけてきました。山中を三キロメートル、休むことなしに走ってきたのです。私がドアを開けた時、彼は話すこともできず、ただ大きな息を繰り返すばかりでした。彼は私を抱きしめ、私が現実にここにいると確かめ、去っていきました。彼には朝の一斉点呼が待っていたのです。

イヴジェニーとムーシャに二度と会うことはありませんでした。しばらく経ち、「マリンツィー」組のハンガー・ストライキに参加した者は全員銃殺されたことが知れ渡りました。その中には、クラスナヤルスカ流刑地（注ナディエジュダの第一回目の流刑地、本回顧録 **Part 1** 参照）からの同志、ラド・イエヌキーゼが含まれていました。

こうした時期、マセヴィッチが南鉱区管理部に来ました。その後、パヴェルと私は本当の同居権利を獲得し、私たちにキャンプ敷地内の分けられた部屋が与えられました。パヴェルは作業時間記録係に、私はオフィスでの仕事に就きました。

しかしながら、間もなくして私たちはこうした「成就」のほとんどを失うことになりました。犯罪者たちの行動が非常に活発化してきたのです。オロトゥカンでは、彼らはコムソモール組織の秘書であったターニャ・マランディナを残忍な方法で殺害しました。彼女は鉱区を訪ねてきたことがあり、私は彼女がとてもいい娘であることを知っていました。犯罪者たちはまず最初に彼女を集団でレイプし、次に殺し、その遺体を切り刻み、何カ所かの場所に隠しました。

私たちの鉱区では犯罪者たちは上級測量技師と彼の妻を焼き殺しました。彼らが住んでいた小さな家は夜間に藁をかぶせられ、灯油をかけられ、火をつけられました。その建物は木造で乾いており、まるでトーチのように瞬時の内に炎に包まれました。夫婦ともに焼き殺されたのです。その家には一人の用使いがいて、彼は三歳になる夫婦の娘を窓から投げ出し、自分も外に飛び出しました。その用使いも犯罪者あがりでした。彼はもう二年、この夫婦と一緒に住んでおり、実質的にその娘を養育していたのは彼でした。人が言うには、この男は火事について知っており、おそらくその一端を担ったのでしょう。測量技師も妻も何も気付くことなく焼かれたのですが、この男は真夜中に音を聞きつけ、娘を投げ出し、自分も飛び出したのです。彼は逮捕されました。

その測量技師は実にうるさい嫌な男でした。でも一体人間がこうした恐ろしいことをしようとは。

夫との別れ、三番目の娘の出産へ

この地域には裁判所がありました。彼らは全力でもってターニャ・マランディナ殺人事件と放火殺人事件を政治事件にしようとしました。そしてこれらはすべて第五八条項者により組織的になされたと主張しました。法廷で主犯格とされた男はサーシャ・オルロフという男で「鷲」の異名を持っていました。この男が法廷のでっち上げに終止符を打つことになりました。彼とその兄の、二人の兄弟は犯罪者の世界では名が通っていましたが、兄の方は既に銃殺されていました。その「鷲」は法廷でこう宣言しました。「俺は生まれてこの方、盗みと殺人を繰り返してきた。俺を自由にしてみろ、もう一度盗みと殺人をやるだろうよ。俺は五八条項者などとは縁もゆかりもねえ、俺の顔に政治なんてものを貼り付けるのは止めてくれ」と。こうして政治裁判は見事に失敗に終わりました。「鷲」こと、サーシャは私には敬意を持って接しました。彼は私が働くカフェテリアによく来て、「人生」について私と語ることが好きでした。

こうした会話は私にとって興味あるものであったと言わなければならないでしょう。ディケンズのミス・ダートルのように私は知らないことを見つけるのが好きでした。

訳者ノート　チャールス・ディケンズ（1812 - 1870）の作品David Copperfieldに登場するMiss Rosa Dartleを指している。

分かり得たことは、私たちのすぐ隣には、それ自身の伝統と法が支配する特別な世界が存在するということです。それはある種の「反世界的」と言えるものです。そこでは働くことが恥とされ、盗賊法典を尊ぶ者は働くことをしないのです。人間の資質というものは、「だまし、盗み、奪う」ことの能力により判断されます。彼らは独自の名誉基準を持っています。自分の持ち物を自ら取ろうとしない、ということです。もし「名誉ある」盗賊が刑務所に入ったならば、彼の荷物は、彼が捕まる前に面倒を見た女、あるいは金や貴重品を残してきた女の手によってのみ彼の元にもたらされるのです。彼になんらの負い目を持っていない女からは、その荷物を受け取りません、というのも女はたった一つの特別な方法で稼げるからです。そうした荷物は「しみったれた物」として、誇りある盗賊は受け取りません。

サーシャは一度私にこう言いました。「ナディエジュダ・アドルフォーヴナ、今こうやって、あんたとこんな話し方をしているってことが信じられないよ。正直言って、まだ俺の頭に毛があった頃は、何人も女がいたよ。でも一人として、いまこうして男と話しているような口のきき方をしたってことはないよ、そんな話し方をするなんて考えてもみなかったんだ」と。

サーシャは決して馬鹿な男ではありませんでした。彼は観察力があり、彼の人生が正しくはないことを理解していました。でも彼は他の道を知らなかったし、広く言って、それを知ろうと欲してはいませんでした。彼は今ある境遇に全く満足していました。「たった一日かもしれないけど、それでも俺の時間さ」と。加えて、彼は権威ある盗賊であり、自分の影響力を楽しんでおり、彼の言葉が法であり、その立場を自分で高いものとみていました――ところでそれはこの閉じられた世界では多数の者への影響力でもあったのです。

一度、このような事件が起きました。通常仕事に出かける時、私は部屋の鍵を掛けて出かけます。ある日の昼休みに帰ってみると、鍵は引きちぎられ、私有物を入れたスーツケースはかき回されていました。でも何も盗まれていませんでした。鉱区に女性はおらず、女性の物など明らかに盗人にとっては意味をなさないのです。でも椅子の背にかけてあったパヴェルのジャケットと一瓶のコロンが盗まれていました。

仕事場に戻るとサーシャがすぐにやってきました。「ナディエジュダ・アドルフォーヴナ、何か悪いことがあったのか？　すごく取り乱しているけど」と尋ね、私は、「サーシャ、いいこと、とても不愉快なことがあったわ」と彼に説明しました。「コロンなんて大したことではないわ、でも夫のジャケットのことは我慢できないわ、それと私物を誰かが引っかき回すなんてとても不愉快よ」と。

言葉一つ発することなくサーシャは私に背を向けて去っていきました。そして一時間後に帰ってきました。彼は夫のジャケットを取り返してきてくれたのです。

「どうか俺を許してくれ、コロンを取り戻すことはできなかった。奴らはそれを飲んでしまっていたんだ。ナディエジュダ・アドルフォーヴナ、もうこれからはドアの鍵を掛ける必要はないよ、鷲がそれに責任を持つから」、これがオロトゥカンの法廷をひっくり返したあの「鷲」だったのです。

ここに来てから二ケ月ほど経過した頃、私に子供が生まれてくることがわかりました。私は怖気づきました。こうした環境の中で三番目の子供を迎えるなんて……でも、パヴェルはこう言いました。「多分それは最高の事だよ、また、多分これを理由に彼らは私たちを切り離したりはしないだろう。ひょとして君はもっといい環境に置かれるかもしれない」と。

「その後の事実を言いましょう」私が出産すると、当局は直ちに私たち二人を離れさせました。私の環境がどうなったか、今書くつもりはありません。でも広い意味でパヴェルの言ったことは正しかったのです。何故なら、もし赤ちゃんのためにという思いがなければ、私はここの「肉挽き機」に切り刻まれ、とても生きて抜け出ることはできなかったでしょう、パヴェルは正しかったのです。

夏が近づくにつれ、鉱区の誰もが私の状況を知ることになりました。誰の目にも明らかなことでした。鉱区ディレクターの妻も私と同じ時期の出産予定でしたが、誰もそれには興味を持っていませんでした。でも、私が出産しようとする子供は、鉱区の人にとって「われわれ全員の」の子供でもありました。

囚人の中に腕のいい家具職人が一人いました。彼は犯罪行為で囚われており、私たちは彼のことを全く知りませんでした。彼は通りでパヴェルに歩み寄り、こう言いました。「親分が俺に赤子用のベッドを作るよう命じたさ、もちろん親分の命令だからそうするさ、でも俺が『俺たち』の赤子のためにベッドを作ろうとしているってことを、あんたに分かってもらいたいのだよ。気持ちを込めて作るよ、何処の親分だって持っていないベッドをさ」と。

誰もがすべて何がしかの方法で、何がしかのことをしてくれました。それはもう断ることができませんでした。「五ケ年計画」鉱区に一人の神父が刑期を務めていました。私は教会の順位に関しての知識は持っていませんでしたが、彼は単なる神父ではなく高い地位にあった人だったでしょう。彼は全ソ連邦各地の信者から莫大な量の贈り物を受け取っていました。最も自暴自棄な犯罪者も彼からは盗もうとはしませんでした。彼は贈り物すべてを自分で分配していました。彼は私たちにバター、砂糖、乾燥果実を持ってきました。私たちは断ろうとしましたが、彼は「断る理由はありませんよ、あなた方に贈るのではなく、生まれてくる子供に贈るのですから」と言いました。

別れ際、私に十字を切り、こう言いました。「毎日あなたのために祈っております」と。おそらく彼の祈りが私を生き残らせたのでしょう……。

そして、タオルのような物を持ってきてくれた一人の男の申し出を断ることができたでしょうか？　それは彼が自宅にいた時に持っていたもので、タオルというより敷物に似ていました。でも彼は頼みごとをするかのように、当惑しながら言いました。「どうかこれを受け取って下さい、多分おしめに使えると思いますから」と。

私は一度キャンプの洗濯場に行きましたが、そこで気分が悪くなりました。多分、人いきれとスチームのせいだったのでしょう。そこで働いている軽度の犯罪者は私を家まで送ってくれ、こう言いました。「あんたの洗濯物を全部だしな、それとあそこに行っちゃあダメだぜ、赤ん坊には悪いとこなんだから」と。

私はこれらのエピソードを意識を持って書いています。そうすることによって、そこのすべての人が堕落した人ではないと分かってもらえるでしょう。そうではない人がそこにいたのでした。

一〇月の終わりになり、当局は私を病院に送りました。ウスト‐タエージュナヤにある病院はマガダンから四〇〇キロメートル、鉱区から二五キロメートル離れていました。パヴェルは「五ケ年計画」鉱区に残りました。私は馬車に乗せられ、別れの言葉を彼と交わしました。彼は馬車に沿って歩き続けました。やがて道に出ると御者は馬に鞭をいれて速歩にさせました。パヴェルは立ち止まり、そのまま長い時間、馬車が去ってゆくのをじっと見続けていました。それが私が彼を見た最後の時となりました。生きた彼を見ることも、死んだ彼を見ることもできませんでした。

一一月一日、ウスト‐タエージュナヤで三番目となる娘が生まれました。

訳者ノート　なんという運命なのだろうか、出産に向かう妻の馬車、並行して歩き、やがて鞭の入った馬車の後ろをたたずんで見送る夫。そしてそれが二人の永遠の別れになるとは。

Part 2 - 2 「人民の敵」としての五八条項者

医師は流刑囚のアンドレイ・ミハイロヴィッチ・ジェギンで、KRTD（注　反革命的トロツキスト活動）の罪で服役していました。助産婦はアレクサンドラ・イリニッチナです、やはりKRTD（私は一体どうして彼らがそうした条項の刑を受けたのか、全く理解できません）でした。ところでもっと不合理な例もあったのです。用務員のゴーシャもまたKRTDでした。彼は足が不自由なため、一般労働から外されていました。

私の娘は小さく、助産婦は経験を積んでおり出産は比較的容易でうまくいきました。すべてが終わり私は眠りにおちました。アレクサンドラ・イリニッチナもまた眠りに落ちました。私が目覚めると、彼女は私のベッドの端に腰かけており、私に尋ねた最初の質問は、「どんな夢を見たの？」でした。私は夢など見ておらず、朝一番で夢物語を尋ねる刑務所の習慣は全く好きになりませんでした。でもこれから話すことは彼女が語ってくれたことなのです。

数年前、彼女の若い方の娘、ゾーヤが出産しました。アレクサンドラ・イリニッチナ自身が出産に立ち会い、健康で正常な男児が生まれました。すべて何事もうまくいきました。ゾーヤもアレクサンドラ・イリニッチナも眠りにおちました。夢の中で彼女はゾーヤが近づいてくるのを見届けました。ゾーヤは「ママ、私は何処かに行ってしまいます。赤ちゃんをサーシャ（ゾーヤの夫です）に渡さないで、彼に赤ちゃんは必要ないのです、どうかその子をあなたの傍においてやってください」と言いました。夢から覚め、彼女はゾーヤの傍に歩み寄りました。ゾーヤは死んでいました。眠りの中でゾーヤは死んだのでした。出産のショック、あるいは心臓麻痺のどちらかだったでしょう、でも私は覚えていません。アレクサンドラ・イリニッチナの義理の息子、サーシャは絶望に陥り、皆は彼が自殺するかもしれないと恐れました。彼は、これからは子供のために生きるんだ、だからその子を渡してくれ、と言いました。でも彼は説得され、思いとどまりました――乳飲み子を抱えて、しかもミルク瓶で育てながら、彼に一体何ができるでしょうか？　彼はその息子を一年だけ祖母に預けることにしました。それから六ケ月も経たないうちに再婚し、別の町での生活のために離れていきました。彼は赤ん坊の事など忘れていました。その赤ん坊は正常に成長しました。その子が一歳になった時、アレクサンドラ・イリニッチナはまた夢の中でゾーヤに会いました。ゾーヤは、「ママ、息子の面倒をみてくれてとても有難う、あなたはちょうど一年育ててくれました。そしてこれからは私が引き受けます」と言いました。次の日、その子は病気に罹り、まもなく亡くなりました。

私は刑務所やキャンプで人々が迷信深くなっていくのを見てきました。知的で教育を受けた人たちとて、兆候とか、占いとか、夢などを信じるようになっていくのです。

この時点、ロシア本土（注　極東北部コリマ地方より見て）においては、一九三七年はその頂点に達していました。五ケ年計画鉱区は旧鉱となり、掘りつくされ、新しい囚人グループもほとんどやって来なくなり、噂話も随分と遅れて私たちに届くようになりました。でも、ある時間が経過すれば、私たちにはしっかりとした情報が入ってくるのです。何か新しい「流れ」が、私たちのこの隠れた場所にやってくる気配も感じられました。

一一月近く、多くの人が無邪気に特赦を期待する頃、一九三七年が［遅れて］コリマに到着しました。

訳者ノート　「一九三七年の頂点」に関して。モスクワ裁判は第一回（ジノヴィエフ・カーメネフ、一六人）、第二回（ラデック、ピャタコフ、一七人）、第三回（ブハーリン、二一人）と推移。並行して一九三七年七月にはプレオブラジェンスキー、また非公開軍事裁判にて一九三七年トハチェフスキーの粛清がある。第三回にはＮＫＶＤ長官ヤゴーダが含まれている。これらの推移からして一九三七年に政治粛清はピークに達したと言える。但しヤゴーダなどはむしろスターリンの私的粛清であり恐怖政治の典型である。ナディエジュダはこうした粛清の推移の波を「一九三七年の頂点」という言葉で表現している。またその頂点以降、あらゆる古参党員・政権高官・軍・NKVD幹部への粛清の波及により、ソ連邦政権機能自体の停滞の始まりともいえる。

キーロフ殺害事件に関わるとされたレニングラード指導層の総体が逮捕されたとの推測

一一月六日、私の産後の疲労は抜けてはいませんでしたが、私には特別の配慮があてがわれました。キャンプの規則では休日の間はすべての囚人が敷地内にいることになっていました。当局は私を、この前年、鉱区への移送の前に何日かを過ごした場所に送り出しました。その折には三人の女性が住んでおり、その小さなバラックは男性キャンプの敷地のずっと向こう側にありました。

男性のキャンプ敷地では、ちょうどマガダンの女性の就業先のように、人々は自由に歩くことが出来ました。たとえ僅かな自由であろうと、それは何と貴重なことだったでしょうか！　仕事からの帰り、新鮮な空気を吸い込み、空を見上げることができたのです。広く、輝くような北方の空はとても美しいものでした。

他のバラックを訪ね、同志と束の間の会話を交わすこともでき、浴場に出かけて洗濯をすることもできました。何でもできる、そんな気になったのでした。

［新たに送られた女性キャンプでは］二〇人の女性が一つのテントで暮らしており、そのドアは大きな鍵がぶら下がっていました。そして別のテントが並んでいます。ここの女性たちが働く仕事場も近くにあり、そこでは古い上着、コート類を洗濯し清潔に整えるのです。このテントもまた常時鍵がかけられていました。［居住・仕事場］どちらのテントも二重の有刺鉄線で囲まれていました。

朝になるとガードが錠をあけ、その日の当番役の人たちを外に出し、パンとお湯を取るために敷地内の建屋に連れて行きます。当番役の二人は監視下で、二〇人分のパンの割り当てと、スプーン二〇杯分の砂糖を持って帰ります。砂糖は直ちにスプーン一杯ずつ各自に配られます。

朝食の後、一隊の女性たちは他のテントに向かい、そこでも施錠されます。そして他の一隊はガードに付き添われ、小さな山に行き、「燃料用の」木を準備します。

昼食時には、やはり監視のもと、敷地の建屋にある食堂に連れていかれます。既にこの時間帯には男性の囚人たちは離れています。昼食後も仕事は続き、夕方になると、やはり監視の下で夕食をとります。週に一度、医療手当を必要とする人は、やはり監視のもと、医療区域にいきます。医療補助員は鉱区にいた補助員と同様、「息を止めて」を繰り返しますが、心臓の場所が胸の左か右か、について明確な知識は持っていなかったでしょう。それにもかかわらず、その日にはテントの半分の人たちはその診療所に歩いて出かけるのです。この囲われた敷地から一歩でも外に出ることは大きな出来事だったのでした。誰かが誰かに会い、誰かは何かを聞き知る――それはやはり大きな出来事に他なりません。たまたま耳にした会話の断片ですら、数限りなく討論され、コメントが付けられるのです。

私の隣になった女性には一人の子供がいました。シューラ・ニコラエーヴァで、モスクワ出身のコムソモール同盟員でした。シューラは通信アカデミーの学生でしたが、ある日のコムソモール集会で彼女が所属する細胞の書記の追放に反対票を投じました。その書記の兄は「人民の敵」として逮捕されていました。

彼女もまたＫＲＴＤにより五年の刑を受けていました。彼女の六ヶ月になる娘はアローチカです。妊娠中に逮捕されていたのです。既に双子の男の子がいましたが、その子たちは家に残してきました。彼女はコートを縫う仕事はしないで、バラックを清掃し、お湯を取りに行っていました。

どんな根拠でもってこの二〇名の人たちが、こうして選別されたのかを考えてみました。でもそんな根拠は出てきませんでした。ただそうなっていた、という以外に、つながりとか、理由などは存在しませんでした。多数は女性コミュニストでしたが、偶然にそうなった人もいました。リーダ・クニーシャがその一人でした。彼女は自分を「親譲りの優れた犯罪者」と呼んでいました。キャンプにおいて彼女は五八条項を宣告されました。でも彼女が何故この場所にたどり着いたのかは、私には説明できません。

私たちは施錠され、二四時間の監視下にあり、二重の有刺鉄線で囲まれていましたが、彼女は妊娠したのでした。旧知の中からは、私はダーニャ・キエフレンカに再会しました。彼女とは前年にこの同じオロトゥカンでしばらく一緒に生活しました。また「マガダンの」女性労働サイトで一緒だったマーシャ・シュボーヴナとも再会しました。年輩で古参党員のヌーシュカ・ザヴァリアナもいました。彼女のことは当初知りませんでしたが、人づてに多くのことを聞きました。キーロフ殺人事件の加害者、ニコライエフの妹のリサ・キエシュヴァもいました。

もう一人、ナディヤ・グレーヴナという女性のことも書きます。彼女は逮捕された時、一三歳の娘を残してきました。その少女はヴァイオリン演奏を習っていて、その才能は認められていました。でも特別に近視であったために視力が弱く、頭痛に苦しんでいました。少女には親戚もなく、レフォルトーヴァ（注　モスクワ）隔離施設に入ることになりました。そこは子供・少年少女が集められる施設ですが、多くはホームレスです。そこは耐え難く、その少女は脱走しましたが、捕まえられ、どこかの孤児院に預けられました。もう音楽レッスンについて話されることはありませんでした。彼女は騒音からくる頭痛に悩まされ、大変苦労しながらも通常の学課を修了しました。そして孤児院の管理者は、この少女は良い躾を受けてきたいい子なんだろうと判断し、少女にベッド・リネンの見張りという「社会的責任」を与えました。孤児院の不良は常時シーツ類を盗み、市場でさばいていたのです。ナディヤによれば、娘は特別に責任感が強いことで知られており、こうした盗みが起きることに苦痛を味わったということです。稀ですが、その娘から手紙が来ることがありました。そうした時はいつも（私は不幸なナディヤのことのみを話していません）子供を残してきた皆（大多数がそうです）は、たまらなく心配し始めるのです。

明らかに、大きな出来事がどこかで起きたのでしょう。現行のキャンプ管理部全体が一掃されました。大多数は職を外されただけでなく、刑務所に拘束されました。キーロフ殺害事件に関わるとみられたレニングラード指導層の総体が逮捕されたとの推測もありました。

その一隊は明らかに、私たちがここにいるように、どこか他の場所に集められているに違いないのです。管理体制の強化はあるスローガンをもって進行していきました、「フィリポフの気ままな日々は終わった」でもって。（フィリポフは極東ロシア北東区域矯正労働キャンプ管理本部ことUSVITLagの前所長です）

男性のキャンプからはグループが組まれ、次々と運びだされていきました。何処に移送されるのか、私たちには分かりませんでした。私はオムツを毎日洗わなければならないので、水場所に行くことを特別に許されていました。ある時、男性グループの出発に遭遇しました。トラックの上に人々は立ったまま詰め込まれているのでした。一人の囚人が乗り込む際に帽子を落としてしまいました。彼の頭は零下四〇度の外気にさらされたままです。その人は年とった白髪の人でした。護送兵に拾ってもらうよう頼みましたが無視され、トラックは出発しました。彼は帽子を着けることもなく……

囚人の中で唯一専門の職につけるドクター

情報に通じているリーダが、ある「大物」がキャンプに着任したことを告げました。それがUSVITLag所長のガラーニン大佐でした。その日、私は当番だったので、男性敷地内の建屋にパンと砂糖を取りに歩いて行っていました。ガラーニンは入り口に立っており、私たちは彼の傍を通り抜け、その際、私は彼に目をやりました。彼は自分の傍を行き交う人々を注視していましたが、まるで彼らがガラスとなっているがごとく、その集団の向こうを突き刺すように見通すのでした。建屋前の空地に一団の囚人が立っていました。私たちは食堂のドア近くに立ち、私は回りを見ました。弱々しく背中を丸めた一人の囚人がガラーニンに近づきました。彼は足を引きずり、咳をして、明らかに何か言い出す勇気を絞り出し、話しかけました。「同志所長、私は病気になっています、どうか軽い仕事をもらえるよう取り計らって頂きたいのです、お願いします」彼はさらに何か言ったようでしたが、私には聞こえませんでした。ガラーニンは突然我に帰り、驚いたようです。私がしっかりと理解できたことは、ホルスターからレヴォルバーを取りだしたのは彼その人であった、ということです。「お前は働きたくないというのか……」と彼は応え、その言葉の後に粗野な文句が続きました。そして至近距離からその囚人を射ち、彼は地面に倒れ込みました。ガードはこれに仰天し、低い声で「さあ、続いて続いて、ここに立ち止まるな」とつぶやき、私たちを食堂のドアにせきたてました。

産後の期間、ほとんど熱気のないテントの生活であったため、私は乳腺炎に罹りました。四〇度以上の高熱が続き、数日間は寝たままの状態でした。この後、当局は私と乳児のリーラをウスト - タエージュナヤの病院――リーラが生まれたところです――に送りました。

医長アンドレイ・ミハイロヴィッチは経験に富んだ外科医で、また善良な人でした。乳腺炎が治癒した後も、二ヶ月の間私を病院に留め置いてくれました。彼は私たちの特別［労働］配置がどんなものか、よく知っていました。私は子供と一緒に別の病棟で横たわっていました、それというのも他に女性囚人はいなくて、また彼には、私たちを一般市民と共に留め置くことが許されていなかったのです。

一九三八年が始まった頃、一人の女性囚が運び込まれたことがありました。彼女はジーナ・カプスチーナという名前で、自分で服毒を図ったのでした。アンドレイ・ミハイロヴィッチは、でき得る処置はなく、数日の余命しか残されていないと、直ちに宣言しました。彼女は尿毒症で亡くなりました。

彼女も別病棟に置かれたのですが、そこは病室というより、むしろ物置場と言った方がいいでしょう。小さな部屋で窓はありませんでした。私と一緒にいればいいのに、と頼みました。アンドレイ・ミハイロヴィッチは答えることなく、彼女に会いに行かない方がいいでしょう、と言うだけでした。でも私はそこに行きました。まったく完全に一人で死んでいくなんて、とてもひどいことのように思ったからです。

ジーナ・カプスチーナは二五歳の若さでしたが、もう四〇歳を過ぎたようでした。彼女は私のあいさつに応えることはなく、ただ静かに私を見つめるのでした。「何かできることはないですか？」と私は尋ねました。彼女は、いいえ、と頭をふり、手を挙げてドアの方を指しました。私がドアに近づいた時、「ありがとう」と言いました。

翌日私はジーナが横たわっている病室の前を通り過ぎました。そこは清掃中で、ドアは開かれていました。どうして私は中に入っていったのでしょう、わかりません。たった一日で彼女の容態は劇的に変わっていました。その顔は青白くくすみ、まるで死んだ人のそれのようでした。ただその目だけは生きている様を見せていました。彼女は問いかけました。「ここで子供と一緒にいるのはあなたね？」と。その話し方は一語一語無理して絞り出すように見えました。私は、そうよ、私がそうなの、と答えました。彼女は私を見つめました。こんな表現は慎みのない言い方かもしれません、許してください。この死んでいこうとする女性は、憐みを持って私を見つめ、なんとか一言一言を絞りだしているのです。「そうね、それは良いことではないわ、どうなるというの、でも是非生き続けてね」と言いました。そしてその夜彼女は亡くなりました。

病院が凍傷の犠牲者で満杯になりました。アンドレイ・ミハイロヴィッチは一日に何件もの手術に追われました。凍りついた指、踵、時には手と足そっくりの切断手術を施さなければなりませんでした。

夕方の手術の後、私の所に立ち寄りました。とても消耗して、彼は話すのもやっとの状態でした。彼は一〇分ほど腰かけ、私に別れをつげて去ってゆくのでした。

一九三八年一月、「管理体制強化」の一環として当局は彼に一般労働を科し、彼は食堂近くの伐採に従事しました。数日後ある高官が腸閉塞で病院に運び込まれ、アンドレイ・ミハイロヴィッチはバラックから呼び出されました。彼は手術を施し、翌日は木挽きの作業に戻りました。私の退院の二日前のことです、虫垂炎に襲われた一般市民の女性が運ばれてきました。全病院が凍傷に罹った男性で満室であったため、彼女は私の部屋に留め置かれました。その女性はとても若く、枕の上で首をたて、前後に振りながら、「囚人医師を呼んで、囚人医師に手術させて」と叫び続けました。再びアンドレイ・ミハイロヴィッチが呼ばれ、彼は手術を施しました。

私は彼に、自分の意見としては、こうしたことはあなたへの愚弄であり、あなたは医師であって、あなたの手は道具ではないし、寒気の中の一〇時間の木挽きの作業の後では手術できない、と宣言すべきではないかと言いました。「一度手術を拒否してはどうでしょうか、そうすれば彼らはあなたを一般労働から解放するのではないでしょうか」と。彼は笑って、「私は誓いを宣言したのですよ、手術を拒否することはできませんよ」と言いました。

訳者ノート　ここでの誓いとは、医学課程修了時に宣言する、「ヒポクラテスの誓い」を意味している。

私は退院しました。その後、アンドレイ・ミハイロヴィッチに会う機会はありませんでした。しばらく経ち、当局は彼を専門の仕事に専従させた、という話を聞きました。

一般的に言って、囚人の中でいつも専門の仕事に就くのは、唯一ドクターたちだけです。このことは彼らには有利なことですが、同時に困難を伴うものでもありました。すべてのドクターは自然のこととして、彼の専門を続けたいと願います。同時に、もし彼が真のドクターであり、品性を持った人間であるならば、彼は囚人に助力を提供したいと望むでしょう。この意味でキャンプではすべてのドクターが困難な立場にあるのです。監督者は仕事を免じる者を、できる限り少数に制限しようとします。そしてドクターは、［治療を必要とする］囚人の二人に一人が無理であるなら、せめて三人に一人に対して治療を施そうとするのです。

［キャンプに戻ると］あてがわれた場所が変わっていました。大きなテント――そこでコートの修理作業がなされます――の一つの片隅に配置されました。そこはシューラ・ニコラエーヴァと娘のアローチカ、そして私とリー

ラの場所になりました。そのちいさな片隅には二つのベッドと二つの赤ん坊用のベッドがあり、真ん中には鉄製のストーブがありました。テントは暖房されていません。ストーブが燃えると、その上に屈むことはできません。熱は強力でした。逆に後ろにのけぞると、髪の毛はテント・キャンバスで凍り付いてしまいます。

まもなくして、シューラは風邪に罹り、寝込み、顔は赤く熱を持ち、時々意識をなくしました。私はキャンプの監督者のところに行き、状況を話しました。そして彼女は病院に送られました。彼はこう言うのでした。「そして彼女は死んでゆくだろう、楽な日々にも終わりがくるものさ」と。

私の母乳はもう尽きかけました。小さなリーラにはカーシャ（注　粥）と粉の溶き汁を与えました。私たちには乳児分の配食が与えられるべきでしたが、手にできたのはその半分でした。賄いの人は自分の分を別に取り込み、一方私たちはいく分かをガードに割かなければなりませんでした。そうして彼からストーブ用の木片を持ち帰る許可を得るのです。

女性たちの住むテントでは、ガリーナ・イオアノーヴァ——ポーランド人でその苗字は覚えていません——が精神に異常を来たしました。彼女はとても教養ある人で、哲学を修学していました。彼女は食べることを拒否し、他人が誰であるか認識できなくなりました。ある夜、彼女は隣の女性、リリイ・ブラフレーヴァ——特に害もなく、目立たない人でした——をもう少しで窒息死させるところでした。彼女はリリイの顔に枕をかぶせ、その上に身を重ねたのです。幸運なことにリリイはなんとか声を出すことができ、他の女性が気づきました。この事件の後、キャンプ管理部は彼女を病院送りにすることに同意しました。

ある夕方のことです、テントの広間に足音が響きました。入り口の所に一人の男が立っていました。髭を剃っており、太った男で、皮のコートを着ていました。私は一目で彼が誰か分かりました——ガラーニン大佐でした。彼の後ろには私たちのキャンプの所長が立ち、キャンプ全体の管理者たちが続いていました。

ガラーニンは私たちの居場所に目をやりました。真ん中にすえた鉄製のストーブ、二人の乳児、熱にうなされたシューラを。そして以前見た、あのどんよりとした目つきで私を直に見つめ、「何か不満なことは？」と聞きました。私はテントには暖が必要なこと、そのために木が定期的に配布されること、子供たちにはミルクが与えられること、病気のニコラエーヴァは入院が必要なこと、を返答しました。彼は頭を返し、側近に向かって、「これらすべてが実行されるように記述せよ」と命令を下し、私に向き直り、「他に必要なことは？」とまた尋ねました。私は夫が二五キロメートル離れた鉱区におり、私たち二人は同居の権利を有していること、私の所有物はまだ夫の所にあることを述べました。さらに、夫はまだこの幼い娘のことを知らされていないことも加えました。（もちろんこれは嘘です。私はもう二回、病院から夫に手紙を出していました。でも私の所有物が夫の元にあったことは事実です）

私は夫に会いたい旨を告げました。ガラーニンは再び頭を返し、「夫の名前を記述し、彼女の所有物を取ってきて二人が会うことをアレンジすること」と命令を下しました。

この後、彼は去って行きました。

その一時間後、作業配置事務所の長がやってきて、私の身の回り品を集めるように告げました。私たちはマガダンに送られることになりました。夫との再会のアレンジもなく、そこに残した所有物を取り戻すこともなく、直ちに出発しなくてはならなかったのです。このことはガラーニン大佐の個人的命令でした。先を急いで話をしますが、このことは話しておかねばならないでしょう。ガラーニンがその職から排除され、噂ですが、銃殺された時、彼はガラーニン大佐ではなく、本物のガラーニンを殺し、彼の職務命令書を奪った単なる悪漢であったとの話がなされました。私個人このことを信じてはいません。第一に、彼はモスクワにおいてコリマへの転属命令を受けており、そこでは疑いなく彼の外観は知れているはずです。第二に、その当時にあっての典型的な警察官僚の体現者であったことです。そうしたガラーニンの類の人は、もっと小さなスケールと、もっと小さな権力を持って、あらゆる場所、キャンプサイト、刑務所に存在していたのです。

私たちは零下四五度の天候の中、旅を続けました、精神に異常をきたしたガリーナ、病気のシューラ、二人の乳児、そして私、そしてもちろん一人のガードと。ガリーナは帯で拘束されたままでした。リリイを窒息させかけた夜以来、彼女は暴力性を持つようになっていました。三日間の全行程を、彼女は一秒たりとも眠りを取らず、また食物を口にすることなく過ごしました。それは極寒の中の旅でした。止まった場所で、私は熱い湯を彼女にいくらかでも与えようとしましたが無理でした。マガダンに着いて彼女は精神病棟に置かれましたが、数日後、おそらく疲労の極みからでしょう、亡くなりました。彼女は水さえも口にすることを完全に拒否したのでした。

シューラと私は女性部隊「乳母バラック」に留め置かれました。「乳母」と名付けられた理由は、そこに住む彼女たちは子供を出産した後か、妊娠末期に近づいていたからです。その多数は一般犯罪者たちです。彼女たちにとっては子供は「役得」を意味していました。六ケ月の間、配食され、労働は強制されず、集団の中に送り込まれることを免除されています。彼女たちは「母親のためのクループスカヤの恩赦」と呼ばれる特別な扱いを受けていたのです。このことは完全な役得でした。数は少ないのですが、五八条項の囚人もいました。でもどういうことなのか、その五八条項者はこれら一般犯罪者と異なってはいませんでした。事実何人かは犯罪者の友人で、食事を共にし、犯罪者隠語を使います。また他の人は単に犯罪者を恐れているだけでした。

訳者ノート　「クループスカヤの恩赦」とはレーニンの妻、ナディエジュダ・コンスタンチノーヴナ・クループスカヤの名から取っているのであろう。

密告者たち

鉱区にいた時、私は犯罪者世界の、言ってみれば「ロマンチシズム」の何かを知りましたが、この世界では女は男よりさらに悪い存在であると、つくづく感じました。

毎日の生活に関して言えば、「乳母」たちの一隊は、むしろ自由で気楽な日々を過ごしていました。彼女たちは働くことなく、「夫」なるものを持っていました。またコリマでは、女性の数は極めて少数であったため、何人かは複数の「夫」を持っていました。こうした「夫」たちの多くは、「満足度」の観点から評価されるのですが、同時に「情」に訴えることも必要だったのです。クプリンの小説「魔窟」のようでした。

訳者ノート　「魔窟」は娼婦館の日常を描いた、アレクサンドル・クプリン（1870 - 1938）の小説。

圧倒的多数のこれら「乳母」は母性本能というものを持ち合わせていません。でもそれだからと言って子供の育児に関して不満を爆発させないことではないのです。例えば、アルフレディックの顔が洗われていないとか、グレトーチュカが清潔なおしめをしていないとか、そんな場合には不満を爆発させます。ここで挙げた名前は、当然ながら思いつきの名前です。

この時点で私のキャンプ生活は二年を過ぎていましたが、こうした人たちの輪に入ったのはこれが初めてでした。これまで、こうした悪態を込めた言葉づかいを聞いたことはなかったのです。すべてが婉曲に話されるのではなく、直接的表現で話されます。彼女たちは、人生の秘匿すべきこと、異性との肉体関係のこと、これらを詳細に、あけすけに話すのでした。

こうしたこともあり、私はここで独りぼっちの気持ちに陥りました。前の年に一緒であった友人たちはもう誰も残っていませんでした。そうした友人たち——アレクサンドラ・リヴォーブナ・ブロンシュタイン（注　トロツキーの最初の妻）、ターニャ・ミヤコーヴァたち——はロシア「本土」に送られ、他の多くの人たちもどこかのキャンプ・サイトに移送されていたのです。

キャンプ管理組織もまた大きく変わりました。体制の強化とともに、多くの密告者が要請されました。この密告者について少し話しておかなければならないでしょう。もちろん、彼女たちは最初からそうであったのではなく、養成されたのでした。それには様々な方法がとられました。ある者は単なる恐怖心から密告者となりました。彼女たちは呼ばれ、大声で脅迫されるのです。「われわれの申し出を断る気だな、よく考えることだ、きっと自分に後悔することになるだろう。お前をさらに奥地に送り、もう一つの新しい宣告を与えることになるだろう」、そんな具合です。多くはこれで屈服し、密告者になっていきます。

しかしながら多くの場合、密告者は単に過ごしやすさ――楽な仕事をもらい、遠隔地行きを免除してもらう――を欲しただけでした。

最悪の密告者は「イデオロギー」にもとづいて密告をする人たちです。自己の利益の為に密告する人は、あることを当局権威筋に隠すこともします。そうした人たちは誰かを意識的に密告の対象から外すこともあるでしょう、その誰かはベッドを上下に分かち合う仲間かもしれないし、同じ地方の出身者であるかもしれないし、単に気の合った誰かかもしれないのです。

ところが「イデオロギー」的密告者はそうした私的配慮を除外します。この人たちは自分をコミュニストであると感じており、党と国家の潜在的な敵の姿を暴くことが彼女たちの党員義務と信じているのです。彼女たちにとっては、性、年齢、交友関係が入り込む余地はありません。

ある女性についての話が語られました。彼女はモスクワのルビヤンカ刑務所に拘束されました。査問の場で、およそ次のような会話が交わされました。「いいかな、君は一時的にソヴィエト社会から隔離され、党から除名された。しかし君はこのことを知っているはずだ――木をぶった切れば木片は飛ぶということを。われわれは君と真の敵との違いをよく理解している。君は党員証を持っていないけれども党員にかわりはない。われわれはこう信じているがどうだろうか？」――彼女の答えは「その通りです」でした。

訳者ノート　「木をぶった切れば木片は飛ぶ」、"if you chop wood, the chips will fly" 反革命トロツキスト掃討には弊害・間違い・犠牲を伴う、という意味のNKVDで使われた常套句。

当局は二〇人のリストを渡しました。「この二〇人を見てくれ、彼らは党と政府の真の敵だ、しかしわれわれは物的証拠を持っていない。君ならその証拠をわれわれに提供できるはずだ。座りたまえ、そして一人一人の詳細を書き上げてくれ、例えば彼らの反ソヴィエト的見解を聞いたことがあるならば、それを、また彼らの反革命的活動計画を彼らが君に語ったことがあるならば、それを……」

彼女は数日間、休むことなく査問されました。そして彼女は彼らが欲するすべてを書き出しました。それが彼女にとって党に対する義務の実行である、との確信を持ちながら。彼女がすべてを書き終えた時、査問官はこう言いました。「結構だ、いい出来映えだ。さて、ここで君に刑期を宣告しよう――二五年だ。君は事実を知っていながら、語るべき時には語らなかったのだ」と。

この話を同房者に語ったのは彼女自身でした。その後、彼女に何が起きたかは私は知りません。もちろんこのことは極端な事例です。

同房者について、二段ベッドを分かち合う仲間について、労働隊の仲間について、何か些細な事を通報し、そうすることが党に対しての義務の実行であると考える人たちは決して少ない数ではなかったのです。

一〇日間の検疫期間の後、二人の子供――リーラとアローチカは託児所（ここでは「幼児の家」と呼んでいました）に送られました。二週間も経たないうちに二人とも病気に罹り、肺炎を起こしました。アローチカはよく肥えた健康な娘でしたが、それでも重い病になりました。そして私の赤ん坊について何が言えるでしょうか！　その当時彼女は痩せて、虫の如く黒ずんで、鳴き声を上げられないほど弱く、子猫のように泣くのが精一杯でした。

その「幼児の家」は、ああ、何という所なんでしょう！　まるでそこは天使を次から次へと作り出す工場なのでした。子供たちはひっきりなしに死んでいきました。消化不良から、貧血病から、そして単なる疲労から。そこでの状態一般に関してはまずまずなのでした。建屋は良く、食事もまた悪くありませんでした。問題はそこでの保育のやり方なのでした。「人民の敵」としての五八条項者は子供たちと一緒に働くことを許されていません。そこで働いでいる人は犯罪者——通常犯罪者あり、軽度犯罪者あり——で、「社会的に特殊な」サークルの中で生きてきた人たちでした。一般にこうした「特殊」サークルの人は、稀な例外はありますが、自分の子供を必要としていません、そして誰かの子供などには無関心なのです。

彼女たちにとっては、「幼児の家」とは自分たちのための心地よい暖かさに恵まれた仕事場なのです。ガードはおらず、いい食事にありつけます。彼女たちの働きぶりはこんな具合です。その日の終わりの数時間、彼女たちは階段の下で「夫」なる者と一緒に過ごすか、あるいは単に何処かへ行ってしまうのです。一方、子供たちは食事もあてがわれずに放っておかれ、病気となり死んで行くのです。たとえ軽度の伝染病であろうと、一度発生したならば、子供たちは蠅のごとく死んで行きます。私の娘、リーラのグループの中でたった三人が生き残りました。リーラ、ドイツ人コミュニストのヨハナ・ヴィルケの娘のタマラ、そしてモスクワ労働者シューラ・イヴァノーヴナの息子のトリク、の三人です。

そして、このことはまた私のキャンプでのミラクルの一つでした。この三人の子供たちがどうして生き延びることができたのでしょうか？　つきるところこの子供たちの母親がしてやれることは何もなかったのです。私たちには、ただ子供たちが生き延びることを願う以外になす術はありませんでした。そして彼らは生き延びたのでした……。

肺炎がおさまり、リローチカ（リーラ）は「幼児の家」に戻りました。私も仕事場に戻りました。でもシューラの娘、アローチカは亡くなりました。シューラを見つめることは、私にはとても耐え難いことでした。彼女はたった数日のうちに、よどんだ暗い顔つきに変り、何歳も一挙に年をとりました。でもそれだけが彼女が耐えて生き続けなければならなかったことのすべてではなかったのです。アローチカの亡骸は安置所に置かれました。許可を得て、私はゲートを出て墓地に向かい、そこで棺と墓碑を注文しました。フラワーショップの仲間の女性たちはアローチカのために美しい花の装飾をほどこしてくれました。彼女たちはアローチカをドレスで着付け、花で飾ってくれました。大きくて美しかった赤ん坊の彼女は長い間病気をすることもなく、その棺の中でまるで生きているかの如く横たわっていました。［刑期が満つまでに］彼女はもう三年生き続けたことでしょう、でもたった一年と三ヶ月でその命を絶ったのでした。

私が安置所（その当時、それは病院の隣の小さな建屋の中にありました）に戻った時、シューラは安置所傍の岩の上に腰かけていました。彼女の表情から何かが起きたことを感じました、アローチカはもう亡くなっているのに。私が近づいた時、彼女は振り向き、どこか単調な口調で告げました。「ナージャ、あいつらは私の娘をレイプしました！」と。一瞬私は彼女が精神に異常をきたしたのかと思いました。でも彼女は私が思ったことを察したのでしょう、「気は確かよ、いま本当のことをあなたに話しています。行って見てください、私にはそこに行くのは無理なことです」と言いました。私は安置所の中に入りました。最初に花が目に入りました。沢山の花がそこにあり、私自身もその花でアローチカを飾ったのでした。そしてその時、彼女は何と綺麗に見えたことでしょう。でも今、すべてが変わっていました。

私は医長を訪ねました。彼はもう何が起きても驚くことのない習性を見につけていました。彼は私と一緒に安置所に戻り、アローチカを診て、もう一人の医師を呼びました。その間二時間、シューラと私は安置所傍の岩に腰かけ待ちました。やがて、一人の医師が私たちの所に歩いてきて、医学的検査が終わった旨を告げました。彼ら医師は死体がレイプされたことを宣言しました。それは安置所管理人によってなされたのです。彼はこれまでも女性死体に対して同じことを度々したことを告白しました。当局により彼は何処かに消えてしまいました。アローチカは埋葬されました。

日々の生活は少し困難なものになってきました。母親に与えられる特別な配食はたった六ヶ月で終わり、リローチカはもう大きくなりました。自然なこととして、実家の方からの援助はなく、私は仕事から何も稼ぎ出すことができませんでした。私はこの期間、パンとバランダ（注　Баланда）と呼ばれる刑務所スープで生きてきたのでした。そして、それでもって私は子供を飢えから守りました。

状況を悪くしていったのは一緒に住んでいる「乳母」と呼ばれる女性服役囚たちでした。彼女たちは何か料理し、何か繕いものして日がな一日を過ごします。常時漂ってくる食物の臭いにめまいを感じることがありました。最初彼女たちは私に施しをしようとしました。でも単純に言って彼女たちと何か通じるものを持つことはできず、そうした施しを受けたい気持ちも湧いてきませんでした。こうしたことは嫌悪感からきていました。彼女たちの「親切心」を利用することへの嫌悪感であり、単に一緒に生活することへの嫌悪感でもありました。尽きることのないスキャンダルを聞くことは嫌悪以外の何ものでもありません。娼婦は盗賊を嫌うとか、売春は誰にも害を与えることはなく、むしろ快楽を与えるものだとか、盗賊行為はやっかいなもので、いつも危険につきまとわれているが、売春は単なる寄生虫であり、それ故盗賊は娼婦を嫌っているとか、娼婦にしろ盗賊にしろ、どちらも非犯罪者を嫌っているとか……こうした類の話を嫌悪感なく聞くことができるでしょうか？

最初の頃、私は彼女たちを啓発しようとしたことがありました。私は鉱区でのことを思い出しました。そこでは本というものは全くありませんでしたが、誰かが油性の帯で綴じた分厚いノートを私に持ってきてくれました。私はそこに暗記している詩を書きとめ、頁を埋めました。このノートは皆から熱望されました。五八条項受刑者だけでなく犯罪者の間にも詩の愛好者は多かったのです。私は「乳母」と一緒に生活し始めた時、このことを思い出したのです。でも彼女たちに詩を読んで聞かせようなどとは考えていませんでした。でも誰かがボロボロになったチェーホフ（注　1860 - 1904、作家、劇作家）の短編集の一冊を取り出してきました。それは始まりの部分も、終わりの部分も欠けていました。でも「犬を連れた貴婦人(The Lady with the Dog)は完全に残っていました。私は読み上げることを申し出ました。できる限りの感情を込めて読み上げました。それというのも、チェーホフの高い人間性が彼女たちに届いているのではないか、と思えたからです。彼女たちは注意深く聞き入り、朗読が終わった時、数分間の沈黙が続きました。私は彼女たちに同情の念が湧いているのを見て取り、聞いてみました。「理解できましたか?」と。一人が大きくため息をついて、「よく分かるわ、その御婦人がどんな人であれ、あいつらはそれでも彼女とセックスするってことね」と言いました。

それで私の「啓発活動」は終わりとなりました。

バラックでは私の他にも何人かの五八条項者がいました。ある人たちは逮捕時に妊娠しており、また他の人たちはキャンプで肉体関係を持ったためにそうなっていました。彼女たちは、しかしながら、犯罪者たちとの関係がことさらに対立したものになることを避けていました。それは単に恐れからきていました。こうした人たちにとって人生は私の場合よりもより困難なものでした、たまに犯罪者から食物を得られることはあったとしてもです。

犯罪者たちに恐れを見せることは決して許されないことです。事実、全く恐れない人もいました。彼女たちは犯罪者たちと友好関係をうまくつくっており、それも刑期を過ごす上での方便と考えていました。KRTDであったパナ・シドローヴァという人がいました。良い家庭の出で、党員で、逮捕前には検察官事務所で働いていました。しかしながら、ここキャンプにおいて、彼女は犯罪者たちとなんら変わることなく振舞っていました。本質から言えば、彼女は犯罪者たちよりももっと堕落していたのです、なぜなら犯罪者たちはそれ以外の生き方を知らないからです。

最初の頃、彼女は私と友好をもとうとしました。「いいこと、聞いてちょうだい、最も大事なことは肉体的に自分を守り通すこと、あなたもそうすべきよ、それはただ子供たちのためなのよ」と。(彼女は娘を残してきましたが、息子はここにいました)

私はこの言葉、「子供のために自分を守れ」を彼女以外の人からも聞きました。どんな犠牲を払っても自分を守り通す、ということは広く受け止められていた内的な自己正当化の方法でした。「自分を守り通す」ことの意味は犯罪者にくっつき、容易な仕事をやりくりしてくれる人に身を寄せ、時には単に密告もいとわないことなのです。それが「自分を守り通す」ことの対価であったのです。

一九三八年初頭のコリマ

一九三八年初頭のコリマでは、ほとんどの高官が逮捕されましたが、その後、彼らの妻たちが女性キャンプに連れてこられました。こうした女性たちの中で、私は一人の旧知の人に会いました。オルガ・イシュチェンカといい、彼女は病院でナースとして働いていました。彼女は一般犯罪の刑期を終了した後、何がしかの高官と結婚しました。そして彼は逮捕され、彼女はもう一度キャンプに入れられたのでした。私たちのバラックではジーナ・テテルバウムがこうした妻たちの一人でした。何故彼女がここ「乳母」のバラックに辿りついたのかは分かりません。

彼女はこの時一九歳で、技術学校を終了した後にコリマ行きを志願しました。彼女は、コリマには女性の数は非常に少なく、容易に良き夫を見つけることができるだろう、と言われました。実際に夫を見つけましたが、一〇日後にはその夫が逮捕されました。彼女はハネムーンを女性キャンプで過ごすことになったのです。

こうした女性の多くは子供を持っており、子供たちは「幼児の家」と呼ばれる託児所に預けられました。それは二階にあり、一階は一般市民の子供のための保育所になっていました。キッチンは一つですが、それぞれ別の食事が用意されます。一度そのキッチンの修理が行われた時、誰かが面白いアイデアを出し、保育所の子供、そして私たちの子供を同じ時刻に食堂に集めて食事させました。保育所の子供に与えられたメニューはオムレツ、パン、ソーセージ、ココア、そしてジャムの付いたロールでした。一方、私たちの子供のメニューはオートミールの粥とミルクティーでした。新しくやって来た女性の一人には小さな男の子がいました。イゴールといい、赤毛の可愛い鼻を持った素敵な子供でした。少しだけ発音に欠陥があり、それは「戦争と平和」に登場する軍人、ヴァシーリ・デニソフが「ロストローヴァ伯爵夫人」を、「ワストローヴァ伯爵夫人」と呼びがちになるようなものでした。「食べなさい、イゴレッチカ、あなたの体にはとてもいいのよ」と、彼をなだめ、オートミールを食べさせようとしました。でも彼は泣いてこう言いました。「オートミールはいやだ、食べたいのはクワコウ・ソーセージとジャムの付いたワールなんだ」と。

訳者ノート　英語ｒに相当するロシア語ｐ（エル）は巻き舌の明瞭な発音だが、人により差がある。クラコウ(krakow)はポーランドの古い都市で、そこに由来するクラコウ・ソーセージは少し硬めのポーランド風ソーセージのこと。本文では、これを幼児発音に擬してクワコウと記述している。またロールパン（roll）も同様に擬してワールと記述している。

トロツキー「わが生涯」第１２章　The party congress and the split　には面白い記述がある。この章はボルシェヴィキ・メンシェビキの対立が鮮明となったロシア社会民主労働党の第二回党会議（1903、ブラッセル）を扱っている。その中でヴェラ・イヴァノーヴナ・ザスーリッチがレーニンの主張を、彼の口調をまねて話したエピソードが記述されている。

As she said this, she good-naturedly mimicked Lenin's intonation and accent. (He could not pronounce the sound of "r" clearly.)

彼女がこれを話した時、親切にもレーニンの抑揚とアクセントをまねて笑わした（彼はｒの発音をはっきりと発音できなかった）。

レーニンは〝ｒ〟（ロシア語ｐエル）の発音が不明瞭であった事が伺われる記述である。

ほどなくして、移送途上の女性たち数名がここ「乳母」のバラックに配置されました。子供たちが連れ添っていましたが、彼らは一〇日も経たないうちに託児所「幼児の家」に移されました。一度こんなことがありました。夜遅く皆が寝入ったころに、二人の職員がバラックにやってきて、「ここの世話役は誰だ？」と問いかけました。私たちの世話役は、背が高く、がっしりとした体格のソーニャというベラルーシ人でした。彼女はポーランド国境近くの村に住んでいましたが、彼女の母親は数キロメートル先の国境の向こう側に住んでいたのです。母親が病気になった時、ソーニャは［国境を越えて］彼女の所に行き、乳牛のミルク搾りをしたのです。彼女は「疑わしきスパイ行為」に問われ、六年の刑を宣告されました。逮捕された時、彼女は妊娠中でした。出産しましたが弱い男の子でした。その子は脆弱で十分な授乳がなければ、生きながらえることはなかったでしょう。でもソーニャは、それの乳搾りをしたために宣告されることになったあの乳牛のように豊かな母乳の持ち主でした。

やって来た職員は、前日北の区域から連れてこられた女性は何処にいるのか、と尋ねました。ソーニャはその女性を指さしました。彼女はまだ眠っておらず、生後六ヶ月の男の子を腕に抱え、ベッドに腰掛けていました。一人の男が彼女に近寄りました。整った顔の中年で眼鏡を掛けていました。女性は怯えながらその男を見つめました。しかし、彼は抱いている子供を見つめ、名前を尋ね、山羊の角を真似して二本の指を振りながら、戯れようとしました。女性はほんの少し安堵したようでした。「うん、何て可愛い子供なんだろう、何かあげようかな？」と言いながら、彼はポケットからリングにつけた鍵の束を取り出し、それを鳴らし始めました。「いい子だ、いい子だ、さあこちらにおいで」と、子供に両手を差し出しました。その子は無邪気にも彼の腕の中に飛び込みました。その瞬間です、彼の表情がいきなり変わりました。まるで別人の顔でした。表情は鋭く、声は噛みつくような残酷さを見せました。「世話役の女、この子を抱えていろ！」と、彼は子供をソーニャに押し付け、母親の女性に向かって「ついてこい！」と命令しました。彼女は悲鳴をあげました。でもこの二人組は彼女をドア口に引きずりました。なんとか彼らの腕を抜け、子供のところに戻り、泣き続けました、二人組は、それでも、彼女をバラックの外に引っ張りだしました。彼女の泣き叫ぶ声がドアの向こうから響き続けました。取り乱したソーニャの腕の中で、その子供は胸が張り裂けるように大きな鳴き声をあげるのでした。この女性について私が知ることは多くありません。夫がウクライナのどこかの党機関で働いていたこと、彼女もまた党員で教師であったこと、これらを語ってくれただけでした。

ソーニャは鼻をすすりあげながら、子供を寝つかせようとしました。私に向かって「ところで、あなたも党員でコミュニストの一人だわね、でも一体どうして彼らは私たちをこうして苦しめ続けるの？」決して悪い質問ではありません、革命からもう二一年が経過していました……

ある時、隣人の一人がキャンプ売店でキャンディーを買ってきました。ねばついたキャンディーで、新聞紙の一片で包まれていました。私は何気なくその一片を掴みました。それは、何処か極東の地方紙で、多分「パシフィック・オーシャン・スター」紙であったと思います。それは何という偶然だったのでしょう、たまたま私の手に入った新聞の一片で、極東地方委員会（obkom）の前指導層がハバロフスクにて裁判にかけられたこと、彼らは「人民の敵」となっていたこと、を知りました。何人かの名前が記述されており、そこに含まれていたのは、ヴェルニー、ヴォルスキー、カプランがありました。彼ら全員がウラジオストックとブラゴヴエシュチェスクでパヴェルと一緒に働いた友人たちでした。全員が「最高刑」を受け、「判決は直ちに実行」された（注　銃殺）との記事でした。マガダンに収容中の［逮捕された高官の］妻たち全員が作業配置事務所に呼ばれ、そこでダルストロイ（極北地方建設局）幹部「三人組（トロイカ）」の判決決定が読み上げられました。妻たち全員が一〇年の判決を宣告されました。

翌日、その一人であったオルガ・イシュチェンカは自分で首を吊りました。

「乳母」のバラックにいたジーナ・テテルバウムは彼女の求めた家庭的な幸せに対して、一日につき一年の対価を支払うことになりました。彼女の幸せな結婚生活は一〇日間で終わり、受けた刑は一〇年だったのです。

オルガは空きになっていたバラックで発見されました。そこは以前に消毒室として使われており、壁には衣類を掛けるフックがありました。彼女はドレスのベルトで吊りました。その様はよく描写される絞殺死体そのものでした。すべては青色に変り、舌は突き出ていました。まもなくニュースが伝わり、［その命を代償に］刑の免除を受けたのでした。

リーラは少し成長しました。私は「乳母」のバラックから通常のバラックに移りました。このことは待ち望んでいたことでした。「乳母」のバラックにはそれぞれのベッドがあり、たった二五名しかいませんでしたが、新しいバラックは二段ベッドで、一〇〇名近くの人がいました。それでも、私にはいいことだったのです。

私は「乳母」たちの粗野さにほとほと疲れていました。それに、空腹のまま、彼女たちが腹に詰め込む様を見るのはとても辛いことでした。

私は友人たちがマガダン刑務所に拘束されていることを知りました。私と同じ条項、同じ事件で宣告された人たちです。ディーフア、オルガ、アーニャ・サドフスカヤ、ソフィア・ミハイローヴナ、ダーニャ・キエフレンコたちです。彼女たちは劣悪な環境の中で生活しているのでした。そこは混雑し、不潔で、魚のスープをあてがわれ、水は制限され、しかも査問に呼び出されるのです。査問、それは実際には査問と言えるものではありません。罵りを受け、粗悪な言葉で侮辱を受けるのです。

私がそこに連れさられなかったことは奇跡でした。後に友人たちはこう語ってくれました。房の錠前に鍵が差し込まれ、カチッと回された時、皆はドアを見つめ、こう言うのでした、「ナージャが連れてこられたのだわ」と。

毎夜、私の住むバラックから誰かが連れ出されます。真夜中にドアが開き、二人の従者を伴って職員が入ってきます、そうすると二段ベッドから皆の頭が上がります。「誰が連れ出されるのだろう？」と、恐怖に慄くのです。そして毎夜、私が自分の番を待つことになるのでした。加えて、終わることのない夜間の探索もありました。

少し気候が和らいだ頃には戸外での囚人頭数確認が始まります。数字の確認には二時間が費やされますが、数が合わない時はさらに長くなります。そしてそこでは毎日、命令書が読み上げられます。「ダルストロイ幹部トロイカの決定により、……をサボタージュ活動の罪により、……を労働拒否の罪により、……を虚偽主張の罪により、……罰則の定める最高刑（注　銃殺）を宣告する……」と。そしてまた、毎日十数名の名が読み上げられ、最後に「宣告は実行された」の言葉で終わります。

毎日私はパヴェルの名前が読み上げられるのを待ち、毎夜私が連れ出されるのを待ちました……こうして一九三八年の春と夏が過ぎていきました。

秋が近づく頃、私の友人たちは刑務所での拘束を解かれました。ディーファ、オルガ、アーニャ・サドフスカヤ、そして他の人たちが女性キャンプに戻ってきました。

［時をさかのぼって話します］当局はディーファと夫のジャーマを、二人が北鉱区管理部で働いていた時に逮捕しました。そして彼らはセルパンティンカ強制収容所に送られました。そこは、たどり着いたものは生きて出られないと言われ、「拷問室」の異名を持つ恐ろしい場所でした。ディーファは妊娠しており、マガダンに送られましたけれども、マガダン刑務所が待っていました。彼女は妊娠期間のほとんどをそこで過ごし、胸膜炎の重度な病気に陥りましたが、医学治療の対象となることは得られませんでした。やがて出産直前に結核を発病し倒れました。この後、キャンプの病院に送られ、一〇月六日彼女は娘、ジャーナを出産しました。ジャーナは「幼児の家」に入れられ、ディーファはキャンプのフラワーショップで働き始めました。彼女はいつでも美的センスを持っており、美しい花の装飾を習得しました。彼女はガーゼの包帯で自分の口と鼻をカバーして授乳をしました。

キャンプでの結核治療は容易ではありません、彼女の容態は回復しませんでした。一九四一年の夏、彼女は再び病院に送られ、そこで囚人の病院から市民被雇用者用の病院に移される形で、［刑期終了の］自由を得ました。彼女と他の何人かは公式に病気と宣言され、やってくる最初の汽船で「ロシア本土」に運ばれることになりました。

汽船は戦争が宣言されたその日にウラジオストックに到着しました。でもディーファがモスクワにたどり着くことはありませんでした。彼女はさらなる三年間を退避地で過ごし、二人の子供、ガーリャとジャーナを残して亡くなったのです。二人の娘は彼女の妹のタマラの手で育てられました。タマラはすべての人生を子供たちに捧げた、稀なる自己犠牲の魂を持った人でした。

［プレハーノフ人民経済大学以来の友人ディーフアに関して］私は時間を先走りして話したようです。時間をもとに戻します。刑務所から戻った時、ディーフアは私のベッドの隣を占め、囁くような声でセルパンティンカ収容所のことを語りました。私には、人々がそこで受けた拷問を語る言葉と意思の強さを持ち合わせていません。ディーフアはそこで大学時代の同志であった、ヴォロージャ・ラビノヴィッチに会いました。ヴォロージャは小柄で、垂れた耳、狭い肩幅、赤毛を持ち、実際は人生のほとんどをモスクワで過ごしたのですが、典型的なユダヤ人地区出身の少年のようでした。彼は私たちの多くより年上でしたが、私たちは親しみを込めて、「坊や」と呼びかけていました。精神の純粋さにあふれた人で、高いレベルの同志愛を持っていました。ディーフアが彼に会った時、彼の肉体は完全に不具になっており、歩行も及びつかない状態で、せき込むと出血していました。「僕はここから生きて出られることは絶対にない、もし君がいつの日か普通の生活に戻ることがあったら、僕がこうして死んでいったと、人々に伝えてもらいたい」と、彼はディーフアに依頼しました。

ディーフアがヴォロージャの願いを届けることは出来ませんでした。代わって私がこの回顧録の中で彼の願いを伝えています。

セルパンティンカは、年配の女性で素晴らしい人間性を持ったヌーシク・ザヴァリアンにとっては死そのものを意味していました。ガラーニン時代のいわゆる「専制統治」が始まった頃、彼女はダルストロイのトップに声明文を書き送りました、「ボルシェヴィキ・レーニン主義者ヌーシク・ザヴァリアンより、コリマ地区総督殿へ」と。

彼女は直ちにセルパンティンカに送られそこから生きて出ることはありませんでした。

「幼児の家」では、幼い子供たちは変わることなく死に続けていきました。誰かがこのショッキングな幼児死亡率に注視したようです。そこの医師は排除され、彼に代わってモスクワからきた新しい人が配置されました。

彼女はロザリア・ボリソーヴナ・ギンスブルグという人でした。まず最初に彼女がしたことはUSVITLag（北東区域矯正労働キャンプ管理本部）に出向き、「幼児の家」で働く女性たちがどんな条項の受刑者かは問わない、しかしながらこと子供に関しては信頼できる人たちがあたるべきである、と通告しました。

こうして犯罪者たちは排除され、そこに五八条一〇項（注　反ソ連邦宣伝・扇動活動）を科せられた年配の女性たちが配置されることになりました。リーラのグループにはマリア・イヴァノーヴナが保育係となりました。彼女はとてもよくできた年配者で、童話から抜け出た祖母のような人でした。

「幼児の家」の状況は完全に変化し、子供たちはもう病気になることはなくなりました。そこの空気さえ清潔なものとなったのです。

キャンプの管理体制はほんの少し和らいだものになりました。このことは五八条項者がクラブに行くことが許された事実から言えるでしょう。もう随分と長い間映画を観ていない私たちの娘はその最初の上映に走って行きました。しかし子供たちはその日の当番となっている教師に遭遇することになりました。新しい開放的な雰囲気はまだその教師に届いていなかったようです。いや、もっと正確に言えば、そのことは彼に届いてはいたが、その意味を彼は理解していなかった、と言うべきでしょう。キャンプで皆が言っていること、「その老人には三人の息子がいた。二人は知性があり、三番目の息子は……教師であった」ということは決して偶然ではなかったのです。

ともかくも、彼は五八条項者をクラブから追い返しました。とりわけ娘たちは落胆し、バラックへ戻るしかありませんでした。でもその時、一人の職員が現れ、明らかにその用心深い教師を激しく叱責し、彼は玄関ポーチに飛び上がり、去って行った人たちに向かって哀れにも呼び返しました、「おーい、コントリーキ（反革命家たち）、戻ってこい！」と。

訳者ノート　コントリーキとは、反革命家 контрреволюционеры（コントレヴォリューツィオネーリ）のスラング的表現。

母の逮捕を知る

一九三九年の新年間近になり、囚人の大きな集団が女性キャンプに到着しました、その中にはモスクワからの人が多数含まれていました。その中で、私はＮＫＰＳ（鉄道人民委員部）の元職員たちと会いました、彼女たちは私の義父のミハイル・オストロフスキーを知っていました。そして彼女たちから、ミハイルは一九三七年の夏に逮捕され、裁判で有罪判決を下された後、銃殺されたことを知りました。

私がまだパヴェルと一緒にいた頃、私たちは彼の親戚宛てに手紙を書いたことがあり、「残してきた」子供たちの写真を受け取ったことさえありました。でも一九三七年の秋以降、私は子供たちのことについて何の便りも受け取っていませんでした。あの子たちはママと一緒に住んでおり、状況はそんなに悪くないのだ、と思い込もうと努めました。ママは私に書いてきていません。最後となった面会の時、彼女はそのことを私に警告していました。また、私も彼女や親戚に書かないようにと依頼しました。でも私は彼女の望みに従うことはできませんでした。バクーでママの弟と暮らしている祖母に電報を送りました。

一週間後に私は返事を受け取りました。「ビーバ（家族の間での母の愛称です）はここにいません、でも子供たちは健康で順調です」とありました。こうして私は母の逮捕を知ることになったのです。しかし、このことを告白させてください、私は子供たちのことがもっと心配だったのでした。ヴィーチャ（母の弟です）はバクーではよく知られた医者で、いい収入を得ていることを私は知っていました。また彼は寛容で、親切で、たとえ他人の子供であっても愛情を持って接してくれる人であり、けっして私の子供に悪かろうはずはないことも知っていました。さらに、子供たちは私の祖母によって愛情深く育てられているのだ……そう考えるように努めました。

でも何ということでしょう、この二人の子供たちはいまだ幼い日々のうちに、どれだけ多くのことを失ったのでしょうか――まず私を失い、そして父を、そして私の母を。彼女たちは一つの別れと、そしてまた次の別れを何度味わうのでしょうか！

一つの明白な事実があります、何事であれその痕跡を残すことなく物事は起きえない、ということです。私は眠られぬ夜の苦痛を味わい続けました――バラックから連れ出された人々は決して帰ってこないのです。毎夜の恐れ、今日は誰か、私か、別の人か、これが続くのです。夫についての思いも駆け巡りました。起きたであろうことは、パヴェルもこうして連れ出されたのでしょう。そしてリーラの周りの子供たちの無数の死……いつか彼女も……

私はある発作で倒れました――心臓か、神経なのか、そのどちらかでしょう。私は病院に送られました。このことは記憶によく残っています、それと言うのもこれがキャンプでの全年月の中で、たった一つの病欠となったからです。

寄せ集め一座のプリマ・ドンナへ

一九三九年二月、私はもう一度転地させられることになりました。

リローチカ（リーラ）は既に一五ケ月となっており、私はもう随分前に授乳を終えていました。でも授乳を終えた母親はひと月に二度しか子供に会えない規則なのです。優しい心の持ち主、［託児所付きの医師］ロザリア・ボリソーブナは、その子は弱く、まだ母乳が必要だ――私はもう母乳が出なくなって随分経過していたのですが――と主張してくれました。彼女は私に、赤ちゃんと毎日会える機会を与えたかったのです。

私は既に働き始めていました。実際のところ、それは決まった作業ではなく、必要とされればどこででも働く

「軽作業」と呼ばれるものでした。でも、キャンプで軽作業と呼ばれるものはほんとに「軽」なのでしょうか？

二〇〇人が二段ベッドで暮らすバラックの洗浄がその仕事でした。それは信じられないくらい不潔で、言葉の最も直接的な意味で言えば排泄物におおわれた所でした。人間は野外便所に行かないほどに怠惰になってしまっているのです。何回水をバケツで運んだことでしょうか。あるいは修理の終わった職員用のアパートの床の洗浄たるや！　まかれた石灰は人の手を侵食し、その床はナイフでそぎ取らなくてはならないのでした。

時として私は食堂の洗浄に送られることもありました。一九三八年全体を通して、私は満腹感を持ったことがありませんでしたが、ここでは十分に食事ができました。ディーファたちのために何か持ち帰るものはないかと機転を働かすこともできました。

私が転地させられた時、行きついた先はオーラという村で、そこにはダルストロイ（極北地方建設局）の水産加工業の管理部がありました。最初は建設労働から始めました。主力の一隊は学校建設に従事しましたが、仲間のイーラ（イリーナ）・ブンクメールと私は村にあるすべてのアパートのペンキ塗りに回されました。私たち二人は綿入りのズボンをはき、バケツとブラシを持って歩き回るのです。「ペンキ屋さん、パンは要らないかい？白パンが一杯あるよ！」と［売り子の］声がかかることもありました。もちろんその店には白パンはありません、でも食糧事情は女性キャンプに比べると格段に良かったのです。

少なくとも私は定まった仕事にありつき、何がしかの率で収入を得るようになりました。ダンテの「神曲」、地獄篇第七圏（暴力者の地獄）のようにここにおいてもすべては平等にできてはいません。そこにはスタハーノフ運動主義者、つまり出来高払い労働の先導者たちがいます。彼らは六〇〇グラムのパン、八〇〇グラムの、一〇〇〇グラムの、と等級に応じて収入を得ていくのです。高い配当を得る地位に上がるためには、実際のところ懸命になって働く必要はないのです。労働隊リーダーといい関係を持つことにより、軽作業への配置を得るか、あるいは何がしかの必要な地位にありつくことができるのです。

「イリーナについて少し話をします」彼女は若いレニングラードの学生でした。仲間をつくり、皆で会い、映画やダンスに行っていました。そうした中で、彼らは党大会の速記録を読むことがありました。一体どこで治安上問題となるこの文書が手に入ったのか、私には分かりませんし、イリーナとて分からなかったのです。彼女は私にこう言いました、「一人の男がその手にそれを持っていたのです」と。彼らは、中央委員会のほとんどのメンバーたち――レーニンのもっとも密接な支持者たちでした――が「人民の敵」となっているのを見てとても驚きました。そして彼らの中の一人が密告したのでしょう、彼ら全員が有罪判決を受けました。ある者は三年、あるいは五年、さらに一〇年の刑期でした。ある時、エラ・イエゴローヴァが私たちと一緒に働きました。エラは私の世代の人で、逮捕前はある村の学校で地理の教師でした。彼女の夫はそこの事務長でした。

何かの祝日の前、学校で飾り付けをすることになりました。物不足のため、古新聞を切り、ナプキンの代用にしました。そしてそれでテーブルや本棚を覆いました。いくつかの新聞には指導部たちの顔写真があり、その顔は［ハサミで］切られることになりました。事務長であったがために彼女の夫は二五年の刑、彼女は一〇年の刑となりました。

キャンプではアマチュア劇団の登録が始まりました。幸い、五八条項者も参加が許されました。皆は私に加わるよう説得しました、「だって、あなたの詩の朗読はとても素敵よ」と。単に退屈を嫌ったのでしょう、私は同意し、夜の時間をベッドに腰掛けて過ごすことから逃れました。驚いたことに、私はその寄せ集め一座のプリマ・ドンナになったのでした。

一九三九年の夏の水揚げシーズンを通して、私は［水産加工場で］働きました。

最初にニシンの水揚げがあり、続いてシベリア・サーモン、背中にコブが突き出たサーモン（注　カラフトマス）の季節がやってきます。魚の遡上の間は、それを捕まえるために全キャンプが働きに出ます。何日間かはキャンプ事務所さえ閉鎖され、一般市民全員が動員されます。

水揚げの季節はとても不思議な光景です。魚は大きな群れをなし、水の中に立っていると足元から倒されてしまいます。私はこの仕事が好きでした。キャンプの管理体制も一時止まります。囚人の頭数確認もなく、点呼もなくなります。皆は工程ごとの時間に来て、帰っていきます。朝は解体で始まり、次に身が分けられ、最後に塩漬けとなります。私は塩漬けの工程で働きました。巨大な桶の中で長いゴムブーツを履き、魚に塩を振りかけ、列をつくります。列が完成すると、今度はその上に積み上げます。こう言えばそれほど厳しい作業には思えないでしょうが、その日の終わりにはかろうじて立っている状態です。もし手にちょっとした擦り傷があると――魚のエラで擦り傷はたやすくつきます――塩がただちにしみ込んできます。私たちはいつも指に包帯を巻いて作業しました。でも好きなだけ魚を食べられるので、この仕事は最高でした。

鮭の遡上が終わると、水産加工部のトップがその結果を調査します。結果として私たちの作業場は非常に優秀な加工量を示しました。職員から特別ボーナスが渡され、何人かの囚人もボーナスを手にしました。私もそこに含まれていました。塩漬け作業には平均より50％増が与えられました。これは「先述した」あの素人劇団での「プリマ・ドンナ」に加えての「思いがけない」ことでした。

キャンプはある種のリトマス試験紙と言えるでしょう。そこでは自分がどんな人間なのかが如実に示されます。私はそこでの五年の年月を振り返る時、それを思い起こすことにためらいはなく、また恥じるべきこともありません。でもたった一つ、素人劇団のことは……すこしためらいの気持ちを持ちました……決して悪いことではなかったのですが……

私の遠い祖先もおよそ似たような状況の中でリュート（注　ギターの原型）をしまい込み、捕囚の身が続くうちは決して歌わないと誓いました。

私の遠い祖先とは古代ユダヤの民です。そうです、彼らは「バビロン捕囚となり」バビロン川の岸辺に座り、嘆きました。でも自由の身になるまでは決して歌わなかった人たちでした。私たちは歌いましたが、まだ自由の身にはなっていませんでした。もちろん、時代は全く違い、そこにいる人たちも違ってはいたのでしたが……

私に対するボーナスの支給が告げられた時、私は管理部長の所に行き、ボーナスは不要で、もし子供との面会――もう六ヶ月も会っていませんでした――が許されるなら、そちらの方がもっといいことだと、申し出ました。彼は同意しました。水産加工場の管理部はヴェセラーヤ村にあり、そこはマガダンから六キロメートルの距離がありました。マガダンまではバスで行く人もいましたが、多くの人は徒歩で行きました。ヴェセラーヤに戻るに際して、彼は自分のボートに私を乗せました。それは特に何もなく、書類もなく、ただ単に私に子供との面会と、その後のオーラ村への帰還を許可するためだけのものでした。

［ヴェセラーヤに］戻ったその日のうちに私はガード付きでマガダン、そしてそこにある「幼児の家」託児所に送られました。一時間ばかりリーラと過ごしました。最初彼女は私が誰だか分からなかったのですが、別れが来た時、私に抱きつき泣きました。彼女はキーラ（次女）そっくりに成長していました。その事は私に、キローチカ（キーラ）がここにいるのだ、という思いを呼び起こさせ、またそれならタローチカ（長女ターラ）だってここにいるに違いない、そんな思いでもありました。私は一両日の内に連れ戻される予定でしたが、帰る時はガードのエスコートはありませんでした。

リローチカに会い、オーラに戻った私は一つの決意を固くしました。私はふくろネズミの毛皮でつくったベージュ色のコート（素人劇団の参加者は自分の衣類を持つことが許されていました）を着て、飾り糸でつくった（女性キャンプで編んだものでした）見た目のいい帽子をかぶりました。それから口紅を塗り、大胆にも村を歩き（幸い、この村のガードたちの誰もがこの外見では私が囚人だと気付かないのです）、バスに乗り込みマガダンに向かいました。

私はUSVITLag所長のヴェシュネヴェツキー大尉に面会することを心に決めていました。この頃にはガラーニンはもういませんでした。キャンプに来てからもう長い年月が経っており、外出許可なくこうして外を歩くことは必ず逃亡と見なされることは承知していました。しかし私の最後の子供は実質隔離されており、それ以上に私を苦しめるものが存在するのか、その突き詰めた思いに駆られたのでした。

USVITLag に着き、私は直ちにヴェシュネヴェツキーの受付に行きました。そこにいた、まるでファッション誌の写真から抜け出たような秘書は私を推し量るような目で見て言いました、「本日、大尉は囚人としか面会しません」と。事実ひと月に一度だけヴェシュネヴェツキーは囚人との面会を受けていました。でもそうするためにはキャンプの長からの、そしてキャンプが付属している幹部会の長の許可を必要としていました。許可は厳しい選択を経て与えられ、その数は少数でした。もちろん私にそんなことを思案する時間もなく、「これを除けば」二度とここに立つ機会のないことを私は承知していました。「知っております、私は囚人です」と告げました。「囚人？……」秘書は頭からつま先まで、私を見回しました。「あなたがここにいることをあなたの長は知っていますか？」私は視線を合わせることなく、「彼は知っています」と切り返しました。「いいでしょう、廊下に戻り、待ってください、私が呼びます」ありがたいことに、その秘書は私のキャンプの名前を尋ねませんでした。そしてこのことは、彼女にはチェックのしようがないことを意味していたのです。

廊下には一五人の男性囚人がいました。私もまた囚人であることを知ると、私の私事に積極的に意見を述べてきました。「この娘はなんて思い切った行動をしたんだろう」、「これはトラブルになるよ」、「子供を取りあげられた以上、この他にやりようがないだろう」とか。様々な忠告もありました。でも皆はたった一つのことには一致しました。私は「自由」服でここに来るべきではなかった、ということです。ヴェシュネヴェツキー大尉は随分以前に「囚人はキャンプ服のみを着用すること」という命令を下していました。もちろんその服でもって村を通り抜けることはできなかったのです。どうしたらいいのか？　一人の囚人が私のコートをもぎ取って、彼のキルトのジャケットを私にくれました。これがいいことなのかどうか思案する間もないうちに、秘書がドア口に現れ「あなた、オフィスに入って下さい」と告げたのです。私はその中に入りました。そのジャケットは大き過ぎて、袖はダラリと垂れ下がり、私の頭には妙にお洒落な帽子がのっていたのです。その時の私の様を想像することは難しくないでしょう。秘書が私の後に続き、小さなテーブルの傍に腰かけ、面談中彼女はそこでノートを取り続けました。大尉は大きなテーブルを前に座っていました。あの［機械的な］ガラーニンが去った後ですから、大尉は充分に人間らしく見えました。

私はむしろ理路整然と如何にリーラが生まれてきたかを説明したと思います。大尉は注意深く聞き入り、秘書はそれを筆記しました。彼は私に向かって、「この件は調査してみよう、もしあなたのその子供が収容所の子供ではなく、同居していたあなたの夫の子供であるならば、あなたの収容所所長に然るべき指示を与えることになるだろう」と言いました。

気を失うほどの嬉しさが湧いてきました。私は一目散にドアに向かいましたが、秘書の柔らかな声が聞こえました、「ちょっと待って、話してください。署名した時、あなたはあんなにいいコートを着ていたのに、今はそんなみすぼらしいジャケットを着ているのはどうして？」

でも、もう用件は終わったと思いました。大尉は明らかに機嫌よく見え、笑いながら私を見つめ、「嘘はいかんよ」と言いました。結構です、もう終わりました。私は廊下に飛び出し、その「幸運」なジャケットを名前の知らない同志に返しました。それからヴェセラーヤまで歩いて帰りました、私にはバス代がなかったのです。大尉はこの件で効果的に指示を出したと思います。私が帰るころには、私をヴェセラーヤに留め置くようにとの指示が既に届いていました。

こうして私のコリマの生活の次のステージがヴェセラーヤの村で始まることになりました。そこでの囚人の数は少なく、二〇名程度でした。宣告された条項にかかわらず皆が一つのバラックに住んでいました。三分の一は五八条項者で、次の三分の一は「純粋」の軽犯罪者（公金横領、収賄）で、残りは重度の犯罪者でした。でもこうした［軽・重］は比較の話です。あの「乳母」たちのバラックの後では、ここは貴族子女向けの学校の寄宿舎でした。

私は洗濯場の仕事に回されました。そこでの仕事仲間は元通常犯罪者であったガーリヤ・ホメンコでした。ガーリャはコリマで私が会った唯一の再教育された受刑者でした。彼女は犯罪者として普通の刑期を送っていましたが、ある時少し度を越して飲み、「賞賛されるべき指導者」を小馬鹿にしたのでしょう、「収容所での五八条項」の刑を宣告され（こうした例は多かったのです）、その後五八条項者たちの住むバラックに回されたのです。

後で彼女が言うには、ガーリャはそこで人生の違った道を見ることになりました。そこで住む人たちは罵り合うことも、喧嘩に走ることもなく、お互いに助け合い、自由な時間には読書をするのです。彼らが過去を振り返る時、そこには正常でかつ良き人生の回想がありました。そこでガーリャは気に入っている何人かの女性を「お手本」として選択しました。彼女たちもまたガーリャに気持ちよく接しました。彼女は本を読み始め、徐々に読書の世界に惹かれていきました。コリマに着き、彼女はそれまでの生き方を「修正」し、犯罪の世界との結びつきを断ち、人生で初めて仕事を始めました（犯罪者は仕事を考えたことがありません）。

彼女は健康で大柄な女性でした。洗濯場での仕事――一日の仕事が終わった後、一体どうやって休めていいものか分からないぐらい私の手は痛みで悲鳴をあげるのですが――は彼女にとっては大したことではありませんでした。ガーリャはパーシャ・ナウモフという人と真面目な恋愛をしていました。パーシャはボートのエンジンメカニックで、また素人劇団の積極的な参加者でもありました。

先を急いで話をします。私は解放された後、ガーリャとパーシャに会いました。二人は一緒に住み、共に働いていました。その時ガーリャは夜間学校に通っていました。もう一度言います、彼女はキャンプで私が会った人々の中でたった一人の、本当の意味で「再教育」された人でした。私は少なくはない数の再教育された犯罪者と会っています。彼女たちはキャンプで何がしかの地位についています。通常、こうした人たちは完全に堕落した人たちです。彼女たちはその犯罪者的性向をそのまま保持していますが、もし再教育を受けたとして振舞えば、刑期を勤めあげる上でそれが有利に働くことを正確に理解しています。このことは彼女たちによい生活条件、罰からの免除をもたらし、また時にして他の囚人たちに対しての権力すらも、もたらすのです。こうした人たちの間から、「プリドゥルキ」と呼ばれる幹部候補生が生まれます、彼女たちは軽作業専従です（注「プリドゥルキ」、**придурки** 邪悪な奴、腐った奴、の意味）。

「プリドゥルキ」は驚くべき一団です。女性収容所での上位労働者のヴェラ・ジウスカを例にとりあげてみます。彼女はそれぞれの人を、どこの仕事に向かわせるかの権限を持っていました。また、囚人が死にかけているのか、ガード付きの重労働をするにはもう限界にきているのか、それとも容易な仕事をしようとしてそのふりをしているのか、これらを決定する権限も持っていました。さらに囚人がゲートの外側に出て行けるどうか、それとも敷地内に残り、配食を取る以外に何もすることがないかどうか、の決定もできました。一言で言って、ヴェラとの良好な関係は、楽な刑務所生活の保証であったのです。

ヴェラは望む物なら何でも手に入れていました。彼女は別のテントに住み、専用のヘルパー（つまりは専用のメイドです）さえも持っていました。たとえ「偉大なソヴィエト」のコリマのもっとも上位の者でさえ、彼女と競い合えるほどの衣装持ちではありません。洗濯場からは一番腕のいいクリーニング職人のサービスを、縫製工場からはこれまた一番の針子のサービスを受けるのです。売店に陳列している物は彼女が誰よりも先に手に入れます（たとえ所長がそうしなくとも、店員が付け届けをします。彼はいつも囚人の誰かと接し、彼女の望みを熟知しており、キャンプのゲートを問題なく通過して彼女の望みに応えようと、算段するのです）。ヴェラはその当時、若くて見た目のいいブロンドで、それなりの頭のよさもあり、また独自のキャラクターの持ち主でした。彼女は恋愛ものに限ってですが、読書家でもありました。「知識が得られる」ということで、彼女は五八条項者を尊敬していたし、時には彼女たちに、もちろん気前よくということではありませんが、わずかなわがままも許しました。女性たちは外国製のスカーフ、セーター、ベルト、あるいはキャンプに何とか持ち込んだ「過去の豊かな名残り」の何かを彼女にプレゼントしたのです。ヴェラは決して性悪な娘ではありません、そしてキャンプの女性たちは彼女のことを好いていました。誰かが彼女の地位についたとしたら、その人は衣装を取るだけ取って、何の見返りもしないでしょう、あるいは見てくれただけのお返しをするだけでしょう。

ヴェラは「正直なる収賄者」なのでした。でも、彼女が嫌った人にとって大きな災難でした。また、彼女についての不満をぶつけられる相手は存在しませんでした。作業配置オフィスの長は一般市民で、ヴェラが望めばいつだってその男を指で包み込む仲なのです。このように、女性収容所ではヴェラは最高の権威であり、彼女の言葉が最後の一言となるのでした。

もちろん、こうしたことのすべては私が再び女性キャンプに送られてきた時に知り得たことでした。ともあれ、そうした「ヴェラたち」は、形は違ってもキャンプサイトの何処にもいるのです。

私は鉱区での作業割配置係を思い出しています。脂肪を蓄えた健康な男で、横柄そうな人相をしていましたが、皆は丁重に、アナトリー・イヴァノヴィッチと呼んでいました。鉱区では彼はツァーであり、神であり、ヴェラが女性キャンプにおいてそうである以上の大きな存在でした。言葉の正しい意味で、人の命は彼次第でした。以下の光景が思い出されます。彼は事務所のステップに腰かけていました。（私はその時、事務所内で働いていました）一人の老人が彼の前を通り過ぎようとしました。彼はＫＲＴＤ受刑者で、名前はフェルトマンです。古いつぎはぎのコートをはおり、完全に疲労の極みにあり、手製の杖にすがって弱々しく歩いていました。フェルトマンは古参ボリシェヴィキで何度も刑務所に入り、流刑地から逃亡し、外国に亡命していました。アナトリー・イヴァノヴィッチは腰かけたまま、そのふくれた顔で太いタバコをふかしながら、フェルトマンの歩きを目で追いやり、こう言いました。「何だってわれわれの政府はあんな連中にかまけているんだ、俺ならあんなユダの反革命野郎など一人一人射殺してやるのに」と。

ヴェセラーヤの話に戻ります、そこにもまた素人劇団の一座がありました。私は既に「経験ある」女優であったので、すぐにリクルートされました。私はシュヴァルキンのコメディー「見知らぬ人の子供（A Stranger's Child）」とか、カラティジンのドタバタ劇「三本の脚の叔父上（Dear Uncle on Three Legs）」、その他さまざまな上演プログラムで主要な役を演じました。

訳者ノート　収容所での上演劇は古典作品が多かったが、隔離された収容所生活の（受刑者・職員ともに）ストレスの反作用として楽観的な笑劇も好んで上演された。

ヴェセラーヤの演劇グループはとても興味ある人物、ニコライ・ニコラエヴィッチ・オセチキンによって演出されました。彼は一〇年の刑期を送っていましたが、KRTDではなくそこからTの抜けたKRD（反革命活動）で、軽めの刑の故、事務所でエコノミストとして働いていました。収容所に入れられる前は優秀なエコノミストであり、劇場との関わりはありませんでした。彼は単に演劇が好きでたくさん見ており、また作品もたくさん読んでいました。キャンプで彼は演出の権威者になり、万事順調にいっていました。

私とニコライ・ニコラエヴィッチとの交友関係はクルミの保存食が契機で始まりました。差出人にしか分からない不思議なことなのでしょうが、ここの売店に数箱のクルミのジャムが届きました。誰かが、これは同志スターリンの好みのジャムだ、といいました。ニコライ・ニコラエヴィッチは私の隣に座っており、「それならば、これは私がわが崇拝すべき指導者の味の好みに同意できるたった一つの事例だということになるね」と声を潜めてつぶやきました。私は既に十分長いキャンプ経験を積んでおり、一つの事例に潜んでいるかもしれない挑発を見破る直観力を持っていました。

私たち二人はクルミのジャムと崇拝すべき指導者に対して同じ態度をもっていることを私は理解しました。ニコライ・ニコラエヴィッチは自分の尊厳を保ち、他人に頼ることのない人でした。囚人は皆、彼の意見に注意深く耳を傾けました。そしてこのことは当局の好まないことでした。

結果として彼はラゾ鉱山に配置され、私はそこから一通の手紙を受け取りました。後になり、私はその当時ラゾで働いていた人たちから、さらなる出来事を知りました。ニコライ・ニコラエヴィッチはそこでもオフィスで働いていましたが、「相互援助基金」とも言うべき地下基金を組織しました。家からの援助が得られたオフィスで働く人たち、そして何人かの一般市民の人たちは自分の持っている金銭または食料を供出し、通常労働をしているがもう余命のない人たちを助けたのでした。

秘密活動の保持を努力したにもかかわらず、密告があり、数人が逮捕され、ニコライ・ニコラエヴィッチは銃殺されました。

古い知り合いの中から、エラ・イエゴローヴァがここヴェセラーヤにやってきました。彼女はオーラでは丸鋸で木を切っていましたが、重い木の塊のために脚に怪我を負いました。しばらく病院に入院した後、女性バラックでの様々な「軽作業」に従事してきました。

パヴェルの「消息」についての質問

こうした全期間を通しておよそひと月に一度、パヴェルの「消息」についての質問の手紙を書き送り続けました。それはマガダンのUSVITLag（北東区域矯正労働キャンプ管理本部）とモスクワのGULAG（収容所統括本部）宛てのものでした。彼の三年の刑期は一九三九年四月に終わっているべきものでした。もし彼が解放されていたのなら、当然なことに私の居所を探してくれていたでしょう。このことはまた、もし彼が生きているのであればさらなる宣告を受けていることも意味していました。後年明らかになったこととして、いわゆるガラーニン宣告の大多数は無効となりました。しかしながら無論、銃殺された者は銃殺されたままなのです。ところで一〇年の宣告をうけた「マガダンの妻たち」はまもなくほとんどが自由の身になりました。但し、例外はありました、ジーナ・テテルバウムでした——私は後年キャンプで会いました。彼女はガラーニン宣告の一〇年を満期まで服役しました。ＫＲＴＤ受刑者からもう一人、ソーニャ・エルケスがいました。彼女は私と同じグループでコリマにやってきました。彼女もまた一〇年の刑期を全うしたのです。どうしてこの二人だけが？

起こり得ることの一つひとつに関して、相互の関連も、理由も全く存在しないのです。

一九四〇年の一月、ヴェセラーヤにそのまま残る者はキャンプ管理部で働く軽度犯罪者のみであることが知れ渡りました。他の全員は再びオーラに行くことになったのです。

私はヴェシュネヴェツキー大尉には二度と会うまいと決めていたので、キャンプ管理部を通して正式な手紙を彼に送りました。再び彼の決定は臨機応変であることを知りました。私はオーラに送られずに、マガダンに送られたのです。こうしてマガダン女性収容所での生活は三度目となりました。

私がマガダンを離れている間に「チュールザック」（注　後述）の集団が来ていました。これらの人たちは一九三七年にキャンプ送りではなく、刑務所に送られた人たちです。彼らはヤロスラブル（注　モスクワ東北二五〇キロメートル）やスズダル（注　モスクワ東方二二五〇キロメートル）の隔離所にて二年を過ごしました。書かれることのないキャンプ憲章に従って言うならば、この措置は私たちのそれよりももっと憎悪の対象として考えられていました。

訳者ノート　「チュールザック」について。英語原文は Tiurzak、これのロシア語相当は **тюрьзак** となるであろう。但しこの言葉では辞書での検索ができなかった。**Тюрьма**（刑務所、チュールマ）から派生した造語であろうと思われる。本書ではこの言葉は今後も何回か出てくるが、「チュールザック」をそのまま使用することとする。その意味するところは「刑務所送り、刑務所宣告」の意味であり、「キャンプ送り」と区別された受刑者を指している。**Заказ**[ザカーズ]という語句も（order 命令）を意味しており、「刑務所送り、刑務所宣告」は間違いではないと考える。

女性の一隊付きの医師、アナ・イズライローヴナ・ポニゾフスカヤもそうした「チュールザック」の一人でした。彼女はキャンプの裁判で不適切な役割を演じ、そこに告発された数人は最高刑を宣告された、という話が後年伝わっています。宣告は「実行（注　銃殺）」されました。こうした中で死んでいった人にカーチャ・ロトミストロフスカヤがいます、彼女は「幼児の家」でリーラのグループで働いていた人です。

でもこのことは私がキャンプから解放された後の話です。［古い知り合いの人について書きますと］私がたどり着いてたバラックでニウタ・イトキーナと会いました。若い日々に彼女は革命に参加しております。私の父は彼女をよく知っており、彼女のことをあたたかい目で配慮していました。私はまた、レニングラード党組織のリーダーの一人、オルガ・エフレモーヴナ・コーガンにも会いました。パヴェルは仕事を通じて彼女を知っており、一度彼女について多くを語ったことがありました。

ヴェラ・ポポーヴァと私はお互いに見つめ合い、何処で会ったのかを思い出そうと努めました。ＣＣ（中央委員会）付属の療養所であったのか、それとも何処かの移送中継点であったのか、そのどちらかでした。

オルガ・シャツノフスカヤも私たちのバラックに住んでいました。後年名誉回復がなされた後、彼女は党統制委員会の常任理事を務めました。

こうした「チュールザック」の人たちの多くは一九三七年に逮捕され、ほぼ全員一〇年、二〇年の宣告を受けています。私たち一九三六年に逮捕された者は五年以上を受けておりません、それはその当時に特別委員会には五年以上の宣告権がなかったためです。そして私たちの宣告はその委員会規定に従っての文字通りのものでした。

このことも付け加えておきましょう。反対派に積極的に加わった者は一九三六年に逮捕されていますし、一九三五年にも少しいました。でも一九三七年は大量な「リクルート」といったものでした。しかも彼らのほとんどはスターリニスト側の強硬派であって、反対派に対して闘争を挑んだ側の人たちであったのです。

このように、グループに属さない完全に従順な人たちは、実際に反対派活動をした人たちの二倍の刑期を宣告されることが起きたのでした。

そしてキャンプにおいては、先述の如く、「チュールザック」の人たちは私たちよりももっと憎悪される受刑対象者とみなされていました。

この人たちの中では医師のみがその職業に基づいて働くことが許されました。

女性の一隊の中で、私は直ちに監視付きの一般労働に組み込まれ、送られた先はナガィエーヴォの倉庫でした。でも私は幸運でした。そこは魚の倉庫で、水産加工管理部に属しており、オーラ村やヴェセラーヤ村からの職員は私をよく知っていました。ここで私は労働隊のリーダーに任命されました。こうして小規模ながらも管理層の一人になったのです。私の労働隊は大きな規模で、主要にはKRTD、「チュールザック」、様々な五八条項者で構成されていましたが、キャンプ内で犯した罪のためにここに送られた軽微な犯罪者も混じっていました。

そして、私は労働隊リーダーであるが故の基本的な困難に遭遇することになりました。この当時、コリマ地区全体として（特にマガダンでは）一九三六年より女性受刑者の数はずっと多数でした。それにもかかわらず労働に関しては、需要は供給を超えていました。労働隊から女性労働力を持ってくるためには労働隊リーダーとまずコンタクトしなくてはならないのです。そしてリーダーは他との兼ね合いを計算します。時間と金を費やすより、リーダー自身を抱え込んでしまえばもっとことはうまく運ぶのではないか、と考えるかもしれません。そのとおりです、彼女がどんな人であろうとに関わらず、そうした女性はやはりそうした女性なのです。結果的に私はこの作業配置職員とぶつかることになりました。それまで、リーダーの先任者たちは全体として帳簿の締めをきちんとしませんでした。そこで、その職員が代行し、見返りに「親切心」あふれた感謝を彼女たちから受け取るのでした。もちろん私はすぐにこの簡単な算術計算を習得して自分で帳簿を締めました。でもこのことは後になり、私には高い代償になりました。

私はここでも素人劇団を続けましたが、それは全く予期しないジャンルでした。オペレッタだったのです。私のバラックからの、また労働隊からの女性たちを通して、私はＧＫＯ（市共同体娯楽部門）の集団と接触することになりました。ＧＫＯのキャンプは私たち女性のそれよりももっと広い男性キャンプ内にありました。

保護者間（女性収容所所長グリダソーヴァとＧＫＯ長ネイマンの間の）合意により、女性劇団には何人かの男性が入り、また逆に何人かの女性が男性劇団の中で役を演じることになりました。

ＧＫＯにはいいジャズバンド、何人かの経験豊富なプロの音楽家、それに俳優がいました。そして私にとって最も意味のあることは、よき一団の人たちがいたことです。モスクワっ子たちが多数いて、私たちはモスクワの思い出、モスクワの劇場とコンサートの思い出にひたることが出来ました。私たちの間では、暗唱している詩や劇の台詞を朗読しあい、この事でとても親密になっていきました。私はあまりアナロジーを引用しようとは思いませんが、エンゲルハルト元男爵夫人のことを思い出さずにはいられません。彼女は刑務所を出所した後、ペトログラードの元乗合馬車御者と結婚しました。彼女は、二人を近づけたものはペトログラードの共通の思い出である、と強調しています。同じレストラン、市郊外に向かう同じ道路（そうです、市中の様々な場所からの）……を彼らは思い出しました。素人劇団の活動は、総体として、私の収容所生活の大きな安らぎであったのです。

訳者ノート　エンゲルハルト家（Engelhardt, or Von Engelhard）は一二世紀より続くバルト海系‐ドイツ系‐ロシアの名門貴族。男爵・男爵夫人の爵位を持つ。ここで参照されている男爵夫人が誰を指すのかは不明。

そして後になり、このことが私を一般労働から「救って」くれました。ところで、私の労働隊リーダーのキャリアは惨めにも終わりを告げました。先述した作業配置職員は私に対して見事に報復をしたのです。それはこの魚倉庫が受けもっている区域の除雪に関することに起因しています。私が帳簿に記載した雪の立方メートル数は冬の期間、マガダン地域に降雪する量を超えていました。さらに貯蔵庫で修理された袋の数は修理能力の一〇倍を超えて記載しました。このことに間違いはありません。概して、私は雪の量も袋の数も全く気にしていませんでした。ここで働く女性たちの多くがKRTDや「チュールザック」であり、私は、彼女たちにもっといい食べ物を願い、少なくとも［それを］売店で買えるだけの収入を得させてあげたいと望みました（刑務所の売店では、自分の費用でバター・砂糖・キャンディーを買うことができました）。

その作業配置職員はこのことを見つけました。こうした帳簿の「水増し」に加えて、女性たちが関係を持っている相方と会う時間も許していました。このことも間違いありません。そして、そうした時間に、私はリーラに会う為に「幼児の家」に走っていくのでした。

こうしたことの結果、私は一般労働から重労働への配置転換を受けました。

私はマガダン市内街路での除雪労働隊に送られました。これは厳しい処罰の一つでした。凍てつく天候の中、そして吹雪の中、一日一〇時間から一二時間、私たちは屋外作業を続けるのです。それは嫌なことに違いありません、この作業はガードの監視下で続けるのですから。当局は以前私がリーダーをしていた労働隊をこの作業に専従させました。しかしながら、倉庫回りの区域ではガードはいません。そこでは、ガードたちは作業している女性たちに近づき、常時ふざけ回るのです。彼らの一部は外を走り回りますが、その間、他の者はオフィスの中で座っています。タバコと熱いストーブの傍で束の間の暖を取ります。女性労働隊も時々暖を取ることが許されていますが、それは限られた回数で、その時間は短いものでした。こうした休息はこの労働隊リーダーの女性に注意深く監視されています。彼女は中年のアルメニア女性で、「融通のきかない老人のようなアルメニア女」のあだ名で知られた元党職員でした。休息時間を五分でも超えてタバコを吸っているなんてことは、ソヴィエト体制に対する反逆である、と彼女は見なすのです。

しばらく時が経過しました。労働隊リーダーであった時の私の「犯罪」行為の余韻が和らぎ、私は木材倉庫の労働に回されました。

木材倉庫では二種類の仕事がありました。一つは丸鋸で切断し、丸太を引きずり、それを焚き木に切る仕事です。それは厳しい仕事で除雪作業以上のきつい仕事でした。もう一つは、もっと恵まれたもので、これに従事する女性はトラックに乗って働くのです。木材倉庫はマガダン全部のボイラーの燃料を供給していました。倉庫には数台のトラックがあてがわれ、焚き木の配達に使用されていました。女性たちの仕事は各所での荷下ろしです。これは全く楽な仕事でした。トラックの側板を外すとほとんどの焚き木はかってに落下し、残りは足で蹴って落とします。その他の仕事は焚き木の積み上げだけです。この仕事では運転手は通常、親切心でもって手助けをし、彼の「想いの人」の仕事を軽減しようとします。慣例としてそれぞれの運転手は彼の「想いの人」を例外なく同行させています。

これは簡単なことです。運転手たちは好みにあった女性を物色できるのですから。それから彼はなにがしかの物を労働隊リーダーに提供（時には現金、時には「猟犬の子犬」――これは衣類・食品のスラングです）し、見返りに彼女は彼に特別な女性をあてがうのです。

この仕事を始めて二日目に私はミーシャという運転手に指名されました。皆は、彼は独立心があって、飲まない男だと言いました。皆は私は幸運だと思ったのです。

数日間彼と交わした会話から、彼は私について知るべきことは全部知っていることが明らかになりました。私には「幼児の家」に預けたままの一人の子供があり、特別な男などいなくて、私の刑期はあと一年ということをよく知っていました。彼はまじめな想いを私に寄せており、刑が終わるまで待っているといいました。彼はいい稼ぎをしており、私と子供の面倒を見る用意はできているとも言いました。正直言って、私はこうしたことにうんざりの気持ちを持っており、最後の結末をできる限り延ばそうと願っていました。私は夫と共にコリマに来たこと、依然として彼を見つけたいと思っていること、そしてもし夫が見つからなければ、その時は考えてみよう……こう私は答えました。でもそうした抽象的な会話は短い期間だけ有効なものでした。問題はおよそ一週間後に起きました。ミーシャは極めて積極的な行動に出ました。あの「乳母」たちからさんざん聞いたその種の語彙を思い出しながら、私の人生で初めて卑猥な言葉で彼を罵りました。

「独立心に富んだ」ミーシャはこれにショックを受け、黙ったまま私を倉庫に送り返しました。彼が私を指名することは二度とありませんでした。

このことに怒った労働隊リーダーは私を丸鋸作業の助手に張り付けました。一日に一〇—一二時間の間、私は丸太を引っ張り、焚き木をトラックに積み込む作業を続けました。

この期間、私は素人劇団には参加していません、私には二段ベッドから体を持ち上げる身体的強さもなくなっていました。しかし、当局が私をこの劇団活動に配置させたのはまさにこの時だったのです。GKO（市共同体娯楽部門）の同志が何をしたのか、どんな手を使って作業配置職員のヴェルカに接触したのか、私には分かりませんでした。あるいい天気の日の点呼の後、私が暗い気持ちで木材倉庫の労働隊の中に入り込もうとした時、彼女は指を振りながら、「列から出て」と私に合図を送りました。彼女は、第二グループ（ここには一つの利点がありました。五：〇〇ではなく五：三〇の起床なのです）の一隊とともに私をGKOに送りました。私が劇団で活動することになった男性の労働サイトでは、女性の小さな労働隊があり、八名が洗濯作業に、二、三名が縫製とリネンの修繕に配置されていました。他に数名が食堂区域で働いていましたが、私たちの労働隊とは無関係でした。彼女たちは料理人に対して、シェフ・アフメット、と呼びかけていました（彼がそう呼ばせたのです）。GKOで私はほどなくして再び労働隊リーダーに指名されました。

帳簿付けはここでは何の役も果たしていません、労賃の歩合は良く、またGKO食堂での食事もとれました。食事はキャンプの標準からしてとても良かったのでした。この期間を通じて私は自分の食欲を満たしただけでなく、定期的にディーファのために持ち帰ることもできました。囚人の集団はしばしばGKOにやってきました。

時には遠いキャンプからも、また時には衰弱した人たちのキャンプからも来ました。最初に彼らは浴場に送られましたが、そこは洗濯場のバラックと共通でした。入り口は別々でしたが。

こうしてやって来たグループ（後で分かりましたが、おもにKRTDの人たちでした）はバラックに入る前の一時間を前庭で立っています。当然ですが、彼らはここのローカルの住人たち（先住の囚人たちです）と会話を交わします。それは驚くべき「党の地理学」のレッスンでした！「友よ、ナヴァチェルカースク（注　ロシア南部アゾフ海近辺）出身者はいないか？ここにそこの第一書記がいるぞ」とか、「チェリアビンスク（注　ウラル南部コムソモール地方委員会の者はいないか、答えてくれ」という声がいき交うのです。

彼らがどんなに見えたか、思い出すのは私にはとても辛いことです。この男たちは痩せこけ、髭も剃っておらず、青白い顔なのです。私たちは自分たちの配食をかき集め、彼らの中の衰弱でもう最後の時になりかけている人たちに食べてもらおうとしました。一度私は同じ囚人グループとしてここにやって来た同志に会ったことがあります。その名前は確かゲオルギフスキーだったと思います。背が高く、堂々とした健康的な人でした。でも今、彼は人間の姿の痕跡をかすかにとどめただけの、まるで影のようでした。もし彼が私に声をかけなかったら、彼だと分からなかったでしょう。彼は三年を鉱区で働き、消耗しつくし、わずかの回復のために病弱者のグループに入ることを許され、ここに運ばれてきたのでした。私たちの仕事場の監督者のいる前で、私はパンと売店で買った缶詰を手渡しました。その監督者は何も言わず、「親戚の者かね？」とだけ尋ね、私は「そうです、親戚です」と答えました。私はその後ここの仕事場でゲオルギフスキーを探しましたが、彼のグループは翌日にはどこかに送られていました。

こうしたことは私たちの条項を宣告された男性たちの典型なのです。最初、満足な食事を与えることなく過重労働に従事させ、衰弱者へと追い込みます、そしてほんのわずか回復させ、再び通常労働に送り込むのです。でも彼らの多くは衰弱者グループに配属させられたとしても回復はできません。やがて彼らは死んでいくのです。

私には劇団グループ以外にも男性の労働サイトにいる友人がいました。医療所の長のドクター・フルゲルという人がそうでした。ソルボンヌの卒業でフランス語を流暢に話し、フランス百科事典派にも、フランス文学にも通じた人でした。ある奇妙な習性を持っているにもかかわらず、話すと興味ある人でした。彼は窃盗罪による刑期を科せられていました。彼は病院で働いていた時、薬物中毒になり、モルヒネとアヘンの全在庫量を自分で消費してしまいました。

しばらくの間、一人の男性がキャンプにいました。逮捕前はトムスク大学の哲学科で働いていました。自分から以前の生活について話すことの少ない人でした。キャンプにおいて、たとえ罰則で命じられたとしても皆が拒否する仕事に彼は同意しました。野外便所の清掃です。この仕事はもちろん彼一人でしましたが、彼には合っていたのでしょう、また誰も、何事も、彼の思考の邪魔をしませんでした。

毎日仕事が終わると、彼は浴場に行くのです――このことは許されていました。先述したように、浴場と洗濯場は同じバラックです。それ故、彼と私は度々会い、話をしました。

この人は驚くべき人物でした。思考を彼自身に向け、強烈な内的な世界に生きていました。人の嫌がる仕事、キャンプの特質、そうしたものすべてはただ彼を追い越していくだけのことでした。この人ならば、「古代ギリシャの哲学者」ディオゲネスの如く、樽の中でも生き続けたことでしょう。この時点、私はキャンプ囚人としては長く、多くの経験を持っていました。私は、思考を持ち、それを研鑽した人とのみ、討論でき得る題材があるのではないかと気づいていました。彼については詳しくは知りませんでしたが、彼となら何でも討論できるだろうとの、はっきりした印象を持っていました。残念なことでした、彼は間もなく他所に送られ、彼の情報は途絶えてしまいました。その命は長くなかったと思います。既にここでの生活は長く、病気の身でしたので。

ハーヴァ・マリアールは「チュールザック」（注　刑務所送り被宣告者）の一人で、私と一緒に劇団グループで働きました。彼女は劇中の役を演じることはありませんでしたが、ちょっとした縫い方を知っており、言って見れば「衣装デザイナー」の役をつとめました。彼女にとって素人劇団は私と同様にここでの日常生活の息抜きとなりました。

彼女と私は良い友人となり、名誉回復がなされた後はモスクワでしばしば会うことになりました。私たちは市内の同じ通りに住んでいたのです。彼女はたった一人の息子を戦争で失い、一人で、病気がちな日々を過ごしました。彼女はモスクワでの自由な身を楽しむという大きな機会を持つことはできませんでした。私の子供たちにとって彼女は誠実さと勇気を持ち、原則を固守する人の標準となり、彼女たちの思い出に長く残りました。

劇団グループ以外にも友人たちがいました。アーニャ・ボルシャコーヴァがその一人です。彼女は、ミハイル・レールモントフについて素晴らしい著作を出版した作家ボルシャコフの妻であった人です。その作品のタイトルは非常に長いものでした。「捕虜からの脱出、あるいはテンギンスキー歩兵連隊中尉ミハイル・ユーリエヴィッチ・レルモントフの苦悩と死についての物語」です。

訳者ノート　ミハイル・レルモントフ（1814 - 1841）は帝政ロシアの詩人・作家であり、近衛士官学校卒の近衛軽騎兵隊士官でもある。コーカサスへの転任（実質の流刑）を経験し、最後は銃による決闘で死亡。プーシキン以降の優れた詩人として高い評価を得ている。

オペレッタの大きな成功

ナディヤ・ロンドンは話して興味の尽きない知的な友でした。

ジーニャ（コトリアレフスカヤだったと思います）は小柄で痩せた娘で、まるで小鳥のようでした。陽気さにそぐわない場所としては囚人キャンプの他には探すのが難しいでしょう、でも彼女は驚くほどに楽しげに振舞っていました。皆は彼女を「オウムちゃん」と呼んでいました。

同じ刑罰条項者のひとりにフリーダ・ストローヴァがいました。知的でよき同志でした。彼女は出産が近く、男の子を望んでおり、アレクサンドルという名前を予定していました。その名はソロフキー囚人キャンプ（バレンツ海の南部、白海ソロヴェッキー島にある収容所）で死んだ彼女の愛する夫の名前でした。生まれてきたのは女児でしたが、それでもその子はサーシャと呼ばれました。（注　サーシャは男子アレクサンドルと女子アレクサンドラに共通の愛称）

私たちのオペレッタはマガダンで大きな成功をおさめました。キャンプの素人劇団はキャンプの人全員に奉仕するものとみなされており、事実私たちはマガダンにある全部のキャンプサイトで演じることになりました。でもルールとして、第一列目は一般市民で、その大部分はキャンプ管理部職員に占められていました。私たちの演劇ディレクター役を務めたネストロフは「もしキャンプゲートでチケットを売ることができたら、一体どれだけの金がはいるのだろうか」とよく言ったものでした。過去において、ネストロフはオペレッタのプロフェッショナルな俳優でした。彼はホモセックスのためにここでの刑期を送っていましたので、彼が女性に興味を示すことは全くありませんでした。でもそうした人というのはキャンプでは決して少ない数ではなかったのです。もちろん彼を男性キャンプに置き留めることは魚を水の中に放つようなものでした。でも……誰が気にするものでしょうか。宣告は宣告なのですから。それに彼らを女性キャンプに置くことができるでしょうか？　一般として、ジョーラ（注　ネストロフの愛称）は決して悪い男ではありませんでした。彼は親切で、才能があり、私たちがそらんじて演じるオペレッタに精通していました。コンサート・ディレクター役のパヴェル・アルベルトヴィッチ・ペルツエール——すぐれた音楽家です——はジョーラが歌う場面の楽譜を書き上げました。こうして私たちは「花嫁市場」、「ローズ-マリー」の完全版、それと「ドナ・ファニータ」、「ホロープカ」等々のコンサート場面の抜粋版を演じました。

訳者ノート　アマチュア劇団とはいえ、ここに出てくるオペレッタ作品群から見て相当なレベルのパフォーマンスであったことが伺われる。「ローズ‐マリー」（Rose-Marie）はミュージカルとして一九二〇年にブロードウエーにて長期上演されている。同時にこのことは、いかに非政治的ソヴィエト市民の俳優・音楽家・舞台監督が「政治犯」として流刑地に送られたかの証左でもあろう。

これらの劇のある一つを私は決して忘れることがないでしょう。その時、私たちは「ローズ‐マリー」を女性キャンプのあるサイトで演じようとしていました。皆、準備が整い、メークも終わっていました。私のメークはとりわけ手が込んでいました。インディアンの役を演じるために、皮膚を赤みをつけるある顔料を顔と手に塗り込んでいました（この顔料のある成分はアルコールで、それは施錠されたところに保存されていました）。開演の直前、ひとりの少女が明らかに動転した様子で作業配置部から走ってきて、ワンダ役（つまり私です）がＮＫＶＤに召喚されていることを告げました。その命令は即時、護衛付きで出頭せよ、とのことでした。私がそれに背くことはできません、でも皆メークを終えているのです。私は素早く「インディアン風」顔料をふき落としましたが、両手の震えが誰にも気づかれていないことを願いました。

刑期の終了を数ヶ月後に控えてのＮＫＶＤの緊急召喚は決していいことではありません。

でもその時、ＫＶＣｈ（文化教育部）の長――彼女はここで影響力を持っていました――が歩み寄ってきて、ホールは管理部職員で満席になっており、いまさら劇のキャンセルは不可能で、直ちにメークをつけ直すよう声を張り上げました。

そして彼女はＮＫＶＤに電話すべくその場を去りました。召喚は延期されるものと彼女は確信していたのです。

再び皆はメークをつけ、私もあの不愉快な赤色顔料を塗りつけました。準備完了となった時、ＫＶＣｈの長が怒りをあらわにして戻ってきて、ＮＫＶＤの長は依然として私の召喚を要求している旨を告げました。もう一度私はメークを落としました。もうそれは悪夢でした。その時女性キャンプ・サイトの「絶対的な」長である、グリダソーヴァがやってきました。彼女はＮＫＶＤに個人的に電話し、私を召喚している査問官ヴォローディンは召喚を明日に延期することに同意した、と告げました。「さあ、直ちにメークをつけて、ショーは一〇分後に開演しますよ」、これが彼女の命令でした。

でも私は搾り取られたレモンのようでした。もう演じる気力などありませんでした。一体私たちは何なんでしょう、御主人に奉仕する農奴なのでしょうか？

でも彼女には切り札がありました。「あなたには『幼児の家』に預けている子供がいたわね、いつであろうとそこに移っていいわ」と言いました。私は三度目のメークをつけました。どんな演技であったのか私にはその記憶はありません。覚えていることは一つ、扇子を持ってタンゴを踊る場面――ワンダの最後の見せ場です――で、私はその扇子を折ってしまいました。それはとても大きくて、ダンスが終わった時に私の体を完全にカバーすべきものでした。舞台裏でジョーラが、私には鉄の扇子が必要だ、とかいった類の言葉をささやきました。でも、そんなことを気にしてはいられませんでした。

翌日の朝、私は護衛付きでＮＫＶＤに出頭しました。ＮＫＶＤの全建物の清掃係はすべて女性キャンプの囚人でなされており、どういう訳か彼女たち全員がジプシーでした。すぐに分かったことは、彼女たちはローズ - マリーを数回観ており、特にワンダを気にいっていた、ということでした。ひょっとして、彼女たちは劇中のインディアン娘にジプシーと共通する何かを感じたのでしょうか？　とりわけ、金持ちの愛人を棄て、そして自分の夫を刺したそのインディアン娘に？　ともあれ私はＮＫＶＤに連れてこられ、私の護衛係が私の扱いを確認するために場を外すと、これらのジプシーたちは私の回りに集まりました。何故ここに連れてこられたのかは彼女たちの大きな関心でした。でも私は、その理由などわからない、ヴォローディン査問官に呼ばれている、と話しました。彼女たちの労働隊リーダーは年をとった大柄なジプシーで、私の隣にしゃがみ込み、言いました。「ああ何てことなんだ、何をしたの？　彼はここで一番手ごわい査問官なんだよ」と。

ヴォローディンの部屋に入るなり、何故呼ばれたかすぐに理解できました。彼の目の前の机の上に置かれたものは、パヴェルの消息を尋ねた多くの手紙の一つでした。いくつかの予備質問の後、彼は私の手紙に対しての公式な返事を告げました。私の夫は一〇年の刑を宣告され、特別に指定されたキャンプに送られ、通信の権利を有していない、ということでした。

実際について言えば、「特別に指定されたキャンプ」等は存在していません。このことは、もはや生きてはいない人たちに言及する時の常套句なのです。でも私は、何かを見つけだそうと試みました。「もし彼に書く権利がないならば、私には少なくとも一回は書く権利があるはずだし、そうであるならば娘の誕生を彼に告げたい」と要求しました。「それは許されていない」と彼は応じました。さらに何かを言おうとして、机の上に身を乗り出しました。「私の言ったことに耳を傾けてもらいたい、君はまだ若い、自分の人生をここでもう一度整理すべきではなかろうか」と言いました。

それにもかかわらず、私はパヴェルに何が起きたかを正確に知りました。私たちが自由の身になった時、ディーファは囚人用の病院から一般市民の病院に移されました。そこの病棟でUSVITLag管理部で働いている一人の娘と同室になりました。彼女は収容所で死亡した人たちのカード式の名簿を管理していました。彼女はディーファに大変同情を寄せました。彼女が退院する時に、ディーファは、その名簿にジャーマとパヴェルが含まれているかどうか探してくれるよう依頼しました。娘は義務心に富んでいて、およそ一週間後の面会日にやってきました。彼女は二人の名前を名簿の中に見つけました。二人は銃殺されていました。

ほどなくしてGKOにおける私の活動に終わりがきました。今回のいきさつは私個人に要因があったのではなく、女性労働隊全員がGKOから排除されたことによります。GKOと女性労働サイト二者の長の間での衝突があった模様です。その後、劇団から女性全員の引き揚げがなされました。このことはもちろん、GKOの長、ネイマンに怒りを持った私たちの長により先導されてのことでした。

女性労働サイトの長はアレクサンドラ・ロマノーヴナ・グリダソーヴァという人で、かつてはコムソモール同盟員であったシュローチカ（注 アレクサンドラの愛称）でもありました。彼女は技術学校を卒業した後、コリマにやってきて住宅部門の検査官という控え目な職を得ました。そこでの仕事ぶりから、ダルストロイ（極北地方建設局）理事長ニキーシェフの目に留まりました（ベルジンの銃殺後、理事長はパヴロフになり、それからニキーシェフとなっていました）。

まず最初にシュローチカは彼の準公認的な愛人となり、次にニキーシェフ（熱愛を向ける相手の二倍の年齢でした）は自分の家族――妻と二人の成長した子供――をロシア「本土」に送り出しました。こうしてシュローチカは本妻の地位を得て無制限の影響力に恵まれることとなったのです。ニキーシェフが何処かの旅行から夜遅く帰宅したような時など、彼は翌朝に様々な命令を発令するのです。「誰それ……を解任し、誰それ……を任命せよ」といった具合です。これらの事はグリダソーヴァの夜の「仕事」の結果でした。

シュローチカは決して意地の悪い人間ということではありません。単にその環境に合っておらず、どう振舞っていいのか分からなかったのでした。やがて彼女は子供を出産しました。幸福で有頂天になったニキーシェフは車に乗り込みながら、運転手に自慢しました、「どうだ君、俺を見てくれ、六〇歳になるが、また一人子供をつくったよ」と。「同志理事長！」と運転手は思慮もなく応えました「その赤ん坊はあなたの子ではありません、私の子供なんですよ」

ニキーシェフは調査を指揮しましたが、すべては運転手のいった通りでした。彼はシュローチカと運転手をロシア「本土」に送りました。一番目の子供の後二番目が生まれ、どうやら三番目も生まれたということです。運転手は酒飲みで、シュローチカは貧しい生活を余儀なくされ、真冬にもキャンバス・シューズで歩き回らなくてはなりませんでした。彼女は元囚人から金の無心（多くの場合、返ることはなかったのです）を続けました。でも私の知る限り、だれも断りませんでした。

……私は話をずっと先走りしたようです。

Part 2 - 3　一九四一年四月一〇日、自由市民へ

元微罪犯でキャンプで五八条項者になったターニャ・キセリーヴァが二段ベッドの隣組になったことがあります。全く予期することなく、私はターニャからナディエージュダ・セルゲイヴナ・アリルイエーヴァ（注　1901 - 1932、スターリンの妻）にまつわる奇妙な情報を得ることになりました。

訳者ノート　アリルイエーヴァは正確にはスターリンの二番目の妻（最初の妻はチフスで病死）で、スターリンとの間に息子ヴァシーリ、娘スヴェトラーナをもうけている。

ターニャの「ムジーク」（キャンプ用語で情夫）はかつてスターリンの私的ボディーガードでした。ベッドの中では極めて開放的になるものでしょう、彼はターニャにあの夜の出来事を語りました。彼女が言うには、そんな出来事など「どうでもいいこと」だったのですが、私が知らないことで、かつ私が疑いなく興味を持つセンセーショナルなことを話すことに興奮したのでした。

この元ボディーガードの証言と、後年スヴェトラーナが「友人への２４の手紙」の著作の中で記述した証言を合わせると次のような光景が湧いてきます。

いまはもうよく知られたことですが、ある宴会の場でスターリンは非常に粗野な言葉で彼の妻に「おい、おまえ歌え！」と叫びました。彼女は目に涙をため、「おい、おまえ！　などと私に向かって言うことはできないわよ」と応じ、立ち上がってその場を去りました。彼女に付き添ったのは親しい友人でモロトフの妻ポリーナ・ジェムチュジーナでした（注　モロトフ　1890 - 1986、元第一副首相）。

何年もの後、ジェムチュジーナはスヴェトラーナに、アリルイエーヴァはその時とても怒っていたが、徐々に落ち着き（明らかに夫の無礼など、彼女にとっては何ら珍しいことではなかったのです）、二人の会話は別の話題に移っていった、と語っています。その時アリルイエーヴァは産業アカデミー（プロム・アカデミア）での研究に関連した計画について、また文学活動について、彼女の子供について話しています。

彼女たちは二時間ほどして別れましたが、ジェムチュジーナによればアリルイエーヴァはもう完全に落ち着いており、いつもの自分を取り戻していたということです。

この数時間後にこの人が自分の心臓に銃口を向けることなど想像できません。

そして、ここであの元ボディーガードの回想が出てきます。妻が去って行った後、スターリンは宴会の場に明け方の四時まで残りました。当然ながら、このボディーガードは彼と共に残っていました。

［宴会の後］スターリンは自宅に戻り、自分の部屋ではなく妻の部屋に向かいました――夫婦は別々の部屋を持っており、廊下もしくは別の部屋で区切られていました。

スターリンは妻の部屋に入りましたが、ボディーガードは夫婦の寝室に入ることを許されておらず、彼はドアをはさんでアリルイエーヴァの寝室につながる部屋の椅子に腰かけました。もう朝の四時のこと故に、かれはうとうとし始めました。

彼はドアを「バーン」ときつく閉める音で目を覚ましました。飛び上がるように立ち上がり、不機嫌な顔をしたスターリンを見ましたが、彼はわき目を振らず、またボディーガードに目をやることもなく通り過ぎ、自分の部屋に入って行きました。

このことをもって、彼のボディーガードの義務は終わり、アリルイエーヴァの死が翌朝発見されました。

この、ボディーガードは一度完全に酔っぱらったことがあり、ターニャの言葉を借りるならば「その目は恐怖に襲われ大きく開いた」まま、彼女に奇妙な囁き声で、「あのドアは『バーン』と閉まるようなものではなく、あのボスの力でそんなふうに閉まるようにはできていなかった。俺はうとうとしていたので閉まった音だと思ったが、実際はそうでなく、彼が妻を撃った音だったんだ、彼は妻を殺したんだ、分かるか？」と告げました。

このことが起きた数日後にそのボディーガードは何処か他の場所に配置転換され、結局はコリマに送られることになったのです。

私はこの話をターニャが私に語ってくれたようにここで話しています、語句もほとんど変えていません。よくいわれるように、「脚色なしで」話しています。

私個人として、このボディーガードの話は正しく、スターリンが実際に彼の妻を殺したことに同意します。「そしてこのことも言えるでしょう」もし彼が彼女を殺さなかったとしても、数時間前まで自殺など考えてもいなかった妻が自分の胸に弾丸をぶち込む事態に追い込まれるほどのひどい言葉を彼が投げかけた、ということも。

浴場・洗濯場の経験ある作業者と見られていたためでしょう、私はナガイエーヴァにある大きな洗濯場に送られることになりました。そこの労働は二交代制でした——最初の一〇日間は昼間、次の一〇日間は夜間ということでした。洗濯は大きなドラム回転の機械式でした。女性たちにはそれに伴う補足的な作業があり、主なものはアイロンがけでした。私は衣類の乾燥作業に従事しました。その作業室は長く広い部屋で、左側に沿ってリネンを折りたたむテーブルが並び、右側にはオーブン乾燥機が一二台並んでいました。

これらの乾燥機は密に閉まる大きな容器です。一メートル少しの間口で、奥行きは二メートルもありました。乾燥内部にはたすき掛けの支柱が張られ、そこにリネンを掛けます。ここで働く人は定期的にこの容器を開け、乾燥したリネンを取り出し、代わりに濡れたリネンを掛けます。一台目から始め、最後の容器にたどり着いたら再び一台目に戻り、その繰り返しの作業を続けます。私は乾燥機の温度については覚えていませんが、窒息するような仮死状態の知覚があったことをはっきりと覚えています——ここはまさにガス室でした。

私の仕事仲間の通常犯罪者で、背に障害を持った男のヴァーニャがいなかったら、どうやってこの仕事をやり過ごすことができたでしょうか？　彼はとても親切な人でした。日に数回、一回一〇分、私を乾燥済みの清潔なリネンの保管室に入れてくれ、そこを閉め、休息を与えてくれたのです。このリネンの上で私は「ガス室」からの回復を得ました。

アイロン掛けの係となった女性たちの誰一人としてこの乾燥室の仕事をやろうとはしませんでした。でも私は同意しました、ただ単に独りぼっちになりたかったのでした。いつも周りに誰かがいる、ということは想像以上にやりきれないことでした。バラックでは、日中は必ず誰かが傍にいます、夜は夜で必ずいびき声が聞こえてきます、仕事に向かう道すがらでは必ず誰かと一緒に歩かなくてはなりません。アイロン掛けの仕事では一つの部屋で、一つのテーブルに二、三人の女性が張り付きます。でも乾燥室では少なくとも一人の世界の幻想の中にひたることができるのです。ヴァーニャは気になりません、彼は性格的にはまったく私と逆の人です。そしてとても静かなのです。時には大量のリネンが回ってくる時がありますが、その時はヴァーニャと私に一人のアシスタントが付きます。しばらくの間、一人の若者が私たちと一緒に働きました。彼はラトヴィア人で、その名前は覚えていません。一九三六年スペイン革命の勃発時、彼は一八歳で国際義勇旅団に志願しました。ソヴィエト権力は彼をスペインに送らず、彼の繰り返しの要請に対して刑務所に送り込みました。その時以来、彼はキャンプからキャンプを巡り回ることとなりました。ところでそうした人は彼だけではなかったのです。私はそうした「スペイン人」（注　キャンプ用語で）に何人も会いました。

一般的に言って、コズマ・プルトコフ（注　詩人・作家のA・K・ルストイ、1817 - 1875、による創作上の作家）が言っていることと異なり、ソヴィエト権力は伸びてくるものはすべて切り取ってしまったのです。ＧＫＯ劇団のジャズバンドの中にいた一人の演奏家は、代々続いた音楽家の家庭の出身で、すっかり年配の人でした。彼の父親はその全生涯をコーラス・マスターとして過ごしました。

彼の最初の尋問時、係官は「私たちは君については何でも知っている、君の父親は警察署長（ポリツアイ・マイスター）であったろう」と言いました。彼は「警察署長ではなく、コーラス・マスター（カッペル・マイスター）だったのです」と応えました。係官は「そこにどんな違いがあるというのだ？」と切り返しました。こうして彼は警察署長の息子として刑を宣告されました。

スパイ行為で告発されたもう一人の人がいました。［取り調べの］長い期間彼はスパイであるということを拒否していましたが、殴打された数日後「そうです、スパイです」と告白しました。当局は一体誰の為にスパイ行為をなしたのか、と詰問しました。彼はまだユーモアのセンスを持っていたか、あるいは単にもうどうでもいいと思ったのか、そのどちらかでしょう。彼はこう答えました。「王女ベーグム（注　ムガール帝国第五代皇帝の娘）のためです」と。彼はインドのスパイとして裁判にかけられました。

こうした悲劇的「ジョーク」は無数に語ることができます。

私の刑期が終了する二ヶ月前に私は作業配置を指揮するヴェラに「幼児の家」（託児所）での仕事を申し入れました。私は解放される前に、たとえ僅かな期間であろうと、リーラが私になついてくれることを願ったのでした。解放の日は近づいていました――私にとってはキャンプからの、リーラにとっては「幼児の家」からの。私はヴェラに頼みましたが、うまくいく希望は持っていませんでした。でも彼女は私をそこに送ってくれました。それは彼女の利己的な行為ではありませんでした、それというのも、私は彼女に付け届けする物は何も持っておらず、またGKOに送られた時そうであったように、［行く先に］引っ張ってくれる友人がいた訳ではありませんでした。「幼児の家」での仕事は多忙で、自分の子供に向き合って座り込む時間はほとんどありませんでした、とりわけ私は他の子供のグループに配置されていましたのでなおさらでした。でも一日に数回は彼女を見る機会がありました。

こうして、私はキャンプ最後の期間を託児所で過ごしました。

一九四一年四月一〇日がついにやってきました。夕方の点呼の時、作業配置係は私の名を呼び、指でリストをなぞり、意味ありげな声で告げました、「明日の一斉点呼に出る必要はありません」と。

翌日私は自由市民として、ここを離れるための署名をしました。私は小さなキャンプ敷地から大きなコリマ地区敷地へと出て行きました。でもこの「大きな敷地」の中で、戦争が終わるまでのさらなる数年間を過ごさなければなりませんでした。

Part 3

コリマからの解放、再びの流刑、フルシチョフの雪解け

Part 3-1　戦争の勃発、娘の体験したこと

私に自由が訪れました。キャンプの中においては、ひたすら解放の日々を待ち望むが故にそれ以外のことに煩わされることはありません。でも解放が現実となった時には諸々のことを処理していかなくてはならないのです。何処に住み、何処で働くか。

長い期間、私はGKO（市共同体）娯楽部門の労働サイトで働きました。またあるキャンプから他に移り、囚人のみが働く洗濯場の仕事もしました、最後の二ヶ月は「幼児の家」にいました、そこの監督者、医師、看護婦は一般市民でした。換言するならば、解放された今、私には友人というものが全くいないのです。身に着けているものはキャンプのスカートと解放の直前に一五ルーブルで買った木綿のジャンパーでした。

でも最も大事なことはこの身が自由になった、この事実です。気落ちは許されないのです、とにかく身の回りを整理しなくてはなりません。一刻も早くそれを成し遂げ、リーラを「幼児の家」から連れ出し、「ロシア本土」に向かわなくてはなりません。この呪われたコリマの地で無為な時間を過ごすことは許されません。

私は解放に際して、その後の［内国］パスポート取得の根拠となる身上書ドキュメントを受け取っていました。そこに記載されている内容は、名前・父称・姓・生年月日・民族（正しくユダヤ人と記載されています）・出生地：ベルリン・市民権：未確立・宣告歴：有・宣告理由：不明、でした。このようなドキュメントをもってしてはパスポートの取得は不可能です。

羊皮コートを着た何者かが私に向かって歩いてきました。一目で軽微犯の元囚人と分かりました。今は運転手か配送事務をしているのでしょう。彼は、「自由になったんだね、お嬢さん。どうだ二人で意見交換会でも持とうじゃあないか、多分うまくことは運ぶよ、俺が請け負うさ、なあに心配することはありゃしない」と話しかけ

てきました。私は、コリマには夫がいて、彼を探しているところだ、と答えるのでした。意見交換会は起こりませんでしたが、私は夫についてのこのセリフを繰り返さなければなりませんでした。まるで呪文を唱えるようなもので、一度で済むことはありませんでした。ちなみに私はやり過ごしながらこう投げ掛けることもありました、「意見交換会が本物の、しかも固い結婚に終わった事例をよく知ってますよ」と。

しばらくの間私はキャンプの中で寝ました、同じベッド、そして隣には同じ人たちがいました。「ナージャ、少しでいいからソーセージが手に入らない？」「ナージャ、パイを持ってきてもらえない？　ほんの切れ端でいいわ」

こんな些細な頼みごとが拒否できるでしょうか？　私は包みを持ってキャンプのゲートを通らなければなりませんでしたが、その両手はクリスマスツリーのようにぶら下がっていました。以前と違ったことはゲートでの所持品検査はありませんでした、私は自由の身であったからです。

とにかくまず第一に解決すべきことは「住」の問題でした。市中にはホテルに似た寮というものがありました。そこには個別の部屋に加えて、五、一〇コペイカ程度の共同部屋もありました。友人たちはそこに行くように忠告してくれ、私はそうしました。そこの支配人は明らかに軽微犯の元囚人でした。私は、仕事を探しており、落ち着くまでの間共同部屋の簡易ベッドが欲しい旨を説明しました。

「あなたのような魅力的な方に簡易ベッドなどを？　あなたには個別部屋を提供しましょう、そして夕方のひと時あなたのゲストになるのは如何でしょうか？」

私は同じセリフで、「それはちょっと無理でしょう、私にはコリマに夫がいるのです、簡易ベッドで結構ですわ」と答えます。「残念ながら今は空き部屋がありません、失礼」これが彼の答えです。

私は「移動用仮宿泊所」と呼ばれるところにも行きました。これはマガダン郊外にあるバラック造りの家です。そこに住んでいる人は基本的に「ロシア本土」から来て、これからさらに旅を続ける人たち、あるいは逆に奥地から「ロシア本土」に帰る人たちでした。元囚人もそこに住んでいました。

やはり支配人がいました。彼は眼鏡を掛け、少しインテリらしく見えました。「ベッドを探しています」と私。「もちろんありますよ」と彼。私は幸運を信じられませんでした。「何と記帳すればいいのですか?」「どうしてそんなに急ぐのですか? 夕方に来ませんか、お茶を飲みながら意見の交換でもしましょうよ」「私はコリマに夫が……」「空いているベッドはありません」


ある通りで私は知り合いに会いました、以前オーラ村のキャンプサイトの長をしていた男でした。彼には家庭があり、妻と二人の娘がいました。年上の娘は一五歳で、私たち素人劇団の大ファンでした。可哀そうなことに彼女は他の劇を見る機会もなく、私を「本物の女優」と信じていました。彼の妻は病身で身の回りの世話役に一人の囚人を使用していました。

彼は私の自由を祝福し、「どこに住んでいるのかね? うまくいっている?」と尋ねました。私は住む場所が見つかっていないことを告げました。「私の所に来たらどうだろう、いまマガダンで働いており、アパートは広いから、来たらどうかな?」と彼は言いました。「この悪漢め!」と思いました。

でも「昼間は家にいることもなく、夜は娘のリーラと一緒に寝られるかどうか聞いてみよう、彼女と一緒のベッドにもぐりこんでくることまではしないだろう」と思い直し、「そうしてみようかしら、伺いますわ」と答えました。「そいつはいい、私はもう家族をロシア本土に送り返しており、一人暮らしだ。アパートは充分広いし」こうして何をしてもうまくいきませんでした。

キャンプゲートの警備主任は、民間人は施設内で暮らすことはできない、と既に私に告げていました。「言っておくが、君は食糧を持ち込んでおり、半分のバラックにそれを与えているではないか。見ていないと思ってもらっては困る。さあ、今夜から三日間の猶予を与えよう、その後ここに帰ることはできない」と最後通告をしました。

私は考え直しました、まず最初に仕事を見つければ、職場の誰かがおそらく寝場所探しを助けてくれるのではなかろうかと。皆は工場食堂での仕事を忠告してくれました。「あなたはそこで満腹できるまで食べられるし、給料だって衣類を買うには充分だわ」と。これは理にかなった忠告です。それにコリマでの仕事のやりくりは「ロシア本土」に戻るまでの一時的なもので、何であろうと気にすることはない、私はそう思いました。

私はその工場食堂に出かけました。そこの長は大柄のよく肥えた女性でその施設の動く広告塔には申し分ない人でした。彼女は契約で働いていました。

「あなたの名前は？　ヨッフェ？　民族から言うとユダヤ人かしら？」「そのとおりです。今も、これから先も、ユダヤ人ですわ」

コリマでは反ユダヤ人感情は目につくほどのものではなかった、と私は断言できます。ここではその人が囚人か、あるいは自由市民か、に分かれており、出身の民族性は興味の対象とはなっていませんでした。でもこの女性は「心地いいほどに」例外でした。そしてこう言いました。「残念だわね、あなたに合った仕事はないわ。テーブル回りで働くことはできないわ、それは囚人に限られているし、台所の中もそういうきまりにできているの。正直言うと事務の仕事にも空きがないわ」と。まったく性悪な女だこと！

私は何か少しでも食べようと思い、食堂の中に入りました。私はキャンプから解放された時、バクー（注　アゼルバイジャンの首都）に住む祖母宛てに電報を打っていました。私の娘たち二人もそこに住んでいました。そして電報為替で三〇〇ルーブルの送金を受けていたので、さしあたっての生活に必要な現金は持っていました。この食堂のテーブル回りについていた人たちは実際に囚人たちで、そのほとんどは軽微犯でした（五八条項者＝反革命活動家にとっては、ここでの仕事はあまりも恵まれていたからです）。その中には私の知り合いも多くいました。

「ナージャ、ここに座って、ここで食べていいわ。すぐに食べ物を持ってきてあげるから、列に並ぶ必要はないわ」

こう言ってくれたのはシューラでした。彼女はキャンプの中では楽な仕事にありついていましたが、ここでもそうでした。私は席につき、あたりを見回しました。食堂はとてつもなく大きな部屋で、ハチの巣のようなざわめきに満ちていました。一体何人の人がここにいるのだろう、でも私には誰一人として話し合う相手はいませんでした。［大学からの友人の］ディーファはいま病院にいます（彼女にとって自由の身になることは囚人用の病院から一般市民用の病院に移ったことを意味していました）、そしてキャンプ内の友人たちにとって、私はもう外部の者になっていました。彼女たちは、いったん外に出ればすべてはうまくいくものだ、と確信しています。つい最近まで私もそう考えていた一人でした。

悲しい考えに浸っていたのでしょう、誰かがテーブルに近づいたことにほとんど気がつきませんでした。「よろしいでしょうか？」と丁寧に声を掛け、私はうなずき、彼はそこに座りました。私は素早く彼に目をやりました――太っていてミスター・ピクウイックのように性格良さそうに見えました。

訳者ノート　ミスター・ピクウイック（Mr. Pickwick）、チャールズ・ディッケンズの小説、The Pickwick Paper に登場する人物。イラストでは丸顔で清潔に髭をそっており、眼鏡をつけ、押出しのいい人物として描かれている。

ちょうどその時シューラが食事を運んできました。彼は彼女に、「シューラ、私たちを紹介してくれないか？」と頼みました。シューラはテーブルの上をコロコロと転がるえんどう豆の様に手際よく、乾いた声で紹介を始めました。「ナジェーチュカ、自分の事は自分で紹介してね。ナジェーチュカ、こちらはヴァシーリー・コンスタンチノヴィッチ・ゴンチャルクよ、彼はここで帳簿係をしているわ、見てのとおりいい人よ、ナジェーチュカ、よく見た方がいいわ、彼はとってもいい人よ。ヴァシーリー・コンスタンチノヴィッチ、こちらはナージャ、彼女は教養があっていい教育を受けた人よ。誰もが彼女を尊敬しているの」

その時誰かが彼を呼びました、シューラは素早く私の耳に、「あなたは彼の気を引いたのよ、バカなことをしないでね。彼ならあなたをお人形のように着飾ってくれるわ」とささやきました。私はキャンプの中でシューラについてよく言われていたことを思い出しました。逮捕される前、彼女は何処かで誰かの非公式な奥方だったようです。だから、彼女のささやきも納得できることのように思えました。彼女は去って行き、私たちは会話を始めました。私は解放されたばかりで、これからのやりくりをしなくてはならない状況を話しました。念のためのことですが、コリマには夫がいて、探し出さなくてはならないことも付け加えました。実際のところは、その希望はもう消えていました。解放された最初の日に私はUSVITLag（極東ロシア北東区域矯正労働キャンプ管理本部）に出向き、個人的な調査願いを提出しました。同じ答えが返ってきただけでした、「一〇年の刑、通信権利なし」もちろん私はその真実を既に知っていました。

私の話し相手について言えば、彼はウクライナ人でルーマニアで生まれ育ち、数年間オーストリアのウイーンで過ごし、ソヴィエト連邦には母国遺棄者として帰ってきました。仕事上のある罪により三年の刑の宣告を受け、コリマで過ごしたということでした。この前年に刑期を終了し、ここでそのまま暮らしていました。彼には行くべき場所も、会うべき人もいなかったのです。彼についてはこんなところです。

食事を終え、席を去ろうとした時、彼は、もう勤務時間は過ぎており、私に異存なければ一緒にどこかに行こうと申し入れました。私たちは食堂を後にしました。もちろん、彼にとっても、私を連れて行く場所等はなく、私も行く場所はありませんでした。私の唯一の帰る場所といえばキャンプです。でも私の入場はすでに拒否されていました。私の同伴者は、「それなら私の所に行きましょう、すぐ近くですから」と言いました。

彼は小さな部屋を持っていました。列車のコンパートメントより、少し広いぐらいでした。部屋は清潔で、テーブルの上にはイルフとペトローヴの共著の「あるアメリカ物語」が置いてありました。

訳者ノート　「あるアメリカ物語、One Story America」はイリア・アーノルドヴィッチ・ファインシルベルグとイヴジェニー・ペトロヴィッチ・カタイェーヴ（両者とも詩人）の共著による大恐慌時代のアメリカ旅行記。彼らは通常「イルフとペトローヴ」として言及される。

しばらくの時間を過ごした後、私は席を立とうとしました。「いいですか……」とヴァシーリー・コンスタンチノヴィッチが切り出しました、「これはこの部屋の鍵です。これを受け取ってください、そしてあなたが住む目途をつけるまでここに住んだらどうでしょうか？」「ではあなたは？」「その間友人の所に住むつもりです、喜んで泊めてくれる友人には事欠きません」

これは都合のいい申し入れでした。何よりもこの男は「意見の交換」を求めず、ただ私を助けたいということですから。「もしあなたに異存なければ、今夜伺っていいでしょうか？」もし来なければもっといいのですが、部屋の主に「来るな」とは切り出せませんでした。

私は一人で部屋に残りました。どこにも出かけず、ただ自分一人になることの贅沢な気分に浸りました。夜の九時にヴァシーリー・コンスタンチノヴィッチが調理済みの鴨肉といくらかのパイを持ってやってきました。一一時に彼は立ち上がり、私の手にキスをして出て行きました。そして私はこの五年間で初めてドアに鍵を施しました。

このようにして一〇日間が過ぎて行きました。朝は部屋に鍵を掛け、職探しと部屋探しに出かけ、夕方に帰ります。九時にゴンチャルクは食べ物を持って訪ねてきます。一一時に私の手にキスをして去って行きます。でも一度彼は立ち去ろうとはしませんでした。これまでの期間で、私はこの男についてある確信を持つようになっていました。それは、この男は決して愚かな男ではないこと、強い観察力を持っていること、また彼の表に現れたマナーの良さ（彼の外国暮らしの経験は誰にも分かります）にもかかわらず、文化的な素養は低いものである、ということです。彼は一つの深い思い入れを持っていました。人は皆愚か者であり、もし誰かが良き行為をなすならば、それは単にその人の秀逸さによるものである、と。そして、彼にとって一般原則なるものは全く存在していません。彼にとってそれは意味をなさないのです。

こうした日々の中、私はGKO時代の一人の知り合いに会いました。彼はSDE（社会的危険分子、socially dangerous element）として宣告を受けていました。SDEとは軽微犯と五八条項者（反革命活動家）の中間にあたります。彼はその時GKOで帳簿係として働いていましたが、彼の職場はキャンプ内ではなく、市中の市共同体部門でした。彼は、GKO計画部の長であるユリア・ミハイローヴナ・ポクラソーヴァは親切で共感を持てる人物であり、彼女の夫がUSVITLagの高官であるにもかかわらず彼女自身は囚人に、とりわけ五八条項者に好意的態度を持っている、と私に告げてくれました。「仕事を探す上で彼女に会ってみたらどうだろうか？」

私は彼女との面会を求めてGKOに出かけました。ユリア・ミハイローヴナはその日病欠しておりましたが、彼女の次席役のヴェラ・ミハイローヴナ・フメリナナが会ってくれ、輸送部計画課でエコノミストを求めていることを教えてくれました。また、彼女もユリア・ミハイローヴナも学位を持った専門家を歓迎する、とも告げてくれました。彼女と私とのミーティングは気持ちよく進み、数日後にはユリア・ミハイローヴナも仕事に復帰しているから、その頃にもう一度訪ねることを約束して別れました。

そして数日後、私は再びそこを訪れました。ユリア・ミハイローヴナに会いましたが、彼女の次席役と同様に友好的な人だとすぐに分かりました。こうして私はGKO輸送部エコノミスト職を得ることができました。まだ住居を持っていない旨を告げると、彼女たちはGKOの長の署名と移動者監督主任の署名を併せた書類を作成してくれました。そこには「個別の部屋を与えるように」との指示がなされていました。例の「移動用仮宿泊所」は市住宅局の管轄に置かれていました。その移動用仮宿泊所の長は私の「古い知り合い」でした、つまり、「そんなに急がないでお茶を共にしましょう」と言ったその男でした。いまや彼は非常に厳格で公的な人間の外面を見せ、私に申し分のない部屋を割り当てました。そこにはベッド、テーブル、衣類入れ、そして一組の椅子があり、子供用ベッドを置けるだけのスペースもありました。

この時点までに私は［内国］パスポートを受け取っていました。この件に関してはゴンチャルクの好意を感謝しなくてはならないでしょう。二日間かけて彼は私のキャンプ解放書類を交付する係の男にウオッカを浴びせ続けたのですから。

この書類はパスポートの交付を受けるためのベースとなるもので、その内容は完全に適切でした――市民権：ソヴィエト、宣告歴：無し、と記載されていました。

こうして私はパスポート、専門職、住む場所を手に入れました。

私はゴンチャルクと仲良く別れました。「あなたを訪ねていいでしょうか？」と彼は尋ねました。断る理由はありません、私のために尽力してくれたことを忘れることはできません。でも私の人生のこのエピソードはもう終わってしまったことと確信していました。でも運命は時に逆の目もあるのですね。このことは後述します。

ついに長い間夢見た日がやってきました。リーラを「幼児の家」託児所から連れ戻すことです。私はこのことを内密にやりたかった、他の子供たちを傷つけたくはなかった、でも思惑通りにことは運びませんでした。託児所の保母、看護婦の全員が集まりました。リーラのグループの幼い子供たちは私たちの回りで小さな輪をつくり、沈黙しました。私がリーラから託児所服を脱がし、私服に着替えさせる様を視線を外すことなく子供たちは見つめるのでした。「幼児の家」の最年長者であった六歳のリドーチュカを私は決して忘れることができないでしょう。彼女の母はコリマ・ハイウエイ沿いで亡くなりました。この子に親戚はなく、この後一年後に孤児院へ移送されました。この子の顔に宿った深い、子供らしからぬ悲しみの表情を忘れることができるでしょうか……。

リーラと私は家に到着しました。そこで働いている娘たちがベッドとマットレスを用意してくれました。支配人には、古いベッドは使い物にならず廃棄してしまった、と説明しました。

リーラは三歳半になっていました。この後、彼女は一般市民のための保育所に通い始め、私は仕事帰りに彼女と一緒に帰宅するようになりました。保育所は「幼児の家」と同じ建物の中です。保育所は一階にあり、「幼児の家」は二階です。たった一つの台所は一階にあり、それぞれの階向けに別々の献立が用意されます（私はこのことをすでに書きました）。

私が「幼児の家」で働いていた時、しばしば台所に降りていきました。私は、軽微犯囚人で保育園の保母役をしているカーチャが、一般市民の両親に子供を手渡しながら媚を含んだ笑顔をつくり、「何て可愛い娘さんをお持ちなんでしょう」とか「賢明な男の子をお持ちなんですね」と言うのを見ていました。そしてお世辞におだてられた親たちが去るのを目で追い、「何て骨の折れる子供だこと、もう手に余るわ」と意地悪く不平をこぼすのが常でした。

リーラが通い始めたこの保育所にそのカーチャがいました。最初の日です、私の娘を手渡しながら、「ナージャ、なんてやさしい娘をお持ちなんでしょうね」と言いました。「カテリーナ、あなた、誰に向かって話してるか忘れたの？『何て骨の折れる子供だこと、全く手に余るわ』ってあなたが言っていたことを私はよく覚えてますよ」カーチャは当惑しながら、「あなた何を言っているの、私は一般市民に向かって言っただけよ。でもあなたは私たちと同じ仲間じゃあないの」と言い返しました。

六月の終りになり、海も航行可能となりました。最初の汽船で病気の人たち、もはや労働不能を宣告された人たちが「ロシア本土」に送り出されるのを見送りました。ディーファは娘のジャノーチュカと一緒にこの地を後にしました。そしてその日が私が彼女を見た最後となりました。彼女はこの三年後、［戦争のための］避難先でその生涯を終えました。私はマガダンのナガイエーヴァまで同行し、その翌日職場で、この地を立ち去ることを考える時期に来ているのではないか、と話しました。

ユリア・ミハイローヴナとヴェラ・ミハイローヴナの二人は私に最大の温かさと友好を惜しみなく与えてくれていた事実を言わなくてはなりません。二人はコリマ地区に長年住んでおり、この地方特有の多くのことを理解していました。もちろん、私と彼女たちの間には目に見えない障壁というものはあり、それを完全に理解するには実際に体験してみなくてはならないものです。でも二人は親切で、彼女たちにでき得る範囲において正直でもありました。

ユリア・ミハイローヴナの夫は USVITLag の高官で、ヴェラ・ミハイローヴナの夫は民族誌学者でコリマ地方博物館の創立者で常任理事を務めていました。

私がこの地を去る旨を話した時、二人はお互いを見つめ合い、ユリア・ミハイローヴナが答えました。「ナディエジュダ・アドルフォーヴナ、私はこのことを話すべきだと長い間思っていました、でもそれができなかったのです。あなたはこの地を離れることができないのです、少なくともこれから先のある時点までは。KRTDの元受刑者に対しては、この地を離れる許可が与えられないとの非公式な指示があるのです。換言するならば、彼らは中心的都市から距離のある所に居住しなくてならない、ということです。そしてまた、高等教育を受けた人たちはなおさらです、それというのもコリマでは有能な幹部が不足しているからです」と。

私にとってこの事実は頭に強い一撃をくらったみたいな衝撃でした——私はKRTD、高等教育修了者、そのどちらのカテゴリーにも当てはまっていました。

その夜、ゴンチャルクが訪ねて来ました（度々来ていましたが）。私はこのことを彼に話しました。

「いいかい、私はコリマをいつだって離れることができるんだ、もし君が私の妻として同行するならば誰も止めることはできないよ」

確かにそれは考えてみる価値のあることかもしれません、私はそう思いました。

その頃です、私がもう一度服役に追い込まれるある出来事が起きました。

ツィリア・コーガン――私はこの名前を以前述べました――は、その頃女性労働サイトで洗濯場の監督役についていました。キャンプの標準からしてこのことは恵まれた立場にあり、彼女がキャンプ内の特権グループに入ったことを意味しています。楽な仕事を与えられ、皆が住むバラックでの生活を避ける機会に恵まれていました。そして洗濯場は監督者のための独立した小部屋を持っていました。

ディーフアが病院に入院できず、まだキャンプで暮らしていた時、彼女はバラックでの騒音、人いきれ、寒気から逃れるためにツィリアの部屋での一時的な休息を許されました。ソフィア・ミハイローヴナ・アントノーヴァもまたそこにいました。私は全くと言っていいほど、そこに行きませんでした、それというのもツィリアが嫌いでした。マセヴィッチと同じように、私もごますりは嫌いで、これ見よがしの熱狂を信じてはいませんでした。

ほんの二回ほど、仕事の帰りにディーフアの様子を伺いに洗濯場に行きましたが、決して長居はしませんでした。ツィリアの下で働いていた人たちは主として通常犯罪者でした。何が原因でそうなったかは私の知るところではないのですが、彼女たちはツィリアに対する苦情を書きました――もう立派な告発状です。彼女たちは、ツィリアが許しがたい罪をおかしていると非難し、とりわけ彼女の部屋にはトロツキストが集合し反ソヴィエト的な会話を交わしている気配があると告発したのです。当局の注意を引いたのはまさにこの点にありました。その部屋に居住しているツィリアに当局が詰問したところ、彼女は私の名を名指しました。

後日彼女は私にその行為をこう説明しました。「誰かを名指ししなくてはならず、ソフィア・ミハイローヴナは年老いており、ディーフアは病気であり、ナージャなら何とか持ちこたえると思ったからよ」と。

こうして私はＮＫＶＤからの電話をＧＫＯの職場で受け、出頭を求められました。朝の一〇時に出向き、解放されたのは夜の八時でした。この一〇時間の間、彼らは繰り返し質問を浴びせ続けました。女性キャンプの洗濯場に行ったのか、そこで誰と会い、何を話したのか？　この一〇時間、私は単調に同じ答えを繰り返しました。洗濯場に行ったことはない、誰かにあったことも、誰かと話したこともない。

尋問官は代わりましたが、彼らの質問は同じでした。一度明らかに高官と思える人物が同席しました。彼は自分で質問はせず、そこにしばらく立ち、聞き、離れる際に私に、「さあ幸運を期待しよう、きっと自白することになるだろう」と言い残しました。

しかし私は何も自白することはなく、夜の八時には解放されました。私は二度目の宣告を脅迫されていると確信しました。

同じ頃、女性キャンプの数人の女性に対して裁判がありました。彼女たちは反ソヴィエト的扇動罪で告発されていました。その中には何人かの知り合いが含まれていました。その一人、カーチャ・ロトミストローフスカヤは私と同じ二段ベッドを分かち合っていましたし、「幼児の家」ではリーラのグループで共に働きました。

カーチャは銃殺されました。

この数年間、私は二人の娘、ナターシャとキーラが父も母もなく成長していることに胸を痛めていましたが、それでも二人は私の祖母、叔父のヴィーチャとその家族と過ごしているのだ、と自分を慰めました。しかし私が刑務所にもう一度投げ入れられたならば、リーラはどうしたらいいのでしょうか？　自分の親類を知ることなく、一つの「幼児の家」から、他の「家」へ、彼女の生涯をかけて渡り歩くのでしょうか？　「幼児の家」のあのリドーチュカの幼い顔に浮かんだ子供らしくは見えない悲しい眼差しが思い出されました。同じ運命がリーラを待っているのだわ！　私は絶望の淵に叩き落されました。

ゴンチャルクが救いの手を差し出しました。もし私の身に何か起きたならば、自分がナターシャとキーラが暮らしているバクーの叔父ヴィーチャのもとにリーラを連れて行こうと、私の回りの人に誓いを宣言しました。彼を信じていいのかどうか私にはわかりませんでした。でも信じる以外に何があるでしょうか？

私は少し落ち着きました。そして何と自分は愚かで無意味なことを考えていたのかを理解しました。私がなさなくてはならないこと、それは叔父ヴィーチャに電報を送り、私の身に起きた異変を告げることなのです。そうすれば、彼と彼の妻はマガダンの「幼児の家」に来て、娘を探してくれるでしょう、私が逮捕されたなら、リーラがたどり着く場所はそこしかありません。

よく言ったものです、「良き考えはいつも遅れてやって来る」のです。

でもこうした私の恐れは現実のものにはなりませんでした。当局は私を二度と査問しませんでした。私が一切自白をしなかったことも一つの理由でしょう、でももっと大きな理由がありました。あのツィリアに対する告発状を書いた犯罪者のグループは私の［謀議］への参加を断固として否認したのです。ＮＫＶＤが私の名前を告げた時、彼女たちはこう言いました。「劇団グループのあの女優のこと？　いいえ、あの女優はそこにいたことはなかったわ、それは間違いなかったわ」

そしてほどなくしてこのエピソードに終わりが来ました。この種のことはすべて背後に追いやられたのです……戦争が勃発しました。

訳者ノート：ドイツ軍のソ連邦への領土進攻は一九四一年六月二二日に始まる。レニングラード包囲戦は一九四一年九月八日から一九四四年一月一八日。

私と同じ罪を宣告されましたが、その逮捕は私より数ケ月遅かった人たちは特別の政治的措置があるまで、つまり戦争が終わるまでキャンプ内に留め置かれました。たとえ自由市民であってもコリマを離れることは禁じられました。

私のような元囚人はマガダンからコリマ・ハイウエイに沿ったタイガ（注　針葉樹林帯）の奥地に送られるとの噂も流れました。

私は自分がここを離れることができなかったので、二人の娘を呼び寄せたかったのでした。でも彼女たちに私からの手紙は届きませんでした。戦争は進行中であるが故にコリマには何人も来ることができず、また何人もコリマを離れることができなかったのです。

一〇年の別離の後に私がナターシャに再会した時、彼女は「戦争の困難な時代」を次のように語ってくれました。

＜ナターシャの語り──始まり＞

私は祖母（注　ナディエジュダの母、本文ではママと語られている）が連行された様を鮮明に記憶しています。キーラと私が寝ている夜中に彼らはやってきました。私を起こしながらこう言いました。「娘さん、君と妹が明日に必要な物だけ脇に置きなさい」

ママ、あなたが昔日本から持ち帰った着物を覚えていますか？　私はとても気に入っていましたが、祖母はそれを着ることを許してくれませんでした。あまりにも素敵な衣装だから、と言っていたのです。でもこの時、私はその着物を脇に置きました。愚かな行為であったかもしれません。

祖母が連行された後、私たち二人は様々な親類の所で過ごしました──ママ、あなたはよく知っていますね、いい人もいれば、悪い人もいました。例えば、ヴィーチャ叔父の所では物事はとてもうまくいきました、そこにはあなたの祖母が一緒に住んでいて、彼女は私たちをとても可愛がってくれていたのです。やがて彼女は亡くなりました。そのことを私はよく覚えています。でもローザ叔母は違っていました。彼女は、ママ、あなたのことを悪く言うのです。子供を振り返ることなく政治に深入りし、それ故刑務所に入れられ、その結果、誰かが私たち二人の面倒をみることになった、そう言うのでした。

これに対して、政治活動に入ったこともなく、それに従事したこともない祖母であってもこのように連行されていったではないか、と私は思ったものでした。そしてママ、このことを分かって下さいね……キーラと私は一度だってママや、パパのことを悪く思ったことはありません。

戦争が始まった時、私たちはジェーニア叔父の所に住んでいました。彼は私たちをどこかに退避中であったある孤児院に預けました。そこでは知っている人はいません。ドイツ軍が近づいた時、親類のある子供たちはこの孤児院から連れ出されました。後に残されたのは私たち一〇名と一人の先生でした。

そこにはオーツ麦の貯蔵があり、彼女が毎日オートミールの粥をつくってくれたことを私はよく覚えています。やがてそれもなくなり、彼女は、もう食べさせることはできない、もし私たちが行けるならば、モスクワに行くべきだと言いました。

キーラと私は駅に行きました。そこにはモスクワに向かう兵士の一団がいました。その何人かは私たちを気の毒に思ったのでしょう、私たちを三段目の棚に乗せてくれ、静かにしているように言いました。途中彼らは私たちに食糧を与えてくれました。彼らと共にモスクワに着きました。どんな理由があろうと、その頃、民間人のモスクワ市内入りは禁止されていましたが、私たちはたどり着くことができたのです。

ジェーニア叔父に会うために私たちはペトロフスキー線に乗りました。私たちを見て彼は大変驚き、怒りました。私たちをどう扱っていいのか皆目見当がつかない、と言いました。彼が働いていた工場も退避中であり、彼の家族もまたそうでした。

彼は私たちにこのまま家に残るように、そして駅に行くべき手筈が整ったならば使いをやる、と言い残しました。二日間待ちました。三日目にジェーニア叔父の職場の人がやってきて、予定より列車が早く出発したので叔父は私たちに使いを送れなかった、と伝えました。その時はまだ叔父を信じていました、でも今となっては彼にはそんな意図などそもそもなかったのだ、と考えています。使いのその人は、アパートに残っている物は何でも売りさばいてパンと交換していい、との叔父の伝言を伝えました。

私はその時一二歳になったばかりで、キーラは九歳でした。どうやって物を売ったり、交換していいのか分かりませんでした。そのアパートは大きな共同住宅の中にあり、隣人たちはそうした売り・交換の仕事を助けてくれましたが、彼らはまた私たちを何度もだましたのだと思います。

でも、それでも私たちは生きてきました。

一〇月一七日、ドイツ軍がモスクワ郊外に進軍してきました。隣人たちは皆イコンを窓に掛け、十字を玄関ドアに吊るしました。それは、ここに住んでいる者は正教会の信者だと強調するためのものでした。彼らはキーラと私を台所に呼び寄せ、私たちのせいで迷惑をこうむりたくない、もしドイツ軍が来たならば私たちがユダヤ人であることを隠したりはしない、できればこの家から出ていった方がいい、と告げました。

私たちには行くべき所はどこもありませんでした。

売るべきものは何もなく、私は列並びの仕事につきました。

モスクワは強烈な爆撃を受けました。空襲警報のサイレンが鳴ると、パン待ち行列の人たちは防空壕に走り込みます。私はそれでも列に残りました。残っている人たちにはパンが支給されるのです。でも、それで私たちが得たパンはわずかなものでした。

ある時、何者かが私たちのパン券を盗みました。キーラと私の券だけではなく隣人の老婦人イグナトーヴァの分までもです。私は彼女のためにパンを手に入れ、見返りに幾らかのお返しを得ていました。でも、「こんなことが起きて」私はどうして家に帰ることができるでしょうか？　キーラは、「タローチカ、パンが食べたいよ」と私に尋ねます、でも私には何もありません。明日の分も、その次の日の分も私はパンを得ることができません、もうパン券がないのです。イグナトーヴァのおばさんはこのために私を殺すかもしれません。

私は死んでしまいたかった。もうすべてが終わったのだと思いました。車の下に身を投げようと決心しました。

私はそうしました。一人の婦人がやっとのこと私を車輪の下から引きずり出しました。彼女は私に、何故そうしたの？　とたずねました。私はこれまでのいきさつを説明しました。その人はいい人で、私に憐みを持ったのでしょう、家まで送ってくれ、イグナトーヴァのおばさんに、私に指を触れることのないよう、告げてくれました。

その婦人が去った後、イグナトーヴァのおばさんは、叩いたりはしない、でもその代りに配給として受け取るべきパン七〇〇グラムを渡せと、主張しました。「何処に行ったたって構わない、でも見つけてくるんだ」と言うのでした。

一体何処でパンが見つけられるのでしょうか？　二日間私は何とか売るものを探し出し、幾らかのパンを得ました。でもその後はもう何もできませんでした。キーラは目に見えて衰弱していきました。

私は学校に行きました。それは地下の地下鉄車両の中にありました。クラスは不規則に開かれていました。全学年一緒のクラスです。誰かが来る時もあれば、そうでない時もありました。

私はとてもひどく見えたのでしょう、教師が何か悪いことが起きたのか、と尋ねました。私は何て答えたのか覚えていません、ただ逃げて車両の片隅に座り込みました。それから、彼女は私に近づき、砂糖の入った小さな包みと、もう一つの少し大きい包みをくれました。その中には固くなったパン切れとビスケットが入っていました。教師と子供たちはこれらをなんとか集めていたのです。

私はこれを持って家に帰りました。イグナトーヴァのおばさんは私からそれを取り上げ、代わりに七〇〇グラムのパンと少しのビスケットを残してくれました。

キーラと私は食べました。そして泣きました。何かが食べたかったのです。でもビスケットはとても固く、噛み砕くのは容易ではありませんでした。

その教師はいい人で、翌日私たちを訪ねてくれました。そして私たちの生きている様を見て、これ以上放っておくと飢餓で死んでしまうと言いました。彼女は私たちをズボフスカヤ広場にある孤児院に送ってくれました。

孤児院では少なくとも何がしかの食べ物が与えられましたが、それが必ずしも私たちに届くことはありませんでした。時には年上の少年たちが取り上げたり、時には十分な割り当てに欠きました。そこの教師は、「この子たちは人民の敵の子供たちなんだ、食べ物がなかろうと構いはしない」と言うのでした。こうして孤児院においても私たちは飢えたままで、キーラは歩くこともできず、はい回るのみでした。

やがてヴィーチャ叔父が私たちを探し出し、彼の所に連れ出してくれました。そこにはたくさんの食べ物がありました。でも長い期間、キーラも私もパンや肉の一切れを隠す癖が抜けきれませんでした。それらを包み、土の下に埋めました。そうすることで飢えが再びやって来た時の備えをしていたのでしょう。

＜ナターシャの語り――終り＞

以上の話は私の娘が語ってくれたことを書き留めたものです。いつか私が忘れてしまうのではないか、そんな恐れで書き留めたのではありません。これを忘れるなんて私の生涯においてはありません。でも私以外の誰かにナターシャが語ったことを読んでもらいたい、その思いで書き留めました。

Part 3 - 2　結婚と四番目の娘、戦争を予言した人々

戦争は一九四一年六月二二日に始まりました。そして直ちに公式アナウンスがなされました。「わが部隊は何処を、さらに何処かの都市を放棄した」、「そこの、あそこの人口密集地域を放棄した……」ドイツ軍は戦闘の後に進軍して来たのではありません、彼らは単に西から東に雪崩を打ってやって来たのです。

私たちはいつもレヴィタンの声を恐れを抱きながら聞きました。彼の放送はすでに聞き慣れたものになっていました。「こちらはモスクワからの声です……」

そして七月にはスターリンによる有名なスピーチを聞くことになります。彼の公的なスピーチなど、一〇〇年この方聞いたことはありませんでした。「兄弟姉妹たち！」で始まったそのスピーチたるや！

訳者ノート　ユーリー・レヴィタンは戦争中の「ラジオ・モスクワ」のアナウンサー。番組は“Attention, Moscow is speaking”の定型的呼びかけで始まっている。

私は彼のスピーチを職場で聞きました。回りでは感傷的な人たちがすすり泣きました――何という単純な感情なのでしょう！　私はこのスピーチに大いに憤慨しました、それは神学校で聞く説教のようでした。彼は［ドイツ軍への」恐れの中で自分の幼少の頃を思い出していたことでしょう。

訳者ノート　ナディエジュダはヨシフ・スターリンが少年時代に神学校生徒であった事実を比喩しているのであろう。

明らかに彼の「最善の感情」は痛く傷つけられたでしょう、一体誰が彼をだまし抜いたのでしょうか？　ヒトラーなのです。スターリンは自国民を、友人たちを、そしてあらゆる人たちを信じていない時、ヒトラーに信頼を寄せたのでした。ヒトラーを信じるとは。スターリンはヒトラーの中に同じ質の精神性を感じていたことは間違いありません。

そしてヒトラーは「突然」攻撃を仕掛けてきたのです。スターリンはあらゆる方面から差し迫った侵略の警告を受けていました。ヒトラーの攻撃を「突然」だと誰が言えるでしょう？　私たちの諜報機関（ゾルゲは侵略の日取りまで報告していたと言われています）からも、また既にドイツと交戦中であったチャーチルからも警告を受けていました。またスターリンは私たちの国境警備隊からの警告を受けていました。彼らは西部国境線に沿って大規模な部隊配置を注視していました。こうした人たちはそのポストから外され、また幾人かの人たちは「パニックを流布させた」名目により銃殺されました。

訳者ノート　リハルト・ゾルゲ（1895 - 1944）日本にて諜報活動を組織。逮捕後一九四四年一一月七日小菅拘置所にて死刑執行。

戦争はすでに始まりました。キャンプの中にはこの戦争を予言したが故に宣告を受けた人たちがいました。キャンプのことを一つ話してみます。私は「母国への裏切り者の家族」であるが故に服役していたある女性と一緒に過ごしたことを思い出しています。彼女の夫も服役していました（それが彼の妻がそこにいる理由です）が、彼は「シャラーシュカ（キャンプ内にもうけられた秘密の研究開発組織）」で働いており、何かの発明業績をあげ、そのためにキャンプから解放され、スターリン勲章まで与えられました。彼が解放された時、「秘密組織での業績」

であるが故に彼の妻もまた解放要求ができる、ということにはなりませんでした。彼女は服役囚として残りました。外の世界に住み、勲章のピンを身に着けた夫のために彼女はキャンプに住み続けたのでした。

同じように戦争の間キャンプの中で服役を続けさせられた人々がいました、彼らは戦争を予告し、警報を発し続けていたのがその理由でした。

戦争の警告を発した人の中でソ連邦駐在ドイツ大使シューレンブルグ伯爵ほど顕著な人はいないでしょう。これは外交史の中では先例のないことです。侵略を準備している側の大使が、侵略を受ける側の大使に警告したのです。でもこれは事実です。戦争の開始間際にシューレンブルグはドイツ駐在ソ連邦大使デカノゾフに警告を与えています。

シューレンブルグその人はビスマルクに啓発された経験ある外交官で、生粋のドイツ愛国主義者でした。彼は[この戦争が]ドイツ国家の破滅につながるものと理解していました。歴史の流れが示した如く、彼は正しかったのでした。

シューレンブルグは絞首刑となり、デカノゾフは銃殺されましたが、彼の通訳官であったパヴロフは生き続け、[この裏面史]を語ったのはこの人でした。

訳者ノート　フリードリッヒ・ウエルナー・フォン・シューレンブルグ（1875 - 1944）は一九四四年七月のヒトラー暗殺未遂事件（七月二〇日事件）に連座し死刑判決を受け、刑は執行された。ヴラジミール・デカノゾフ（1898 - 1953）、ＮＫＶＤ長官ベリアの知己として長年外交官の地を保っていたが、一九五三年ベリアの失脚後逮捕され銃殺された。

スターリンはこれらの情報・警告から一体何を引き出したのでしょうか？

彼はソ連邦赤軍の最高位の指揮官たちを絶滅させていたのです――彼らのほとんどは資質ある指揮官たちでした。

自身の名誉回復がなされた後、ドドルスキー将軍（注　1894 - 1965）は保存文書に接する機会があり、次のような記録を引用しています。

階級	赤軍内の人数	銃殺された人数
元帥	5	3
軍司令官	15	13
軍団長	85	57
師団長	195	110
旅団長	406	220

この記録は赤軍幹部に起きた事実なのです。［銃殺を］免れていた幹部たちは戦争の勃発後に収容所から連れ戻されました。コンスタンチン・ロコソフスキー（注　1896 - 1968）、キリル・メレツコフ（注　1897 - 1968）等の人たちです。

多くの人々の関心と、そして悲しみとともに戦争は進行していきましたが、私にはもう一つを心を痛めていたものがありました、それは子供たちのことでした。

その頃の私はとても孤独でした。キャンプ時代の友人たちはコリマ・ハイウエイ沿いの各地に散らばってしまいました。職場の新しい友人――ユリア・ミハイローヴナやヴェラ・ミハイローヴナは私にとてもよくしてくれました、でも彼女たちはやはり別のサークルに属する人たちでした。こうした中で私や娘のことに気遣い、不運に同情を寄せてくれるたった一人の人はゴンチャルクだけだったのです。

私は結婚することに同意しました。これは孤独感と心の消耗から来たものでした。後年私はこう理解するようになりました。この呪われた地から抜け出すには彼のような人――心を開く相手でもなく、惹かれた相手でもない――の助力なくしては不可能であったということです。

そしてこの人はこと毎日の諸問題にぶつかった時、例外的な突進力を持った男でもありました。

私たちは登記所に出向き、結婚届を提出し共に生活を始めました。それまでの「コンパートメント」の小部屋に代わって、広い快適な部屋を彼は手に入れました。私は子供の誕生を待つ身となりました。

もし、[出産を待つ]私が何かの間違いをしでかしたなら、躊躇なく私を殺すであろうと言いました。実際のところ彼は子供を熱望しており、私をもまた自分に拘束しようとしました。それは私を強く愛していたからではありません、そんなことは彼にはできないのです。それは、彼のいわゆる「ウクライナ人堅気」の頑固さから出てきたものでした。

私の四番目となった娘はよっぽど世界の中に出たかったのでしょう、七ケ月の早産で脆弱でした。そのため通常よりもずっと長く病院に留め置かれました。この病院で私は初めて一般市民の医師と接しました、私もまた一般市民の患者でした。それまでは囚人としての患者でしたが。

私は「幼児の家」の最初の医師を思い出しています。彼は陰気な男で自分のオフィスに終日こもっていました。子供たちはまるで蝿のように死んでいくのですが、それは彼の関心事ではありません。もし誰かが病気の子供に対して彼の注意を呼びかけたならば、彼はこう言うのです。「どうしてそんな子供がここにいるのかね」

とうとう彼はその職を解任され、新たにロザリア・ボリソーヴナがやってきました。私は既にこのことについて書きました。リーラが生きてこられたのは間違いなく彼女の尽力であると私は今でも確信しています。そして救われた子供はリーラ一人だけではありませんでした。

ロザリア・ボリソーヴナには二人の娘がいました。もし母の持つ思いやり、いたわりの心が子供の運命の何かの道標となるならば、この娘たちもまた幸せな道を歩んでいることでしょう。

私はもう一人の女性、タチアナ・アレクセーブナをほのぼのとした気持ちでもって思い出しています。彼女はマガダン病院の先任ナースだった人です。

リーラは生後一年の間に三回肺炎に罹りました。そして同じ数だけの消化不良症にもなりました。病院では囚人の子供のために特別な小児病棟は割り当てられておらず、リーラと私はその都度タチアナ・アレクセーブナの病棟に行くことになりました。彼女は私にとてもよくしてくれました。もし私と一般市民との間に彼女が区別をつけていたとしたら、それは単に私の方に好意を向けてくれたと言えるでしょう。彼女はいつも私を、忍耐と教養ある（彼女が好んで使う言葉です）振る舞いの見本である、と見做してくれたのです。ところで、彼女の夫はどこかの相当な地位の高官で、おそらくそのことで彼女には「開放的」行為が許されたのでしょう。

一連の肺炎の病歴の過程で、リーラはそれ以外にも危険な状態に陥ったことがあります。彼女に膿瘍ができたのです。それは耳の後ろにできた腫物で大きさは彼女の頭ほどに見えました。タチアナ・アレクセーブナは当番医を呼びました。彼は、この膿瘍は切開しなくてはならない、直ちに施術しよう、と言いました。

彼はチェイン・スモーカーでタバコを手で転がしており、いつも葉をこぼしていました。彼の爪は汚れており、私が言える限りにおいて、彼は酔いから覚めてはいませんでした。

私は子供を強く抱きしめ、この子に施術をしないでくれ、と泣きました。私は外科医主任を呼んでくれ、と頼みましたが、きっと叫んだように見えたことでしょう。

その外科医は憤ってその場を離れ、タチアナ・アレクセーブナは外科主任を連れてきました。彼は病室に入ってきました。大柄で、体重があり、赤毛で何故だか怒ったような顔をしていました。彼はリーラの膿瘍を見て、毒づき、自分の手を洗い始めました。彼は時間をかけ入念にその手を洗いました、その大きな手は赤毛におおわれていました。タチアナ・アレクセーブナが傍にいるにもかかわらず、彼は始終毒づき続けました。でも彼は私の顔を真っ直ぐに見ることはありませんでした。私を無視し、タチアナ・アレクセーブナに向かって、私が部屋から出てゆくべきだ、さもなければこうした母親はきまってヒステリックになってしまう、と告げました。タチアナは、この人に関して全くその心配は無用です、ヒステリックになることはありません、と返しました。彼は再び毒づき、すぐにリーラの膿瘍を切開しました。彼ら二人は膿を絞り出し、その不幸で小さな頭を包帯で巻きました。

それから初めて私に視線を投げかけ、「君は立派だ、衛生兵でないのが残念だ。君を私の助手にしたいところだよ」と言いました。

彼が去った後、タチアナ・アレクセーブナは、彼は粗野で口の悪いので有名だが優秀な外科医です、と私に言ってくれました。さらにもう一つ彼女は付け加えました、彼は一般市民であろうと囚人であろうと差別をつけることはない、と。私は彼の姓を思い出せなくてとても残念に思います。

もう一人一般市民の医師がいました。ファイナ・エマヌイローヴナと言う人です。残念ながらその姓もまた私は忘れてしまいました。彼女は療法の専門家で、囚人の子供を扱うのではなく、囚人たちそのものの治療を実践していました。彼女はでき得る限りのすべての治療を施してくれたと、人々は言っていました。

病院の貧弱な食事の補給として自宅から食料を持ってきて、もう見込みのない人にも自己費用で与えていました。明らかに彼女はもっと多くの囚人を助けることができたでしょう、でも彼女の前にはキャンプ制度という障壁が立ちはだかったのでした。彼女の患者が仕事のできる状態ではない、と分かっていても、その人を労働に出すために治療を切り上げなければなりませんでした。彼女はまた囚人の労働カテゴリーを決める医療委員会に参加しなくてはならなかったのでした。［真実を言えば］これらの労働カテゴリーは健康状態に基づいて決められるのではなく、宣告された罪で決められていたのです。

ＫＲＴＤ（反革命トロツキスト活動）の宣告を受けた人はたとえ余命数日であろうと、重度の肉体労働につかなくてはならないのでした。ファイナ・エマヌイローヴナのような人は何人かの囚人を救ってくれましたが、彼女たちの不本意な黙認とともに、何千という人たちが命を失っていったのです。

ファイナ・エマヌイローヴナにはコリマでの三年契約条項がありましたが、彼女はそれを待たずに仕事を辞め、モスクワに去りました。でもその後すぐに亡くなりました、車にはねられたのです。何人かの人がモスクワで彼女に会っています。そして彼らは、これは事故でなく自殺なのだと思っています。

でもそれは分からないことです……

一九四二年の終わり、私はオーラ村に移りました。そうです、私が刑期の一部を過ごしたあのオーラ村です。最初は建設労働隊の塗装係として、その後は水産加工場の鮭の塩ふり係として働いた場所です。

そして今度は同じ水産加工場に計画部の長として赴任したのです。

統計の書記として私の下で働いていた人はタチアナ・ペトローヴナ・セルギエンカで、その夫はＮＫＶＤのオーラ地区の長でした。彼女は誠実な働き手で、私に尊敬を持って接したと言うべきでしょう。おそらくそれは、私の仕事上の習慣から、水産加工業の主要な部門長と私との間には良好な関係が生まれていたからではないかと思います。

彼女の家政婦はエリヤ・イエゴローヴァといい、私と長い期間キャンプで友人でした、マガダンでもオーラでも、ヴェセラーヤでもそうでした。エリアの宣告にはＴの文字が付いていませんでした。ＫＲＴＤ（反革命トロツキスト活動）ではなく、ＫＲＤ（反革命活動）だったのです。そして一般労働が嫌になった時、彼女は家政婦の仕事に就きました。彼女はエストニア人（イエゴローヴァという姓は夫の名前からきています）で、多くのエストニア人と同じく、彼女はきれい好きで、完璧であって、注意深く、素晴らしい家政労働の長でした。家政婦の仕事は彼女にとってもっとも適職でした。私が彼女が働いている婦人の上司となったことを彼女はとても喜んでくれました。「ナージャ、彼女に気を許してはダメよ、彼女は蛇のように陰険なところがあるわ、頼みにするのはいいけど気を付けることね」と忠告してくれました。規律を持ち、効率よく働く私の部下の統計書記は、可哀そうなエリアにとってはほんとに「蛇」のように映ったのかもしれません。

私はタチアナ・ペトローヴナに、あなたの家政婦は私の親しい友人だと告げました。「あなたは多分存じているかもしれませんが、エリヤは元教師でとても教養のある人です。彼女が家政婦としてあなたの所で働いていることを私はとてもうれしく思っていますよ。あなたもインテリゲンツィアですから、エリヤも家政婦をしながらもほんのちょっと仕事を休めて本を読むこともできるでしょう、私はそう思っていますよ」

タチアナ・ペトローヴナは何かの技術校を終了するには難しかったようで、簿記を選択しました、帳簿の数字は彼女にとって壁紙の模様に見えたことでしょう。それで、私がインテリゲンツィアの中に彼女を含んだので、彼女はすっかり得意になったのかもしれません、あるいは単に私との関係を失いたくなかったのかもしれません、でも事実を言えば、エリヤは「ほんのちょっと仕事を休めて本を読むこと」ができるようになりました。

仕事を始めた当初、タチアナ・ペトローヴナは私に水産加工場の生産工程を案内してくれました。

「ここは燻製工程……ここは魚の解体分別……ここは洗浄、そしてここが塩漬け工程です」と各工程を案内してくれました。洗浄のところで私は一五歳くらいの少女を目にしました。後ほど彼女と知り合いになり、食事を分けることにもなりました。少女はヴァーリャと呼ばれていました。彼女の話をしてみたいと思います。彼女はモスクワ近郊の出身で、多くの十代の若者と同様にモスクワのある工場で働いていました。

彼女の母親は重度の病気に陥りました。親類は、もし母親が生きているうちに会いたいなら、直ちに帰ってくるようにと連絡しました。彼女は三日間の休暇を取得しました。母親は実際に危篤の状態で五、六日後に亡くなりました。それは三日間の休暇が過ぎた後でした。彼女は訴追され二年の刑を宣告されました。

判決が読み上げられた時、彼女は大きな声で「分かりました、同志スターリン、私に幸福な少女時代を与えていただき感謝します」と言いました。

裁判所は直ちに彼女の罪を見直し、第五八条項（反革命活動）に変更しました。彼女の宣告は五年で、ここコリマに送られたのです。

私は痩せて、ぎこちない、お下げ髪のこの少女を観察しました。私の長女のナターシャよりわずかに年上でした。裁判から一年が経過していましたが、彼女がたったの一六歳だとは誰も思わないでしょう。キャンプへ送られる旅の途中で、そしていくつかの中継点刑務所で、彼女は犯罪者たちと一緒の時を過ごしたことでしょう。私には、こうした［犯罪者による］大学教育を彼女が受けたものと容易に想像することができました。

私はまたこう思いました——母親をなくしたばかりの不幸な少女に五年のコリマ流刑の宣告をなすとは、その女（ヴァーリャによれば彼女の判事は女性でした）は一体どんな心情の持ち主なのだろうか、と。

こうした人たちは、「事実そうであり、また忠実にそう振舞った」まぎれもないスターリニスト判事たちなのです。

私は話を脇道にそらしました、製造工程の話に戻ります。タチアナ・ペトローヴナと私が塩ふり工程にやって来た時、私は足を止めました。そこには昔と同じく大桶が置かれ、その中で女性たちが立って働いていました。その指はやはり包帯で巻かれていました。私たちの指はいつも魚のエラで引っかかれ、出血し、その傷口に塩が振りかかったことを思い出さずにはおれませんでした。私の手は常時痛み、また感染をおこしたものでした。

タチアナ・ペトローヴナは私の塩ふり工程への関心に気が付きました。「この工程は決して重労働ではありません」と言うのでした。私は彼女を見やり、「こんな易しい仕事に就いたとしたら、あなたはきっと幸運でしょうね」と声なく自分に囁きました。

女性たちは大桶の中で立ち働き続けています。私が知っている人は誰もいません。でも、彼女たちは私自身なのです、そして囚人なのです。

＊＊＊

訳者ノート　ここで、一九四一年七月三日付のヨシフ・スターリンのスピーチの冒頭を紹介します。出典は以下のアーカイブです。https://www.marxists.org/reference/archive/stalin/works/1941/07/03.htm

同志諸君、兄弟たち・姉妹たち、わが陸軍と海軍の男たちへ、

私の言葉はあなたたちに向けられている、親愛なる友よ。

ヒトラー・ドイツによる我が祖国への信義なき攻撃は六月二二日に始まり、いまも続いている。赤軍の英雄的な抵抗にもかかわらず、そして敵の侮りがたい地上兵力と空軍兵力は粉砕され、戦いの野において最後の運命にあっているにもかかわらず、敵は前進を続け、更なる兵力を前線へと注ぎ込んでいる。ヒトラーの部隊は既にリトアニア、ラトヴィアの主要部分を、ベラルーシの西部を、ウクライナの西部を占領している。ファシストの航空部隊は作戦範囲を広げ、ムルマンスク、オルシャ、マヒリエフ、スモレンスク、キエフ、オデッサ、セヴァストポルを爆撃している。我が国はその存在の危機に直面している。

我が栄光ある赤軍は何故を持って多くの市と地域をファシスト軍の前に放棄せざるを得なかったのであろうか？ドイツファシストの軍はその自惚れたプロパガンダが煽る如く無敵の強さを持っているのであろうか？

否、全くそうではない！　歴史をみれば無敵な軍などは存在したことはない。ナポレオン軍は無敵と言われていたが、ロシア軍により、英国、ドイツ軍により、立て続けに打ちのめされた。カイザー・ヴィルヘルムのドイツ軍もまた第一次帝国主義戦争の最中に無敵とされたが、数度に渡りロシアと英・仏軍により撃破され、最終的に英・仏軍によりとどめをさされた。今日のヒトラーのファシスト軍もまた同じことが言えるにちがいない。この軍はヨーロッパ大陸

において強力な抵抗に遭遇していない。唯一我が国土において抵抗にあった限りである。……中略……事実をいうならば、戦争を意図していたドイツ軍は既に十分な動員体制を敷いていたのであり、ソ連邦の前線に配置され、さらにドイツ本国より補充されるべき一七〇の師団は準備を整えていたのであり、進撃命令を待つ状態であった。他方ソヴィエト軍は依然として動員と前線への移動の最中であった。

この点において、無視できない重要なことは、ファシスト・ドイツは全世界より攻撃者と見なされていたにもかかわらず、一九三九年ソ連邦との間で締結した不可侵条約を不誠実にも破ったという事実である。平和を求める我が国は自然なこととして、自ら進んで条約を破り、裏切り行為に走ることはできなかった。

……中略……ドイツとの不可侵条約を締結することにより、我が国は何を得たのであろうか？　われわれはこの一年と半年の間に国内の平和を確保し、たとえ条約を反故にして彼らが攻撃したとしても、彼らファシスト・ドイツを撃退するに足る武力を準備する機会を確保したのである。……以下略……

訳者ノート　ナディエージュダは言う、「私は彼のスピーチを職場で聞きました。回りでは感傷的な人たちがすすり泣きました――何という単純な感情なのでしょう！　私はこのスピーチに大いに憤慨しました」彼女ならずとも憤りを感ずる無神経で自己弁護的なスピーチである。

Part 3 - 3 遠隔地への追放決定と逮捕状

私はゴンチャルクと戦争が終わるまで生活を共にしました。そしてこれらの年月は私にとって非常な困難を伴うものでした。あなたにとっての白は、彼にとっては黒であり、あなたの黒は、彼には白である、そんな人と生きていくこと以上に嫌なことがあるでしょうか？　でも最終的に彼に託した期待はかなうこととなりました――私と二人の娘を伴って彼は「ロシア本土」に脱出することに成功したのです！

一九四六年私たちはついにモスクワにたどり着きました。ママもそこに住んでいました。彼女はミハイル・オストロフスキーの妻であったがために「祖国への反逆者」の家族としてカラガンダ（注　カザフスタン）のキャンプで五年の刑を過ごしたのでした。夫のミハイル・オストロフスキーは一九三七年一二月［大粛清の波の中］レフォルトーヴ刑務所で銃殺されました。ママが自由の身になったのは一九四二年でした。彼女はモスクワ郊外タイニンコで親類の家に身を寄せていました。私たちが向かったのもそこでした。そして、私たちはそこでゴンチャルクと別れることになりました。

しかし、彼は彼の子供だけはどんなことがあっても私に渡そうとはしませんでした。ママは、父親のいない子供のことをまず第一に考えなくてはならないと、私を説得しました。私はある事実で自分を慰めました。彼ヴァシーリー［ゴンチャルク］はよく気が変わる男で、そのうちきっと娘のラリーサにも飽いてくるであろう、彼女も結局は私の元にやってくるにちがいない、そういう思いでした。私たち一行――リーラ、ママ、私の三人組――はモスクワを離れました。

叔父のヴィーチャ――彼は母の弟で、戦争中私の子供たち二人を孤児院から連れ出し、救ってくれた人です

次女キーラ

――はその当時アゼルバイジャンの中心都市の一つ、ケダベクで彼の妻ラーヤと私の二番目の娘キーラと共に暮らしていました。私の祖母は亡くなってから既に長い時が過ぎていました。

私の長女ナターシャは第七学年を終え、バクーにある教師養成校に入学していました。彼女をとりまく環境は、できるだけ早く卒業し、仕事を始めなければならなかったのでした。

バクーに着き、私はママとリーラの二人を駅に残し、ナターシャが住んでいるはずの教師養成校の寮を探しに出かけました。見つかりました。彼女は外出中ですぐに帰ってくるとのことでした。私は寮の近くのベンチに腰掛け、待つことにしましたが、私の胸は激しく高鳴っており、静かに座って待つことなどできませんでした。私は通りをゆっくり歩きました。人々が行きかっていました、ある人は私を追い越し、ある人は私に向かって。白いベレー帽をかぶった一人の少女が私の方に近づいてきました。彼女は無関心に私を見ましたが、通り過ぎてゆきました。「ナターシャ！」私は呼びかけました。彼女は一六歳で、一〇年前の面影は残っていません、でも私にはそれがナターシャであると確信しました。彼女は振り向き、驚きの表情で私を見つめ、こう尋ねました。「失礼ですが、私たちは以前どこかでお会いしたことがあるでしょうか？」

私たちはこうして再会しました。

ナターシャは教師養成校でこの期を終え、その後、その年の後半には第八学年に進むことに同意してくれま

著者と彼女の娘たち、左から長女ナターシャ、三女リーラ、四女ラリーサ

した。そして私はママとリーラと共にケダベクに出発しました。どうやって今後のやり繰りをしていいのかさえ目途がたっていませんでしたが、私は娘が真正の高等教育なしでいることなんて考えたくもありませんでした。

キーラはケダベクに住んでいました。第六学年で、細身の黒髪の少女でした。彼女とリーラはとてもよく似ており、二人とも父親にそっくりでした。

私たちは客としてケダベクにしばらく滞在しましたが、特にやることはありませんでした。そこで私はアゼルバイジャンのもう一つの都市圏であるシャムホールで仕事を探してみることにしました。そこはケダベクの二倍の都市で仕事の可能性はもっとありました。私は、小工業協同組合のプランナーの仕事を見つけました。組合は大きな規模で、各層のレベルがあり、その地方では先進的な生産団体と評価されていました。

ナターシャはここシャムホールの一〇年制の

学校に入り、第八学年に編入されました。キーラは第六学年、リーラは第二学年にそれぞれ編入されました。

ヴィーチャ叔父の妻ラーヤはキーラと別れることをとてもつらく感じました。彼女はこれまで一人の子供も持ったことがなく、キーラをとても可愛がっていたからです。

この時期は戦後であり、配食制が敷かれ、日々の生活は困難な時代でした。どんな理由かは分かりません、これらザカフカーズ共和国（注　アゼルバイジャン・アルメニア・グルジア三ヶ国による連邦共和国。1922 - 1936）には一つの特徴がありました。人々の労働所得は低いのですが、豊かに暮らしていくことができたのです。私にはどうやってそれが可能かは分かりませんでした。

ところでゴンチャルクに関しての私の予測は間違っていませんでした。数ヶ月後に彼はシャムホールにやってきました。［娘の］ラリーサは彼と一緒で、私には彼を拒絶することはできませんでした。でも私は彼と同居することはできないことだと知っていました。一週間の後、彼はウクライナのカルパチア山脈の近くの故郷に帰って行きました。

私の知人たちは皆、私が狂ったのではないかと見做しました。「こんな困難な時代に四人の子供を引き受け、夫を拒絶するなんて。彼は一家のパンの稼ぎ頭なのに。子供たちのことをまず一番に考えなくてはだめよ」と。でも私は間違うことなく子供たちのことを考えていました。そしてパンだけに依拠してはならないことも。

シャムホールでの仕事はしかしながら、一年で終わることとなりました。働き始めてから一年後、地方当局は明らかに地理学に習熟してきたのです。当局はシャムホールはトルコ国境に近すぎると断定し、したがって第五八条項を宣告され、服役を終えた者はそうした場所に住むことが許さなかったのです。

訳者ノート　シャムホールはアゼルバイジャン西方（カスピ海と正反対）に位置するが、トルコ国境との間には途中アルメニアがあり、トルコ国境までの直線距離はおよそ二〇〇キロメートルもあり、「国境に近すぎる」とは言えないのだが。

当局の決定により、私は遠隔地に追放されることになりました。でもまず最初に彼らは私と話をしなければなりません。地方当局のある少佐が私の出生データに興味を示し、私の出生地ベルリンに着目しました。この線から、彼は私とファシストとの関係を探そうとしました。私は、一九〇六年の生まれであり、その頃のベルリンにはファシストは存在せず、またどんなに先見性に富んだ人であろうとその到来を予測することは不可能であった、と説明に努めました。でも彼の疑いを抑え込むことはできませんでした。最終的に彼が強気に出てきたのは私がプレハーノフ人民経済大学を卒業しそこから学位を得ていた事実です。彼は憤然として、「いいか、なぜ君は全くけしからぬ嘘をつくのかね？　プレハーノフはメンシェヴィキであり、過去の残骸だ、彼の名をつけた大学が一体どこにあるというのか！」と私に言いました。

私の早急な追放を決定したこうした「革命で」啓発された人たちの実態とはこの程度の者でした。私がどこに行くべきかを彼らは全く提示することなく、ただアゼルバイジャンを去ることのみ要求しました。私はソ連邦憲法第三八条項のカテゴリーに入っており、それによると私の居住地域に制限がありました。地域の中心都市、国境の都市、地方首都、等々に住めません。私が住むことができるのは「どこかの湿原の上に掛けたハンモック」でした。でも私にはその湿原さえありませんでした。

訳者ノート　連邦憲法第三八条項パスポート許可とは外国からの亡命者に与えられる内国パスポートでソ連邦市民権の付与を意味している。元服役囚のナディエジュダは付与された市民権保持者としての居住制限を受けていた。

私の叔母ラーヤが、ヴィーチャ叔父の働く病院のナースの一人がクラスノダール地方のクロポトキン市（注北コーカサスの中心でややアゾフ海寄りの内陸部）の出身であったことを思い出しました。彼女の母親がそこに箇素な家を持っており、少なくとも行ってみるべき場所かもしれませんでした。そのナースによれば、そこのカフカーズスカヤ駅は主要な鉄道線が交差しており、多くの企業・組織が集まり、仕事が見つかる可能性がありました。［そこに行く］私にとっても、また［そこから来た］ナースのターニャにとっても、何処かの土地への執着はありません、もしクロポトキンがたどり着く先なら、自らすすんで行ってみよう、私はそう決めました。

でも子供たちはどうしたらいいのでしょうか？　ラーヤはお気に入りのキーラが帰ってくるチャンスに大いに喜び、是非彼らと一緒に住んでもらいたいと申し込みました。ママは私が諸事を整えるまでナターシャとリーラと共にシャムホールに留まることに同意しました。でも、ラリーサと一緒にいることには断固として反対しました。「彼女には父親がいるのだから、その娘のことは彼が思慮すべきことだ」との主張でした。度重ねての私の懇願にもかかわらず、このことに関しては私に同意してくれませんでした。「彼は自分の娘を引き寄せたいはずだ、だったらそうさせた方がいい」と。

私は六歳の幼い子供を連れて旅立つことはできません、そこは未知の土地であり、叔父ヴィーチャの下で働いているナースの実家に世話になるのですから。

私はラリーサを送らざるを得ない趣旨の手紙をゴンチャルクに書きました。彼は電報にて、喜んで引き受けるとの返事を送ってきました。私はコリマ時代のいくらかの服を売り払い、ラリーサと共にチェルノヴィツキー地方の中核都市ノボセリッツア（注　ウクライナ西南、ルーマニア国境沿い）に向かいました。ゴンチャルクはそこで働いていました。どうやってラリーサと別れたか、またどうやってノボセリッツアからクロポトキンに旅したか、これらのことは思い出したくありません。私は彼女が寝ている夜中に離れたのです。

クロポトキンに住むヴィーチャ叔父のナースの母親は両手を広げて私を歓迎してくれたとは言い難かったのですが、ともかくも屋根の下で体を休めることができました。

私は職を求めてクロポトキンの町を歩き回り、その間はお金を節約するためにカフェテリアでお茶とカーシャ

（注　粥）だけで過ごしました。できるだけ早くママと子供たちに何とか送金しなくては、の思いからでした。

私は幸運でした。数日後に北カフカーズ鉄道線の建設部門計画部のエコノミストの職を得ることができました。計画部は二人で成り立っており、上司（彼はシニアー・プランニング・エンジニアと呼ばれていました）ともう一人のエコノミスト（私です）がその下についていました。私は愛想のいい老婦人から一部屋の角を借り受け、すべては順調に進んでいるように見えました。鉄道の管理体制は軍事組織化されたものと考えられており、私たちの部門の長は少佐でした。彼と話す時は「同志少佐、話すことを許して頂きたい」と私は言わなければなりませんでした。

規則として夕方時も日曜日（その日は半日でした）も働きました。そこで働く多くの女性たち（ほとんどが家族持ちでした）は何がしかの理由で夕方と日曜の仕事を避けていました。

逆に私は何かやることを持つのは嬉しいことで（借りた部屋の角で老婦人の不平を聞くよりは働いた方がよっぽどましでした）、夕方の仕事も苦ではありませんでした。そしてそのことで部門長の好意を得ることにもなりました。私の観るところ、彼の仕事評価は質に基づくのではなく、費やされた労働時間に基づくものでした。

私たちは、ママと子供たちはシャムホールに春まで滞在すべき、と決めました。ナターシャは第九学年で、学期半ばで彼女を転校させたくはありませんでした。春が来るまでそれほどの月日を待つ必要はありません、そして突然増えた私の給与の大部分を彼女たちに送りました。私の上司、シニアー・プランニング・エンジニアは意志が強く経験を持った働き手でした、でも彼は大酒飲みでもありました。

一度支払い係が病気になった時、彼はアルマヴィル（注　クロポトキン南東七〇キロメートル）へ出張しましたが、信頼されており、そこで働く人たち（アルマヴィルで駅を建設中でした）の給料を預けられていました。彼が持ち運んでいた多額の現金の半分は飲み代に消えてしまいました。彼は裁判にかけられ、審理過程で工場の事務員たちから賄賂を受け取っていたこと、帳簿を粉飾していたこと、が明らかになりました。彼は宣告を受け、私の部門長の少佐は私にシニアー・エンジニアの職を提供しました。

私はここの仕事が好きでした。ロストーフに出張した時にはその手当で給料も増えました。でもそんなことより、ロストーフへの旅行そのものが面白かったのです。その町は大きく、とても活発でした。「オデッサがママなら、ロストーフはパパである」と言われていることも納得できます。私に関して言えば、一九三六年からキャンプ、その後はマガダン、そしてシャムホール、クロポトキンといった田舎に住んでいましたのでロストーフは特別に興味を引く町でした。

訳者ノート　ロストーフはアゾフ海北東部に流入するドン河沿いの町で水運の要所となっている。

劇場もまた決して悪くはありませんし、いいコンサートもありました。管理職は夕方も働いていたので、そこに出かけ、リラックスできる機会はめったにありませんでした。でも時には何とかやり繰りをつけました。一度エーレンブルグ（注　イリヤ・エーレンブルグ、1891 - 1967、作家）に捧げられた読書会議に出席したことがありました。討論は彼の小説『嵐』(The Storm) についてでした。多くのスピーチがあり、批判的観点からの発言もありました。親フランス的である、主要なヒーローは伝統的と言うには不十分である、等々。

結語の中でエーレンブルグは聴衆に向かって、作品への興味と批判に感謝の言葉を述べました。それから彼はポケットから紙を取り出し、「ここで皆さんにもう一人の読者の意見を紹介します」と言いました。彼は、「休暇の間、私はエーレンブルグの小説『嵐』を大きな興味と楽しみをもって読むことができました。ヨシフ・スターリン」と声を出して読み上げました。

これ以降批判的な発言はなくなりました。

春になりママが子供たちを連れてやってきました、そして私たちは一部屋を借りました。九月になり娘たちは学校に戻りました。ナターシャは第一〇学年、キーラは第八学年、そしてリーラは第四学年となりました。私の給料は良かったのですが、私たちの生活は楽ではありませんでした。尽きるところ私たちは大家族でした。

私たちの周りには戦争で夫をなくした女性たちが数多くいました。彼女たちにとっても生活は厳しいものでした。私の地位、シニアー・エンジニアは鉄道管理体制の中で上層部（ノーメンクラツーラ）に属していました。私は長い間、その職位の一時的代行者のままで、正規の職位としては確認されていませんでした。それは私の出生記録［出生地ベルリン］を考慮しての結果でした。しかし、とうとう私の職位は管理当局が確認したものになりました。私はこのことに喜びました、職位についての安全が確保されたということです。この頃ナターシャは高校課程を終え、スタヴロポル（注　クロポトキンと同じくクラスノダール地方）の外国語大学に進学しました。キーラはケダベクに休暇ででかけており、リーラはピオネールのキャンプに行っていました。

一九四九年八月二〇日の朝、私はスタヴロポルのナターシャに電話を掛けて、彼女の誕生日を祝いました。短い時間の会話を終えた時、私たちの部で働く一人の若い女性が私の所に歩みより、部門長が話したいと言っている、と告げました。私は出かけました。呼ばれた人事部で待っていたのは私の部門長ではなく、ＮＫＶＤの制服を着た男でした。彼は私に逮捕状を見せました。こうして私の第三回目となる尋問審査と苦難が始まりました。

Part 3 - 4　自由流刑、クラスナヤルスク地方、特別な命令があるまでの不定期刑

ＮＫＶＤエージェントは私を伴って自宅にやって来ました。彼は私たちの部屋を探索しましたが、もちろんそれは外面的な演出に過ぎません。私はママに別れの言葉を告げました、そして予備留置所（それは駅の中にありました）に連行されました。そこで私は眠れぬ一夜を過ごしました。一緒に留置されていたのは警察の一斉捜査で逮捕されていた数人の投機師と収賄者たちでした。

翌早朝の一番列車で私はロストーフに移送されました。私はなぜ逮捕されたのかを考え続けていました。私がまだコリマにいる時は、キャンプで同志であった元囚人たちとは会うことはありました。でもここ三年間は誰かに会うことも、誰かに手紙を書くこともありませんでした。したがってこの線から逮捕されたとは考えられませんでした。

もしあるカテゴリーの人に対しての逮捕命令が発せられたならば、根拠があろうとなかろうと、その人たちは逮捕されるのだという事実を私はよく知っていました。ともあれ、そのことが今回の逮捕の原因でした。新しい長官アバクーモフは権力を握り、歴史にその悪名を残しました。彼は『リピーター』というカテゴリーを考えだし、三〇年代に服役し、それを生き延びた人たちの再逮捕に踏み込んだのです。

訳者ノート　ヴィクトル・アバクーモフ　1908 - 1954、一九四六 - 一九五一年には国家保安局ＭＧＢの長官。ＭＧＢは後年ＫＧＢと改称された。

でもこれは私が後になって知り得たことです。もちろんですが、私は子供たちのことを考えていました。物質

的な意味において、私は子供たちのうち二人――キーラとラリーサ――に関しては冷静になることができました。キーラはヴィーチャ叔父とラーヤ叔母の元にいて、どこで勉強しようとも、なんとかやっていけるはずでしょう。ラリーサは彼女の父親の元にいます。彼がどんなタイプの人間であろうと、衣食住にこと欠くことはないでしょう。しかしながら物事の物質的側面を除外して考えるならば、私が心配するのはまさにこの二人の娘でした。こう言えば不思議に思えるかもしれません。ヴィーチャ叔父の妻、ラーヤはゴンチャルクと共通したものは何も持っていません、でも育て方、あるいは教育とかに関して言えば、彼女と彼は共通するものを持っています。それは人生に対してのいくつかの基本的な姿勢です。そしてそれらは私が受け入れられないものでもあります。

もし私の子供たちが［私が受け入れられない］人生に対しての姿勢のままに育てあげられたならば、私には耐えられないことでしょう。

私がそれほどにも心配しなかったのはリーラのことでしょう、それというのも彼女は祖母――私の母です――と共にいたからです。さらに言えば、彼女は音楽とドイツ語のレッスンをしてわずかながらも何がしかのお金を稼ぎだしていました。しかし、私は母のことをよく知っており、リーラの境遇に関して気を抜くことは絶対にできませんでした。そして後になり、この点に関して私が正しかったと知りました。ママはリーラを孤児院に預けたのでした。そこから連れ出したのはナターシャでした。でも彼女はスタヴロポルで勉強しており、生活のほとんどを給付金に依存しており、リーラはクロポトキンに帰らざるを得ませんでした。彼女は通常の孤児院ではなく、孤児のための集合センターとも言うべきところにおちつきましたが、そこには学校はなく、全体としてひどいところでした。

でもこれらのことを知ったのは随分と時間が経過した後からでした。逮捕された時点で、しかしながら私が最も思いを馳せたのはナターシャのことでした。他の子供たちに関しては、少なくとも私が自分を責めることは何もありませんでした。私はひたすら働き、個人的欲望の一切を拒否し、私のでき得るすべてを子供たちに捧げてきました。私がラリーサを彼女の父親に与えた時にも、そのことが永遠であろうとはひと時も考えていませんでした。それなりの期間が過ぎれば、彼は彼女に飽き、私の元に送ってくるであろうと確信していました。

でもナターシャについて言えば、彼女は活動的なコムソモール（共産主義青年同盟）同盟員であり、私の逮捕をどう思っているでしょうか？　そして私をどう考えているでしょうか？　私は彼女と二年半生活を共にしましたが、［私の過去の出来事を］話してはいませんでした。

一体どうして話さなかったのでしょうか？　この点において私は自分を責めなくてはなりません――一九三七年の大粛清の波がどんなものであったのか、私はなぜ話さなかったのでしょうか？　政治裁判について、強制労働キャンプについて、党の内と外における人々に対する肉体的破壊について、農業集団化について、私はなぜ話さなかったのでしょうか？　私はこれらの一切を話さなかったのです、なぜ？　私はこう考えていました。しばらくの平和な時を彼女に過ごしてもらおう、［母の］すべては正しかったのだと彼女に信じてもらおう、その後に、いつか私から話す時がきっと来るだろう、そう考えていました。そして［逮捕された今］私には彼女に語りかける術はなくなりました。このことを彼女はどう思っているでしょうか？

四人の子供たちがそれぞれ別れて生きていくのはなんと惨めなことなんでしょう！　一人ひとり別れたままで生き続けることが可能なのでしょうか？

もちろん、私は私自身についても考えました。私はこの治安システムについて十分に知っています。一度逮捕されたならば、たとえ最終的に解放されるとしてもそれは決してすぐにはやって来ない、と。私は二三歳で最初に逮捕され、そしていま四三歳で逮捕されました。この先どれほどの刑が待っているのでしょうか、それに耐えることができるのでしょうか？

私の人生において初めてのことです、私はもはや生きている心地を感じることができませんでした。最も私の気が休まるのは死について考えることでした――何時だって私は死ぬことができるのだ、と。予備留置所で眠れぬ夜を過ごした時、クロポトキンからロストーフへ列車で移送された時、私の脳裏について回ったのはこの考えでした。ロストーフでは、私の護衛は私を北カフカーズ鉄道線の管理部の建屋に連れていきました。毎月私はここに出張していました。しかしながらこの建屋の地下に、格子付きの窓、刑務所の典型的な備品――簡易ベッド・そば机・椅子・角に置かれたバケツ――を持った一部屋があることは全く知りませんでした。

クロポトキンからの護衛は姿を消し、当番の看守が私に食事を運んできました。私はそれにフォークを差し込み、いじることしかできませんでした。その当番は「食べるべきだろう、これはレストランからの持ち込みで、この後あなたはこうした食事にありつくことはないのだから」と言いました。彼の言っていることはそのとおりで、食事はレストランからのもので、四つのコースでした。そしてこれも事実です、この後このような食事を摂る機会はありませんでした。でも私には食欲はありませんでした。

二時間ほどの後私は呼び出され、ある部屋に通されました。それは通常のオフィスでした。そこに座っていたのは私服の男で四〇歳くらいに見えました。彼は、自分が私の担当尋問官で、名はコーガンである、と告げました。私はどんな根拠で逮捕されたのかを質問しましたが、その件は取り調べの過程で明らかになるであろう、と彼は答えました。彼は私に関しての情報収集的ないくつかの質問をしましたが、私は何も書きつけることはしませんでした。この種の質問がなぜ必要なのかは全く意味をなしていません、それは明白でした。彼は、私の実像を想定するのに決して急いではいない、私にはそう見えました。

翌日私はロストーフ市刑務所に移送されました。そこはエカチェリーナ二世（注　在位1762 ‐ 1796）時代に建てられたもので、E文字の形をしていました。直線的に長い建物で、その両端と真ん中に小さな翼が付属物の様に配置されていました。

肩章をつけた肥えた女性の刑務官が私につきそい、「われわれはあなたについて何でも知っているわ」と客を招いた女主人のように猫撫で声で話しかけました。

これまでと同じく一連のコースを通りました。指紋採取、写真撮影、ボディ探索です。でも私がブティルカ刑務所で味わったものとは違っていました。ここではこれらのコースは即座に始まり、無頓着に、特別の儀式なく進んでいきました。もちろん、私自身もブティルカの時代とは異なっています。その時はすべてが屈辱を与える為に、またことさらに無礼を与えるためになされているのだと感じましたが、今はもう単にイライラさせられるだけでした。

すぐに分かったことはこの刑務所は非常に厳格な規則がないということでした。もし刑務所が清潔で、静かで、そこのスタッフがまるで幽霊のように音を忍ばせて歩いているならば、そこは恐ろしい刑務所です。ここロストーフ刑務所は見る限りにおいて、手紙の交換、大声を出しての他人とのやりとり、これらが可能と思えました。

女性看守は私を房に連れて行きました。房は小さく八個のベッドがありました。既に七人の先住者がおり、最後の一つが私用でした。同房者に対して私は自己紹介しました。

最初に私の目に留まった人はとても綺麗なアルメニア人の女性でした。リーマ・チェルニキアンという名前でした。ロストーフにはナヒチェヴァンという大きなアルメニア人の居住区域があります。でも分かったことは、リーマはナヒチェヴァンの出身ではなくパリの出身でした。一九一七年両親がパリに亡命し、彼女はそこで生まれ、成長しました。一九四〇年スターリンが、すべての亡命者は母国に帰ることができる、との声明を発表した時、リーマの父親は生まれ故郷のナヒチェヴァンで自分の生涯を終えたいと考え、帰国を決意しました。彼の息子、リーマの兄は帰国を絶対的に拒絶しましたが、当時一九歳であったリーマは自然なこととして両親に同行しました。リーマとの別れを望まなかった彼女のフィアンセも彼ら三人に同行しました。彼はルーマニア人でルーマニア王国艦隊の大尉でした。彼らがソ連邦の地を踏むと同時にこの大尉は処刑されました。私の理解するところでは、彼は如何なる裁判、尋問を受けることはなく、また単に銃殺場で射殺されたということではないようでした。リーマは間もなく北カフカーズ軍事地域の副司令官であったララヤネッツ将軍と結婚しました。一九四五年の大戦の終了間近になりその将軍は逮捕され、その後すぐにリーマも逮捕されました。その時、彼女には三歳の男子と四ヶ月の女子の二人の子供がいました。彼女が尋問に耐えている時、彼女の母はその幼い女の子を連れて一日に二度刑務所にやって来ました、母乳を与えるためです。赤ちゃんが飲んだミルクの味はさぞかし苦かったでしょう……。

リーマは七年のキャンプ収容宣告を受け、既に四年を過ごしました。今再び故郷たるロストーフに連れてこられたのですが、これは明らかに新しい宣告を受けるためでした。かつて五年から七年の宣告を受けた人たち、さらには一〇年の宣告を受けた人たちですら再調査の対象となっていると言われていました。

そしてその人たちには、「一般的な」ルールとして、二五年の刑が待っていたのです。

房内の残りの女性たちはドイツ軍の下で働いた（ドイツ軍の手先、under-Fritzes と呼ばれていました）人たちとか、党内セクトに属していた同調者たちでした。

房内には二人の「ドイツ軍の手先」として逮捕された人がいました。その一人は自分自身を隔離した人で、他の人が話しかけることはありませんでした。彼女は学校でドイツ語を教えていましたが、ドイツ軍が侵攻してきた時ゲシュタポの下で通訳として働きました。彼女は尋問、拷問に際しても同席し、またファシスト士官たちと飲酒を共にしました。シニカルにその時を振り返り、「私はドイツ軍の下で贅沢な時を過ごしたのだ」と言い、そしてこうも続けました。「今ここに座りながら、少なくとも思い出す何かを持っているのよ、私はあなたたちなどとは違っているのよ」

二番目の女性はドイツ軍の支配下で幼稚園の先生をしていました。そこの子供たちはもちろん私たちロシアの子供たちで、彼女自身の子供もその中に含まれていました。そしてこれら子供たちのために働いていたのです。彼女はタガンログ（注　アゾフ海北西部）の出身で、その地はドイツ軍により一年以上も占領されていました。

彼女は何とかして生き延びる道を見つけなくてはならなかったのです。

この二人の女性は同じ罪で告訴されていました――「占領者への協力」という罪名でした。

宗教を理由として拘束されていた人たちの中に、房の誰からも好かれていた一人の一七歳の少女がいました。エヴァ（フルネームはエヴェンジェリカ）という名前でした。彼女の祖父母はバプティストで、革命の前にカナダに移住していました。［カナダでは］農場を買い、農業コミューンを組織したいくつかのロシア人家庭がありました。これらの人たちはいい生活を送っていましたが、ロシアの言葉、生活様式、休日を保持し続けていました。彼らの中に一九四〇年にロシアに行く機会を持った人たちがいました。その中の何人かは――エヴァの両親を含みます――母国に帰ることを決意し、実行しました。


この刑務所でのある夕方のことです、エヴァは呼び出しを受けました、おそらく尋問の為だろうと思われました。彼女はすぐに房に帰ってきましたが、その目は涙であふれ、歯はカタカタと音をたてていました。「エヴォーチュカ、何があったの？」皆が尋ねました。分かったことは、呼ばれたのは尋問のためでは全くありませんでした。尋問官と一緒に五人の男が一部屋に集まっていました。皆酔っており、テーブルの上にはボトルと食料が置かれていました。彼らはエヴァを椅子に座らせ、ワインを飲むよう説得し、あまつさえその手で彼女をみだらにもさわり始めました。彼女は自然の反応で大声を出し、ドアに向かって走り出しました。まだ酔っていない誰かが、明らかにこのことは彼らにとって悪い結末となる、と理解したのでしょう、彼女は房に戻されました。

私はこの房で数日間を過ごし、二つのことを知り得ました。一つには尋問において殴打はなく、また一般にトラップ、脅迫とかの積極的尋問スタイルをとらないという事。もう一つは、「母国への裏切り者の家族」という罪名で家族を逮捕しない、ということです。

ある朝のことです、夜明けとともに彼らは私を尋問に呼び出しました。私は囚人護送車に乗せられ、市中のこの刑務所からＮＫＶＤ本部に運ばれました。入るやいなや、私は狭い「箱」の中に入れられました。この「箱」についてはブティルカ刑務所にいた時、知っていました。それは衣装入れのクローゼットといったものです。「箱」にはいくつかの種類がありました。たった一人を立たせるだけのスペースのもの、椅子があり腰かけられるもの、さらにテーブルと椅子があるもの、等です。私の「箱」は中くらいの「快適さ」がありました。椅子がその中にあったのです。私はその中でおよそ三時間を座って過ごしました。刑務所を出たのは起床時間のすぐ後、六時過ぎでした、そして尋問は正確に九時に始まりました。［尋問官］コーガンは大きな腕時計をはめており、その時間を盗み見することができました。

今回彼は上級中尉の肩章をつけたＮＫＶＤ制服を着ており、まぎれもなく尋問官の雰囲気を漂わせていました。この尋問においては私の話すことすべてが調書に記述されると彼は警告しました。

尋問は朝九時から夜一〇時まで続きました。コーガンは二時間の昼休みを取りましたが、私はあの「箱」の中の椅子に腰をかけて時を過ごしました。

私は昼食を与えられましたが、それはレストランからのものではなく、間違いなく「刑務所スープ」でした。尋問の話しを続けます。彼は週に一度、時により二度私を呼び出しました。それはいつも夜明けと同時に私を刑務所から連れ出し、就寝時報の鳴る前に連れ戻すのでした。これは尋問がおよそ一五、一六時間続いたということです。

物事はすべて相対的にできているのですね、私を連れ戻した囚人護送車が去り、刑務所の鉄のゲートが音をたてて閉められる時、私は幸せを感じるのです――さあ我が家に帰ったわ！

第一回目の尋問が終わった時、しかしながら、私はそれまでいたあの房に戻ることはありませんでした。建屋の別方向、刑務所の左側に連れていかれました。私は独房に入れられました、簡易ベッドは二台ありましたが。刑務所のこの翼の部分にいたのは軽微犯たちで、独房には四～五人が詰め込まれていました。彼らは広い房に留置されることはなく、したがって衆になることはありませんでした。

尋問の全過程が終了するまで私はずっとこの独房に留置されました。この期間に三度、もう一つの簡易ベッドが同房者によって占められました。この人たちは私と数日過ごすことになりましたが、彼女たちについては後で話します。

今となっては、「その当時」どんな順序で尋問が進行していったか――最初はこうして、それからはこうなり、その後からは……を思い出すのは難しくなりました。それ故尋問の経時的変化を記述するのではなく、起きたことを述べたいと思います。この事で読者を混乱させないと信じています。

最初の尋問が終わった時点でコーガンは念入りに準備してきたのだと確信しました。彼は、「私たち」左翼反対派の同志たちの名前に精通していました。また一九二八―二九年に私がそのメンバーであったモスクワ地区コムソモール反対派センター（私はこのことについてすでに書いています）の構成に関しても同様に精通していました。

さらに当局はこのセンターの一人の元メンバーにより提供されたであろう情報を持っていました。このセンターに部外者が入り込む余地はないにもかかわらず、それらの情報のすべてはまるで速記録のような精密さを持っていました。

コーガンは一人一人の名前を挙げて、彼らに関する質問をしました。私は最早生存していないと確信できる人たちに関しては「覚えている」と返答しました。私の供述が彼らにとってもはや何らかの危害とはならないのです。他の人たちに関しては私は「覚えていない」と答えました。コーガンは怒気を持ってつぶやきました、「覚えていない、覚えていない、と何度返答すればいいのか」と。

「一般として私の記憶力は優れていません」「君は時間を浪費している、君の学生時代の友人たちは君の優秀な能力と記憶力の良さを語っているし、君の教授たちも君の記憶力の良さを認めているのだ」

私はエセル・ヴォイニッチ（注　1864 - 1960、アイリッシュ系英国人作家）の「アブ（The Gadfly）」の中の一文を言い換えて答えました。「教授という人たちは尋問官とは違った尺度でもって記憶力を認め、評価するように見えますね」と。

尋問の過程で、なぜコーガンが最初から私に強い興味を持っていたのかを私は理解し始めました。「彼らが保持している」私の情報ファイルの中にはラコフスキーからのハガキが含まれていました。それは私の最初の流刑期間に彼から送られたものですから、おそらく一九二九―三〇年だったと思います。そのハガキには次のような文がありました。「私はL.D（注　トロツキー、当時アルマ・アタに流刑中）から手紙を受け取りました。彼の伝言、『届いた不確かな情報ではナディーシュカがシベリアにいるとのことです。もし機会があれば、彼女に私の心からのあいさつを送ってくれないでしょうか』をお伝えします」

コーガンは獲物に狙いを定めるタイプの男で、キャリア志向を持っていました。きっとこう思ったでしょう。「さあ見ろ、小鳥が俺の前にやってきたぞ、トロツキー自身が彼女に親愛のあいさつを送っているではないか」と。全く愚かな男です、トロツキーにとって私は政治的人物というよりもアドリフ・アブラーモヴィッチ・ヨッフェの娘なのです。そうであるが故に彼は私を子供時代の愛称「ナディーシュカ」と呼んでいるのです。

私は彼に告げました。「もしあなたが私のことで肩章の星をもう一つ増やしたいならば、時間を無駄にしていないでしょう。そこに期待を込めない方がいいでしょう」［図星であったのでしょう］彼は私の言葉に怒りました。「いいか、私は尋問の仕事を長年やってきたが、君のような不愉快な人間に会ったのは今日が初めてだ」と言い放ちました。

私は彼の言葉を私への賛辞としてやり過ごしました。

彼は一度こんなことを切り出しました。最初私にはその意図が分かりませんでした。「私には一人の娘がいる、一四歳だ。彼女は第一学年の時からずっとある娘と一緒に勉強してきており、彼女とは親しい友人関係を築き、その家をよく訪ねていた。そこの両親も私の娘を気に入り、いつも快く迎えてくれていた。一度お茶の時間にその娘の母親が、人々はスターリンを称賛しているがそれは間違っている、と言った。『神をそうするように一人の男を讃えるべきではない』と。私の娘がどんな行動をしたか分かるかな？」コーガンは自慢げに私に尋ねました。「私の忠告なしに、自らの意思でもって私の娘は然るべきところに手紙を書いたのだ。その母親は逮捕された。君にしてもコムソモール同盟員とはそうあるべきだと同意できるだろう」

私はこの「無邪気な」一四歳の少女を思いつつも、肉体的な吐き気を覚えました。彼は私の表情から、明らかに私の反応を読み取りました。「君の娘ナターシャもまたコムソモール同盟員だ。君がいま座っているそこに彼女は座り、私と話をした」

この部屋で、この椅子に腰かけた――その椅子は鎖で床とつながっています――ナターシャを想像してみました。私はコーガンの満足そうな声を聞きました。

「多分君には水が必要だろう」私は彼がウソをついているし、ナターシャがここに来たことはない、と思いました。そして事実、彼女は来てはいませんでした。

一〇月の中旬になり、ママが面会にやってきました。小さな差し入れ袋を持ってきてくれ、二五ルーブルを私の刑務所口座に預けてくれました。当局はこの面会を許可したのです。ママは、娘たちは全員健康で通学している、と言いましたがリーラが孤児院に入っていることは一言も言いませんでした。

その当時の規定では尋問は二ヶ月を超えてはならないとされていました。もし尋問がその期間にことを成さなければ、尋問官は検事の許可を取らなければなりませんでした。コーガンは正確にこのデッド・ラインに間に合わせました。私の逮捕は八月二〇日で、一〇月二〇日に私は訴訟法二〇六条に署名しました。二〇六条は尋問の終了を意味しています。そして被告は自分の訴訟について自分自身に知らしめる義務を持っています。もし被告が単独で起訴されたのであれば、自分で読み、署名をします。もし数人が起訴されたのであれば尋問官が声を出して読み上げます。

二〇六条への署名の後、私は通常犯罪者の房に留置されました。そしてそれは何と幸せなことだったでしょうか！

独房にいた間に三人の女性がそれぞれ数日間同居したと前に述べましたが、このことについて話したいと思います。最初の同房者は親切な若い女性、ジーニャ・プロトニコーヴァです。彼女は外国語大学のドイツ語科を卒業しています。ドイツ軍がタガンログに進駐してきた時、ある貿易会社に通訳として働きました。その貿易会社はうまく経営できずにドイツに引き返したので、彼女の働いた期間は短いものでした。会社は一緒にドイツに行こうと彼女に申し入れましたが、彼女は年老いた両親を見捨てることはできませんでした。いま彼女には二五年の刑が科せられています、「占領者への協力」の罪のもとに。

次に同房者となったアーニャの話です。彼女はドイツ人です。ロストーフ地域にはいくつかのドイツ人経営の農場がありました。ドイツ人は遠い昔から、世代を重ねてこの地に定住していました。彼女たちは完全にソ連邦の市民ですが、自らの言語と習慣を保持し続けていました。

ファシスト軍が進駐した時、彼らはドイツ民族の一人ということで、アーニャを士官食堂の給仕係として雇いました。彼女は巧みに抗ドイツ軍パルチザン（注　遊撃隊）小隊との連絡網を確立しました。その隊長は以前の地方警察部門の長でした。彼女は士官食堂から食料を盗み出し、パルチザン小隊に手渡しました。また、ドイツ軍士官たちは彼女がその場にいることにお構いなしに秘匿事項も話していました。こうして彼女は重要な情報をパルチザン小隊にもたらすことにも成功しました。

パルチザン小隊の長はまもなく赤軍の正規軍に編入され、最終的にベルリンに進攻しました。ドイツとの戦争の勝利の後、彼はミンスク（注　ベラルーシ首都）出身の女性と結婚し、ミンスクに居住し働くようになりました。

アーニャが「敵への援助と扇動」の罪で裁判にかけられていると知り、彼はロストーフに駆けつけ法廷で証言しました。「もしアーニャの援助がなければ、パルチザンは飢えで死んでいたであろう。彼女は危険を顧みず士官食堂から食料を取り出し、さらには貴重な情報をも、我が小隊に届けてくれた」と。彼はまた、彼女にはメダルが授与されるべきであるとも証言しました。

この裁判の期間、皆はこの告訴の罪名ならば二五年の刑が彼女に科せられると確信していました。裁判所はアーニャに一〇年の刑を宣告しました。

三番目の同房者となった女性は私と同じ名前を持ったナディエジュダ・ドブリニーナでした。自分については、大戦中ずっと参謀本部で暗号解読をしていたと言っていました、そして逮捕されたのは軍事機密の漏洩だということでした。一般に彼女は自分のことについては躊躇なく、また長く話しました。それによれば、彼女は二度結婚し、最初の結婚から男の子をもうけたのですが、その子は前夫の母親と暮らしているということでした。「ねえ、ちょっと想像してみて」と彼女は続けました、「私は二度結婚したけど、どちらもフョードルという名よ、他に愛人も二人いたけど、それもまた同じ名前でボリスだったの」彼女は良質でいい値のパイ（外部で私はそんないいものを買ったことがありません）と、これまた美味しそうなソーセージで私を接待しようとしました。そして彼女は途切れることなく話を続けました。「これもまた想像してみて、私の尋問官は夫のフョードルと共に同じ任務を負って前線で戦ったのよ、そして尋問の時彼はフョードルからの差し入れを私に手渡したの、見て、これは最高ね」

就寝時刻のベルが鳴った後、私は横たわっていましたが、彼女は囁きかけました。「あなたはいい人ね、私には分かるわ。多分外部の友人に手紙でも送りたい気持ちになっているかもしれないわね、私にまかして、何とかしてあげられるわ」私は外部には友人はいないと答えましたが、彼女を疑ってのことではなく、事実そうした友人はいなかったのでした。

翌日は季節外れの暖かい日でした。散歩の後も看守に窓を閉めないよう頼みました（散歩中は房の窓は換気の為開けておく習慣でした）。房の中で私は窓際に歩み寄りましたが、ナージャは簡易ベッドの上に横たわり、すぐに眠りに落ちました。一般に、彼女はすぐに眠り込むタイプで、たとえ話の最中でもそうでしたし、夜・昼の別なくその眠りは長いものでした。私は刑務所の中で不眠症が続いており、彼女をとてもうらやましく思ったものです。房の窓の外には運動場があり、女性の一団が散歩していました。彼女たちは見るところ通常犯罪者たちでした。窓に顔を出した私を認めたのでしょう、彼女たちは窓下に集まり両手をバタバタと振る仕草をしました。ある人はコッコッコーを叫びました。彼女たちは雌鶏をまねていたのです。刑務所用語で雌鶏は密告者を意味しています――これで私にはすべてが明らかになりました。

私はナージャを見ました、彼女は眠ったままです。その顔はほっそりとして、疲れたようで、どこか無防備に見えました。私は考え始めました。「彼女が密告者というのはおそらく本当ではないのかもしれない、刑務所内の噂話の類はどんな方向にも夢想されるものでしょう」でも私はこうも考え直しました。「尋問官が彼女に差し入れ袋を渡すのは不思議なことだわ、それに手紙を外に出してあげるという彼女の申し入れはどうなんだろう？」私は警戒するに越したことはない、と決心しました。万が一のこともあります。

翌日ナージャは尋問に呼ばれました。守衛が房のドアを開けた際に私は廊下を見回しましたが、その時、床をモップ掛けしている女性が目に入りました。ナージャが連れ去られた数分後に誰かがドアをノックしました。私がドアに近寄ると包み込んだ女性の声がこう言いました。「友人よ、あなたと同居しているあの娘は雌鶏だ、気をつけなさい」と。

すぐその後、その声は「掃除は終わったよ、看守さん、終わったよ、いま最後の角にモップを掛けているところよ」と大きな、楽しげな声に変りました。

「なんて嫌な人なんだろう」私は思いました、「でも何故彼女はそうするの？　一切れのソーセージのため？

違うわ、彼女がそうしたのは多分『党のために』働けとおだてられ、懐柔させられたからにちがいないわ。私はそうした人たちをキャンプで何人も見てきたわ」と。

ナージャはおよそ二時間後に帰ってきましたが、その目は涙ぐんでいました。でも再び良質のソーセージ、燻製の魚、その他美味しそうな物を持ち帰ってきました。「ご自由に食べて」と彼女は言いました。私の最初の反応は断ることでしたが、その後すぐに考え直しました。「断ることもないわね、私のおかげでこのソーセージを手に入れたのだから、私が相伴できない理由はないわ」私はこれまでの一ヶ月半、差し入れは受け取っておらず、あの味のない刑務所スープだけを食べてきました。

ナージャは驚いた表情で私を見ました。私の言い方はとても遠慮深く、小さなクッキーだけをお茶の友に受け取ることに同意したからです。でもその後、他の美味しいものに手を伸ばすのに時間はかかりませんでした。それから彼女は尋問官が彼女を他の房に移すことを決定した、ときっぱり言いました。「多分あなたはこの独房に尋問が終了するまでいることになるわ、そう思うわ」そして続けました、「私を通じて外部に手紙を書かないのは残念なことね、もうこうした機会はないかもしれないわ。少なくともあなたのお母さんには書くべきでしょう。尋問の進み具合がどうなのか、あなたが何を言い、何を言わなかったか、を彼女に知らせるべきよ、だってあなたのお母さんじゃないの。彼女はこれらのすべてを知りたがっているはずよ。私はしっかりしたチャネルを持っているのだから」私はこう自分に囁きました、「確かにそうね、あなたにはしっかりとしたチャネルがあるでしょう。それはコーガンに直につながっているのでしょうよ」と。

翌朝、用便器清掃の後、房のドアが開き、「ドブリニーナ、荷物をまとめるように、すぐ迎えにくるから」との声が掛かりました。

ナージャは急いで私物を背嚢に詰め込み、それから食料袋に手を掛けました。私はそれに自分の手を置き、「これはここに残すように」といいました。「残すなんてどういうこと、どうして?」「ただそれだけのことよ、私に残していくのよ」ナージャは「分かったわ、どっちでも構わないわ、どうぞ受け取って」とつぶやきました。私は、「どうぞって言葉は不要だわ、あなたはこのソーセージ一切れのために私を売ったのだから、この残りは私のものよ」とはねつけました。「一体何の話をしているの、あなたの言っていることが分からないわ」と彼女はまたつぶやきました。その時、看守がドアを開け、「ドブリニーナ、用意はいいか？」と声を掛けました。ナージャは背嚢を掴むやいなや、まるで弾丸の如く廊下に飛び出していきました。この後三日間、私はソーセージと魚の燻製を食べたのです。

こうして二〇六条に署名の後、私は通常の房に移されました。そこは尋問の前に数日を過ごした同じ房でした。何と幸せなことなんでしょう！　たとえ刑務所であっても喜びを味わえるひと時があるのです。私は再び他の人たちと一緒になり、私の尋問は終っており、コーガンとはもう会うはずはなかったのです。でも、もう一度だけ彼、コーガンと会わなくてはならない事件がありましたが、その話は後に回します。

房内の人たちの構成もかなりの変化がありました。リーマ・チェルニキアン、バプティストの少女のエヴォーチカ、「ファシスト」（当局はゲシュタポの通訳として働いた女性たちをそう呼んでいました）の女性たちもいませんでした。宗教的理由で囚人となっていた二人も同様にいませんでした。でも以前ＫＲＴＤで服役していたミューザ・フェドローヴナ・グゼンカが新しい房仲間となりました。彼女は私と同じ時期にコリマにいたのでした。私は彼女とは顔見知りになっていなかったのですが、彼女の方は私について多くのことを聞いていたと言っていました。もう一人、親切な年配の女性がいましたが、残念ながらその名前を忘れてしまいました。彼女は六〇歳でした。若い娘時代にパリで二年間過ごしました。彼女はユダヤ人居住区域（**pale of settlement**）の出身です、そこから出た少女がどうしてパリに行きついたのか、私には理解しづらいところです。でも彼女は間違いなくパリに住んでいました。彼女は装飾工房で腕のいい針子としては働いていたのでした。彼女はロシアに戻り、ロストーフに四〇年住み続けました（戦争中の年月は除外しましょう、彼女は疎開地にいましたので）。彼女には一人の息子がいました、いま大佐です。そして義理の娘が二人、孫が二人いました。彼女は縫製工場で裁断の仕事を続けました。そこで彼女はでき得る範囲で不正に対して闘いを挑みました。縫製工場では、職工たちは公式に購入した素材から何らかの副産物をつくり、あるいは誰かが発注した素材から一部を切り取り、自分用に何かを縫い上げていました。彼女は職場ミーティングでこのことについて発言し、もしこの慣習を止めなければ然るべきところにリポートすると抗議しました。逆にそれらの職工たちは彼女を非難する手紙を書きました。彼女はパリに住んだことがあり、そこでの生活を賛美し、間違いなくスパイである、と。

彼女が尋問から帰り、尋問官とのやり取りを話してくれた時、私たちはもう笑いこけてしまいました。尋問官は、パリで誰と会い、何を話したか、を質問しました。「もし四〇年前にあなたと話すことになると分かっていたら、きっと覚えていたでしょう。でも四〇年後にあなたと話すことがあるなんて思いもしなかったわ、だからその当時のことは何一つ覚えていません」これに私たちは死ぬほど笑いました。

用便器清掃の呼び出しの後、私たちはそのバケツを運び出していましたが、看守が急ぎ足で私たちの背後で付き添って歩いていました。彼女は、「カマーシュカさん、カマシューカさん（彼女の好んだ言葉です）、このお馬鹿さん（彼女は誰にたいしても恐れをもっていませんでした）、もしこの惨めな便器運びの付き添いの仕事がなくなったら、一体あなたは何をして暮らすの？」と、看守に呼びかけるのでした。

訳者ノート　カマーシュカとは **комар**（カマル、蚊の意味）から出た言葉。これは職権乱用者・悪用者に対するスラングで、本来は耳にブンブンまとわりつく小さな蚊の意味。

訳者ノート　用便器呼び出しとは、看守を呼び出し房内のバケツの廃棄・清掃をすること。囚人の役割であるが、看守が付き添う。

彼女は孫を称賛していました。「リヴォーチカはとてもよくできた子よ、彼はもうコムソモールに入っており、きっとおばちゃんを助けに来てくれるはずよ」

助けに来たのは彼女の息子の大佐で、彼が彼女を刑務所から解放しました。彼女は自由の身になり、私たち全員は心からこのことを喜びました。

私の房の一人で、宗教的理由の罪で逮捕された人について書きます、彼女はウクライナ人でした。どの宗派にも属しておらず、一人の年老いたメイドでした。彼女はやはりメイドをしている老婦人と共に住んでいました。彼女たちは敬意を持って神を深く信じていましたが、教会に行ったことはなく、また司祭たちを嫌っていました。司祭たちは自分勝手であり、たとえ自宅にいても祈りは捧げられるのだし、神は何処からの祈りも聞くことができるはずだと考えていました。彼女たちの部屋を欲しがっていた隣人が告発状を書きました。「彼女たちは共同アパートにおいて祈りの催しを持っている」と。そして彼女たちは刑務所に拘束されることになったのです。尋問の期間、二人は別々の房に入れられ、お互いを案じていましたが、二〇六条に署名する時には一緒になり、大いに喜びました。彼女たちはかろうじて読み書きができる程度でしたので、尋問官が「二人の署名に際して」尋問調書を声を出して読み上げました。「他の房にいた」老婦人は少し若く、尋問官の読み上げを活発に中断しました。「いいえ、そんなことは起きてはいません」と。すると私たちの房にいたヴァシリッサは彼女を制して、「彼に読み上げさせなさいな、いいこと」と言うのです。そうすると若い方の人は情け深い態度で、「読みなさい、読みなさい、それがあなたの仕事なんだから」と言って尋問官を促すのです。尋問官は続けますが、また再び彼女の中断がはいります。老ヴァシリッサは「いいこと、彼に読み上げさせなさいな」と忠告します。この言葉、「彼に読み上げさせなさいな」はそれからというもの私たちの間で流行り言葉となりました。

私たちの房にはあと二人、宗教的理由の罪に問われた人がいました。二人は同じ事件に関しての逮捕でした。これは刑務所規則では許されないことでしたが、この事件に関わった人の数は多く、房の数に余裕がなかった為でした。

この事件は公的には「洗礼者ヨハネ宗派」事件と呼ばれ、刑務所では「イヴァヌーシュカの祝福」事件と言及されていました。

それというのも、この宗派のトップには「祝福を受けたイアヴァヌーシュカ」という人物がいて、彼は生きた聖人と崇められていたからです。

私たちの房のフローシャがその一人でした。彼女はどうにか読み書きができる程度で、その「祝福を受けた」人物をとても気遣っていました。彼女はその人物の乳母でした。イヴァヌーシュカその人はＮＫＶＤの直属刑務所に入っており、フローシャは、「彼は聖なる人で、まるで子供のようです。食事を与えなければ食べず、ベッドに連れて行かなければ寝ないのです」と心配していました。私は、聞き得たことから、彼はある精神異常者ではあるが、何かしら人をその気にさせる才をもって生まれてきたのではないのか、との印象を持ちました。

もう一人の人はマリア・ヴァシリエーヴナでした。教育大学を出て、ある大きなコサックの村の一〇年制学校の高学年課程でロシア語とロシア文学を長年教えていました。彼女は実のところ自分をその宗派のメンバーであるとは思っていませんでした、ただイヴァヌーシュカはある期間彼女の家に住んでいました。

私はマリア・ヴァシリエーヴナに話しかけました。「一体どうしてこんなことが起きたのかしら？　私はフローシャについては理解できます、彼女は、神は雲の上に座っており、そこから何でも起こし得ると信じている人ですから。でもあなたは違うわ、知性ある教師よ、あなたはこれらの出来事に納得できるのかしら？　これまで聞いた話から判断して、このイヴァヌーシュカは精神的な欠陥を持った人か、あるいは何らかのいかさま師かのどちらかだと思うのですが」「いいですか」と彼女は応え、「今彼は私の目の前にいませんね。そしてこれが私にも納得できない点ですが、彼と一緒にいると、信じて下さいね、どうしても彼に抵抗できなくなってしまうのです」

彼女の言うところによれば、彼女は彼に一緒に住んでもらいたくなかったのでした。でも彼が彼女に向かって指を向け、「イヴァヌーシュカはあなたと一緒に住むのだ」と言うと、彼女は「ノー」とは言えなかったのです。彼は痩せて、背中に瘤があり、その目で凝視するところがある、と彼女は言いました。そして彼は単純であるとも言いました。フローシャの言うように、何も与えなければ要求せず、ベッドに連れて行かなければたとえ一晩中であっても椅子に腰かけ続けるのでした。

マリア・ヴァシリエーヴナはこのイヴァヌーシュカが演じたいくつかの小さな「奇跡」を目撃したと言っていました。一度フローシャが彼に食べるようにと言いました。「食べなさいよ、あなたは朝から何も食べてないのよ」と。彼は、「イヴァヌーシュカは食べる（彼はいつも自分を第三人称で呼んでいました）、イヴァヌーシュカは卵が食べたい」と答えました。その場にいた料理番の女性は、卵がない、と言いました。彼はそれでも「イヴァヌーシュカにいくつかの卵を与えよ」と固執し、フローシャに食器戸棚を開けるよう命じました。そこには卵が二つありました。これを見て料理番の女性は驚きました。

私は、彼が鋭い観察眼を持っており、卵のあり場所を知っていたのではないか、と示唆しましたが、マリア・ヴァシリエーヴナは、「違うわ、彼はほんとに祝福されており、周りで何が起きているかには全く気を遣わないのよ」と言うのでした。

私はマリア・ヴァシリエーヴナと数ケ月後にクイブシェフ中継刑務所で再会し、彼女からこの「祝福されたイヴァヌーシュカ」物語のクライマックスを知ることになりました。彼女は、この事件に関与した全員が規定通りの二〇六条項への署名のために集まった時の様を話してくれました。およそ一〇〇人が集まり、大きな部屋のベンチに腰かけました。尋問官が事件調書を読み上げました、「祝福されたイヴァヌーシュカ」は第一列に座っていました。マリア・ヴァシリエーヴナは彼を見やり、自分の目を疑いました——あの背中に瘤を持った精神異常者は一体何処に消えてしまったのかと。そこにいたのは利発な顔をした男で、活発な表情とよく響く声を持っており、すべての質問にきっちりと答えているのです。彼は時折調書朗読を中断させました。「失礼ながら市民尋問官殿、刑事訴訟法のそうした点に関してはこうこうではないでしょうか？」等々。あるいは「失礼ながら、憲法のどこどこの条項は以下の如く市民の権利を規定しています」と。尋問官は次々と交代し、一人が二時間を、次の一人が二時間を……と朗読を進めていくのです。イヴァヌーシュカは文字通り尋問官たちを出し抜いていました。

この事件の審理が進むにつれ、この集団は宗教的な宗派などではなく、真正の反ソヴィエト・親ファシスト組織であることが明らかになりました。「イヴァヌーシュカ」は元赤軍士官でしたが、ドイツ軍に加わり、彼自身の国の人に対して戦ったのでした。戦争が終わり、ロストーフ地方に来て、「祝福を受けたイヴァヌーシュカ」の装いをまとってこの組織をつくりました。彼の回りには核となる人たちがいて事の成り行きをよく把握していましたが、フローシャやマリア・ヴァシリェーヴナは彼の目的をカモフラージュするために集まっていただけの人たちでした。イヴァヌーシュカには死刑が、マリア・ヴァシリェーヴナには三年が科せられました。

一〇月二〇日に二〇六条に署名した後、私は刑の宣告を待つ身となりました。以前の一度の面会の後、ママはもうやって来ませんでした。でも房内で私は他の人の食料の差し入れを御馳走になり、自分への慰みとしました。私はこの余分な食料を、物語を語り聞かせることで得たのでした。およそ毎晩のことです、私は物語を語りました。もちろんそれは私の創作ではなく、私が読んだ本の物語でした。エドモン・ロスタン（注　1868 - 1918、フランスの劇作家）の「シラノ・ド・ベルジュラック」と「鷲の子」はとりわけ皆に好まれました。多分私が記憶の中から詩の部分のすべてを朗読したからではないでしょうか。これで皆は私に食料を分けてくれましたが、私は自分のパンを公正に稼ぎ出したのだ、という気持ちになりました。これはコーガンの注意を引くことことになりました。ところで、コーガンについて言えば、彼はロストーフ刑務所においてもっとも邪悪な尋問官と見做されていました。

私が房から離れていた間の話になりますが、房の仲間から、そこに入っていた一人の若い娘の話を聞きました。彼女の名前はリーダといいます。一九四二年進駐してきたドイツ軍は彼女をドイツ本国に送り込みました。彼女にとってその地は辛いところでした。最初にメイドとして、次に工場で働かされ、飢餓に陥り、完全に消耗し、これ以上生きていく望みを失いました。でも彼女が住んでいた地域はアメリカ軍により解放されました。彼らは親切にも彼女を入院させ、栄養を摂らせた後、彼女をロシアの故郷に送ってくれました。ロストーフに帰った後、彼女はそれまで自分に起きた話をすべて話しました。その結果、彼女には刑務所が待っていました。彼女の尋問官はコーガンでした。彼は彼女を怒鳴り上げ、この淫らな女、ファシストの娼婦——私にはこれ以上の言葉は書けません——と呼びつけました。房に戻った時、彼女は声を出して泣きました。房の女性たちは医学検査を受けることを提案しました。彼女はそれを受け入れ、検査では彼女が処女であることが証明されました。そしてコーガンはこう言い放ったのでした。「気にするな、リーダ、怒ることはないぞ、われわれの仕事は神経を拷問にかけることなんだ」と。

ところで、私はこのコーガンともう一度会う運命を持っていました。一月のある日、正確にはその日付を覚えていませんが、でも日曜日であったことは確かです。夜中に、睡眠のための消灯時間が過ぎた頃、私は私物を持つことなく身一つで呼び出しを受けました。あるオフィスに通されましたが、そこに立っていたのはコーガンでした。どんな理由かは分かりませんが、彼は大声を出して私を迎えました。「さあ、ご機嫌は如何かな？　君の所有物を持ってきたぞ」と言い、私のベルトを差し出しました。それは刑務所に入る時、取り上げられていたものです。私は衝撃を受けました。日曜日です、深夜です、私の安物の衣類ベルトを渡すために呼び出しを受けるとは。私はコーガンを見つめました、分かったことは彼が酔っていること、しかも完全に酔っていることでした。「どうして私を見つめているのかね？　新聞でも読んでみないか、おそらく長い間読んではいないだろう」

そして彼は折ったプラウダを私に手渡しました。「死刑導入に関しての政府の布告を読むことだな、その記事がある。そうだ、特に危険な犯罪者に対しての死刑導入についてだ。私はしばらく席を外そう」彼は新聞をテーブルの上に置き、ドアに向かって歩きだしましたが、その足取りはふらついていました。

私は部屋に一人残されましたが、それは刑務所規則に背いたものでした。腰を掛けて新聞を読み始めました。事実、それは死刑制度導入に関しての政府の布告の記事でした。コーガンはすぐには戻らず、私はその布告のみならず新聞全部を読み終えました。

やがて彼が戻ってきました。おそらく吐いて気分が良くなったのか、あるいは新鮮な空気を吸って持ち直したのか、彼の歩行はもうよろめいてはいませんでした。でも依然ひどく酔っていることは明白でした。「読んだかね？特に危険な犯罪者に対しては死刑があるってことを」彼は人差し指を上に向け、「それが君について言えることだ――特に危険な犯罪者についてだ」と言いました。彼はその人差し指を私に向け、「立ち上がれ！」と叫びました。胸の悪くなるようなあのいやな尋問方法を採用していたとしても、これまで彼は私に大声を出したことはありませんでした。一般に私にそうしたことをした人もいませんでした。「立ち上がれ、お前に言っているのだ！」ともう一度叫び、リボルバーを抜き出しました。私は立ち上がりました。「廊下に出ろ」彼はもう叫ぶことはありませんでしたが、リボルバーは彼の手に握られたままです。私が廊下に出て歩き始めると、彼は後ろからついてきました。オフィスは廊下の端にあり、その廊下は長く、刑務所の建屋を端から端まで貫いています。日曜の夜です、建屋に人の気配は全くなく、警備係の人影も見当たりません。私が立ち止まると、「前に進め！」の声が背後から掛かります。私は周囲に目をやりました。彼はリボルバーを握り、私の二、三歩後からついてきています。「振り返るな、前に進め！」

私はできるだけゆっくりと歩きながら、考えをまとめようと努めました。「いや、今は一九三七年ではないわ、少なくとも法の規定に従う装いだけはしているはずだ。例え死刑があるとしても、その宣告をしなくてはならないはずだ。こんな形で私を銃殺できるのだろうか？　できない、とはいえない。彼は酔い、狂っており、その手にはリボルバーが握られているのだから。彼は私の後頭部を射ち、『彼女は逃亡を図った』と言うだろう。その後彼に何が起きるのだろうか？　何も起きないわ、彼には悪くて一五日間の拘留が与えられるだけだろう」

私にコリマの記憶がよみがえりました。市住宅局キャンプ・サイトにおいて警備係が監視タワーの上から一人の囚人を射殺しました。警備係は警告の声をあげましたが、その囚人は応えませんでした。おそらく声が届かなかったのでしょう。

規則では警備係はあと二回叫び、次に空に向けて発砲した後、脱走者を撃つことになっていました。でも彼は直ちに囚人を射殺したのです。その後何が起きたでしょうか？　彼は一五日間の拘留となりましたが、囚人は死んだのです。

どんなにゆっくり歩こうとも、その廊下がどんなに長かろうとも終わりがやってきました。私は注意深く後ろを振り返りました。彼は依然としてリボルバーを握ったまま私を追っています。廊下の終わりの右手側にはドアが開放されており、その先に階段が見えました。その踊り場には警備係が立っていました。

「彼女を房につれていけ」とコーガンは彼に命令しました。彼は反転して、廊下を戻っていきました。私は階段のステップに崩れるように腰をかけました、私の脚は私を支えることができませんでした。警備係は「さあ老婦人さん、立ち上がって。房の番号は何番だ？」と問いかけました。何といい警備係だったことでしょう、それに「老婦人さん」とは何といい言葉だったでしょう！　彼は私を房に連れてきてくれました。そして房の仲間たちは何と素晴らしい人たちだったのでしょうか！　今日些細なことで私が腹を立てた相手はこの人だったのかもしれない、いつも私を苛つかさせたのはあの人だったかもしれない、でもそんなことなどどうでもいいのです。ここにいる皆は何と素晴らしい人たちなんでしょう！

彼女たちはまだ温かいお茶を私に注いでくれました。心からの優しさなのでしょう、たくさんの砂糖を入れてくれたのでお茶はまるでシロップのようでした。でも私は喜んで飲みました。私がベッドに横になるとそこにある全部の毛布をかけてくれました。私の震えはまだ止まっていませんでした。この事件の後、私はさらに六ケ月をこの刑務所で過ごしましたが、もう誰からも、何らかの理由で、尋問に呼び出されることはありませんでした。

それから何年が、いえ何十年が経過したにもかかわらず、今日に至るまで、もし背後で誰かが歩いているならば、私は空いた通りを一人で歩くことができません。その人が突然私の後頭部を撃つのではないか、そんな恐れを抱いてしまうのです。そんな時、私はいつも立ち止まり、その人を先に行かせることにしています。こうして私は死刑罰再導入を身をもって知ることとなりました。

何年も後のことです、私はロシアにおける死刑の歴史に興味を持ちました。

一九〇五年までは死刑罰は非常に稀なものでした。エリザベス・ペトローヴナ（注　在位1741 - 1762、ロマノフ朝第六代女性皇帝）の治政において、ロシアは他のどの国よりも長く死刑罰がありませんでした。

ここにその数字があります。

一八七六―一九〇五年の三〇年間、四八六人が死刑を執行されました、一年に約一七人（平均してひと月に一人から二人）です。この時代は「人民の意思（ナロードナヤ・ヴォーリャ）」の熾烈な活動の時代、テロリズムの時代であったことを考慮しなくてはなりません。

一九〇五―一九〇八年の間、二、二〇〇人が死刑執行されました、月にして四五人です。この時代は死刑執行が広がった時代でもありました。

一九一八年六月から一九一九年一〇月（注　熾烈な内戦時代）にかけて、一六、〇〇〇人以上が銃殺されています。月にして一、〇〇〇人以上となります。比較として、異端審問がそのピークであった八〇年間（1420 - 1498）

には一〇、〇〇〇人が異端宣告を受け、焼かれました、月にして一〇人になります。

一九三七—一九三八年（注　大粛清時代）においては、これは未確認データ（明らかに確認できるデータは存在しません）によるものですが、月にして約二八、〇〇〇人が刑法五八条項により処刑されました。この期間を一九三九年一月まで延長するならば——他のソースによるものですが——一、七〇〇、〇〇〇人が銃殺されました。

一九四七年五月、死刑罰廃止。

一九五〇年一月、死刑罰復活。今日に至るまで存在しています。

私は一九五〇年の新年を刑務所で祝いました。私たち全員は合同の食事の席に集合し、各人が持っているすべての物をテーブルの上に並べました。クランベリの抽出液の小瓶がありました。私たちはそれを水で希釈しマグカップに注ぎました。そしてそのカップをお互いに鳴り合わせ、いい年を願いました。刑務所の中で何を願うのでしょう？　もちろん、自由の身になることです！

深夜になりました。その夜は暖かい夜で窓は開けたままにしていました。刑務所の中に、低い、そしてよく鍛え上げられた男性の声が響き渡りました。「新年おめでとう、同志諸君！」私たちはそれが誰の声であるか分かっていました。そして刑務所の誰もが彼についての話を知っていました。この人は大戦が勃発した最初の日から戦い続けたパイロットです。ドイツ軍に撃墜され、負傷し、捕虜となりました。かれは収容所から二度脱走を試みましたが、ドイツ軍はその都度逮捕し再収容しました。彼は収容所を転々とさせられましたが、どこでも地下活動グループを組織しました。最後には［ナチス占領下の］フランスに送られましたが、そこでも脱走を試み成功しました。彼はパルチザンに合流し、フランス人抵抗組織の一員として戦闘に参加しました。

ナチスとの戦争が勝利に終わった後、彼は故郷のロストーフに帰ってきました。そこで彼は逮捕され、まず地方裁判所、次に革命法廷に送られました。これらの見せかけのための裁判はいずれも彼に宣告を下すことができませんでした。「無罪の者を裁くことはことはできない、でもわれわれには特別委員会というものがある」というのが当局の主張でした。彼はその特別委員会に出席しました。そこでの結果については私は知りません。おそらく二五年の刑を受けたことでしょう。

四月九日、私は私物を持って呼び出しに応じました。通されたオフィスでは、デスクの向こうに制服の男が座っていました。「座りたまえ、君の逮捕事例に関しての特別委員会の決定を熟知してもらいたい」と彼は切り出しました。私はタイプされた文書の紙切れを自分の前に置きました。

「すべてが私の目の前で暗くなっていった」という表現が一体どんなものか、私はそれを実感しました。私が目にしたものは白い紙切れではなくて、何やら暗く汚れた物でした。でも暗さは徐々に引いていき、「自由流刑……クラスナヤルスク地方……期間は特別な命令があるまでの不定期刑……」の文字を読むことができました。

訳者ノート　クラスナヤルスクはシベリア中部、彼女が一九二九年に受けた流刑と同じ地方。
訳者ノート　自由流刑は期間未決定のまま居住地を強制されるが、市民としての諸権利は保持されている、また施設には収容はされない。

私たちはその日のうちに旅立ちました。およそ二時間、私は行進隊列の中に組み込まれました。多くの人が一緒でしたが、知った人は誰もいませんでした。私たちは警備兵と犬に付き添われていました。そしてあの声を再び聞きました。「右へ進め、そこで左だ……警告なく発砲するぞ」

駅に着き、私たちはストルイピン型貨客車に詰め込まれました。コンパートメントは混み、ドアには鉄のバーが掛かっていました。そうです、一九三六年の昔と同じでした。でも、その時には私はディーファ、オルガとコンパートメントを分けあい、壁の向こう側にはパヴェルがいました。彼は彼女たちの夫、サーシャ、ジィーマと一緒でした。今彼らの誰一人として生きていません。男性たちはコリマの重労働で文字通り絶え果てました。オルガは刑期を過ごした後モスクワに帰りました、そして待っていたのは二度目の宣告でした。彼女は刑務所の中で果てました。ディーファは刑期の後、戦争中に避難所で亡くなりました。私だけが残ったのです。私はレオニード・アンドリエフ（注　1871 - 1919、ロシア人作家）の小説「七人の死刑囚（**The seven who were hanged**）」を思い出しました。その中で少女ターニャがこう言うのです。「私だけが残ってしまったわ、皆は去り、私だけが残った」

訳者ノート：本書パート1を引用してみよう、ウラジオストックに向かう旅を彼女は次のように記述している。『コリマ行きのグループには特別な護送団が配置され、彼らは編成替えされることなく、モスクワからウラジオストックまで同じメンバーでした。また私たちはその途中で、どこかの中継刑務所に入れられるということもありませんでした。たった一ヶ所、イルクーツクで私たちは浴場に連れて行かれました――それは何と至福な時間だったことでしょうか！私たちの旅は終始、息の詰まる空気と常時漂う魚のスープの臭いの旅として思い出されます』

『私たち三人――ディーファ、オルガ、私――は鉄のバーのドアで仕切られた狭いコンパートメントで一緒になり、私たちの夫は壁の後ろ側のコンパートメントでした。私たちは皆若く、健康であり、宣告された刑の真実性を信じることができませんでした、そして望みさえ持っていたのです。でも私たちにとって禁じられた話題もありました。それは子供の話でした』

ナディエジュダたちは、「望み」さえ（それは何らかの政治的変革が起きる望みであったに違いない）持ってコリマに向かったが、そこで待っていたスターリニズムの抑圧はＫＲＴＤに対する文字通りの絶滅（annihilation）であった。

一四年後の一九五〇年、同じストルイピン車で流刑地に向かう彼女の胸中には一九三六年がフラッシュバックの如く蘇ったに違いないであろう。「たった一人生き残った」彼女は、それでも、さらなる闘いを続けていく。

クイビシェフ（注　現サマーラ、モスクワ南東一、七〇〇キロメートル、ヴォルガ沿いの都市）の中継刑務所で私たちは長い間立ち止まることになりました。私は非常に大きな女性房に入りましたが、そこには四〇〇名の囚人がいて、ベッドは二段式でした。ベッドがそれほど遠くでなければ、誰とでも知り合いになれます。この当時の管理体制は緩やかなもので、歩きたい時には外を歩くこともできました。また、望めば刑務所の台所で働くこともできました。そこでは好きなだけポテトが食べられました。また食料配布係を希望すれば、房から房を渡り歩くこともでき、誰がどこにいるのかを知ることもできました。私のようにリピーター（注　再犯）として囚われた人たちがいたのは言うまでもありませんでした。

二段ベッドを共にした人はアーリャ・ソボルでした。モスクワっ子です。彼女はキャンプで四年を過ごした後、自由の身になることなく再び流刑地に向かっていました。一九四一年の春、彼女は学校を終え、卒業パーティーの場から刑務所に連れてこられました――白いストッキングと白いリボンタイのままでした。彼女のクラス全員が逮捕されましたが、それはそこを拠点とするコムソモール細胞の書記に先導されてのものでした。発端は彼女たちのお気に入りの教師、歴史の教師です、が人民の敵として逮捕されたことによります。新しい教師が来た時、彼女たちは抗議行動を組織しました――机を叩き、代わりの教師は不要だ、元の教師を直ちに返せ、と声を上げたのです。彼女たちは第一〇学年を終える事を許されましたが、卒業パーティーの後、刑務所に連行されました。

でも、彼女たちは長くは拘留されず、間もなく解放されました。ただ、コーリャ・ミロシニコヴァという女学生だけが刑務所に残りました。それは人民評議会のオフィス・マネージャーであった彼女の父が一九三七年に銃殺されていたことによるものでした。

やがて戦争がはじまりました。アーリャは医学校に進学しましたが、学校はオムスク（注　モスクワより二、二〇〇キロメートルの東部、カザフスタン北部に接する）に疎開し、彼女もそこについていきました。戦争が終わまでそこに住み、勉強を続けました。彼女のクラスの男子は全員前線に行き、帰ってくる人は稀でした。しかし一九四五年そのクラス全員が逮捕されました――戦争を戦った人、そうでない人の区別なく、全員が逮捕されたのでした。彼らは三年から四年の刑を宣告されました。その時アーリャは医学校の四年課程の途中でした。キャンプで彼女は医療補助員として働きましたが、彼女が憂いたことは医学校を卒業し、医師になれるかどうかでした。彼女は興奮もするし、また神経質にもなる性格でした。夜になると起き上がり、泣き、座り続ける――そんなこともありました。私の不眠症の経験からして、これはよくあることだと理解できました。年老いた修道女、マーシャはアーリャの傍で寝ており、彼女を見つめるのでした。私はアーリャがどうやって夜泣き叫んでいるのかを聞きました。「マーシャおばさん、私は今どこにいるの？　マーシャおばさん」と尋ねるのでした。マーシャは眠い声で諭しながら、「あなたは刑務所の中よ、そうだよ……私の愛しい娘、何も悪いことは起きてないよ、刑務所の中にいるだけなの、お眠りなさい、刑務所の中よ、何も悪いことは起きないのよ」と言うのです。

リディア・ルスラノーヴァは私と房で数日を過ごしました。連れてこられた私たちの中で彼女だけが連れ戻されました。再尋問されたのでしょうか、それとも解放されたのでしょうか、私たちに分かる術はありませんでした。

クイビシェフ中継刑務所から、「自由流刑」に向かうリピーターからなるグループが編成され、私はその中にはいりました。これは何かが感じられるグループ分けであったのかもしれません。

駅で停車する時、お金を持っている人は警備兵を通して食べ物を買うこともできました。コンパートメントの鉄製ドアはしばしば施錠されていませんでした。そして廊下を警備隊長のセリョージャ軍曹がお気に入りの歌を歌いながら行き来するのでした。「君はまったく変わらない……昔のままだよね……」と。彼は喜んで私たちとの会話に入り込み、とても驚くのです。「そうか、ここにいる皆はそんな知識をもったすごい人たちなんだ、トロツキスト、ブハーリニストだって。道理で彼らが君たちを自由にさせない訳だ、でも不思議じゃぁないさ」と。

私たちが次に立ち寄ったのはクラスナヤルスク中継刑務所でした。ここの房は狭く、私はアーリャ・ソボル、そしてやはりモスクワっ子のリーナ・ロイエックと一緒になりました。リーナの夫は有名な女優のコンスタンチーヤ・ロイエック（注　1923 - 2005）の兄弟でした。彼はまだ自由市民で、流刑地までリーナに同行していました。

この房で私は新しいカテゴリーの囚人たちと接触を持ちました。そのカテゴリーとは既に刑を宣告された人の「親類」というものでした。一九三七年には既に「祖国への反逆者の家族」と呼ばれたカテゴリーがありましたが、その枠は広げられ、たとえ遠い血縁であろうと、すべての「親類」を逮捕するまでになっていました。私の傍にいたのは若い少女、クレスチンスキー（注　1883 - 1938、オールド・ボルシェヴィキ、一時期は党政治局員）の姪の娘にあたる人でした。彼が銃殺された一九三八年、彼女はたったの八歳でした。刑務所にはそうした遠い血縁にあたる人たちが多くいました。

Part 3 - 5　タシーヴォの流刑者たち

戦勝記念日（Victory Day）の五月九日に私たちは中継刑務所から解放されました。市中には国旗がはためき、どこからか音楽が流れていました。全員点呼が刑務所の中庭でおこなわれました。各人は姓で呼ばれ、塩漬けの魚と半斤の黒パンが渡されました。これが党と政府からの最後の贈り物でした。この後、私たちは自分で生きていかなくてはならないのです。「溺れる者よ、まず自らを救え」という言葉があります、これから私たちは文字通りそうしなくてはなりませんでした。

アーリャ、リーナたちは人の群れの中で見失いました。一人の男が私の方に歩みよりました。背が高く、痩せており、私に、「あなたはヨッフェじゃありませんか？」と尋ねました。私は誰か知人と親しむ気分にはなっておらず、どちらかと言うと少し怒りを含んで答えました。「私がヨッフェという名前だったらどうかしたのですか？　ヨッフェはモスクワ電話帳には二頁半はあるでしょう」

その人はボリス・アルカディエヴィッチ・リヴシッツ、彼はこれから先の二〇年間私の親しい友人となるのですが、最初の出会いがこんなつれない態度であったことを私はしばしば思い起こすこととなりました。

その夜、私たちは列車で［さらに東部の］カンスク（注　モスクワ東方三、四〇〇キロメートル）に送られましたが、ボリスと私は夜を通して話し合いを続けました。そして一つ分かったことがありました。ボリスが「ヨッフェ」と声を掛けた時、彼の心の中にあったのは、私であって、電話帳二頁半のヨッフェの中の誰かではなかったという事でした。彼と私は学生時代の顔見知りでした、でも正確に言えば特別に近い仲間ではありませんでした。

私たちは同じグループの一員であったと言った方がいいでしょう。話の中で、私たちは多くの共通の友人を持ち、またお互いが賛美する本や詩も多く持っていることが分かりました。彼は大学の学部を終えた後、その後赤色教授インスティチュート(institute of red professors)に改変されることとなったソヴィエト人民会議付属の卒後教育機関に進み、そこで学位を取りました。彼は一九三六年の大粛清の嵐は何とか切り抜けましたが、一九三七年三月には逮捕されました。彼の人的なつながりは主として右派の人たち、例えば月刊ジャーナル「マルクス主義の旗の下に」(注　1922 - 1944、ソ連邦哲学理論誌)の編集長アストロフであり、赤色教授インスティチュートのブハーリン学派ともつながりを持っていました。こうして私たちは全く逆方向からの「反対派」になっていきました、彼は右派、私は左派として。

彼は一九〇一年九月の生まれで一九一七年七月以来の党員でした。その時彼はまだ一六歳になっていません。この時点で彼はユダヤ人学校の宗教的少年からボルシェヴィキへの転換をなしたことになります。彼が逮捕された時、当局は何らの証拠も提示することができず、そして多分それが理由なのでしょう、彼の刑はわずか五年でした。でも尋問の間に激しく殴打され歯を全部失いました。それでも彼は供述調書への署名を一切拒否しました。

私たちが会った特異な状況がある種の作用を持ったと言えるかもしれません、でも私たちがこれからの将来を共に歩むであろうと理解するのにそれほどの時間はかかりませんでした。

カンスクで私たちは車に乗せられ、一五〇キロメートル離れたタシーヴォの地域センターに運ばれました。私たち全員はそこの学校の集会場に通されました。私たちの隊列(それを隊列＝コンボイと呼ぶのは正しくないでしょう、私たちはもう囚人ではありませんでしたので。でも長い間その言葉に慣れていたので習慣として使います)は、大人数でした。私たちが通された場所には一つの椅子も、一つのベンチもなく、床に座るしかありませんでした。外は暗くなってきましたが、建物には電気はなく、灯油ランプ一つも、ローソクも、何かの火種一つもありません。完全な暗闇の中、皆は床の上に広げたコート、投げ出したスーツケース、物入れ袋の上で身を休めました。およそ三〇分ごとにドアが開き、手に持ったランタンの中で、そこに立っている男の影が見分けられました。そして彼は数人の名前を呼ぶのです。呼ばれた人たちは他人の腕、脚、頭をできる限り踏まないように気を付けて出ていきます。帰ってくると彼らは、仕事の種類で人の区分けがなされていると言いました。

ボリスより先に私が呼ばれました。その部屋には二つの灯油のランタンがあり（それさえ明る過ぎるので私は目を細めなくてはなりませんでした）、テーブルの回りに数人の男が腰かけていました。真ん中にはＮＫＶＤの大尉がいて、その左右には、後で知りましたが、製材産業や国営農場の理事たちとか、地域の経済プランナーたちがいました。

しばらく後になり、私たちはこの夜のことを思い出し、それを「アンクル・トムの小屋」と呼びました。これはまさに奴隷オークションでした。残念ながら、このオークションに集まった「バイヤーたち」は幸運から見放されていたようです。何しろ「オークション」にかけられた私たちは奴隷労働には全く不向きな一団でした。呼ばれた人たちはテーブルの前に座り、繰り返された同じ質問を受けるのです。「専門は？」私たちの一団は、エンジニア、エコノミスト、科学者、医師、何人かの俳優、二人のアカデミー会員（一人はベラルーシの、もう一人はアメリカ科学アカデミー会員）の人たちで成り立っていました。でも、何て知的なエリートたちだったでしょうか！

私の前の人は背の高い大柄で、がっしりとした男性でしたが、テーブルへの歩みは決して若くはありませんでした。「専門は？」の質問に「木こり」としっかりと答えました。これにＮＫＶＤ士官は喜びで口笛さえも吹きました。「全く頑強な男だ！」その人はもちろん「木こり」ではありません、彼は大学卒のバイオロジストでしたが、その見てくれから誰が彼を必要とするかを正しくも計算したのでした。もし彼が「木こり」として労働契約に署名したならば、少なくとも労働隊のリーダーという特権ある地位を見込めたことでしょう。

人間という商品の最大の一手引き受けバイヤーは製材産業の理事でした。彼は人力を必要としており、もしい質が得られなければ量でカバーするのでした。

私は結局ムルマに行くことになり、ボリスも呼ばれた時、同行の希望を出しました、そこでは伐採した材木の筏組みの仕事が待っていました。

ムルマは小さな村で、文字通りの僻地でした。川に沿って三〇軒ほどの家が点在し、製材所、郵便局、そしてたった一つの店があるだけです。川の両側には材木が積まれています。そこの住民は原住民で、彼らは小さな家に住み、その川の両側での仕事で暮らしていました――夏季には筏を組み、冬季は製材所で働くのでした。

私たちの流刑者グループからおよそ二〇名がここにやってきました、その中には七人の女性が含まれていました。女性たちは一軒の家に寄宿し、男性たちは夏季には操業を止めている製材工場で寝泊まりすることになりました。女性たちの家にも、製材工場にもベッドはありませんでした、［キャンプ・刑務所時代の］折り畳み式ベッド、あるいは二段ベッドすらも良き日の思い出となったのです。

私たちの仕事は木の枝を切り落とし、川に浮かすべく丸太（単に川に浮かしておくだけで、つなぎ合わせることはありません）を準備し、それを積み上げ、先端を鋸で落とし、最後に地面を整理します。すべての仕事には決められたノルマがありましたが、私たちの一隊がそれを達成することはありませんでした。いいえ、五〇パーセントにも届かなかったでしょう。一軒の店で買う一切れのパンは現金で支払いをしなくてはなりませんでした。

かつて囚人であった人たちは皆キャンプ時代を思い起こしました――そこでは頭の上には屋根があり、毎日パンと魚スープの配食があったのです。こうして、こんな形の自由の中で飢餓で死んでいくより、キャンプで生きる方がいいのではないだろうか、そんな考えも生まれていました。皆は郵便局に走り、親類・友人に電報を送りました。「助けてくれ、何か送ってくれ、私を救ってくれ」と。

私には援助を求める人はいませんでした。ママと子供たちは私からの援助を待っているのです。もしボリスに援助を求めないならば、私はどうしていいのか分かりませんでした。逮捕された時、彼にはそれなりのお金が預金口座に残っており、彼はそれをここに送金しました。私は他の女性たちから羨ましがられる対象となりました。なによりも彼はお金を持っており、それに彼は疑いなく私を大事に扱ってくれ、もうひとつ、もう亡くなったヴィーチャ叔父の妻ラーヤ叔母がよく言っていた言葉が思い出されました。「背が高く、きれいに髭を整え、黒い髪を持った男からそれ以上の何を望むの？」他の人々もまたボリスを羨ましがりました――コリマがそうであったように、ここでも「女性の」デマンドはサプライを超えていたのですから。このことをしっかりと理解していたのは労働隊リーダーでした。彼は六〇歳で、革命前の古き時代の面影を残す造船技師でした。

彼は二つの大学を終了しており、「サボタージュ」の罪に問われキャンプに送られた経験を持っていました。彼はとても精力的な人でした。女性たちの一人を彼は従妹だと主張し、親類として生活を共にしたいと宣言しました。このような例はムルマのみならず他の土地でも見られることでした。キャンプと違い、こうした流刑先では結婚とか、血縁とかを問わず、あらゆる形の関係づくりが積極的に推奨されていたのです。多くの人はそこにほぼ永久的に送られているのであり、土地に根を張ることは望まれていることでもありました。七人の姉妹を七つ星（注　スバル）に変えたギリシャの神ゼウスにちなみ、我が労働隊リーダーは「輝かしい従妹星座の創造者」なるあだ名を献上されました。

製材加工業のチーフ・エンジニアが、彼もまた流刑者ですが、ムルマにやってきました。彼は戦争を通して戦い、まさに生けるイコノスタシス（注　イコンを飾る聖なる壁）の如く賞賛のメダルと栄誉賞を身につけた人でした。戦争の末期、傷を負い捕虜となりました。捕虜の期間は短いものでしたが、このことが彼の勲功を大きく傷つけました。彼はキャンプ送りの宣告を受けましたが、やがてそれは「特別命令があるまでの期間」の流刑に変りました。思慮に富んだ人で、次に何をなすべきかをよく理解していました。彼は私たちに地域センターであるタシーヴォの町への移動を申し出るよう忠告してくれました。娘を呼び寄せ、学校に行かせたいがここムルマには学校がない、このことを言及するようとの忠告でした。この件では私たちを援助しよう、との約束をしてくれました。彼が実際に援助してくれたのか、それとも私たちの移動願いが合理的であったか、私には分かりかねます、でも私たちにはタシーヴォの町への移動が許可されました。

すべてのことは比較的なものですね、ムルマの後ですのでタシーヴォの町はまるでどこかの首都のように見えました。そこには一〇年生の学校、病院、劇場、そして何軒かの店がありました。私たちは一軒の家の半分を借りました。と言えば豪華に響きますが、小さな二部屋と暖房のある玄関の間があるだけでした。でも小さな庭が付いていました。

タシーヴォの町は確かに地域センターと言えたでしょう、でもそこでの仕事の機会はムルマより少し多いだけでした。ボリスと私はレンガ工場で働きました。かってコリマにいたころしばらくの期間レンガ工場で働いたことがありましたが、その工場は機械化にはほど遠く、レンガを成型する粘土の練り作業は馬に引かせており、「一馬力の機械化工場」と呼ばれていました。でもここタシーヴォの工場では「一馬力」もなく、人の脚で粘土を練るのでした。それから枠でレンガを成型して、原始的なオーブンで焼結しますが、それは直火での焼結でした。私はある程度までなんとか仕事をこなすことができましたが、ボリスにこの仕事は無理でした。彼の精神・知性はすばらしいものの、その手でこなせるものは何もありませんでした。

タシーヴォの流刑者たちの構成はまったく混成されたものでした、そしてそれは私の最初の流刑地クラスナヤルスクで見られたものとは似てはいませんでした。クラスナヤルスクの流刑者コロニーでは政治的見解を共にするグループがありました。それらの人々は党内諸問題に関して異なった考えを持っていましたが、多くの部分では「一つの大きなサッカーチーム」でした。

ここタシーヴォでは人々の考え方の差異は計り知れないほど大きかったのです。革命前からの党員歴を持つオールド・ボリシェヴィキから、ステパン・バンデラ主義の武装組織の流れを汲む人までいました。

訳者ノート　ステパン・バンデラ（1909 - 1959）、ウクライナ民族解放運動の指導者。その組織は一九四〇年代にウクライナ独立を掲げ、対ドイツ・対ソ連邦と闘った。戦争後赤軍により壊滅。数千人が逮捕されている。

一人の興味ある人がいました。ニコライ・ニコラエヴィッチ・レスケです。彼はかつて大きな劇場の管理職をつとめ、有名な劇作家でモスクワのマリー劇場の監督であったアレクサンドル・ユージン（注　1857 - 1927）の娘と結婚していました。彼は海外によく出かけており、面白いエピソードを語ってくれました。彼は「テナー歌手」レオニード・ソビノフの依頼で、バレリーナのヴェラ・コラーリにダイヤモンドの指輪を届けました。彼女はその時西側に亡命中で、もう踊ることができなかったのですが、その指輪をとても大切にした。そんなエピソードでした。

彼が逮捕された時、彼の妻は彼を見捨て、さっさと再婚しました。彼には衣類さえも渡さなかったということでした。苦みあるユーモアでもって、ニコライ・ニコラエヴィッチはこう言うのでした。「全く結構なことさ、その夫は今、私の衣類をまとっていることだろう、彼にはピッタシのものさ、つまり彼の結婚はまったく無駄ではなかった、ということだね」ここの流刑地で彼は結婚しました、やはり流刑者でとても親切なゾーヤ・セルゲーヴナという人でした。

ナターシャ・ベルナックも私たちと一緒にレンガ工場で働いていました。彼女はゴスバンク（注　国営銀行）理事会の元議長で、一九三七年に銃殺されたマリャーシンの妻であった人です。彼女はこの地で私とコムソモール時代の古い同志のアナトリー・ダルマンと友人になりました。アナトリーと私はもう二〇年以上お互いに会っていませんでした。その昔、彼はユニークな髪でした、とても濃くモジャモジャの巻き毛でした。彼が帽子を取った時、私は全く驚きました。その頭はまるで卵のように一本の毛もありませんでした。アナトリーはこの地で彼の母親と一緒に暮らしていました。彼女は私が生まれた一九〇六年に党に加入しています。オールド・ボルシェヴィキの絶滅を偶然にも生き延び、ここにたどり着いたのでした。

一九四五年にはこの地への大量の「リクルート」がありましたが、その大多数は林業の主任技師の職にあてがわれていました。この人たちは大戦を通して戦ってきた人たちなのです。彼らの愛する祖国は彼ら戦士を流刑でもって報いたのでした。

クラスナヤルスクの刑務所で私は「親類」という新しい囚人カテゴリーに遭遇しました（これは先述しています）が、この地でもまたもう一つのカテゴリーの流刑者を知ることとなりました。この人たちは、私たちのように個人として、あるいは家族として、流刑地に送られたのではありません。彼らは民族として流刑地に放逐させられていたのです。タゲスタン人、チェチェン人、イングーシュ人……そうした民族の人たちです。

この人たちは年老いた人から幼児にまで至っていました。彼らはロシア南部（注　カフカース地方）の人たちで、陽光と温暖な気候に慣れており、シベリアの寒気の中で生きていくのは大きな困難を伴っていたに違いありません。事実、彼らの死亡率は恐ろしく高いものでした。

この期間私に家からの便りが届きました。ナターシャは大学で勉強しており、ここに来る理由は全くありません。でもリーラはここに送られることになりました。ママに関しては、私はこの地の状況を正確に書いて手紙を送りました、彼女自身で来るかどうか決めさせようと思ったからです。

一方、この地の仕事の状況は悪化しました。秋にはレンガ工場が操業を止めることが宣言され、それ以外の仕事の選択は全く限られており、多くの人たちはタシーヴォからさらに僻地に送られることになりました。でも当局は私たちには手を出しませんでした。それというのも、私は就学する娘を待っていること、唯一の学校はこのタシーヴォしかないことを彼らにはっきりと告げていたからでした。

八月になり、ママがリーラを伴ってやってきました。私たちは現状を話し合い、何処かに転地すべき結論に達しました。そのためには何らかの手をうたなくてはなりませんでした。私たちはこの地方を管轄しているＮＫＶ

Dの管理部宛てに手紙を書きました。その手紙で、通常の仕事が確保でき得る場所への転地を要求しました。私たちは年老いた母と一二歳の娘の一家であり、タシーヴォの現状では食べていけることすらできないとの説明を書きました。ママはこの手紙を持ってクラスナヤルスクに向かいました。

当局は［クラスナヤルスク東方一〇〇キロメートル］のウヤルの町への転地を指示しました。その町には鉄道路線が通っており、クリュクヴィノ駅の近くです。町の中には駅があり、そこにはカフェテリアが付属しており、一般に何処でも人手が求められていました。この地方の産業会館、産業共同組合（以前私がシャムホールの町で働いていたものと同類のものです）、それに雲母加工工場がありました。町には病院、クリニック、二つの学校、二つの映画館、そして図書館が一つありました。

ウヤルの町は鉄道路線上にあるために、「リピーター」の流刑者は原則として送られてはいませんでした。私たちの他にはたった一人の「リピーター」がいただけです。彼もまた過去において「ＫＲＴＤ」を宣告され、私と同様にコリマに送られていました。彼はここで妻と暮らしていましたが、彼女自身は、しかしながら、流刑者ではありませんでした。彼女はもう過去の歴史的エピソードとなった「デカブリストの妻たち」に属するタイプで、流刑地まで夫に付き添ってきていたのでした。もちろんこのことは彼女自身の信念に基づくものでした。それというのも、その当時のモスクワに住む妻たちにとって、モスクワの居住権を失うことは大きな恐れであったのです。当然ながら、「デカブリストの妻たち」にとってそんなことは憂慮すべき対象ではありませんでした。

訳者ノート　デカブリストの乱は一八二五年一二月一四日に発生。反乱の中心は貴族将校であった。反乱は政府軍により鎮圧され、首謀者を除く貴族たちは絞首刑を免れシベリア流刑となった。若い九人の妻たちは夫の後を追い、流刑地に向かい、そこで夫と生活を共にした。「デカブリストの妻たち」は詩人ニコライ・ネクラーソフ（1821 - 1878）の作品である。

その流刑者はアブラム・ミハイロヴィッチという人で、協同組合の帳簿係として働いていました。彼の妻ニーナ・グリゴリエーヴナは医学課程を修業することはかないませんでしたが、医師補佐の資格を持ち雲母工場での診療所長を務めていました。

雲母工場は当地で最大の企業です。その製造工程で雲母を薄い層に切り、これらは一般産業、航空機、日々の生活にその用途を持っています（注　雲母は耐熱性・非電気伝導性のセラミック）。

ボリスはこの地方の産業複合体でまず会計の、次にプランナーの職を得ました。

私は鉄道駅のカフェテリアのプランナーとしてしばらく働きました。皆は私が幸運だと思っていました。そこでは誰も食事に金を使うことはなく、食欲は満たされ、家に持ち帰ることもできました。でも私はここの仕事には不向きでした。ここでは皆、朝昼夜を問わず飲みます。女性もそうです。もし彼らと一緒に飲まなければ、彼らに敬意を持っていないと見做されてしまうのです。ここでの仕事につきものの役得に別れを告げ、雲母工場の会計職に転じました。

ウヤルの町にはヴォルガ自治共和国からのドイツ人流刑者が数多くいました。彼らはここに全体として送られてきており、党員も含まれていました。彼らはここで党員カードの登録に出かけましたが、この地の党組織は彼らドイツ人党員から党員カードを取り上げてしまいました。ドイツ人たちは主として雲母工場で働きましたが、この秀逸な企業体の規模からして全員に就業機会を与えることは不可能でした。彼らの多くは家での仕事に就かざるを得ず、家族全員、子供を含んで、一緒に働きました。

訳者ノート　ヴォルガ自治共和国。エカテリーナ二世時代にドイツ人のヴォルガ下流域への入植は始まり、ロシア革命前にはその人口は約一八〇万に達した。革命後一九二四年にはヴォルガ・ドイツ人自治ソヴィエト社会主義共和国の設立が宣言された。戦争の勃発後、この共和国は廃止され、多くのドイツ人は西シベリア・中央アジアに移住させられることとなった。

こうしたドイツ人の子供たちの置かれた状況はひどいものでした。彼らが一六歳になるとパスポートではなく、今私たちに与えられているものと同じ書類が与えられ、他の地方に住む権利を持たない流刑者となるのでした。それ故彼らにとっては、他地方での就学の機会と質の高い仕事への就業の機会は閉ざされるのでした。彼らには雲母工場しかなく、それは生涯に渡るものでした。

リーラはウヤルで一六歳になりましたが、私たちには一つの憂いがありました――ひょっとして彼女にはドイツ人の子供たちと同じ書類が渡されるのではないかと。でもその憂いは現実とはなりませんでした。私たち「リピーター」カテゴリーの流刑者でも有利なものがあったのです――彼女には通常のパスポート（注　ロシア内国パスポート）が与えられました。

一九五二年が終わり、一九五三年が始まりました。私たちはＮＫＶＤのクラスナヤルスク地方本部に呼ばれ、新しく発令された政令を読み終えたことへの署名を強制されました。政令によれば、すべての流刑者は特別許可なくしては流刑指定地の外部一〇キロメートルを超えた旅行をしてはならず、これに違反したものには二五年のキャンプ刑が科せられるというものでした。この政令はモロトフ（注　1890 - 1986、ヨシフ・スターリンの被保護者。首相および外相経験者）の署名がありました。

ニーナ・グリゴリエーヴナが、彼女自身は流刑者ではありません、休暇でモスクワに旅行しました。この町に帰って来た時、モスクワでの状況が悪化している旨を話してくれました。反ユダヤ感情はポグロム（注　殺戮・略奪を伴う集団的反ユダヤ人行動）に至ろうとしている、ということでした。ユダヤ人はモスクワからビロビジャン（注極東、ハバロフスク西方一五〇キロメートル）に強制移動させられる噂（それは、信頼できる情報源からです）も依然として出回っていました。その強制移動は性・年齢・社会的地位・党員非党員を問わずのものであり、二段ベッドのバラックはビロビジャンの町に既に建設されたとの噂でもありました。そして間もなく「医師たちの陰謀事件」の裁判（注　本書Ｐａｒｔ１参照、一九五三年三月のスターリンの死とともにこの裁判は捏造として中止）が始まりました。極東コリマと同様にシベリアにおいては反ユダヤ主義は社会問題の大きな要素ではありません。でもそれは国家政策となりました。新聞には革命前の「黒百人組」（Black Hundreds）のリーフレットから引用した語句が載るようになりました。人気のある雑誌クロコディル（注　1922 - 1991）に有名な作家ヴァシーリー・アルダマツキーの「ジュメリンカから来たピーニャ」というタイトルの本が載りました。

訳者ノート　黒百人組は帝政ロシア時代二〇世紀前半の極右反ユダヤ主義行動組織。ソ連邦時代には公的に壊滅したとされているが、今日でもその残滓はネオ・ナチとして表面化する。とりわけウクライナにおいて。

訳者ノート　ジュメリンカはウクライナ中部の町で革命後の一九二六年には五、〇〇〇人（その町の三分の一の人口）を超えるユダヤ人ゲットーが存在していた。

リーラはクラスでたった一人のユダヤ人でしたが、以前にはこのことは何の問題もありませんでした。でも今は彼女の机の上に下品にも、また恥ずかしげもなく、攻撃的な絵が置かれるようになりました。時にそれは誇張された曲がった鼻を持った男で、その湾曲した指から血が（赤鉛筆を使い）滴っているスケッチでした。

私たちの自宅にはラジオがありました、ラッパ管のスピーカーから音が流れる原始的なラジオでした。あまりラジオをつけることはありませんでしたが、いいコンサート、いい歌が放送される時には聴いていました。

でもある日このスピーカーから素晴らしいニュースが私たちの耳に届きました。ヨシフ・ヴィサリオノヴィッチ・スターリンの健康が悪化していると。こうして私たちはラジオを常時聴くようになり、次のニュースを待つようになりました。私たちが望み、切実に願うこと、それは彼がこの状態から抜け出さないことでした。そして彼はそうすることなく、私たちに幸せな日がやってきました。彼の死亡ニュースが流れました（注 一九五三年三月五日）。

葬儀の集会は至る所で持たれました。人々は泣き、涙を見せ、お互いに尋ね合いました。「一体次は何が起きるのだろう？」私たちが確信をもって言えること、それは、これ以上は悪くなりようがない、ということでした。

友人のアブラム・ミハイロヴィッチ、その妻のニーナ・グリゴリエーヴナが私たちを訪ねて来ました。生き延びることがかなわなかった人たちを思い出しながら、私たちは一本のワインを飲み干しました。

一九五三年の夏ナターシャがやってきました。彼女は大学を終了し、ヨシュカール・オーラ（注 モスクワ東部六五〇キロメートル）の町に赴任することになり、仕事が始まるまでの期間を私たちと過ごすことになりました。彼女は青白く痩せていたので私は新鮮なミルクを与えました、アパートの管理人の女性が一頭の乳牛を飼っていました。ナターシャは大学の仲間の一人、アポロン・フィリマーノフという男子と真剣な関係にありました。彼女は私宛ての手紙にそう書いていました。私はいまだかつて恋愛に聖人ぶった態度を取ったことはありません。彼女の年齢においてはロマンスは極めて自然なことと理解していました。しかしながら、このロマンスにはたった一つ間違いがありました。この男子の父親はNKVDの大佐であり、地方統括部の副理事であるという事実でした。

男子は恋に夢中で結婚を望み、私の娘は自分の置かれた状況を理解していませんでした。しかし私にはこの組み合わせから何が予測できるかが分かっていました。彼の両親はこの結婚を許すというより、その前に［驚きで］死んでしまうでしょう。ユダヤ人の娘、逮捕歴を持つ両親の娘、父はコリマで果て、母は流刑者、これが彼らの目の前の事実なのです。そのような親類を持つことでこの大佐は地位と肩章をリスクに晒すでしょう。そして、では地位と肩章なしで、教育歴を持たない元警察官のその男に何ができるのでしょうか？　ロストーフ刑務所で房の仲間が言った言葉が思い出されました。「もしこの惨めな便器運びの付き添いの仕事がなくなったら、一体あなたは何をして暮らすの？」

もしこの男子が引き下がらなければ私の娘に迫害が及ぶであろうと、私には予測ができていました。しかし何千キロメートルも離れた土地にいる私にできることは何もありませんでした。私からの手紙は開封されると知っており、この種のことを手紙に書くことはできませんでした。

事実、当局は私の娘に対して苦痛を与えることを始めました。彼らは娘を大学から放逐することを企てました、でも彼女は優秀な学生であり、その企てが実現される根拠は何もありませんでした。次に娘をコムソモールから除外しようとしましたが、これは地方委員会により承認されませんでした。そこに良心を持った委員がいたのだと、私は思います。当然なこととして、彼女にはこうした嫌がらせを避ける術もあったでしょう。［そのためには］単に母親との決別を公に発表することです。でも彼女はしませんでした。彼女は一度たりとも私を切り捨てることはありませんでした。

ここで、ラリーサについて話すことも自然なことでしょう、話します。彼女が六歳の時、私たちは別れました。彼女は共に暮らしている父親から私についての悪い話を聞き続けてきました。私は何度か彼女に手紙を書きましたが、その返事は稀でしたし、あっても形式的でした。大丈夫です、健康に過ごし、学校に通っています、そういう返事でした。彼女が一三歳の時（私はウヤルの町に住んでいました）、私はノヴォセリッツア（注　ウクライナ）に住むある女性からの手紙を受け取りました。

その手紙によればラリーサの置かれた状況は悪く、一度家出を試み、父、義理の母のもとから逃げようとしましたが連れ戻されたということでした。

私は彼女を手元に置くことを考え、ボリスもまた私の計画を支持してくれました。でもゴンチャルクは反対するであろうと私は予測しました。そこで私は彼宛てに加えて、彼女が通っている学校の理事長宛てにも手紙を送りました。ゴンチャルクの住む町は小さな世界で、誰もがお互いを知っており、彼の評判は芳しくないことを私は知っていました。私は学校がこの件で助けてくれると期待しました。ラリーサは教員室に呼ばれました。そこで待っていたのは理事長、教務理事、そして教員会議の全メンバーでした。

「ママを覚えているか?」と彼女は問われました。彼女は「六歳の時以来会っておらず、ママの記憶はほんのわずかです」と答えました。彼らは、詩人ミハイル・レルモントフ（注　Part 2 参照）の事例を思い起こしてもらおうとしました。彼はラリーサとほぼ同じ年齢の頃母を失ったが、その記憶は鮮明であったと伝えられていました。でも彼女はレルモントフにはなり得ませんでした。そして学校側は、ママからの手紙を受け取っていることを告げました。また、ママは明らかに教育水準が高く、手紙は正確に書かれ、ロシア語と文学の教師さえたった一つのスペルミスも見つけられなかった、とも告げました。しかしながら、彼らは、それにもかかわらずママは悪い人間で、刑務所に入れられた過去があり、現在も流刑中であるとも告げました。彼女にそんな母親が必要なのか、彼女は母親と決別をつけた方がいいのではないか、これが学校側の主張でした。

その時私の一三歳の娘ラリーサ——レルモントフと違い母親をはっきりと覚えてはいません——は「若き衛兵」（**the young guard,** コムソモール機関誌）を読み終えたところだと言い、「私の母は『若き衛兵』そのものだと思います」と述べたのです。そうです、彼女は真実を述べたのでした！

学校でのヒアリングの結果、ゴンチャルクの悪い評判ですら私のそれよりはましであると結論され、ラリーサが私のもとに来ることはかないませんでした。

彼女がモスクワの私のもとに来たのは私の名誉回復がなされた後でした。

もう一度ナターシャの話に戻ります。彼女が私たちの所に来た時、フィリマーノフとのロマンスはもう終わったものと私は理解しました。彼女はヨシュカール・オーラで、彼は極東のどこかで職務が与えられていました。私は、「これこそ感謝すべきこと」と思いました、いや「神よ、これ以上の感謝はない」という言葉を借りた方がいいでしょう。この言葉は「人民の意思」のテロリスト、ソロフヨフが皇帝アレクサンドル二世を暗殺した時のものです。でも二人のロマンスは終わっていなかったのでした。フィリマーノフはナターシャに会いにヨシュカール・オーラにやって来て、二人は結婚し、そして二人ともウラル地方での仕事に去って行きました。

私が予測したように、この結婚生活からいいことは生まれませんでした。彼らは共に人生を歩む運命を持ってはいませんでした。ナターシャは子供が一歳になる前に彼と別れました。でも「結婚生活からいいことは生まれませんでした」と言うのは私の言葉足らずです、訂正します。素晴らしくいいことが一つ生まれたのです――それはパヴリックの誕生です。彼ら二人はその子の祖父にあやかりパヴェルと名付けたのです、事実その子は祖父そっくりでした。

Part 3 - 6　さようならシベリア！　パヴェルの党員資格は死後復権

スターリンの死後、私たちは潮流の変化を期待して過ごしました。でもそれはすぐにはやって来ませんでした。もちろん、あの「医師たちの陰謀事件」の裁判は直ちに中止されました。「積極的尋問」（注　拷問を含む）を生き延びたこれらの医師たちは自由の身となりました。この後、次のような小唄が広がりました：

親愛なる同志ヴォフシー
私はとてもうれしいよ
その時がついに来たのだもの
君は決して悪くはなかった
君は働かされ、奴隷にされ、さらに働かされた
君はでも決して目をつぶらなかった
あの腐った警察の密告者よ
どれだけの嘘を書きあげたのだ

訳者ノート　詩の冒頭の呼びかけ「親愛なる同志ヴォフシー」には意味があるように感じている、つまりヨシフ・ヴィサリオノヴィッチ・スターリンの父称（ヴィサリオノヴィッチ）を暗示した同志ヴォフシー、つまり「君」とは同志スターリンではなかろうか？　そうなれば、君は決して悪くはなかった――君は実に悪者だった、君は働かされ、奴隷にされ、さらに働かされた――君は人をこき使い、奴隷にし、強制労働へ送った、君はでも決して目をつぶらなかっ

た――君は死ぬまでそうした悪を働いた……という反語的意味が黙示されてくるだろう。どうもそう解釈したくなる。

そしてまた、ユダヤ人をビロビジャンの町に強制移住させる噂話にも終わりがやって来ました。でも最初の特赦は一般犯罪者に関してのものでした。窃盗犯、無法者、犯罪常習者たちは特赦となり、彼らは群れをなし、都市に流入していきました。その過程で彼らは駅とカフェテリアを破壊し、町中に住み着き、そこの住民と警察を恐怖に陥れました。

その次の特赦は政治犯に関してのものでしたが、限られた規模でした。この特赦は五年以下の宣告を受けた政治犯にしか適用されないもので、そのような被宣告者は極めて稀でした。私の場合は五年の刑で、私が逮捕された一九三六年当時、特別委員会には五年を超えた刑を宣告する権限がなかったことによるものでした。ボリスは一九三七年に五年の宣告を受けましたが、これは稀な例外的ケースでした。

もっと大事なことがありました。それは、今私たちが受けている流刑を当局がどう評価しているのか、それはもう一つの刑として見做されるのか、あるいは一概に無視されるものなのか、ということです。ボリスの流刑は「特別の政治措置があるまで」ではなく、一〇年の［固定］期間だったので彼の置かれた状況は複雑化していました。このことは、彼が一九三七年に受けたキャンプ五年の刑がカウントされるのか、それとも一九五〇年に受け［今日に至る］一〇年の刑がカウントされるのか、こうした点が不明瞭だったのでした。

私たちは一五歳のリーラをクラスナヤルスクに送ることを決めました。私たちは私たちを管轄しているＮＫＶＤの大尉の名前を知っていました。リーラは彼のオフィスを訪れました。おそらく私たちのような状況に置かれた人はたくさんいたのでしょう、彼女の並んだ列は非常に長いものでした。その大尉はオフィスから顔を出し、待ち行列を見やり、お下げ髪のリーラに目を留めました。「君は私との面会のためにここにいるのか？」彼は一番に彼女をオフィスに入れました。彼女の年齢、学年、用件を興味深く尋ねました。彼女は、ウヤルにママと叔父ボリスと住んでいると告げ、ママはキャンプで五年、現在は期間不定期の流刑であり、一方叔父ボリスはキャンプ五年、現在一〇年の流刑である旨を説明しました。

彼は「君のママに、特赦対象であり、望むならばウヤル、さらにはクラスナヤルスク地方を離れることができる、と伝えなさい」と言いました。リーラは「では叔父ボリスは？」と尋ねました。大尉は笑って、「叔父ボリスについては調べることにする」と答えました。

事実を言えば、まもなくして地方当局は「二人とも特赦対象であり、もはや流刑者ではない」との上級機関からの指示を受けました。私たちはこれから先の生き方を考えなければなりませんでした。ママはこの時、私たちと一緒ではなく、彼女の弟のところに身を寄せるべくアゼルバイジャンのケダベクに去っていました。ボリスはモスクワに家族とアパート――それは彼が一九三七年に逮捕された場所です――を持っていました。私にはそうしたものはなく、また行くべき場所もありませんでした。彼はモスクワ行きを決めましたが、もちろん私はその選択に異議を唱えることはしませんでした。彼は出発の前にリーラと私のクラスナヤルスクへの引っ越しを助けてくれ、私たちがそこで借りたアパートの一年分の家賃を前払いしてくれました。そして私に地元産業の地方管理局の仕事をアレンジしてくれました。

彼はそこで私たちのウヤル時代の全期間を通して働いていたのでした。

そして彼はモスクワに向かいました。私も追ってここを去ることになるだろうから、私のためにモスクワでの拠点となる場所を何とかして見つけてみよう、彼はそう言い残しました。でもことはそう簡単には進みませんでした。彼自身長い間仕事を見つけることができず、モスクワ郊外の町ミレンキに移りました。そこは彼がキャンプでの刑を終えた後、モスクワ市内の居住が許されず、そのために働いていた場所でした。またそこは彼の一九五〇年からの流刑に送り出された場所でもありました。元の職場は再び彼に仕事とアパートを提供しました。

彼は、ミレンキの町は私とリーラが定着を考慮してもいい場所ではないか、と書いてきました。でも私は彼の提案には賛成しませんでした。私がもし帰るならば、その場所はモスクワしかありません、それにリーラのことを考えなくてはならないのです。彼女には第一〇学年の終了が待っていましたし、クラスナヤルスクにはあらゆるタイプの大学がありました。でもミレンキの町で彼女は一体何をしたらいいでしょう。

結局私たちはクラスナヤルスクでさらに二年を過ごしました。私は地方産業管理局で働き続けました、最初はエコノミスト、次に計画部副理事の役割を与えられました。私の賃金は悪くなく、ケダベクのママに送金もできましたが、彼女はほどなくクラスナヤルスクにやって来ました、ケダベクでは満足できないことがあったのでしょう。

ボリスはしばしば手紙を送ってくれましたが、その文面は決して明るいものではありませんでした。彼は思うような仕事に就くことができませんでした、それというのも雇用者側には特赦を受けた者の採用に対してためらいがあったためです。彼は一時的な仕事を繰り返さざるを得ませんでした。彼は私たちに食料の小包を送ってくれましたが、お金に関しては当然のこととして送り返しました。

クラスナヤルスクには私同様に行く先のない元流刑者が多数いました。ルス・イオシファアーヴナ・コジンツエヴナとアリヤ・エフロン（彼女は詩人マリア・ツエヴェタイーヴァの娘です）がいました。またニコライ・デムチェンコとローザ・フィッシャーの若いカップルもいました。ニコライは彼の父親が原因で一九三七年に逮捕されました。彼の父親は元ウクライナ・ソヴィエト中央執行委員会議長で、逮捕時ニコライは一八歳になっていませんでした。送られた先のカラガンダ（注　カザフスタンの都市）のキャンプでコミューンを組織しました。年長者は一七歳、年少者は一四歳でした。彼らは全員、一九三七年に逮捕された高官の子供たちでした。当局はまず父親を連れ去り、次に母親を、そして子供たちをと、その家族全員を逮捕していきました。ニコライとローザには四歳の息子が一人いました、父親と同じくコーリャ（注　ニコライの愛称）という名前でした。その後二人は別れ、ニコライはモスクワへ、ローザは息子と共にイスラエルに移住する最初の集団の一員となりました。

ところでリーラは学校を終え、再び私たちは何をなすべきかを決定しなくてはなりませんでした。私はこれ以上ここクラスナヤルスクに留まろうとは思いませんでした。その思いは、「決意を持って、かつ永遠に」でした。ボリスは手紙を書き続けてくれ、時に電話もくれ、モスクワにくるべきだ、それが叶わないならばモスクワ近郊でもいいではないか、何処だってクラスナヤルスクよりはいいと主張しました。

ちょうどその頃です、私たちのような境遇の人にとって、ある肯定的な変化が来つつある、という声が日増しに聞こえるようになりました。

ナターシャはモスクワに行くことになりました。夏季休暇を過ごすためで、その間しばらく、息子のパヴリックをスタヴロポル（注　北コーカサス）の祖父母に預けることにしました。私は彼女に手紙を書き、「モスクワで」私の親友であった亡きディーフアの妹タマラに会うよう伝えました。ナターシャはタマラのところに留まり、ディーフアの娘ガーリャと親友になりました。彼女たちは一年違いで生まれていたのです。

私はたった一つの夢を持っていました――どこかで仕事を見つけ、全部の子供たちを呼び集めることでした。私はリーラをモスクワに送る決心をしました。彼女はモスクワの駅でボリスとナターシャに迎えられ、ナターシャ同様にタマラの所に身を寄せました。私にはまだクラスナヤルスクの仕事が残っていました。

私の旅立ちがついにやって来ました。「さようならシベリア！」でも、しばらくの間モスクワはいい兆候を見せてくれませんでした。居住許可を取得できず、仕事も見つかりませんでした。でも何とかして生きていかなくてはなりません。リーラは医科大学への進学を試みましたが、大学側は彼女の健康上の理由で願書を受け付けず、彼女は入学試験を受けられませんでした。彼女にはリューマチ性の心臓疾患があったのです。マガダンの「幼児の家」の名残りでした。それにもかかわらず彼女は後年、大学を終えることができました。もちろんそれは医科大学ではなく歴史─古文書研究の課程でした。

話を戻します、九月になり学校の新学期が始まりました。ナターシャは職場に戻るべくウラルへ向かい、リーラもついていきました。

私の、そして父の故郷であるシンフェロポル（注　クリミア地方の都市）出身で、子供時代からの友人フィーナ・サドフニコフがカリーニン市（注　モスクワ北部一七〇キロメートル）へ行くことを助言してくれました。そこには彼の友人が住んでおり、決して悪い場所ではなく、モスクワからも遠くありません。私はそこに向かいました──何とか収入を得なくてはなりません。そこではこれまでと同様に地方産業管理の仕事に就くことができました。私はあるアパートの部屋の一角を借りました。正直、惨めな気持ちになったのも事実でした。

スターリンの死、そして第二〇回党大会でのフルシチョフの大胆な暴露──私は素晴らしいことと思います──はそんなに前のことではなく、私たちは多くの希望を持ちました。でも、今の私は何なんでしょう、昔と同じように「湿原の上に掛けたハンモック」に揺られているのです。私には家と呼べるもの、安らぎの場所もないのでした。私は一人の街娼から彼女の部屋の片隅を借りており、彼女は毎夜半分酔って帰ってくるのです。彼女の子供たちは行方知らずで、惨めな日々を送っていました。これが私のその時の状況でした。そんな日々の中にある情報が届きました、私のクラスナヤルスクの旧住所宛てにある書類が送られたという情報です──それは私の名誉回復（注　リハビリテーション）に関するものでした。一〇月六日、私は既にモスクワに帰っていました。

モスクワ市裁判所において、私は名誉回復決定書を受け取りました。「ソ連邦NKVD特別委員会の決定は、貴下が訴追を受けた罪に関して明白な証拠を欠くが故に廃棄無効とされる」

私はまたパヴェルに対しての同様の決定書を受け取りました。彼に関しては、マガダン地方裁判所からもう一つの書類を受け取りました。「極北地方建設局（注　ダルストロイ）におけるNKVDトロイカの決定は廃棄無効とされ、明白な証拠を欠くが故にこの訴追は却下された」というものでした。この決定書に関して私が強調したいことがあります。その決定書は「いわれなき罪」により銃殺された人の死後一八年の歳月の後に発行されたことです。

私は党中央統制委員会にパヴェルの党員資格復活を求めて手紙を書きました。その中で、彼にとってはもうどちらでもいいことかもしれない、しかし「彼の子供たちは生きており、私は子供たちに父親はコミュニストとして生き、コミュニストとして死んでいった事実を知らしめたい」と主張しました。

そうです、いわれなき理由で除名されたのはパヴェルであり、それについて党中央統制委員会にアピール書を提出したのは彼自身です、忘れてはならないのはこのことです。

パヴェルの党員資格は死後復権されました。私はバウマン地区党委員会に呼び出しを受け、党中央統制委員会の決定を聞き、あわせて彼の党員番号を知らされました。

名誉回復された人たちの権利に関する政令が発令されました。何と素晴らしい権利だったでしょうか！　私には逮捕時の仕事に戻る権利があり、住む家があるか否かを問わず、モスクワの居住許可（どの住所であろうと）が与えられる権利が含まれていたのです。その中には、私自身の、そして家族全員のためのアパートの申込み順位は待機列のトップに置かれる権利さえ含まれていました。加えて、私が望むのならば、サナトリウム（注　療養・保養所）の無償滞在もできるのでした。でも、私にはそんなものは必要ありません、どうでもいいことです。私は家族を呼び寄せなくてはなりません。ほどなくナターシャとリーラがやって来ました。その数日後にはラリサと会う事もできました。彼女はモスクワ・キエフ駅の広場に歩き出て、高い建物を見上げ、こう言いました。「何て大きな小屋がここにはあるのでしょう！」次の数年の間に彼女は大学の言語学部を終了し、外国人と一緒に働き、充分な資格を持った通訳者となりました。

キーラはたった一人遠隔地に残されました。彼女はアゼルバイジャンのバクーの医科大学で勉強しており、その土地の人と結婚していました。

私たちはベニアミーナ・ユリエーヴナ・ゲルマノヴィッチ（とても親切で温かい心を持った女性です）と一緒に住んでいると住民登録をしてから、バウマン地区住宅局でアパートの申し込みをしました。住宅局は、名誉回復された人はとても多く、アパート待ちの期間は一年を超えるだろうとあらかじめ警告してくれました。私たちはある一部屋を、次にまた一部屋を、さらに住めるところならどこであろうと借り続け、ボリスが彼の姪のアパートを私たちに提供してくれる手筈を整える日を待ちました。やがて彼女は六ヶ月の間モスクワを離れ、ボリスの依頼通りそのアパートを私たちに残してくれました。

私たちのもとにパヴリックが連れてこられました。私は一九三六年の逮捕時に働いていた国営銀行（注　ゴスバンク）での仕事に戻りました。多分もっと給与のいい仕事は見つけられたでしょう、でもその時はとても疲労を感じており、最も抵抗なくやっていける道を選択したのでした。国営銀行は私に職を提供する義務を負っており、私はそこへの職場復帰を得ました。さらに、私にとっての恩恵が考慮されました、一九三六年から一九五六年の二〇年間は働き続けていたものとカウントされ、私は以前よりも二五パーセント・アップした給与を得ました。ナターシャは設計事務所で通訳者として働いております。こうした日々の中、私には是非ともやり遂げなければならないことがありました。父の墓の再建です。

私は既にノヴァデヴィッチ共同墓地を訪れていました。長い年月が経過していましたが、私は父の墓石がどこにあったかを絵のように思い起こすことができました。でもその場所には墓石はありませんでした。事実、この共同墓地のどこにもありませんでした。それまで、私はモスクワでその日その日の暮らしに追われていました、一体私に何ができたでしょうか？　そして今私は全権利を回復しました。その当時にあって、名誉回復された人たちはある種の畏敬の念を持って迎えられていました。私たちは無実の罪で苦しんだが故に、どこにおいても温かく受け入れられ、また良き扱いを受けていました。

共同墓地で私は一人の墓地管理人と知り合いました。彼は年輩で、おそらく八〇歳前後でした。でも信念の強固な人でした。会話から彼が古参ボルシェヴィキの生き残りの一人と分かりました。明らかに彼の革命への貢献に対する尊敬は乏しいもので、こうして墓地管理の閑職を与えられていました。彼は私の父をよく知っており、私の墓石探索に好意的な関心を寄せてくれました。

私の見込みを頼りに、私たちは父の墓石があるべき場所に歩いていきました。父の葬儀の直後、父から講義を受けた学生たちが小さな木を墓石の脇に植えたことを思い出しました。今その木は大きな枝を伸ばし、その下には二つの墓石に挟まれた空間がありました。その老人は頭を掻きながら、「もちろんここに墓石があったに違いない、でもそれはなくなっている。修復するにはモスクワ市執行委員会の公共事業サービス部の許可が必要となる」と言いました。「こうしよう、明日午前一〇時、その部に来てくれないか、そこの理事のオフィスを訪ねてくれ、私はそこで待っている。私を知っている素振りはどうか見せないでくれ。そしてその理事に、君が名誉回復を受けたばかりで、父親の墓石の修復を望んでいる、と伝えることだ。もう一つ、その墓石はコミュニストの区画にあり、通りに沿っており、僧院の壁に近く、僧院のゲートから約二〇歩の距離で、その場所には一本の大きな木が繁っている、と伝えなさい。同意できるかな？」と老人は満足そうに笑みを見せました。「もちろん同意します、そして大変感謝します」と私は応えました。「私を失望させることはないかな？」と彼は言い、「何をおっしゃいます、決してそのようなことはありません」と私は返しました。「コミュニストの言葉でもって」と、彼は腕を伸ばしながらそう言いました。かつて私が若かりし日々において、これは私にとってもっとも尊厳あるあいさつでした——それが「コミュニストの言葉でもって」です。

その時以来、私は「スターリニストという人民の敵」のただ中で長い年月を過ごして来ました。そして今、ここで、再び「コミュニストの言葉でもって」を聞いたのです。

私はいまだかつて、尋問に対して一度も泣き叫ぶことはありませんでした（事実彼らの中には人々を締め上げ、

ノヴァデヴィッチ共同墓地のアドリフ・アブラーモヴィッチ・ヨッフェの墓、1956年、モスクワ。

泣き叫ばせるスペシャリストはいたのです)。でもこの場において私は喉の奥に何か塊を感じ、私の眼には涙が滲みました。

翌朝、私はモスクワ市公共事業サービス部に出かけました。理事のオフィスに入るとその老人が座っていましたが、彼は私を一瞥さえしませんでした。私は昨日のリハーサルをこの場において繰り返しました。理事は「その通りです、あなたの言っていることに間違いはありません。でもそのことがわれわれがいま下さなければならない現実にどの程度の関連性を持っているのでしょうか? ここに同席している同志はたまたまノヴァデヴィッチ共同墓地の管理長をしています」と言いました。その老人は私を生まれて初めて見るかのように私を見つめました。理事は「彼が年老い過ぎているなどと思わないで下さい、彼の記憶は優秀です。あなたの父親の墓石があなたが今述べたところにあるのかどうか、この同志の意見を聞きましょう」と提案しました。老人は忠誠心にあふれた表情で理事をみやり、両手をひろげ、どうしようもないというジェスチャーで断言しました。「彼女の言っていることはすべて正しく、それ以上に私に何が言えるでしょう？」何という名優なんでしょう！　発行された墓石再建指示書はまさしく父の眠る場所を示していました。

父の墓石の再建にまつわる話はこうした経過を辿りました。それ以来、私は墓地を定期的に訪れ、、フルシチョフの死の直後、私が当時どう感じていたかを思い起こすのです。もちろんスターリンの生きていた時代、フルシチョフは彼の部下の群れの一人でした。そして彼の文化的レベルは極めて低いものでした。そのことは彼が権力を保持していた期間において、知識人に対するまったくひどい振る舞いがよく物語っています。しかしそれにもかかわらず、もし彼がそれ（注　スターリン批判）をしなかったならば、私たちの骨はシベリアのどこかで朽ちていたでしょう。彼は自ら、「賞賛される指導者」そして「人間を乗り越えた天才」が何者であったかを証言したのでした。彼はこのことを第二〇回共産党大会の檀上から、そして第二一回ソヴィエト全体会議の檀上から発言しました。何故彼がそうしたのか、それを問うことは止めましょう、彼はつきるところそう発言したのでした。もし彼の発言がなかったならば、キーロフ暗殺事件の真実、さらに多くの真実は闇の中に消えたままであったでしょう。この発言に関して、彼は党政治局からの支持を得られませんでした、逆にそのメンバー全員が反対していたのです。

すべての人々に良きアパートを提供するために住宅建設を加速させたのは彼です、またそれだけで人々が暮らしていけるように年金支給額を上げたのも彼です。彼のすべての欠点──それは多いものです──にもかかわらず、「土よ彼の安らかな枕となれ」と私は願うのです。今、彼の墓の上にはエルンスト・ネイズヴェストニイ（注　芸術家、1925―2016）の手になる美しい象徴的な彫刻モニュメントが置かれています。当初、そこは単なる盛り土であり、写真（白いシャツのカラーのボタンを外し、リラックスしているように見えました）が飾られていただけでした。しかしこの盛り土はいつも高価ではない花束で飾られていました。どこかの村から来たのでしょう、黒いネッカチーフをかぶった一人の老婦人が大きな林檎を彼の墓の上に置きました。誰かが、「おばさん、皆は花を彼の墓の上に置いていくのだけれど、あなたは林檎を置いているね」と声をかけました。「その通りだよ、お若いの。リンゴがここにあれば鳥が飛んでくるのさ、そしてくちばしでつつくことでしょう、そしていつの日か鳥がお墓の上で鳴くでしょう。さあ、その日を待ちましょう、彼の眠りはもっと楽しいものになるに違いないわね」と老婦人が答えました。

私がアパートの申し込みリストに名を記載してから一年が経過した頃、突然アパートが供給できるとの知らせを受け取りました。でもそれを祝うのはまだ早かったのでした。その供給通知によれば、アパートの広さは二五平方メートルで、私単身用のものでした。では子供たちは？

私は地区住宅局の理事に面会を求めました。先述したように、こうしたケースでは名誉回復を得た人に対しては細心の注意が払われるのが常でした。この人物はしかしながら、疑うことなく例外的でした。太って、がさつな顔をして、その振る舞いも外見どおりでした。私の子供たちが住むべき部屋の権利に関しては、彼もラリーサの分については同意せざるを得ませんでした。彼女は年少者であり、私のパスパートに被保護者として登録されていました。リーラに関しても彼は同意せざるを得ませんでした。彼女のパスポートから、出生地がコリマであることが明白であり、また彼女の卒業証明書からクラスナヤルスクで学校を終了したこともまた明白でした。このことは彼女がずっと私のキャンプ地、そして流刑地で共にあったことの証明でした。しかし、ことナターシャに話が及んだ時、彼は反撃に出ました。彼女は高等教育を終えており、結婚しており、独立の生計を営んでおり、何故彼女がママと暮さなくてはならないのか？　一体彼女に同居する権利があるのか？　これが彼の主張でした。私の逮捕時、彼女は六歳であり、ママと一緒に住むことは許されず、この事実において彼女には私と同居する権利を有している、と私も激しく反撃を試みました。しかし、こうしたタイプの人にはこの論議は無意味でした。

先を急いで話します、彼はほどなくして免職されました、「職権乱用」の罪です。つまり彼は賄賂を受けていたのです。

ボリスはナターシャとリーラを伴ってバウマン地区党委員会を訪ね、そこの第一書記に面会しました。彼の名はニコライ・イエゴリーチェフ（注　1920 － 2005）です。彼について少し記述します。後年彼はモスクワ市党委員会書記となり、また党中央委員（ＣＣ）のメンバーになりました。

訳者ノート　イエゴリーチェフのモスクワ市党委員会書記の在職期間は一九六二－六七年。この職には後年ボリス・エリツィンが就任している（一九八五－八七年）。

しかしある日彼はその地位とタイトルをすべて失うことになりました。「六日間戦争」の後の中央委員会総会において、彼はイスラエルとの外交関係の破棄がソ連邦外交にとって価値のあることなのか、結局のところその戦争はイスラエルと敵対諸国との問題ではないか、と疑義を唱えました。また同時にエジプトを無条件で支持することがソ連邦に後年悪影響を及ぼすだろうとの疑義も唱えました。ことエジプトの見解に関しては彼は正確な見通しを持っていたのでした。

訳者ノート　六日間戦争、一九六七年六月五日より六月一〇日までのイスラエルとアラブ（エジプト・シリア・ヨルダン・イラク・レバノン）間の戦争。

しかしこの中央委員会総会の発言は彼に悪い結果をもたらしました。彼はモスクワ市党書記、また中央委員会から排除され、アフリカのどこかの国の大使に転出させられました。
こうした彼についての話の正確さに関して私は保証できません、でもこの話はモスクワ中に回っていたのです。

住宅の問題に戻ります。その当時イエゴリーチェフは充分な権威を持っており、とりわけバウマン地区では顕著でした。

ボリスは、この娘たちの父は彼の友人であり、党に死後復権をしていること、そして党員としてバウマン地区に登録されていることを申し立てました。併せて、私と娘たちの住居状況も説明しました。ボリス、ナターシャ、リーラのいる席でイエゴリーチェフはすぐさま電話をとり、あの住宅局理事と話をしました。その答弁の中で理事はナターシャの年齢は「ママと同居する年齢」をとっくに過ぎている点を再び持ち出しました。イエゴリーチェフは私が使ったのと同様な言葉でもって応答しました。「彼女には『ママと同居する年齢』の時にその機会はなかった、したがって今からその機会を与えるように手配すべき」と。明らかに理事は言い逃れをしようとしましたが、イエゴリーチェフは断固として、「短く言おう、君は彼女が手紙において指名した家族全員が住み、かつ明日のためにくつろげる場所を提供すべきであろう、私はこの件を個人的興味を持って見守りたい」と宣言しました。

これがイエゴリーチェフなのでした！

数日後にアプテカルスキー通りにあるアパートの居住許可書が届きました――二つの大きな部屋と大きな台所がありました。

私たちが所有していた物は一束の書籍と、ゆずってもらった折り畳み式のベッドだけでした。中古品ショップでいくつかの必要な家具を買いましたが、私たちのアパートはゴルドン・クレッグ（注　1872 - 1966　英国の舞台監督・俳優）の劇の舞台セットのようでした。長い間私たちには本当の家具と言えるものはありませんでしたが、徐々に私たちはそこが私たちの家だと感じ始めました。

そして私の娘たちも結婚していきました。最初にリーラがここを出て、夫のアパートでの暮らしを始めました。次にラリーサが続きました。彼女の夫の両親とゴンチャルクが住宅共同組合のアパートの購入費用の半額を負担しました。ナターシャはアプテカルスキー通りのアパートに彼女の夫を連れてきました。これもまた楽しい家族の輪の広がりとなりました。

やがて私はアプテカルスキー通りのアパートを出て、リーラとその夫が住む三部屋のアパートに住みました。やっと自分の部屋が持てたのです。

年月は過ぎて行き、一九七一年にボリスは亡くなりました。私の多くの思い出もとうとうその終点に辿り着いたようです。読者の方もあなたの人生を振り返るなら、なんと長い道であっただろうか、と思うことでしょう、私もそう思います。

私がこの回顧録で描いた人たちはほとんど誰もこの世に残っていません。私の困難な人生で出会う運命にあった人たちもほとんど皆去っていきました。

でも、私には家族――娘たち、その子供たち、さらにその子供たち――が私と共にいます。そして私はまだ生きているのです。

あとがき

一九五六年の名誉回復の後、私はモスクワに帰り、一九七一年〜七二年にかけてこの本を書き上げました。その頃は「フルシチョフの雪解け」がもたらした幸福感の潮はまだ完全には引いていませんでした。社会主義、革命、党……といった言葉も依然として聞くことができました。

私は一〇月革命の参加者の多くを個人的に知っています。それらの人たちの中には、穏やかで、快適で、富に恵まれた人生を捨て去った人たちがいました、彼らは人類の輝く未来を熱烈に信じるが故にそうしたのでした。

スターリンにより「反対派」と見做された数多くの人たちは、彼に闘いを挑んだが故に、そしてソヴィエト連邦において建設された社会主義というものは人類の最良の精神が夢見た社会主義では決してないと理解していたが故に、流刑地で、刑務所の中で、強制労働キャンプで、長い年月を過ごさなければなりませんでした。

私は読者の皆さんに私のこの短い後書きを覚えておいていただきたいと願っています。

ナディエジュダ・ヨッフェ

訳者あとがき（晩年のナディエジュダ）

本書『ナディエジュダ・A・ヨッフェ回顧録』は名誉回復され、ゴスバンクに職場復帰した一九五六年で基本的に終わっています。ナディエジュダは一九〇六年ベルリンで出生しているので、その時は五〇歳です（何と長い年月の流刑・キャンプ・流刑であったでしょうか！）。本書が執筆された一九七一〜一九七二年には彼女は六五、六六歳で、おそらく引退していたであろうと思われます。一九五六〜一九七一の一五年間の政治的歴史について本書に触れられている部分はわずかで、後年モスクワ市党委員会書記となったニコライ・イエゴリーチェフとフルシチョフに関するエピソードしかありません。実はこの一五年間はソ連邦にとっては激動の時代でした、ハンガリー動乱、キューバ危機、フルシチョフからブレジネフへの党内闘争、プラハの春、等々。

換言すればＫＧＢが最も活動的であった時期であり、彼女の執筆も検閲に対しての細心の注意が払われていたに違いないと思います。

一九七一〜一九七二年執筆以降の彼女についての消息はわずかですが米国側から辿ることができます。本書はソ連邦崩壊の一九九一年の後、一九九二年（彼女は八六歳）にモスクワで出版されており、おそらくはその後でしょう（年月は不明）、ナディエジュダは四人の娘、その家族とともに米国に移住し、ニューヨーク市・ブルックリン地区に住みついています。以下に紹介する記事は彼女の追悼記事です。彼女は一九九九年三月一八日九二歳の生涯を終えました。

出典は https://www.wsws.org/en/articles/1999/03/joff-m20.html　からです。

By Helen Halyard

20 March 1999

Socialist opponent of Stalinism dies in New York

Nadezhda A. Joffe, a member of Leon Trotsky's Left Opposition, survivor of Stalin's labor camps and author of the extraordinary memoir Back in Time: My Life, My Fate, My Epoch, died March 18 at a Brooklyn hospital. Nadezhda first suffered a stroke on February 9. While hospitalized she had two additional strokes and died after falling into a coma for the past week. She was 92 years old.

（中略）

Nadezhda celebrated her ninetieth birthday with family and friends at a gathering in Brooklyn in 1996. Among those present were her four daughters, Natasha, Kira, Lera and Larisa.（1996年、ブルックリンで彼女は90歳の誕生を祝っています）

もう一つ彼女の文書があります。

出典は http://web.mit.edu/fjk/www/editor/essays/NA_Joffe.html

<mit.edu> はマサチューセッツ工科大学のウエッブ・サイトであり、ナディエジュダはブルックリンでの晩年に父ヨッフェの文書を整理し、同大学付属研究機関のイスクラ研究所に寄付しています。

ここに紹介する文書はロシア移民向けのニューヨークの日刊紙 Novoie Russkoie Slove（Новое Русское Слово、新しいロシアの言葉）に一九九七年二月二一日付で掲載されたトロツキーへの悪質な中傷記事 "The Sex Symbol of Rootless Cosmopolitanism" に対する反論の手紙です。記事はトロツキーを扱ったスキャンダラスな三面記事で、ナディエジュダは事実を持ってこれに反論しています。彼女の反論の冒頭は以下の如く始まっています。

＊＊＊

Out of all the Russian language press published in America "Novoie Russkoie Slovo" is our family's favorite paper. We buy it every day, and I read it with attention and interest.（注：彼女たちロシアからの移民にとって母国語の新聞は楽しみの一つであったのでしょう）It was all the more unpleasant for me to read in the issue for February 21st the article by Marina Koldobskaia entitled "The Sex Symbol of Rootless Cosmopolitanism". The subject of this story was Leon Trotsky and it was written in the worst traditions of the so called yellow press, in a vulgar manner retailing numerous elementary unsubstantiated rumors.

（そして彼女の手紙の結語部分は以下の如くです）

フリーダ・カーロ（注　メキシコ人画家で、ディエゴ・リベラの妻）との関係は短い期間で終わりました。ナターリア・イヴァノーヴナはそれを見つけ、レフ・ダヴィドヴィッチに手紙を書き、こうした形での彼の遊びには耐えることができなく離婚を要求しました。彼は恐れたのでしょう、自責の念に満ちた答えを書き、いままで愛し、これからも愛していく人はナターリアだけである、と許しを請いました。ナターリア・イヴァノーヴナは彼を許しました。ナターリア・イヴァノーヴナは、彼はナータと呼んでいましたが、彼の人生でたった一人の愛した人でした。

（ナディエジュダはさらに続け、トロツキーと最初の妻アレクサンドラ・リヴォーヴナ・ソコロフスカヤとの関係を述べています）

トロツキーの最初の妻ソコロフスカヤに関して言えば、その関係においてロマンチックな要素はありませんでした、少なくとも彼の側において。存在したのは、個人的な友人関係と尊敬と、彼女が彼に尽くしてくれたことすべてへの「トロツキーの」感謝でした。私は短い期間ではありましたが、彼女と偶然に知り合うことになりました。私たちはコリマの政治犯キャンプにおいて同じバラックにいました。彼女は素晴らしい女性でした。

［中傷記事に対して］結論するならば、尊敬する貴新聞の頁にそうした低俗な走り書きの記事を見ることは私にとって痛ましいかぎりです、と繰り返さざるを得ません。

＊＊＊

この手紙が書かれたのは一九九七年二月二一日の記事の直後で、死のおよそ二年前になります。スターリニスト的な歴史の偽造・トロツキーへの中傷に対する憤りは文字通り終生変わることはなかったのです。

私事

二〇一五年一月から始めた本書の翻訳・注釈も毎日コツコツの亀の歩みで二〇一六年四月にやっと完成させることができました。一九一七年一〇月の権力奪取の直後、一一歳で父ヨッフェに連れられ革命本部が置かれたスモルニー女学院に出かけた日々から、ブルックリンの病院で亡くなるまで、彼女の人生はソ連邦のすべての歴史――**誕生から崩壊まで**――と重なっています。その彼女の短いあとがきは私のみならず、全人類にとって忘れることのできない歴史の証言ではないでしょうか。

……スターリンにより「反対派」と見なされた数多くの人たちは、彼に闘いを挑んだが故に、そしてソヴィエト連邦において建設された社会主義というものは人類の最良の精神が夢見た社会主義では決してないと理解していたが故に、流刑地で、刑務所の中で、強制労働キャンプで、長い年月を過ごさなければなりませんでした……

ハル・ニケイドロフ

二〇一六年四月、グアム島デデド村にて

解説　ロシア革命から101年　希望と闇の時代を生き抜いた強靭な精神の記録

国富　建治

はじめに

本書の著者、ナディエジュダ・アドルフォーブナ・ヨッフェ（1906〜99）は、昨年一〇〇周年を迎えた一九一七年・ロシア一〇月革命のレーニンと並ぶ指導者の一人、レフ・ダヴィドヴィッチ・トロツキーの生涯の同志、友人だったアドリフ・アブラーモヴィッチ・ヨッフェ（1883〜1927）の娘で、本人も父と同じ左翼反対派の一人として闘い、スターリン独裁の下で長期にわたる投獄・収容所生活を強制された革命家だった。

彼女の数奇に満ちた生涯は、ロシア革命の歴史と分かちがたく結びついており、彼女の受けた過酷な弾圧は、同時にスターリン時代のロシアの労働者・農民がこうむった運命の縮図でもある。その意味で彼女の生涯は、一人の中でロシア革命が直面した歴史を凝縮的に体現したものと言えるだろう。

本書はまさに二〇世紀の世界史を、その激動の中で意識的に生き抜いた一人の人間の稀有な記録として私たちの記憶の中に留められるべきである。

1　著者の父、A・A・ヨッフェ――トロツキーの生涯にわたる同志

ナディエジュダ・アドルフォーヴナ・ヨッフェについて語る時、まずはトロツキーと彼女の父、アドリフ・アブラーモヴィッチの関係について知る必要がある。トロツキー自身の言葉を借りて紹介しよう。

トロツキーとヨッフェが知り合うことになったのは、一九〇五年のロシア第一革命の敗北後、トロツキーがオーストリアのウイーンで一九〇八年一〇月に労働者向けのロシア語新聞「プラウダ」を発行し、ロシアに送り届ける活動を開始するようになってからである。

トロツキーは『わが生涯』で書いている。

「『プラウダ』における私の主要な協力者は、のちにソヴィエトの著名な外交官となるA・A・ヨッフェだった。私たちの親交はウイーン時代から始まった。ヨッフェは高い思想性を持ちながら、個人的には非常に温和で、大義への揺るぎない献身を有した人物だった。彼は『プラウダ』にその持てる力と手段を注いでくれた」

「ヨッフェは、ウイーン『プラウダ』の仕事のため、ロシアに出かけて活動に従事した。その彼はオデッサで逮捕され、長期間投獄されたのち、シベリアに流刑になった。彼が釈放されたのは、ようやく一九一七年の二月革命によってであった。ヨッフェは十月革命の最も積極的な参加者の一人だった。重い病気を持ったこの人物の個人的勇気は実に見事なものだった」

「ヨッフェは、思慮深く心のこもった演説をする優れた演説家であり、著述家としてもそうであった。どんな仕事においても、ヨッフェは小さなことに細やかな神経を使っていた。これは多くの革命家に欠けていた資質だった。レーニンはヨッフェの外交官としての仕事を高く評価していた。私は長年にわたって、誰よりもこの人物と深いつきあいがあった。その思想上の志操堅固さはもとより、友情への彼の献身は比類なきものだった」（トロ

ツキー『わが生涯』(上)、訳：森田成也　岩波文庫（428〜430頁)。

次に、一〇月革命から一〇年後の一九二七年、スターリンによってトロツキーら左翼反対派が共産党から除名された時期の記述である。

「一一月一六日、ヨッフェが自殺した。彼の死は、進行中の闘争にくさびのように撃ち込まれた」

「ヨッフェは重病人であった。彼は、ソヴィエト大使として滞在していた日本から、重態となって送り返された。それはずいぶん苦労して、なんとかヨッフェを治療のために外国に送り出すことができたが、旅行は短すぎた。それは健康によい効果を与えたが、十分ではなかった。ヨッフェは最高利権員会で私の代理になった。日常のあらゆる仕事が彼の上にのしかかった。党の危機が彼を苦しめた。彼に何よりショックを与えたのは、主流派による背信行為であった。彼は何度か本格的に闘争に身を投じようとした。私は、彼の健康を心配して、彼を思いとどまらせた。とくに、ヨッフェを憤慨させたのは、永続革命論に関するキャンペーンだった。彼は、革命の成果を利用しているにすぎない人たちが、革命の成りゆきと性格を予見した人たちに対して低劣な中傷を浴びせていることに、我慢がならなかった」

「外国で万全な治療を受けることができなかったヨッフェの健康状態は、日に日に悪化した。秋頃には仕事をやめ、その後すっかり病の床についていた。……私が党中央委員会から除名され、ついで党からも除名されたことは、誰よりもヨッフェにショックを与えた。政治的・個人的憤慨に、自分自身の肉体的無力の痛切な自覚が重なった。ヨッフェは正しくも、問題になっているのが革命の運命であると感じていた。しかし、彼は闘うことができなかった。闘いの外部で生きることは彼にとって無意味であった。こうして彼は、自分のために最後の結論を引き出したのであった」(『わが生涯』(下) p449〜451　岩波文庫)。

ヨッフェのトロツキーに宛てた著名な遺書は次のように述べている。

「私は、あなたが示した道の正しさを疑ったことは一度としてありませんでしたし、ご存じのように『永続革命』の時期から、二〇年以上も、あなたとともに歩んできました。しかし、レーニン的な不屈さ、非妥協性、つまりいずれは多数派となり、この道の正しさがあらゆる人から認められることを予見して、たとえ一人でも、正しいと信じる道に踏みとどまる彼の覚悟が、あなたには不足していると、私はいつも思っていました。一九〇五年以来、あなたは政治的には常に正しかったのです。そして、レーニンが、一九〇五年に正しかったのは自分ではなくあなたであったと認めたことを、私はこの耳で聞いたと何度もあなたに述べました。死を前にして、人は嘘をつかないものです。私はもう一度あなたにそのことをここで繰り返します……」（前掲書　454頁）。

2　本書出版の経過

ナディエジュダ・ヨッフェのこの自伝は、ソ連邦がブレジネフ書記長時代の一九七一年〜七二年にモスクワで執筆された。そして本書の英語版は一九九四年六月に米国ミシガン州の「レイバー・パブリケーション」から出版されている。本書はこの英語版から、グアム島在住のハル・ニケイドロフさんが翻訳したもの。

本書は、ロシア革命とレーニン、トロツキーの時代、そしてスターリン独裁時代のソ連邦に生きる民衆が経験した、貧困の中での燃えるような希望、そして希望を押しつぶした全体主義的独裁政治による血も凍るほどの弾圧、自由の剥奪、権利の圧殺に対して、レーニン、トロツキーらの人間解放と共産主義思想の真髄に依拠して闘いぬいた一人の女性革命家の貴重な体験の記録である。サミズダート（地下出版物）などでスターリン時代のソ連邦の反人間的実態を暴き出し、告発した出版物は数多くある。しかし彼女のこの自伝ほど、ロシア革命の燃えるような希望を生き生きと語り、それを押しつぶしたスターリニスト官僚体制による独裁政治に抗して、革命の理想をあくまで貫き、生き抜いた強靭な意志の存在を示す著書はなかったのではないだろうか。

彼女は、ロシア革命の勝利と共に政治生活に目覚め、変革への希望を肌で体験し、スターリン独裁体制の確立に対して、青春の一時代を意識的な「左翼反対派」として闘いぬき、同じく左翼反対派の同志だった夫との別れを強制され、投獄・収容所での強制労働、などありとあらゆる人生の悲劇を経験することになった。彼女は、くりかえし降りかかる苦難に耐え、若い日に培われた思想を捨てることなく生き抜き、九三年間に及ぶ生涯をまっとうしたのである。

二〇一七年はロシア一〇月革命から一〇〇年だった。一〇〇年の年に、本書を届けることができなかったのは残念だが、この二〇世紀の歴史的経験・教訓をしっかりとかみしめることは、二一世紀の世界と向かい合う上で、決して古臭い課題ではないと確信している。

3　1917年革命と政治への目覚め

本書は大きく分けて三部から構成されている。第一部は「若きコムソモール」と題した、彼女の思想・人格形成の過程の生き生きとした描写であり、レーニン死後スターリニンの独裁支配が確立し、一切の反対派が追放されていく時代の記録でもある。

きわめて貧しい状況でありながら「人間解放」への希望と情熱に満ちたロシア一〇月革命直後から、レーニン死後にスターリン独裁が打ち固められ、革命初期の自由な思考が奪われていった過程を、少女から大人になっていく彼女の視線でいきいきと、そして冷静であると同時に、喜びと痛苦に満ちた語り口で、彼女は語っている。

一九一七年、彼女は一一歳の少女だった。そしてボリシェビキ政権の下で、ドイツ大使館に派遣された父の後を追って、彼女もベルリンに向かった。彼女は一九一八年一〇月、ベルリンのドイツ大使館で釈放されたばかりのカール・リープクネヒトの姿を見ている。しかし、第一次大戦の敗戦国ドイツにおける革命的緊張が高まる中で、ベルリンのソビエト大使館員は追放され、カール・リープクネヒトは一九一九年一月一五日に虐殺された。

彼女の政治的目覚めは、まさにロシア革命の勝利とドイツ革命の敗北という時代的背景とともにあった。彼女は一九一九年、一三歳で学生共産主義連盟（後に共産主義青年同盟【コムソモール】と合同）に加盟している。学校のコムソモール支部の中で、彼女はたった一人の女性だった、という。

彼女の父、アドリフ・アブラーモヴィッチ・ヨッフェは、この時期、彼女の母と別れて別の女性と結婚していた。そして彼女の母は、革命政権の貿易代表団の一員としてベルリンに赴いた。一九〇六年生まれでまだ少女だった彼女は、否応なく「自立」することになった。彼女は一九二三年、当時駐日大使だった父ヨッフェと会う目的で日本を訪れている。父ヨッフェは、当時重い病床にあったレーニンのために、日本の「盆栽」を土産として届けたいと思い、彼女に託した。しかし、レーニンは二回目の発作に襲われ、手渡すことはかなわなかった。盆栽は植物園に寄付されたが、園では手入れの仕方がわからなかったため枯れてしまった、というエピソードも興味深い。

一九二四年、一八歳になった彼女はプレハーノフ人民経済大学の経済学部に入学し、後に最初の夫であり三人の子どもの父となった男、パヴェルと出会っている。そしてその年の一月、レーニンが死んだ。それは革命当初の緊張した、貧しい、しかし多くの可能性が生き生きと脈打っていたロシアが、その自由な空気を次第に失い、官僚制の下で窒息していく転機でもあった。

彼女は、エセーニンやマヤコフスキーなどの詩人が若者の間で大きな人気を博していた時代を思い起こしている。そこではまだ実験的な芸術の可能性が、広く認められていた。

彼女は、トロツキーについても、当時から一部でささやかれていた彼の「貴族趣味、贅沢」といった中傷とは程遠い、謙虚で率直で、しかしあくまでも不屈を貫く人物像を描き出している。

彼女の父、ヨッフェは一九二七年になると急激に健康を悪化させた。そしてスターリン独裁体制の反対派に対する弾圧が最終局面に入っていく中で、海外での治療の可能性も奪われたヨッフェは自殺した。ヨッフェの遺書というべきトロツキーへの有名な手紙は、ラコフスキーを通じてトロツキーに手渡された写真複写であり、オリジナルの遺書は誰も見ていない、と彼女は明かしている。ヨッフェの葬儀でのトロツキーの「別れの言葉」は、トロツキーがロシアで行った最後の公開の場での演説となった。

著者ナディエジュダ・ヨッフェは、父の死、トロツキーの追放後、大学三年生にして「反スターリニスト活動」を本格的に始めることとなった。

「党の内部グループの中で、活動的に闘ったのはただトロツキストだけであった、と言わなければなりません。私たちはツァー専制下で革命家たちがとった地下活動の手法を大まかに踏襲しました。私たちは工場の中でシンパサイザーのグループを組織し、リーフレットを発行し、彼らの間に配布しました」

彼女はこうした大学での反対派としての活動だけではなく、モスクワ地域の反対派活動で中心的な役割を果たすようになっていた。

多くの左翼反対派の活動が投獄され、あるいはシベリア辺境の地に追放され、ラデック、プレオブラジェンスキー、スミルガなどの著名な反対派党員が「改悛」を余儀なくされる中で、著者ナディエジュダ・ヨッフェは一九二九年の春、逮捕された。妊娠七ヶ月の身重の体だった。それは、彼女の三〇年近くの長きにわたる投獄・流刑の人生の始まりだった。

4　スターリン支配に抗して　最初の流刑

ナディエジュダ・ヨッフェが送られた最初の流刑地はシベリア中部の中心都市であるクラスノヤルスクだった。一九二〇年代後半の最初の流刑では、追放された者への労働強制はなく、通常の仕事をそれぞれの専門に応じてこなせば、それで良かったと彼女は書いている。

内務人民委員部（ＮＫＶＤ）のクラスノヤルスク支部長は、追放されてこの地にやってきた反対派の活動家に対して「今日あなたは流刑の身です。でも明日には宣言書を書くでしょう。そうすると当局は、あなたを私のなにがしかの上司として、私のもとに送ってくるのですよ」と語った。

当時の流刑地には、彼女のようなスターリニストへの反対派活動家だけではなく、ツァー体制の下での高官もいたという。彼はナディジェダに対して、ツァー体制に対する何らかの革命の必要性は理解しつつも「凶作と飢饉の時だって、農民は今苦しんでいるほどの苦しみを受けることがなかった……何故そうなのか、誰がそうさせているのか、私にはまったく理解できない」と語り、ナディジェダはそれに答える言葉を持たなかった、と書いている。

ナディエジュダの夫、パヴェルはシベリア行きを志願し、一九三〇年に極東のハバロフスクに向かう途中にナディエジュダと会うことが出来た。彼はハバロフスクに赴任後、党支部に対して、クラスナヤルスクに反対派として流刑されているナディエジュダと幼児をハバロフスクに移すよう求めた。当時の当局は、まだ「牧歌的」ともいえる対応を取り、ナディエジュダと幼児をハバロフスクに迎えることに同意した。こうしたエピソードは、スターリニスト独裁支配の体制が、末端までは未貫徹だった一九三〇年代初頭までの現実を示しているのだろう。

転機は一九三三年だった。当時、夫パヴェルとナディエジュダ、ならびに子どもたちからなる一家はアムール川（黒竜江）を挟んで、一九三二年に作られた日本帝国主義の傀儡国家「満州国」に面したブラゴヴェシュチェンスクに住んでいた。

パヴェルは「トロツキスト活動家ヨッフェ」とのコンタクトを理由に共産党から除名された。しかし、そのことでナディエジュダとパヴェルが直ちに逮捕・拘禁・流刑されたというわけではない。むしろ多くの反対派活動家の屈服と自己批判への署名がなされ、反対派の指導的人格だったクリスチャン・ラコフスキーも「誤り」を認めて自己批判書への署名を余儀なくされた時、ナディエジュダもまたラコフスキーの声明文に自分の名を連ねるよう依頼する、という形での妥協を行ったのである。

このようにして彼女は夫パヴェルと共にモスクワへの居住許可を与えられ、仕事を見つけることもできた。しかしそれもほんのわずかな期間に過ぎなかった。

5　二度目の流刑　夫との別れ

一九三四年一二月、共産党政治局員でスターリンの忠実な片腕だったキーロフが暗殺された。この事件は同年一月に開催された共産党一七回大会と深い関係にある。キーロフの暗殺は、この大会で書記長スターリンがギリギリの票数で辛うじて中央委員に選出されたのに対して、キーロフがほぼ満場一致で選出された、ということと密接な関係にあった。キーロフはその直後から「彼（スターリン）は絶対に私を許さないだろう」と友人に語ったという。

キーロフの予想は現実となった。共産党一七回大会に出席した一九五六人の代議員のうち半数以上の一一〇八人が「反革命活動」の名で逮捕され、中央委員・同候補に選出された一三九人のうち九八人がその後、銃殺された。そのほとんどは一〇月革命以前からの党員だった。つまり一七回大会は、「レーニンとロシア一〇月革命の党」という残像を根本から抹殺する大会という性格を持ったものだったのである。

一九三五年の初頭から粛清の嵐が吹き荒れた。ナディエジュダの夫パヴェルは辞職を強要された。そして一九三六年四月、ナディエジュダもＮＫＶＤ（内務人民委員部）によって逮捕された。夫パヴェルも彼女の逮捕から一〇日後に逮捕された。

本書の主人公とロシアの民衆に新たな苦難が強制されることになったのである。

第一部はここで終わり、新たな試練の第二部が始まることになる。

6　大粛清の時代

本書のＰａｒｔ２（第二部）は「極東コリマの強制収容所にて」という副題の下に一九三六年から一九四一年四月までを題材にしている。つまりナディエジュダ・ヨッフェが再度の強制収容所に送られてから、ナチス・ドイツによるソ連への侵略が始まる一九四一年六月を前にして、自由の身になるまでの約五年間の物語である。

逮捕後、二ヶ月にわたる尋問を経てナディエジュダはシベリア北東部のコリマの強制労働キャンプへ送られることになった。当時、特別委員会で尋問調査された人びとの最大刑期は五年間だった。夫パヴェルもまた三年の刑期でコリマに送られることになった。父ヨッフェの死後、ナディエジュダの母は再婚したが、再婚した母の夫ミーシャも逮捕され、激しい拷問を受けて銃殺刑に処された。逮捕・拷問・「自白」と処刑――このサイクルがソ連邦の全域で猛威を振るった時代だった。自ら思いもよらない「反革命」の罪の自白と処刑の旋風が吹き荒れた。

しかしナディエジュダが逮捕された一九三六年は、逮捕された者への拷問の程度が、敢えて言えばまだ「牧歌的」な段階であった。スターリン支配の下での弾圧のエスカレーションは一九三七～三八年に頂点に達したのである。モスクワ裁判は「トロツキー・ジノヴィエフ主義者ブロック」の「摘発」から始まり、ピヤタコフ、ラデック、ソコルニコフなどの「別動隊ブロック」、そしてブハーリン、ルイコフらの「右派」に及んだ。逮捕と処刑の波が異なった政治的傾向の間に広がるにつれて、それはロシア革命のすべての要素を歴史から抹殺するものとなっていき、告発と弾圧はますます荒唐無稽な理由付けで行われるに至った。

第二部の叙述は、この強制労働キャンプの中での、さまざまなできごとを浮かび上がらせるものとなった。ナディエジュダの叙述はきわめて詳細かつ具体的である。「強制労働キャンプ」の中での行動や感情、言ってみればさまざまな人間模様を、いわゆる「政治犯」だけではない一般犯罪の服役者もふくめて、そのしたたかなあり方を、細かく、具体的に描写している点で、稀有の作品というべきだろう。

「犯罪者たちの世界」についての描写も興味深い。「彼ら犯罪者たちは、【通常は】労働しませんでしたが、労働する犯罪者たちがいたことは事実です。彼らは住むにいい場所を与えられ、賃率も高く、地方紙の記事に取り上げられることもありました」「犯罪者たちは『名誉ある盗賊』の範疇と『端者』に分かれていました……。彼らのルールとして、『名誉ある盗賊の範疇』に入る犯罪者は働かず、それ故に、働く『端者』を軽蔑していました」また、強制労働キャンプに収容された者がＫＲＴＤ（反革命トロツキスト活動）の条項に該当した場合、彼の仕事は「ＴＦＴ（重度肉体労働）」となり、それに該当し受刑者が労働から解放されるのは「死の五分前」だった。

ここでは、トロツキーの最初の妻であるアレクサンドラ・リヴォーブナとの出会いも描かれている。ナディエジュダは労働キャンプの中で夫のパヴェルと再会し、三番目の娘の出産、そしてパヴェルとの「永遠の別れ」も経験することになった。彼女は淡々とした筆致で、この五年間の苦難の生きざまをつづっている。一九四一年四月、独ソ戦の開始を前にして、彼女は五年の刑期を終えて強制労働キャンプから解放され、「自由の身」となった。しかしそれはまた新しい試練の始まりであったことは言うまでもない。

7　三度目の流刑

本書のＰａｒｔ３（第三部）は「コリマからの解放、再びの流刑、フルシチョフの雪解け」と題されている。独ソ戦と、そして「大祖国戦争」勝利と、再度の逮捕・拘禁、そしてスターリンの死とフルシチョフのスターリン批判、そして「雪解け」による「自由」についての叙述である。

戦争中の彼女は、釈放後のキャンプの中で、帳簿係として働いていたヴァシリー・コンスタノヴィッチ・ゴンチャルクと出会い、二度目の結婚をすることになった。すでにナチス・ドイツによるソ連邦への侵略戦争が始まっていた。彼女は書いている。

「その頃の私はとても孤独でした。キャンプ時代の友人たちはコリマ・ハイウェイ沿いの各地に散らばってしまいました。……こうした中で、私や娘のことに気遣い、不運に同情を寄せてくれるたった一人の人はゴンチャルクだけだったのです」「私は結婚することに同意しました。これは孤独感と心の消耗から来たものでした。後年私はこう理解するようになりました。この呪われた地から抜け出すには彼のような人——心を開く相手でもなく、惹かれた相手でもない——の助力なくしては不可能であったということです。そしてこの人はこと毎日の諸問題にぶつかった時、例外的な突進力を持った男でもありました」

そして彼女は四人目の娘、リーラを出産する。

ほぼ「大祖国戦争」＝ナチス・ドイツとの戦争の時期を、彼女はゴンチャルク、そして娘と共に暮らした。この戦争の時代＝ゴンチャルク、そして新しい娘との生活を、彼女は次のように振り返っている。

「私は、ゴンチャルクと戦争が終わるまで生活を共にしました。そしてこれらの年月は私にとって非常な困難を伴うものでした。あなたにとっての白は、彼にとっては黒であり、あなたの黒は、彼には白である。そんな人と生きていくこと以上に嫌なことがあるでしょうか。でも最終的に彼に託した期待はかなうこととなりました——私と二人の娘を伴って彼は『ロシア本土』に脱出することに成功したのです！」

ナチス・ドイツに対する戦争が勝利した後、一九四六年に本書の主人公はついにモスクワに辿りつくことができた。そして幸いなことに、そこで母と再会する。ヨッフェと死別した後、ミハイル・オストロフスキー（有名な『鋼鉄はいかに鍛えられたか』の作家ニコライ・オトロフスキーとは別人）の妻となっていた母は、スターリンによる大粛清のさなかに逮捕され、一九四二年まで五年間勾留されていた。夫のミハイルは一九三七年に刑務所で銃殺されていた。

ナディエジュダはパヴェルとの間に生まれた長女ナターシャとも再会し、アゼルバイジャンのシャムホールに住むことになった。二人目の夫となっていたゴンチャルクもやってきたが、ナディエジュダは彼を拒絶し、ゴンチャルクは故郷のウクライナに戻ることになった。しかしナディエジュダのアゼルバイジャンでの生活も、長くは続かなかった。新たな弾圧の波が到来したのである。一九四九年のことだった。

8 ロシアと死刑制度

一九四九年、すでに四三歳となっていたナディエジュダが三たび逮捕されることになったのはなぜだろうか。「大祖国戦争」に勝利し、国際的にも国内的にも独裁者スターリンの権威は絶頂の極みに達したように思われたこの時代、ソ連邦全体に吹き荒れた弾圧の嵐は、「ドイツ占領者への協力の疑い」から始まって、ドイツとのなんらかの関りを持っていた人びと、かつての反対派活動との関係者、宗教とのつながりが疑われた人びとなど、ありとあらゆる層にまで広がっていた。それはもはや説明のつかないスターリンの猜疑心、不安がもたらしたものとしか言いようがないだろう。

彼女は、ロシア・ソ連邦における死刑制度の歴史についても触れている。

一八七六年から一九〇五年まで三〇年間、四八六人が死刑を執行された。年間約一七人。だがこの時代は、「人民の意思（ナロードナヤ・ヴォーリャ）」のテロ活動が吹き荒れた時代でもあったことも考慮する必要がある。

一九〇五年〜一九〇八年のロシア第一革命の時代。二二〇〇人に死刑執行。一ヶ月平均で四五人。

一九一七年の革命後、一九一八年六月から一九一九年一〇月までの最も激烈な内戦の時代、一万六〇〇〇人以上、月にして一〇〇〇人以上が処刑されている。

一九三七年から一九三八年の大粛清時代、確認できるデータは存在しないものの、月にして約二万八〇〇〇人以上が処刑された。期間を一九三九年一月まで取れば、銃殺された者の総数は一七〇万人以上に達する、と彼女は書いている。

一九四七年五月、死刑制度はいったんは廃止された。しかし一九五〇年一月に死刑制度が復活した。その後、一九九六年度の欧州議会加盟時に死刑執行は停止され、一九九九年に最高裁の決定で、死刑制度は正式に廃止された。

9　終わりに

ナディエジュダは一九五〇年四月、シベリア中部のクラスナヤルスクへの「自由流刑」という判決を受けた。「期間は特別な命令があるまでの不定期刑」だった。

一九五三年、最後まで猜疑心に取りつかれていた独裁者スターリンは亡くなった。しかしこの稀有の本の著者であり、主人公であるナディエジュダ・ヨッフェが自由を回復するのは一九五六年のフルシチョフによるスターリン批判を待たねばならなかった。彼女は五〇歳になっていた。

彼女の「自伝」は、一九五六年で終わっている。彼女は、その後も四〇年以上の生を全うし、晩年に家族と共に移住した米国ニューヨーク市で、ロシア革命の「栄光と堕落」「勝利と敗北」を一身の中に体現した生涯を終えた。

はじめに述べたように「世界を揺るがした」一九一七年ロシア革命の中で政治活動に目覚め、スターリンの独裁支配が確立していく過程で「左翼反対派」の稼働に参加し、三度にわたる過酷かつ長期の流刑を受け、最愛の夫や子どもたちとの別れをも経験しなければならなかった著者の経歴、すなわち「革命の時代」にその理想に目覚め、逆流に抗して自らの思想に忠実に生き抜いた人生を、ロシア革命「一〇〇年」が過ぎた今だからこそ、改めて記憶にとどめる意義があるのではないだろうか。そしてもう一言付言させて頂きたい。一九五六年のスターリン批判の三五年後、一九九一年にソ連邦は崩壊した。官僚主義により「堕落した労働者国家」に変質した体制には生き延びる余力さえなかったのである。この歴史の事実もまたわれわれに、左翼反対派が命を懸けて闘ったプロレタリア民主主義・国際主義の理念の重みを訴えかけているのではないだろうか。（二〇一八年一〇月）

■著者　ナディエジュダ・アドルフォーヴナ・ヨッフェ（Nadezhda A. Joffe）
1906年生まれ、1999年ニューヨーク・ブルックリンにて92歳で死去。

ブレジネフ時代の1971、1972年、モスクワにてこの本の執筆を完成。

晩年にはアメリカ合衆国に家族とともに移住し、父ヨッフェの記録、手紙の編集に死の直前までたずさわる。

■訳者　ハル・ニケイドロフ
1947年生まれ。プロセス・コントロール・エンジニア、ソ連邦歴史研究徒。

＊本書は、著者Nadezhda A.　Joffeの著作権継承者、英語版出版社Labor Publications, Inc., Oak Park, Michiganとも、連絡が取れていません。関係者からのご一報があれば幸いです。——編集部より。

ナディエジュダ・A・ヨッフェ回顧録
振り返る—私の人生、私の運命、私の時代

2019年2月20日第1刷発行　定価3500円＋税

著　者　ナディエジュダ・アドルフォーヴナ・ヨッフェ
訳　者　ハル・ニケイドロフ
装　丁　市村繁和（i-Media）
発　行　柘植《つげ》書房新社
〒113－0001　東京都文京区白山1-2-10　秋田ハウス102
TEL 03（3818）9270　FAX 03（3818）9274
郵便振替00160-4-113372　https://www.tsugeshobo.com
印刷・製本　創栄図書印刷株式会社
乱丁・落丁はお取り替えいたします。　ISBN978-4-8068-0705-6 C0030

ラディカルに学ぶ『資本論』

森田成也著

定価2300円＋税　ISBN978-4-8068-0687-5

変革する武器として―マルクスの『資本論』は歴史上何度目かの復活を遂げつつある。われわれの生きている世界を根底から理解し、それを変革するという意味での「ラディカル」さは、『資本論』そのものに対しても発揮されなければならない。

マルクス［取扱説明書］

ダニエル・ベンサイド著／シャルブ絵／湯川順夫・中村冨美子・星野秀明訳

定価3200円＋税　ISBN978-4-8068-0647-9

マルクスを読まず、読み返さず、マルクスを論じたりもしないとすれば、それはやはり間違いであろう。そうした態度をとるとすれば、それは、理論的、哲学的、政治的責任に背くよりひどい間違いとなろう――ジャック・デリダ

世界史から見たロシア革命

世界を揺るがした１００年間

江田憲治・中村勝己・森田成也著

定価２３００円＋税　ISBN978-4-8068-0716-2

世界資本主義がますますその暴力的相貌を明らかにしている今日、ロシア革命の世界史的意義を改めて見直し、その生きた教訓を汲みつくす。